Paula Quinn

Le Ravisseur

Héritiers des Highlands – 1

Traduit de l'anglais (États-Unis) par Fanny Adams

Milady Romance

Milady est un label des éditions Bragelonne

Titre original : *Ravished by a Highlander*

Suivi d'un extrait de : *Seduced by a Highlander*

ISBN : 978-2-8112-1222-3

Bragelonne – Milady
60-62, rue d'Hauteville – 75010 Paris

E-mail : info@milady.fr
Site Internet : www.milady.fr

À ma mère, dont le courage est sans bornes…

Chapitre premier

Écosse, frontière avec l'Angleterre
Printemps, 1685

Réfugiée au sommet du clocher qui dominait l'abbaye Saint-Christopher, Davina Montgomery se laissa envelopper par le silence d'un monde chargé de mystère. La nuit et les gardes venus défendre les religieuses veillaient depuis plusieurs heures déjà sur le repos paisible de ces dernières. Seule Davina ne parvenait pas à trouver le sommeil. Les étoiles qui parsemaient le vaste ciel indigo qui s'étendait au-dessus d'elle paraissaient si proches qu'il lui semblait pouvoir les toucher du bout des doigts. Quel était son vœu le plus cher ? Pour toute réponse, elle tourna des yeux égarés en direction de l'Angleterre, puis, avec une égale nostalgie, vers les sommets nimbés par le clair de lune au nord. Quelle vie choisirait-elle, si elle en avait le choix ? Quel sort était-il le plus enviable : disparaître de la mémoire des hommes ou bien vivre parmi eux dans l'anonymat le plus complet ? Elle n'aurait su le dire. Le visage tourné face au vent, elle esquissa un sourire maussade et se serra dans sa bure de novice. Inutile de se creuser la tête au sujet de l'avenir quand les dés ont été jetés depuis longtemps ! Le futur ne lui réserverait aucune surprise. La routine monastique était sans imprévus. Elle aurait tout le temps de s'en convaincre, si elle passait l'année ! Mieux valait chasser de sa pensée ses rêves inaccessibles.

Quelqu'un s'approcha à pas de loup, mais Davina n'eut pas besoin de se retourner pour deviner qui était son visiteur.

— Pauvre Edward ! J'imagine que vous avez cru avoir une attaque lorsque vous avez trouvé mon lit vide.

Face au silence du militaire, la jeune femme regretta de prendre à la légère le sérieux de sa tâche. Le capitaine Edward Asher avait été envoyé quatre ans auparavant pour assurer sa sécurité, en remplacement du capitaine Geoffries, lequel était tombé malade et avait été, par suite, relevé de ses fonctions. Avec le temps, Edward était devenu plus qu'un simple garde du corps. À l'intérieur de ces murailles, qui la protégeaient des manigances de ses ennemis, Asher était son ami le plus cher et son confident. De son côté, il n'ignorait rien des craintes de Davina et lui pardonnait ses imprudences.

— Je savais où vous trouver, dit-il enfin d'une voix à peine audible.

On ne pouvait rien lui cacher ! Même si les endroits qui offraient un peu de solitude n'étaient pas légion au couvent. Davina n'avait pas le droit de franchir les portes de l'abbaye. Aussi grimpait-elle souvent dans le clocher afin d'y laisser vagabonder son esprit en toute liberté.

— Madame..., commença le capitaine d'une voix douce.

La jeune femme se retourna et dissimula ses rêves et ses aspirations les plus intimes derrière un sourire affable.

— De grâce, je..., reprit-il en la regardant droit dans les yeux avant de se mettre à bafouiller.

Malgré les années, elle continuait de l'impressionner comme au premier jour. Il l'aimait et, même s'il ne lui avait jamais déclaré sa flamme, il ne faisait rien non plus pour s'en cacher. Ses yeux, ses gestes, sa ferveur parlaient pour lui. Mais aussi une secrète tristesse, dont Davina se savait responsable, bien que le capitaine n'ait jamais eu l'outrecuidance de s'en plaindre. La voie de la jeune femme était toute tracée. Elle ne serait jamais sienne.

— Lady Montgomery, redescendez, je vous en prie. La solitude n'est point bonne conseillère.

Il s'inquiétait pour elle plus qu'il n'aurait voulu.

— Je ne suis pas seule, Edward, assura-t-elle. Je porte en moi tous les bienfaits que j'ai reçus !

Dans l'hypothèse où sa vie resterait inchangée, elle saurait trouver le moyen d'être heureuse. Elle y parvenait toujours.

— Je vous le confirme, convint-il en faisant un pas en avant.

Puis il s'immobilisa, et tous deux pensèrent à la même chose.

— On vous a enseigné la crainte de Dieu et l'amour de notre roi. Les nonnes vous estiment, au même titre que mes hommes. Et rien n'y pourra changer. Nous sommes votre famille. Mais cela peut-il suffire ?

C'était une question de pure forme, car il connaissait pertinemment la réponse.

Davina devrait s'en contenter. C'était la sagesse même. Le cloître la protégerait de ceux qui en voulaient à sa vie, à présent que le délai avait expiré.

Elle savait qu'Edward ferait tout pour la protéger. Il le lui répétait souvent ; en fait, chaque fois qu'elle agissait avec hardiesse. Peu à peu, il l'instruisait dans l'art de se méfier de tous – y compris de ceux qui prétendaient l'aimer –, et elle sortait souvent de ces entretiens un tantinet désespérée. Néanmoins, elle ne se serait jamais avisée de lui en faire reproche, pas plus que de quoi que ce soit d'autre.

— Comme j'aimerais tenir vos ennemis au bout de mon épée ! déclara-t-il. Et réduire vos craintes à néant !

Il avait prononcé ces paroles dans l'intention de réconforter Davina, mais celle-ci n'avait aucune envie de parler de l'avenir, surtout par une nuit à couper le souffle comme celle-là !

— Je vous en sais gré, ainsi qu'à Dieu, répondit-elle en lui décochant un sourire taquin, tout en s'approchant du capitaine. Mais, pour ce qui est de mes craintes, je peux m'en charger moi-même.

— Naturellement, capitula le militaire.

Lorsque Davina se planta devant lui, Edward avait retrouvé toute sa bonne humeur.

— Je vois que mes leçons portent leurs fruits ! fit-il remarquer.

La jeune femme posa la main sur le bras du capitaine et lui donna une tape amicale.

— Comment pourrais-je vous décevoir, puisque votre pédagogie est une source de contrariété pour notre mère abbesse ?

Ils rirent de concert, sans aucune retenue de part et d'autre. Mais bientôt Edward reprit son sérieux.

— Jacques sera fait roi dans moins d'une semaine.

— Je suis au courant, acquiesça Davina avant de tourner de nouveau les yeux vers l'Angleterre dans un effort surhumain pour endiguer sa peur. Peut-être…, poursuivit-elle avec une attitude de défi qui faisait pendant à son regard triste, peut-être devrions-nous assister au couronnement ? Qui irait me chercher à Westminster ?

— Madame…, balbutia-t-il en lui tendant la main, c'est impossible ! Vous le savez bien…

— Je plaisantais, mon bon ami, répliqua la jeune femme en inclinant la tête de côté, tout en dissimulant le conflit douloureux qui lui déchirait le cœur. Faut-il vraiment que nous discutions de cela, Edward ?

— Oui, je le crois, répliqua celui-ci avec franchise avant d'enchaîner, sans lui laisser le temps de formuler la moindre objection. Je me suis enquis auprès de l'abbesse de la possibilité de vous transférer à l'abbaye de Courlochcraig dans l'Ayrshire. J'ai déjà avisé…

— C'est absolument hors de question ! l'interrompit Davina. Je ne partirai pas de chez moi. En outre, rien ne nous permet de supposer que mes adversaires aient eu confirmation de mon existence.

— Ce ne serait l'affaire que d'une ou deux années, jusqu'à ce que nous ayons l'assurance que…

— Non ! répéta-t-elle en le regardant cette fois bien en face. Edward, souhaitez-vous sincèrement que nous abandonnions les religieuses à l'ennemi ? Que deviendront-elles sans le bras armé de vos hommes ? Elles refuseront de quitter Saint-Christopher, et moi de même !

Le capitaine soupira puis secoua la tête.

— Comment vous contredirais-je, lorsque vous manifestez plus de courage que moi ? J'espère seulement ne pas devoir le regretter un jour. En attendant, vous avez gagné !

Son beau visage ridé se détendit.

— J'agirai selon vos souhaits. Mais pour l'heure, ajouta-t-il en lui offrant son bras, permettez que je vous raccompagne jusqu'à vos appartements. Il se fait tard, et notre révérende mère ne verrait pas d'un bon œil que vous rentriez au chant du coq.

Davina lui prit délicatement le bras et le rassura de l'autre main.

— J'aime me lever avec le soleil !

— Pourquoi vous en priveriez-vous ? répliqua Edward d'un ton également badin en la conduisant hors du clocher. Puisque vous pouvez toujours rattraper le sommeil que vous avez en retard dans le scriptorium !

— Cela n'est arrivé qu'une seule fois ! se défendit-elle en lui donnant une petite tape. Et puis n'avez-vous pas mieux à faire de vos journées que de me suivre partout ?

— C'est arrivé à trois reprises, pour être exact, rectifia le capitaine sans tenir compte du regard faussement sévère de la jeune femme. Un jour, vous avez même ronflé !

Tout en continuant de descendre l'escalier, elle ouvrit de grands yeux et resta bouche bée.

— Je n'ai jamais ronflé de toute ma vie !

— Dois-je donc en conclure que c'était exceptionnel ?

Davina fit mine de réfuter de nouveau l'accusation, mais se ravisa aussitôt et se contenta de faire la moue avant de se mordre la lèvre inférieure.

— Sans oublier la fois où j'ai ronflé pendant le récital de clavecin de sœur Bernadette, reconnut-elle enfin. Cela m'avait valu une semaine de pénitence. Vous en souvenez-vous ?

— Si je m'en souviens ! s'esclaffa Asher. Mes hommes avaient interrompu toutes leurs corvées séance tenante pour écouter à votre porte, tandis que vous vous adressiez à Dieu à voix haute au sujet de tout autre chose !

— Dieu savait déjà pourquoi je m'étais endormie, expliqua-t-elle en lui rendant son sourire. Je n'aurais pas voulu minimiser les talents musicaux de sœur Bernadette, ou son absence de talent, même pour me justifier aux yeux de Dieu.

La bonne humeur du soldat retomba subitement, et il esquissa un sourire gêné, tandis qu'ils arrivaient devant la porte de Davina.

Il esquissa un geste pour lui prendre la main, et la jeune femme fit de son mieux pour dissimuler sa surprise et ne pas le décourager.

— Pardonnez ma hardiesse, mais il est une chose dont j'aimerais vous entretenir. J'aurais dû vous en parler depuis longtemps déjà.

— Je vous en prie, Edward, faites donc, dit-elle à mi-voix sans retirer sa main. Vous savez bien que vous pouvez toujours me parler sans détour.

— Tout d'abord, j'aimerais que vous sachiez que vous représentez pour moi…

— Capitaine !

Harry Barns, le second d'Edward, venait d'entrer en trombe dans le bâtiment conventuel sous le regard de la jeune femme, alors penchée au-dessus de l'escalier.

— Capitaine ! s'exclama le militaire en levant la tête.

Il était pâle et à bout de souffle à cause de la course.

— Ils arrivent !

Pendant un instant, qui sembla durer une éternité, Davina douta de ses propres oreilles. Depuis quatre ans qu'elle s'y attendait, elle n'avait cessé de prier pour que ce jour n'arrive jamais.

— Edward, commença-t-elle sans conviction et au bord de la panique, comment se fait-il qu'ils nous aient trouvés si peu de temps après la mort du roi Charles ?

Asher plissa les yeux et secoua la tête avec incrédulité. Toutefois, il fallait agir. Pivotant sur ses talons, il attrapa Davina par le bras et la fit entrer dans sa chambre.

— Ne bougez pas d'ici ! Et enfermez-vous à clé !

— À quoi bon ? répliqua la jeune femme en se précipitant sur son arc et ses flèches avant de revenir vers la porte dont Edward bloquait l'accès. De grâce, mon bon ami, ne m'obligez pas à me terrer dans mes appartements. Laissez-moi monter dans le clocher pour leur décocher quelques flèches. Je vous promets de courir à l'abri dès que cela deviendra trop périlleux.

— Capitaine ! héla de nouveau Barns avant de s'élancer dans l'escalier et de monter les marches quatre à quatre. Il faut nous tenir prêts. Le temps presse !

— Edward, commença Davina, ce qui suffit à retenir volontiers Asher, ne m'avez-vous pas entraînée en vue de cette éventualité ? Tous les bras seront les bienvenus. Et puis vous ne m'empêcherez pas de défendre mon foyer !

— Je vous en prie, mon capitaine, j'attends vos ordres ! s'impatienta Barns.

Davina se rua dans l'étroit escalier qui menait au beffroi en jetant un dernier regard en arrière.

— Harry ! s'écria Edward, tandis qu'elle s'éloignait. Fais préparer les cuves et bouillir la poix ! Je veux tous les hommes sur le pied de guerre et prêts au combat ! Oh, Harry…

— Capitaine ?

— Réveille les sœurs et demande-leur de prier.

Aux premières heures du jour qui vit le massacre des occupants de Saint-Christopher, les hommes d'Edward avaient réussi à décimer la moitié de l'armée ennemie. Mais les pertes du côté de l'abbaye étaient bien plus importantes encore.

Seule dans le clocher, Davina contemplait les cadavres éparpillés dans la vaste cour fermée. L'odeur nauséabonde de la poix embrasée et de la chair brûlée lui piquait les narines et lui irritait les yeux, tandis qu'elle scrutait la prairie qui s'étendait au-delà des portes du monastère, où des cavaliers continuaient de se battre à coups de hache, comme si leur haine ne connaissait pas de limite. Au vrai, ils n'étaient pas animés par la haine. Ils livraient tout simplement bataille à cause de Davina, même si aucun d'entre eux n'aurait été capable de la reconnaître s'ils l'avaient croisée dans un couloir. Elle, en revanche, les connaissait bien. Ces assassins sans visage avaient hanté ses nuits depuis qu'Edward lui avait parlé d'eux pour la première fois.

Des larmes, dues à la morsure du froid, ruisselèrent sur ses joues et tombèrent en contrebas sur ses amis et les membres de sa famille d'élection, morts ou agonisants. Elle les sécha d'un geste de la main, puis examina les corps, à la recherche d'Edward. Une heure après le début des combats, il était revenu pour lui ordonner de se réfugier dans la chapelle avec les sœurs. Face à son refus obstiné, il l'avait jetée par-dessus son épaule comme un sac de blé et l'y avait déposée. Mais elle n'était pas restée. Cela lui aurait été impossible. Elle était donc retournée dans le clocher, où elle avait retrouvé son arc et envoyé une bonne dizaine de ses ennemis comparaître devant leur Créateur ! Hélas, ces derniers étaient trop nombreux, à moins que Dieu ne dédaigne d'en recevoir davantage… Quoi qu'il en soit, elle assista avec des yeux pétrifiés au massacre de ceux dont elle partageait la table et la bonne humeur depuis de nombreuses années.

Davina avait tant redouté ce jour… Au point qu'il avait fini par faire partie intégrante de sa vie. Elle s'était crue prête à affronter sa propre mort, mais point celle de l'abbesse ni celle d'Edward. Comment pouvait-on jamais être prêt à perdre ses proches ?

Rongée par le désespoir, elle songea pendant un instant à sauter dans le vide. Si elle disparaissait, les hostilités prendraient fin. Néanmoins, elle avait trop souvent demandé à Dieu de lui donner du courage pour renoncer maintenant au salut de son âme et à sa volonté d'honorer la mémoire d'Edward. Elle tira une flèche du carquois qu'elle portait dans le dos, banda son arc et ferma un œil pour la visée.

Pendant ce temps, à sa verticale et à son insu, un soldat en tenue de grand apparat, n'appartenant à aucun régiment anglais connu, longeait en catimini le mur de la chapelle. Il tenait une épée dans une main et une torche enflammée dans l'autre.

Chapitre 2

Un vent frais chargé d'humidité souleva une mèche couleur de jais sur le front de Robert MacGregor. Celui-ci leva la tête vers le ciel et défia du regard les nuages couleur d'étain. La pluie avait déjà causé assez de dégâts en l'obligeant à quitter Camlochlin, tandis que la tempête menaçait d'emporter la toiture de la cahute du vieux Tamas MacKinnon. Et la boue, omniprésente, n'avait pas facilité leur long périple à travers l'Écosse.

Robert n'avait pas encore tranché quant à l'opportunité, suggérée par son père, de quitter leurs terres pour aller assister au couronnement de Jacques II. Qu'y avait-il de commun entre le droit promulgué par de grands seigneurs en perruque poudrée et col à jabot, et les MacGregor de Skye ? Seuls quelques nobles connaissaient son clan, et aucun parmi eux ne se serait aventuré dans les montagnes pour faire appliquer leurs lois. De quelle sorte d'allégeance les siens étaient-ils donc redevables envers le roi d'Angleterre ?

« Il est des circonstances où la révolte n'est point nécessaire », avait dit son père. « La sécurité du clan doit toujours primer », se souvint encore Robert avec inquiétude.

En tant que premier-né et héritier présomptif de Callum MacGregor, il avait appris à connaître la tournure d'esprit de son père. Ainsi, il comprenait que la courtoisie consistant à témoigner leur soutien au nouveau souverain était une manœuvre habile. De fait, même si la politique qui se pratiquait au sud de la frontière ne l'intéressait aucunement, de nombreuses voix au Parlement considéraient que le mode d'organisation clanique en vigueur dans les Highlands était dépassé et qu'il fallait l'abolir. Après tout, si la sécurité et la pérennité de son clan passaient par un peu de léchage de bottes, qu'à cela ne tienne !

Peu importait que son père ou lui-même soit officiellement chef. Ne tenait-il pas déjà effectivement les rênes du pouvoir, et même davantage ? Robert travaillait la terre, rassemblait les troupeaux, organisait la tonte des moutons, réparait les toitures en ruine et, plus souvent qu'à son tour, sacrifiait son goût des femmes sur l'autel d'un dur labeur. Il prenait part, aux côtés de son père, aux décisions qui réglaient le sort de ses semblables et se faisait un point d'honneur à se perfectionner avec assiduité au maniement de l'épée, car il n'était pas sans savoir que la moindre défaillance physique ou mentale pouvait lui coûtait ce qu'il avait de plus cher. De génération en génération, les MacGregor avaient fait en sorte qu'une telle éventualité ne se produise jamais.

Cependant, le Highlander ne décolérait pas d'avoir dû quitter son foyer pour aller faire des ronds de jambe à des paltoquets qui avaient toutes les chances de s'oublier dans leurs chausses si on les jetait sur un quelconque champ de bataille.

— Rappelle-moi pourquoi tu tenais tant à ce que nous prenions cet itinéraire, Will ? demanda Robert à son cousin en tirant sur les rênes afin d'éviter une tranchée boueuse.

Ils s'étaient séparés du gros de leurs troupes peu avant la frontière. C'est William qui avait eu l'idée d'emprunter ce détour, et Robert commençait à se demander pourquoi il l'avait écouté, mais aussi pourquoi il avait emmené une escorte.

— C'est l'abbaye Saint-Christopher, lança Will par-dessus son épaule. Je te l'ai dit : sœur Margaret Mary vit ici.

— Qui diable est Margaret Mary ? grommela Angus MacGregor en se frictionnant les reins. Et en quoi une fille de Notre-Seigneur intéresse-t-elle un cœur de pierre comme le tien ?

— Elle fut ma nourrice pendant six mois après le décès de ma mère.

— Il me semble avoir entendu parler d'elle par Tristan, intervint Colin, le jeune frère de Robert, d'un air pensif tout en faisant habilement contourner un dévers jonché de mousse à sa monture.

Robert se félicitait de l'absence de son frère Tristan – surtout eu égard aux religieuses de Saint-Christopher –, mais il s'en voulait d'avoir laissé Colin les accompagner. Manifestement, Willy n'avait pas la moindre idée de l'endroit où se trouvait l'abbaye. Il s'obstinait, néanmoins, à les conduire toujours plus avant dans les collines. Une bande de brigands aurait pu les attaquer de n'importe quelle direction sans même se mettre à découvert. Il va sans dire que Robert ne craignait guère la bagarre. De plus, il ne doutait pas que Colin soit tout à fait capable d'en réchapper sans aucune égratignure. Cependant, à tout prendre, il aurait préféré que son cadet ne soit point de la partie, au cas où ils aient à affronter quelque escarmouche.

— Les religieuses d'Angleterre prient-elles avec autant de zèle que celles d'Écosse ? demanda Finlay Grant.

— Nous ne sommes pas encore en Angleterre ! murmura Robert d'un ton impatient en jetant un coup d'œil au jeune homme par-dessus son épaule.

Le garçon parut passagèrement accablé, comme s'il s'était rendu coupable d'un grave manquement envers son chef. MacGregor se demanda ce que deviendrait Finn en cas d'attaque. Certes, ce gamin savait assez décemment se battre, mais il s'était toujours montré plus intéressé par la cornemuse et la légende des héros d'autrefois que par le maniement des armes. Tout chef de clan avait son barde, et Finn était résolu à devenir celui de Robert. Malgré l'agacement de ce dernier – le gosse ne le quittait pas d'une semelle au cas où il accomplirait quelque prouesse héroïque digne d'être racontée –, Robert appréciait le benjamin de Graham et de Claire Grant. L'adolescent avait le sens du respect et était doté d'un esprit curieux. Puisque Finn n'était pas responsable de l'exaspération de MacGregor, celui-ci décida qu'il aurait été injuste de lui en faire subir les conséquences.

— Non, poursuivit Robert d'un ton plus affable, ce sont les religieuses écossaises qui prient le plus !

— Je me fiche que Margaret Mary ait usé sa bure en prières, ronchonna Angus en fouillant sous son plaid à la recherche d'une outre d'alcool fermenté. Il me suffit de savoir qu'elle a mis Will et Tristan au monde pour me faire passer l'envie de la rencontrer !

— Chuuut, Angus ! s'exclama Robert en faisant taire le vieux guerrier d'un geste de la main. Vous avez entendu ?

Ses compagnons firent immédiatement silence et tendirent l'oreille.

— On dirait un bruit d'épées qui s'entrechoquent, suggéra Angus en posant la main sur le manche de son glaive. Cette… cette odeur, c'est celle de la chair calcinée !

— L'abbaye ! s'exclama Will en blêmissant et en faisant pivoter sa monture vers la gauche avant de donner du talon dans le flanc de la bête.

Avant que Robert ait pu l'arrêter, il avait disparu derrière la crête d'une petite élévation.

Tout en jurant que son cousin et meilleur ami finirait un jour par les faire tous tuer à force de foncer tête baissée vers le danger, MacGregor s'élança à sa suite, non sans donner l'ordre aux benjamins de la troupe de rester en arrière.

Robert et Angus firent halte à quelque distance en contrebas du promontoire, à l'endroit où Will les attendait pétrifié d'horreur et de stupéfaction devant la scène qui s'offrait à lui. Lorsque Colin et Finn les eurent rejoints, Robert punit son frère pour sa désobéissance en l'injuriant violemment, mais bientôt son regard fut de nouveau attiré par le minuscule couvent blotti dans les plissements vallonnés.

L'abbaye subissait une attaque en règle. À première vue, le siège durait depuis pas mal de temps. Le sol était jonché de centaines de cadavres. Sous un ciel où s'élevait en panaches une fumée noire due à la poix qui achevait de brûler, seule demeurait une poignée de survivants des deux armées antagonistes. L'aile gauche du bâtiment était la proie des flammes.

— Seigneur ! Qui a pu faire une chose pareille ? demanda Finn d'un air hagard.

Will ne prit pas la peine de répondre, mais se saisit de son arc et tira une flèche de son carquois.

— Non, Will, ne fais pas cela ! l'arrêta Robert. Ce combat n'est pas le nôtre. Je ne voudrais pour rien au monde attirer les foudres d'un tel ennemi sur notre clan ! Même pas pour ceux qui ont déjà…

Une douleur cuisante à l'épaule gauche, suivie par le sifflement de deux flèches immédiatement décochées par Will en représailles, empêcha MacGregor de terminer sa phrase. Abasourdi, il posa les yeux sur la fine tige de bois plantée dans sa chair.

Nom d'un… Je suis touché !

Réprimant un accès de nausée, il ferma le poing autour du projectile et en brisa l'empennage orné de plumes, qui dépassait de son plaid. Considérant d'un regard assassin le champ de bataille, il empoigna d'une main la flèche brisée et tira sa claymore de l'autre.

— Ce combat est le nôtre, à présent, Colin ! s'écria-t-il avant de charger. Toi et Finn, restez à couvert, sinon vous aurez de mes nouvelles !

Finn hocha consciencieusement la tête, mais Colin le prit en mauvaise part.

— Rob, je sais et je veux me battre !

— Un autre jour, promit MacGregor sans desserrer les dents, tant sa fureur était grande.

Colin comprit qu'il n'était pas dans son intérêt d'insister.

Robert avait déjà participé à des raids. Il avait même passé quelques Ferguson par le fil de son épée, mais le combat qu'il s'apprêtait à mener était de ceux pour lesquels son père l'avait entraîné : se protéger lui-même et les siens à tout prix. Peu lui importait de connaître la provenance exacte de la flèche qui l'avait blessé. Tous paieraient.

Une fois engagé dans cette mêlée, il abattit son arme avec un plaisir féroce, prenant promptement une vie après l'autre, tandis que Will et Angus croisaient le fer à quelques pas de là. MacGregor était sur le point de faire une nouvelle victime, lorsque cette dernière poussa un cri perçant.

— Arrête, l'Écossais ! Arrête, pour l'amour de Dieu !

Pendant un court instant, le guerrier qui venait de parler se recroquevilla sur sa selle en regardant le Highlander droit dans les yeux, puis il jeta un coup d'œil à la lame ensanglantée qui se dressait au-dessus de sa tête.

— Je suis le capitaine Edward Asher, du régiment royal, dit-il en toute hâte en s'efforçant d'adopter un ton sans équivoque. Ils ont fondu sur nous peu avant l'aube. Je ne suis pas votre ennemi.

MacGregor examina le soldat. Ses cheveux de jais dégouttaient de sang et de sueur. Des gouttes tombaient sur son front puis ruisselaient sur sa figure poussiéreuse en laissant un sillage humide derrière elles. Sa tenue était également couverte de sang. C'était bien celle d'un officier de Sa Majesté.

Toujours vexé d'avoir été blessé, MacGregor commença par tourner le dos à l'importun afin d'aller trucider quelqu'un d'autre.

— Attendez ! s'exclama le capitaine en le retenant par le bras. Vous êtes un Highlander. Que faites-vous ici ? Vous a-t-on envoyé ?

— Vous devriez vous montrer moins curieux et plus reconnaissant !

— Je vous remercie pour votre aide.

— Attention, derrière vous ! prévint MacGregor en faisant un signe de tête.

Le capitaine Asher pivota sur sa selle et eut tout juste le temps d'éviter un coup d'épée sur la tête, qui l'aurait très certainement tué.

Après s'être assuré qu'aucun autre ennemi ne s'approchait, MacGregor regarda d'un œil blasé l'Anglais abattre son assaillant.

— Je vous dois la vie, déclara Asher en ahanant.

— Parfait ! Bon, en a-t-on terminé ici ? En voici d'autres qui arrivent.

Asher baissa lourdement les épaules, comme s'il était soudain las et résolu à mourir. Il ne prit pas même la peine de se retourner. Il s'essuya le front et s'enquit du patronyme de son sauveur.

— Votre nom, je vous prie ?

Parbleu, non seulement il a dû perdre beaucoup de sang, mais il a aussi perdu la tête ! supposa Robert en son for intérieur.

Soudain pris de pitié, il n'eut pas le cœur de lui refuser sa requête.

— Robert MacGregor.

— Robert MacGregor, au cas où je mourrais aujourd'hui, je vous charge de sauver lady Montgomery. De grâce, s'empressa de poursuivre le capitaine avant que le Highlander refuse, je vous en conjure, sauvez-la. Elle est encore en vie à ce que je vois.

Il tenait l'information de la flèche brisée que MacGregor tenait dans sa main. Celui-ci suivit le regard de l'Anglais et comprit que le projectile avait été décoché par ladite lady Montgomery. Il serra les dents et les poings afin de se contenir.

— Vous êtes en vie. Sauvez-la vous-même.

— MacGregor ! hurla le capitaine Asher, tandis que Robert s'éloignait. Ils ont incendié la chapelle.

Toutes les sœurs sont… mortes. Elles étaient sa seule famille. En vous décochant cette flèche, elle a tout simplement fait ce que vous et moi aurions fait à sa place. Sauvez-la avant qu'elle périsse dans les flammes ! Nos ennemis n'attendent que cela.

MacGregor se tourna vers l'abbaye en feu.

Qu'ils aillent au diable ! Will, mon cousin, je devrais te pousser dans la chapelle pour que tu sauves cette dame ! N'était-ce pas ton idée, après tout, de venir ici ? Une femme ! Il ne manquait plus que cela ! Parbleu ! Will ne laisserait jamais une représentante du beau sexe se consumer, même si elle avait essayé de le tuer.

L'épée au clair au-dessus de sa tête, Robert abattit un autre cavalier qui fonçait sur lui, mais il ne se retourna point pour vérifier ce qui était advenu d'Asher. Il scruta la cour enfumée à la recherche d'une présence féminine puis débita un chapelet de jurons lorsqu'il fut forcé de conclure à l'échec. Grâce à sa mine encore plus sombrement rancunière et déterminée que jamais, deux soldats supplémentaires s'écartèrent de son chemin sous l'emprise de la peur, tandis qu'il entraînait sa monture dans une course endiablée en direction du rideau de flammes qui fermait la chapelle. Il n'y avait pas d'autre accès pour y pénétrer, et hésiter était un luxe que MacGregor ne pouvait se permettre. Tirant d'un coup sec sur la bride, il planta ses éperons dans les flancs de son cheval et força l'étalon à se dresser sur ses pattes arrière. Les portes calcinées se fendirent et cédèrent sous la pression des sabots de l'équidé. Une épaisse fumée lui piqua la gorge et obscurcit presque entièrement son champ de vision.

— Madame ! lança-t-il.

Son étalon hennit et rua face à la violence de l'incendie qui les cernait désormais. Mais Robert tint bon, et l'animal fut contraint de continuer. Le jeune homme lança un nouvel appel, et il était sur le point de renoncer et de compter l'inconnue au nombre des morts lorsqu'il l'aperçut enfin. À sa grande surprise, la jeune femme essayait désespérément d'éteindre le feu avec une simple petite couverture.

— C'est trop tard, mademoiselle. Donnez-moi votre main !

À ces mots, la jeune femme se retourna brusquement et se couvrit le bas du visage avec la couverture pour se protéger de la fumée.

— Edward ? s'enquit-elle dans une quinte de toux en cherchant son sauveur des yeux à travers la brume toxique.

La couverture lui échappa des mains.

— Edward, je…

Puis elle s'évanouit.

Robert s'élança en se penchant de côté et la souleva des cendres avant que son corps touche le sol.

Je meurs. Merci, Père éternel.

Davina avait imaginé que mourir était moins douloureux. Mais le plus pénible, ce qui la poussait à convoiter le paradis, n'était pas la fumée qui lui brûlait les poumons ni le marteau qui battait à tout rompre sous son crâne, mais le souvenir des religieuses hurlant dans les flammes qui les dévoraient.

— Vous pouvez respirer à présent, mademoiselle.

Un homme. Un militaire. Edward ? Non, celui-ci a la voix infiniment plus grave.

Davina recouvra soudain ses esprits.

Elle toussa, ne parvenant à inhaler qu'une toute petite quantité d'air frais à la fois. L'incendie avait gagné sa poitrine.

Le feu ! Je ne suis pas morte !

Elle entrouvrit les yeux sur une masse confuse qui ressemblait à de l'herbe calcinée foulée par de gros sabots qui faisaient trembler la terre sous son corps. Elle toussa de nouveau, puis quelqu'un chassa délicatement une mèche de son visage d'une main assez grande pour envelopper sa nuque. Elle était juchée sur un cheval… et également sur un homme, renversée sur le ventre en travers de ses jambes, pour tout dire. Ils étaient venus pour l'enlever ainsi qu'Edward l'avait craint, et elle était à présent entre leurs mains. Elle aurait voulu crier, mais elle avait la gorge sèche. Elle aurait voulu fausser compagnie d'un bond à sa double monture, mais le bras qui la retenait en suspens à la perpendiculaire du cheval était aussi ferme que le roc. Un cadavre étendu à terre défila dans son champ de vision, et elle se remémora l'horrible tragédie qui venait d'avoir lieu.

Ils sont tous morts ! C'est impossible !

— Non ! hurla-t-elle de terreur et de rage en se redressant sur les cuisses du jeune homme.

Mais elle se figea bientôt à la vue du carnage qui s'offrait à elle au-delà de l'épaule ensanglantée de l'homme.

L'abbaye Saint-Christopher – son foyer – ne serait bientôt plus qu'un tas de cendres. Elle était désormais seule au monde.

— Mon Dieu, non, je vous en supplie, pas ma famille ! gémit-elle en versant un flot ininterrompu de larmes, qui semblait ne jamais vouloir se tarir.

De fait, elle continua de pleurer, même lorsqu'elle se souvint de la présence de son ravisseur.

— Espèce de monstre ! hurla-t-elle en frappant la puissante poitrine du cavalier avec ses poings en y mettant toute l'énergie du désespoir. Charogne ! Qu'avez-vous fait ?

— Madame, calmez-vous, suggéra-t-il à son oreille d'une voix si douce qu'elle se laissa retomber contre lui, désarmée.

Elle s'agrippa à son biceps sans parvenir à détourner les yeux de sa demeure en ruine.

— Vous êtes hors de danger à présent.

— Je vous tuerai, promit-elle d'un ton également aimable, tandis qu'ils continuaient de s'éloigner des corps sans vie de ses proches.

— Vous avez déjà presque réussi, même si je ne suis pas responsable de cette exécrable expédition.

Elle fut presque tentée de le croire, non à cause de sa soudaine révélation – qu'il n'était supposément pour rien dans l'attaque –, mais de la profonde compassion dont ses paroles étaient empreintes. Elle recula légèrement et le considéra longuement avec attention. Cet homme n'appartenait pas à l'armée de ses ennemis. Il avait un fort accent campagnard et une allure bien plus farouche qu'aucun autre homme à sa connaissance, Anglais et étrangers confondus.

Un Highlander ! s'exclama-t-elle intérieurement. *Si je m'y étais attendue !*

L'abbesse lui avait parlé, au cours de ses leçons, de ces guerriers venus du nord qui préféraient aux pourpoint et hauts-de-chausses les couvertures dans lesquelles ils se drapaient. Davina posa les yeux sur le grand plaid serré qui entourait l'une des épaules de son ravisseur puis sur sa chemise tachée de sang.

Celui-ci est un spécimen hors gabarit ! songea-t-elle.

Il arborait une chevelure noire inhabituellement longue pour un homme, qu'il gardait attachée en arrière, à l'exception d'une seule mèche rebelle qui flottait devant ses yeux sous l'effet des rafales de vent. Il émanait de lui une odeur d'humus et de cuir, sans oublier celle de la fumée !

— Qui êtes-vous alors ? demanda-t-elle d'une voix chevrotante. Et que faites-vous ici ?

Robert la regarda longuement sans rien dire, comme si ces deux simples questions le plongeaient dans l'embarras.

Harry Barns ne lui avait-il pas dit que les Highlanders étaient des gens fort bêtes, plus aptes à guerroyer qu'à cultiver leur esprit par les livres ? Quoi qu'il en soit, celui-ci semblait pouvoir défaire tout un régiment !

— Edward…, murmura-t-elle avec un regain de chagrin. Laissez-moi partir ! ordonna-t-elle en se débattant derechef. Il faut que je le retrouve. Je vous en supplie !

MacGregor la serra contre lui afin de l'immobiliser.

— Vous ne comprenez pas. Il croira que je suis prisonnière de nos ennemis.

— De qui parlez-vous ?

Le Highlander recula juste assez pour la regarder dans les yeux.

— Qui étaient ces gens, jeune fille ?

Ne songeant qu'à Edward, et non à elle-même ou à sa propre sécurité, elle dit la vérité.

— C'étaient les hommes du duc, ou du comte, je ne suis pas très sûre. À présent, je vous en conjure, ramenez-moi à l'abbaye. Je dois retrouver le capitaine Asher.

Soudain, Davina comprit au regard du guerrier ce que celui-ci s'obstinait à lui taire : Edward était mort. Les yeux lapis-lazuli du Highlander s'assombrirent, tandis que ceux de la jeune femme s'emplissaient de larmes silencieuses. Pivotant sur elle-même, elle tourna le dos à sa vie passée et aux âmes en qui elle avait, jusque-là, placé sa confiance.

Ils chevauchèrent en silence avant d'être rejoints au galop par deux autres Highlanders ; puis ils gagnèrent tous ensemble la crête en surplomb de l'abbaye, où les attendaient le reste de leurs troupes. Le ravisseur de Davina s'entretint avec les autres soldats, mais celle-ci n'écouta point ce qu'ils se dirent ; et, lorsque l'un d'entre eux s'enquit auprès d'elle de la raison de l'attaque, elle répondit qu'elle l'ignorait ; puis elle se mura de nouveau dans son mutisme. Elle était seule au monde. Il lui importait peu que l'homme qui l'avait tirée des flammes fut envoyé par ses ennemis ou par Dieu lui-même pour la secourir. Elle était orpheline et n'avait d'autre choix que de le suivre. Pour l'instant du moins…

Chapitre 3

L'épaule de Robert était douloureuse. Par deux fois, Angus avait insisté pour qu'ils fassent halte afin de retirer la pointe de la flèche qui saillait toujours de l'omoplate de leur chef. Hélas, il aurait été trop risqué d'installer un bivouac si près de la frontière. De plus, les ennemis de la jeune femme semblaient prêts à tout pour lui ôter la vie. Ils n'avaient pas hésité à raser une abbaye pour parvenir à leurs fins. MacGregor se souvint avec effroi des paroles prononcées par le capitaine Asher : « Sauvez-la avant qu'elle périsse dans les flammes ! Nos ennemis n'attendent que cela. » À savoir : le duc ou le comte ! Lequel des deux ? Et pourquoi ? Comment diable pouvait-on souhaiter la mort d'une aussi jolie jeune femme ? Qui était-elle ? Le capitaine l'avait appelée « lady Montgomery ». S'agissait-il de la fille d'un gentilhomme en visite à l'abbaye avec sa famille ? Si oui, pourquoi diable portait-elle la bure des novices ? Quelle que soit l'identité des assaillants, leur objectif avait été de la faire brûler vive. La tenait-on pour une sorcière ?

À bien la regarder…, songea Robert, *on pourrait le croire.*

La beauté de Davina ne l'avait-elle pas envoûté comme un sortilège au premier regard ? La belle avait une allure presque féline, et ses grands yeux en amande étaient aussi profonds et bleus que l'azur infini du ciel. Ses sourcils clairs s'élançaient comme deux traits lumineux à l'assaut de ses oreilles charmantes. Son petit nez parfaitement évasé se terminait par un minuscule bouton de rose couvert de suie. Ses lèvres charnues lui conféraient une moue naturelle des plus enjôleuses.

Robert connaissait des histoires de fées ensorceleuses qu'il tenait de ses voisins, les MacLeod. Il y était question d'êtres prodigieux si beaux qu'il leur suffisait d'un seul regard pour conquérir l'âme du plus farouche guerrier. Sous la caresse des rayons du soleil, les cheveux de lady Montgomery – bien que souillés de cendre – renforçaient son apparence féerique de par leur chatoiement teinté d'or blanc et d'éclats argentés. Robert pencha la tête en avant afin de humer son parfum. Elle sentait la fumée et la suie, comme chacun d'entre eux supposa-t-il.

MacGregor concevait sans peine qu'un capitaine de Sa Majesté puisse supplier un Highlander de venir en aide à une telle créature. Toutefois, cela n'expliquait pas la raison de la présence d'un détachement royal à Saint-Christopher. Robert se posait mille questions. La jeune femme s'était montrée jusque-là peu loquace, même si le Highlander avait la certitude qu'elle seule détenait la clé du mystère. À l'exception d'un soubresaut occasionnel lorsque le cheval s'emballait, cela faisait plus d'une heure qu'elle n'avait émis le moindre son. Serrant son corps juvénile contre la poitrine du cavalier, elle bougeait à peine. À tout prendre, MacGregor était plus à l'aise quand elle se débattait. Il en conclut que sa protégée était en état de choc. Dans sa respiration chargée, il percevait toute sa tristesse et il dut prendre sur lui pour ne pas s'apitoyer. Si, comme elle, il lui arrivait de perdre tous ceux qui lui étaient chers, il deviendrait fou de chagrin. Elle semblait si petite et vulnérable dans ses bras… Soudain, il fut pris d'une véritable passion protectrice. Jamais il ne s'était à ce point senti responsable de la vie d'autrui.

Diable! Comme si je n'avais pas assez de responsabilités!

Il se rassura en songeant qu'il la remettrait bientôt aux mains du nouveau roi d'Angleterre, même s'il commençait déjà à douter de vouloir se séparer d'elle, car, manifestement, la protection royale ne suffirait pas à dissuader ceux qui voulaient l'assassiner. Néanmoins, il se devait de penser en priorité à la sécurité de son clan. Elle était sujette du roi : celui-ci lui devait protection.

Il changea de position et, serrant les dents aussi fort qu'il put, réprima un léger grognement de douleur. Il ressentait des élancements dans le bras, et celui-ci commençait dangereusement à s'engourdir, au point qu'il ne pourrait s'en servir en cas d'attaque.

— As-tu pu identifier l'archer qui t'a touché, Rob ?

C'était le jeune Finlay Grant qui avait posé la question.

Autant essayer de cacher ses plaies aux corbeaux ! pensa MacGregor.

— Oui, dit-il pour toute réponse.

— Ton père va nous arracher les yeux quand il verra ta blessure, marmonna Angus à voix haute, tandis qu'ils ralentissaient le pas.

Will prit la petite outre que lui tendait Angus et adressa à celui-ci un sourire provocateur.

— Je trouve désopilant que tu trembles comme une vieille femme devant notre chef de clan, fit-il remarquer.

Puis, ne tenant aucun compte des protestations véhémentes d'Angus, il but une grande rasade de leur robuste whisky, secoua ses membres et passa l'outre à Robert.

— Tiens, prends un peu de poison !

MacGregor déclina en secouant la tête.

— Mon père approuvera la raison de notre intervention. D'ailleurs, ce n'est pas une blessure si grave, et elle sera en bonne voie de guérison lorsque nous arriverons à Westminster…

La jeune femme se retourna si soudainement qu'elle manqua de tomber à terre.

— Vous m'emmenez à Westminster ?

Diable ! Elle est plus dangereuse que tout le whisky d'Écosse ! pensa MacGregor.

Depuis leur départ de l'abbaye, il brûlait d'envie de contempler une nouvelle fois son beau visage, de laisser son regard s'attarder sur la nacre pâle de ses lèvres, d'observer à loisir la symétrie parfaite de ses courbes, la pureté de sa peau laiteuse. Mais c'est son regard empli de peur et de désespoir qui fit fondre son cœur.

Bon sang! Que m'arrive-t-il? se demanda le Highlander.

— Oui, pour le couronnement du duc d'York, répondit-il en regardant ailleurs, car il n'entendait pas laisser une jeune femme, aussi envoûtante que Davina soit-elle, le distraire de son devoir.

— Nous y retrouverons mon clan et…

— C'est impossible! Je ne peux pas vous accompagner en Angleterre. Ne me forcez pas à vous suivre.

La voix de la jeune femme était emplie d'effroi, et il ne résista pas à la tentation de croiser son regard. Sa lèvre inférieure tremblait, et le guerrier dut lutter contre l'irrépressible envie de poser l'index sur sa bouche.

— Pourquoi donc? N'était-ce pas l'armée royale qui assurait votre protection? Vous ne courez aucun risque sous les auspices du roi.

Davina secoua la tête et agrippa le plaid du Highlander.

— Non, je ne serai pas en sécurité à Westminster.

Robert chercha une explication sur le visage de ses compagnons, mais il ne rencontra qu'incrédulité. Il lisait en eux comme à livre ouvert. S'ils ne se présentaient pas au rendez-vous, ce vieux « Diable MacGregor », comme on l'appelait, penserait que le pire était arrivé et quitterait l'Angleterre avec Graham à sa suite. Il irait peut-être même jusqu'à supprimer quiconque tenterait de s'interposer et de lui imposer de nouveau la loi de Londres. C'était là un trop grand risque, que Robert ne voulait pas courir. Néanmoins…

— Dans ce cas, où serez-vous en sécurité ?

— Non, Rob…, commença Angus.

Mais Robert l'arrêta d'un geste de la main.

— Où ? insista-t-il.

Davina jeta un coup d'œil circulaire en quête d'un repère familier, tandis qu'elle prenait soudain conscience des conséquences des épreuves récemment traversées. Elle fut secouée d'un tremblement, puis lâcha le plaid qu'elle serrait toujours dans son poing et s'abîma dans la contemplation de ses mains.

— Nulle part.

— C'est une proscrite ! suggéra Angus en buvant une autre rasade de whisky avant de lever les yeux au ciel d'un air caustique. J'en ai connu plus que je ne saurais le dire !

— Les soldats anglais ne sacrifient pas leur vie pour des hors-la-loi, intervint Will en se penchant sur l'encolure de son cheval afin d'arracher l'outre des mains de son frère. Ce poison finira par te tuer ! Vois déjà comme il te rend idiot ! ajouta-t-il, tandis qu'Angus le regardait bouche bée vider le contenu de l'outre par terre.

Robert se fichait comme d'une guigne que la jeune femme soit une proscrite, une sorcière ou un être surnaturel qui assujettissait les armées à sa cause. Sa décision fut donc rapide. Il ne se débarrasserait pas de cette femme, qui n'avait ni refuge ni consolation au monde, en la livrant à ses ennemis.

— Je vous trouverai un endroit où vous serez en sécurité, annonça-t-il sans tenir compte de la voix de la raison ni des blasphèmes d'Angus.

Cependant, la jeune femme ne parut pas moins rassurée. Elle semblait plutôt prête à sauter de cheval pour s'enfuir en courant. Devinant son intention, MacGregor resserra légèrement son emprise autour de sa taille.

— Angus, va retrouver mon père et raconte-lui ce qui s'est passé, mais seul à seul.

— Tu sembles oublier…, commença Angus.

— Je n'oublie pas, l'interrompit Robert d'un ton autoritaire. Voici ce que tu vas faire : dis-lui que nous sommes tous sains et saufs, et qu'il n'est pas nécessaire qu'il quitte la cour. Cela éveillerait les soupçons, s'il partait prématurément. L'affaire viendra assez tôt aux oreilles du roi. Tant que je ne connais pas le fin mot de l'histoire, je ne veux pas qu'il sache que nous sommes impliqués. Si les ennemis de cette demoiselle résident à la cour, ils nous donneront la chasse dès qu'ils apprendront qu'elle s'est enfuie de l'abbaye. Nous devons gagner le plus de temps possible. Dis à mon père que je suis parti en quête d'un refuge pour elle et que je le retrouverai à Camlochlin. File, et emmène le petit avec toi.

— Je ne veux pas aller en Angleterre ! protesta Colin.

Robert se retourna et décocha un regard assassin à son cadet. L'adolescent l'évinça d'un haussement d'épaules, comme une couverture qu'on lui aurait lancée inutilement.

— Si tu m'envoies avec lui, dit-il d'une voix grave et décidée, je lui fausserai compagnie et je te suivrai tout seul à l'écart !

— Je reste aussi ! déclara Finn en rejetant sa capuche de laine en arrière, libérant ainsi une gerbe de cheveux blonds.

MacGregor lui jeta un regard noir.

— Sauf votre respect, Rob, ajouta-t-il, nos parents ne nous ont pas confiés à Angus, mais à vous, car ils savaient que vous nous ramèneriez sains et saufs.

Puis il jeta un coup d'œil chagrin à Angus avant de revenir à Robert.

Satané gamin ! Il a raison !

Si Colin faussait compagnie à Angus – et Robert MacGregor avait tout lieu de penser qu'il tiendrait consciencieusement sa promesse, car son cadet possédait plus de fierté et de courage qu'il ne sied à un jeune garçon de son âge –, si, donc, il lui faussait compagnie et qu'il lui arrive malheur…

Non sans les gratifier d'un ultime regard désapprobateur, Robert rongea son frein et acquiesça. Il leur botterait l'arrière-train plus tard… Mais, pour l'instant, il fallait se remettre en route.

— Va, Angus, et dis à leurs pères que je veille sur leurs fils ! s'exclama Robert en faisant claquer ses rênes avant de faire pivoter sa monture dans la direction opposée.

Tudieu ! Je n'avais pas besoin de cela ! songea-t-il.

— Chevauchons encore quelques lieues puis installons notre bivouac, suggéra Will, tandis qu'Angus virait vers le sud. J'ai mal aux fesses !

Finn lui lança un regard réprobateur puis plissa les yeux. La réprimande n'échappa point à Will, qui se tourna aussitôt vers la jeune femme.

— S'cusez mes mauvaises manières, madame, plaida-t-il avec un sourire coupable empreint de témérité et de bravade, qui d'ordinaire faisait tomber les filles comme des mouches.

Le bras de Robert autour de la taille de la fugitive l'agaçait passablement, et il aurait volontiers désarçonné son cousin d'un coup de poing dans la figure.

— Comment vous appelez-vous, mademoiselle ? s'enquit-il en venant se placer au petit trot à hauteur du cheval de Robert, à bonne distance pour atteindre ce dernier du premier coup si besoin.

— Davina, répondit-elle à voix basse.

— Davina…, répéta Will, comme s'il s'agissait du mot le plus sacré qu'il ait jamais prononcé.

De fait, c'était le cas.

Lorsque Will décrocha l'outre d'eau qui pendait à sa selle pour la donner à Davina, Robert se maudit de ne pas y avoir pensé avant. Il la regarda boire, non sans jeter, de temps à autre, un regard noir à son cousin, lequel dévorait la jeune femme des yeux.

Robert ne prenait pas ombrage des succès féminins de Will. Il ne lui en voulait pas, car son cousin semblait né pour causer les mêmes ravages dans le cœur des femmes que sur le champ de bataille. Robert, lui, était né pour maintenir l'ordre.

— Merci.

— Je m'appelle Will, dit ce scélérat sur le ton de quelqu'un qui répond à une question. Fils de Brodie MacGr…

— Will ! l'interrompit brusquement Robert sans dissimuler son agacement. Laisse-la tranquille à présent.

La jeune femme était épuisée, et, que cela plaise ou non à son cousin, MacGregor entendait qu'on lui fiche la paix.

— Bon, très bien…, répliqua Will avec un petit air entendu qui lui valut un regard encore plus mauvais de la part de Robert. Je pars en éclaireur. Venez, les enfants ! lança-t-il en entraînant Colin et Finn à sa suite.

Une fois qu'ils furent seuls, MacGregor retourna à la contemplation de la nuque de Davina en se demandant dans quelle aventure il les embarquait. Il devrait insister pour qu'elle lui raconte ce qui s'était passé, mais plus tard, quand elle serait reposée. Il s'en voulait terriblement de ne pas lui avoir offert à boire plus tôt. En même temps, il n'était pas sa nourrice ! Il était un guerrier au grand cœur, mais sans mollesse. Et, même s'il avait grandi au milieu de nombreuses femmes, il n'avait pas appris à les consoler quand elles pleuraient.

Il se pencha donc au-dessus de son cou et lui offrit la seule chose qu'il avait à offrir : sa protection.

Chapitre 4

« Vous êtes en sécurité avec moi », avait susurré le Highlander à l'oreille de Davina, et cette promesse prit une tout autre signification dans son esprit, tandis que, sous ses yeux, Will retirait d'un coup sec sa pointe de flèche du bras de Robert.

La douce lumière dorée du couchant filtrait à travers les feuillages clairsemés qui s'étendaient au-dessus de leur petit campement pour retomber en pluie tachetée sur celui que Davina identifiait comme étant le chef, le guerrier qui l'avait tirée des flammes avant de lui offrir sa protection. Ses compagnons l'appelaient Rob. Il les dépassait tous en taille – à moins que ce ne soit un effet de son autorité – et, même lorsqu'on lui retira la pointe de flèche, il n'en parut que plus grand, plus fort et capable de tout.

Cependant, pourrait-il réellement la protéger et, le moment venu, le ferait-il ? Davina voulait le croire, car, étant désormais livrée à elle-même, tout espoir serait perdu si, d'aventure, le Highlander se révélait être un loup déguisé en agneau.

Cependant, elle ne se faisait pas d'illusion. Edward, aidé de plus d'une centaine d'hommes, n'avait pas réussi à assurer sa sécurité malgré tous leurs efforts. Qu'attendre, par conséquent, de quatre Highlanders, dont deux étaient encore prépubères ? Cela dit, des miracles se produisaient parfois. Par tous les saints, qu'ils paraissaient féroces, avec leurs genoux à l'air et leur glaive qui pendait de côté ! Mais que faisaient-ils donc à Saint-Christopher ? La conduisaient-ils vraiment en lieu sûr ou chez ses ennemis ? Dans les deux cas, elle devait retrouver sa liberté, car, s'ils étaient innocents, ils perdraient sûrement la vie à cause d'elle. Elle songea à leur demander directement s'ils avaient été envoyés par ses ennemis, mais se ravisa, doutant qu'ils lui disent la vérité.

Le chagrin rendait ses idées confuses, mais pas au point d'accorder sa confiance aux premiers venus. Comment ses ennemis s'y étaient-ils pris pour la retrouver avant le couronnement ? Quelqu'un avait certainement vendu la mèche. Mais qui ?

Les sœurs ne lui avaient jamais caché la vérité, et Davina savait pourquoi on l'avait enlevée à sa mère dès son plus jeune âge pour l'envoyer – abandonnée par son père – à l'abbaye. Elle connaissait le prix de sa propre existence, car par deux fois celle-ci lui avait coûté ce qu'elle avait de plus cher. Lorsque Edward, arrivant de la cour du roi Charles, avait pris son poste à l'abbaye, il l'avait entretenue au sujet de ceux qui voulaient sa mort. Dieu, qu'ils étaient nombreux ! Même si ces mises en garde avaient fait naître en elle une peur presque palpable, elle comprenait les raisons qui avaient poussé le capitaine à agir ainsi.

Méconnaître ses ennemis revient à se placer à leur merci. Depuis ce jour, elle avait vécu dans l'incertitude et l'inquiétude, constamment à l'affût du danger.

Dans le jour déclinant, Davina observa Robert, tandis qu'il se dirigeait vers le ruisseau tapissé de cailloux puis se penchait au bord de cette même onde dont il s'était servi un peu plus tôt pour ôter la suie des cheveux de la jeune femme. Il prit un peu d'eau dans ses mains et s'aspergea le visage. Sa blessure avait besoin d'être nettoyée, mais Davina lui sut gré de ne pas se baigner nu. Elle avait partagé la compagnie de nombreux hommes durant sa vie, mais aucun d'entre eux n'avait irradié une telle force brute, ni arboré d'aussi larges épaules. Sans doute le kilt qui flottait autour de sa taille et les bottes poussiéreuses qui entouraient ses mollets – l'une d'entre elles servait de fourreau à une dague – renforçaient-ils cette impression d'énergie virile. De toute évidence, il ne passait pas ses journées à boire avec ses amis pour tuer le temps en attendant la prochaine bataille. Elle le suivit du regard, tandis qu'il se détournait du torrent et se déplaçait à l'intérieur du camp de sa démarche décontractée et assurée, empreinte d'une fierté qui lui avait été transmise par une longue lignée de guerriers. Il inclina soudain la tête dans sa direction et la surprit en flagrant délit d'admiration. Davina détourna les yeux vers un arbre tout proche.

— Savez-vous, mademoiselle, commença-t-il en s'approchant d'elle, que, si ma sœur savait se montrer aussi silencieuse que vous, elle aurait sûrement déjà trouvé un mari !

Accroupi à la droite de la jeune femme devant un tas de braises, Will laissa échapper un ricanement sourd.

Ce garçon est la tentation incarnée ! songea Davina lorsque Will se tourna vers elle et lui fit un clin d'œil. Avec sa belle tête brune de conspirateur, ses yeux gris clair et ses dents éclatantes, il avait tout du loup en chasse !

— Laisse Mairi en dehors de ça ! ordonna Colin. Vous savez tous les deux pourquoi elle ne s'est pas mariée.

Il devait avoir dans les neuf ou dix ans. Il était mince et montait à cheval comme un adulte. De noires ondulations soyeuses passaient devant ses yeux pers. Son regard incandescent brillait d'un éclat volontaire presque aussi soutenu que celui de Robert.

— Oui, Colin, s'esclaffa Will en jetant des brindilles sur les flammes de plus en plus hautes. Nous savons qu'elle fait peur aux hommes.

— J'imagine que Colin fait allusion à mon frère Connor, fit remarquer Finn.

— Moi aussi, Finn, précisa Will, même si je ne le blâme pas de s'être enfui en Angleterre.

Le feu se reflétait dans les prunelles espiègles et taquines du jeune homme, tandis qu'il provoquait celui dont le seul visage avait presque réussi à faire oublier à Davina les affres de la journée.

Lorsqu'elle avait aperçu Finn pour la première fois, elle avait cru que Dieu avait décidé de la sauver en lui envoyant son plus bel – et très écossais – archange. Ses cheveux, d'une blondeur semblable à celle de Davina, dépassaient, raides comme des bâtons, de sa capuche émeraude – comme ses yeux. Il s'exprimait d'une voix chantante, et son regard pétillant et mobile rappelait le ciel nocturne d'Irlande. Sa beauté avait quelque chose d'apaisant pour la jeune femme, à l'inverse de Colin qui possédait le même charme ténébreux et crâne que Robert. Finn était si beau que Davina en conçut de la compassion pour celle qui tomberait amoureuse de lui.

— Connor n'a peur de rien, rectifia Finn en s'adossant au tronc d'un arbre avant d'avaler d'un coup une poignée de baies. Sinon, pourquoi croyez-vous que le roi Charles l'aurait promu capitaine ?

Davina ne s'étonna point de la nouvelle : le défunt roi était connu pour avoir intégré de nombreux Écossais, voire des Highlanders, à son armée. Elle se demanda si Edward connaissait – ou plutôt avait connu – le frère de Finn et réprima une nouvelle vague d'émotion avant que celle-ci se traduise en larmes.

Se détournant des garçons, elle trouva Robert accroupi face à elle.

Doux Jésus, les autres hommes – y compris ses trois compagnons – font pâle figure en comparaison !

Dans la lumière crépusculaire, elle ne put discerner les taches de rousseur qui conféraient de la chaleur à son regard bleu vif. Alors elle les imagina. Il avait le nez droit à la grecque, la mâchoire carrée et la barbe suffisamment longue pour lui donner un petit air endurci. Sous ses lèvres bien dessinées – dans le seul but, elle en avait la certitude, d'égarer les femmes –, l'esquisse d'une fossette délimitait la puissance réfractaire de son menton.

— Avez-vous faim ? demanda-t-il.

— Je vais vous aider, suggéra-t-elle en se redressant.

— Restez assise, protesta-t-il en l'invitant à se rasseoir en tirant sur sa bure. Il faut que nous parlions, déclara-t-il d'un ton de plus en plus grave, et j'ai le regret de vous annoncer que c'est vous qui ferez l'essentiel de la conversation.

Instinctivement, Davina se ferma comme une huître. Elle ne se faisait pas confiance, à cause de l'habitude qui était la sienne de s'étendre au-delà du strict nécessaire. Sans doute son absence de prudence était-il dû au manque de compagnie avec qui commenter les événements du monde durant les quatre dernières années. Elle n'avait aucune envie de faire la conversation à cet étranger, et il lui faudrait donc trouver le moyen d'y obvier sans éveiller les soupçons, car même s'il n'avait pas été envoyé par ses ennemis rien ne l'empêcherait de la livrer une fois qu'il connaîtrait son secret.

— À votre guise, messire, répondit-elle en desserrant les dents. Mais avant que nous commencions, de grâce, laissez-moi panser votre blessure.

Il la jaugea du regard en silence et en prenant tout son temps, ce qui eut pour effet de mettre la jeune femme mal à l'aise. La fermeté de son regard et la simple possibilité qu'il avait de refuser, jugeant qu'elle cherchait à détourner son attention, lui causèrent une peur panique. En cet instant, elle voua une admiration sans limites à Colin, lequel osait défier Robert lorsqu'il lui faisait des remontrances.

— Messire, je ne voudrais pas que vous tombiez malade de fièvre à cause de moi, ajouta-t-elle avec le plus grand sérieux afin de l'inciter à lui complaire.

— Très bien ! concéda-t-il non sans appréhension. Mais cessez de m'appeler « messire ». (Il s'assit par terre afin de la laisser œuvrer.) Je ne suis pas un seigneur du royaume et je ne passe pas pour un gentilhomme.

Davina ne sut que penser ni pourquoi elle frémit étrangement de tout son corps au son de sa voix caverneuse.

— Je vais avoir besoin d'eau, annonça-t-elle, les mains sur les genoux, en évitant de croiser son regard, car elle n'avait pas l'intention de céder à une tentation dont l'issue lui avait été jusque-là refusée et le serait toujours.

— Will ! lança-t-il en se tournant brièvement vers les autres. Elle a besoin d'eau.

— Tournez-vous un peu, ordonna Davina en s'efforçant de deviner sur quel terrain il voulait l'entraîner afin de déterminer ce qu'elle pourrait ou non dire.

— Oui, ce sera plus pratique ! convint-il en obtempérant, tout sourires.

Et les quelques résolutions que Davina avait prises s'envolèrent comme des feuilles mortes en automne.

Comment se faisait-il qu'il la troublait à ce point sans même la toucher, alors qu'il semblait si franc et maladroit – bien plus que Will. Celui-ci s'accroupit soudain face à eux.

— Tu saignes comme une jeune vierge ! s'exclama-t-il avec un petit sourire satisfait qui n'augurait rien de bon pour Robert. Es-tu sûr que la fièvre ne s'est pas déjà emparée de toi ?

Will lança une outre remplie d'eau à Davina, qui l'attrapa juste avant que le pied botté de Robert s'écrase contre la poitrine du jeune homme. Un guerrier moins costaud aurait décollé de quelques centimètres au-dessus du sol, mais Will tomba simplement sur les fesses en riant.

— Allez-y doucement, mademoiselle, suggéra-t-il en se levant d'un bond. Il est fragile, ajouta-t-il par-dessus son épaule quand il se fut assez éloigné pour pouvoir dormir en toute sécurité.

Fragile ? se répéta Davina en contemplant le large dos de Robert. *Même sous ses épaisses couches de tartan, il semble aussi solide que ces montagnes au loin !*

— Quand j'aurai nettoyé la plaie, j'aurai besoin de votre dague pour couper quelques bandes de tissu, afin de…

— Je ne vous donnerais pas ma dague, jeune fille, même si vous aviez une excuse pour m'avoir décoché cette flèche !

— Vous voulez dire que c'est moi qui…, s'interrompit-elle en écarquillant les yeux, tandis que le peu d'espoir qu'elle avait mis en lui s'évanouissait.

— C'est elle qui t'a blessé ? intervint Finn, exprimant ainsi l'incrédulité qui se lisait sur le visage de ses compagnons.

— Oui, répondit Robert en poussant un long soupir, comme si cet aveu lui coûtait. C'est pourquoi je n'ai pas envie qu'elle tienne un poignard dans mon dos.

— Cela n'a aucun rapport ! protesta Davina. Jamais je ne poignarderais personne.

Elle se rappela soudain qu'il avait dit qu'elle l'avait presque tué, mais le chagrin l'avait empêchée de relever.

— Comment savez-vous que la flèche provient de mon carquois ?

Le Highlander ne répondit pas immédiatement, et Davina suffoqua sous l'effet d'un autre souvenir, qui l'oppressa.

— Et comment savez-vous qu'Edward est mort et qui il était ? Vous ne le connaissiez pas, n'est-ce pas ?

— Non, je ne le connaissais pas, répondit Robert à voix basse en évitant le regard inquisiteur de la jeune femme.

— Pourtant, vous saviez que j'étais dans la chapelle !

Tout devenait beaucoup plus clair à présent.

Mon Dieu, ce sont eux qui l'envoient ! s'exclama Davina intérieurement.

Le fait que l'homme en question était un Highlander ne faisait que confirmer ses craintes. Ses ennemis étaient des gens puissants, dont les alliés étaient répandus dans presque toutes les contrées.

De plus, ils disposaient d'assez d'argent pour s'offrir les services de mercenaires lorsque leur soldatesque échouait.

« Ne faites confiance à personne », avait dit Edward.

Davina serra les poings, tandis que ses yeux s'emplissaient de larmes. Elle s'apprêtait à soigner celui qui avait probablement tué son seul ami. Faisant fi de la présence des trois autres – *Tant pis s'ils me tuent!* – elle laissa libre cours à sa colère.

— Espèce d'hypocrite ! hurla-t-elle en se penchant au-dessus de lui pour se saisir de la dague qu'il gardait dans sa botte.

Hélas, il était vif comme l'éclair, et il eut tôt fait de l'attraper par le poignet avec une main de fer. Avant que ses compagnons aient le temps de bondir sur leurs jambes pour venir à son aide, il fit voler la jeune femme par-dessus son épaule et la laissa s'écraser tête la première. La violence du choc lui coupa la respiration. Davina n'eut pas le loisir de rouler à l'écart et de s'enfuir, car il l'immobilisa aussitôt au sol de tout son poids avant d'arrêter les autres d'un geste de la main.

— Êtes-vous ensorcelée, possédée par un démon ? demanda-t-il en la foudroyant de son regard aussi impitoyable que sa poigne. Est-ce pour cette raison qu'ils veulent vous tuer ?

— Vous connaissez la réponse, répliqua-t-elle entre ses dents, avant de lui assener un crochet du gauche.

MacGregor para le coup avec son avant-bras en grimaçant à cause de sa douleur à l'épaule.

— Vous avez tué Edward pour m'enlever !

— Qui diable est cet Edward ? s'enquit Colin en se penchant au-dessus d'eux.

Il considéra brièvement la dague de son frère dans le poing serré de Davina et se pencha pour la lui arracher.

— Le capitaine Edward Asher, l'avisa Robert en maintenant fermement la jeune femme à terre, tandis que celle-ci essayait de nouveau de se dégager.

— Il a été tué après qu'il m'a demandé de la secourir. Parfaitement ! insista Robert en la dévisageant de son regard inflexible.

Davina cessa de se débattre.

— C'est votre capitaine qui m'a parlé de vous.

Était-ce la vérité ? Était-ce la raison pour laquelle le Highlander l'avait sauvée des flammes ?

— Je doute qu'Edward vous ait dit que la flèche était mienne !

— Je l'ai deviné à sa façon de regarder l'empennage.

Comment n'y avait-elle pas songé plus tôt ?

— Que vous a-t-il appris d'autre ? demanda Davina en haletant sans baisser sa garde.

— Pas grand-chose, mais vous allez y remédier dès que vous m'aurez donné votre parole que vous n'essaierez plus de me tuer.

— Dites-moi d'abord tout ce qu'Edward vous a dit.

Il la regarda droit dans les yeux avec un petit sourire en coin, et le cœur de la jeune femme se mit à battre la chamade.

— Vous n'êtes pas en position de négocier.

— Vous non plus ! répliqua-t-elle en s'efforçant de se montrer aussi sûre d'elle qu'il l'était. Votre sang s'écoule sur ma robe. Quand vous aurez perdu connaissance, nous ne serons pas plus avancés !

Robert cessa de sourire lorsqu'il entendit Will glousser au-dessus de lui.

— Elle est pleine de bon sens ! fit remarquer ce dernier.

Davina attendit sous son ravisseur que celui-ci pèse le pour et le contre. Il lui aurait été facile de la tuer à présent et de livrer son corps à ses ennemis. D'un autre côté, s'il connaissait déjà son secret et la raison de sa retraite à Saint-Christopher, pourquoi s'obstinait-il à la questionner ? L'avait-il vraiment mise hors de danger parce qu'Edward le lui avait demandé ? Le capitaine en avait-il révélé davantage au Highlander ? Même si ce guerrier l'avait secourue en toute bonne foi, le fait d'apprendre la vérité sur elle aurait certainement changé son attitude. Davina ne savait plus que penser, et il était difficile d'y voir clair avec un homme sur le ventre !

Par tous les saints, qu'il est lourd, et têtu comme une mule ! Mais à têtu, têtu et demi !

Elle chercha une faille dans l'étau qui la retenait au sol afin de reprendre son souffle et, pour son plus grand embarras, prit la pleine mesure de la musculature de son adversaire. Malgré la désapprobation de l'abbesse, Davina n'avait pas fui le contact physique avec les hommes d'Edward, posant une main délicate et affectueuse sur le bras de ses interlocuteurs masculins, poussant avec espièglerie tel autre lorsqu'on la taquinait au sujet de sa désolante inaptitude aux échecs. Elle avait connu la fermeté de leurs corps, mais jamais tout contre le sien. La masse et la chaleur de celui de Robert la plongeaient dans une sorte d'ivresse, bien qu'elle lui ait volontiers donné un coup de genoux dans les parties si sa robe ne l'en avait pas empêchée.

Il dut s'apercevoir de son trouble, car son regard se fit plus doux, ce qui eut pour effet d'exacerber le désir de la jeune femme.

— Je ne suis pas votre ennemi, assura-t-il en insistant sur chaque mot.

Mais, pour Davina, quiconque s'approchait d'elle était un ennemi potentiel. Edward et même l'abbesse s'étaient ingéniés à l'en persuader. Parce qu'il n'y avait pas d'enfants à Saint-Christopher, elle avait grandi sans amis. Aucun villageois n'avait jamais eu l'occasion de voir son visage ni même d'entendre une rumeur au sujet de son existence. Avec les sœurs et un petit régiment royal, elle était la seule à connaître sa véritable identité. Davina n'était pas sans savoir que les langues se délient vite avec un peu d'argent ou quelques menaces bien senties. Et nul n'est à l'abri de trahir un jour.

— Vous me faites mal ! s'exclama-t-elle en tournant la tête de côté, de peur de mollir.

Dieu merci, MacGregor n'était pas tout à fait du genre barbare sanguinaire ! C'est pourquoi il la laissa se redresser. Davina s'agenouilla aussitôt et recula à quelque distance en dévisageant l'assemblée.

Seul Colin lui lança un regard furieux, et Davina imagina qu'il se méfiait peut-être d'elle autant qu'elle se méfiait d'eux. De son côté, Will l'observait avec une sorte d'admiration que trahissait sa moue enthousiaste, tandis que Finn la regardait avec une bienveillance angélique.

— Asher était-il votre mari ? demanda Robert, tandis qu'il se redressait en se tenant l'épaule.

Davina eut plus de difficulté à lire ses pensées, car son visage ne portait pas la moindre trace de colère ni d'indulgence.

— Non, il était mon ami.

Elle ressentit un soulagement passager en songeant que, par chance, Edward ne lui avait rien révélé d'important. Néanmoins, cela n'expliquait toujours pas ce que le Highlander et ses hommes faisaient à l'abbaye le matin de l'attaque.

— Que faisiez-vous à Saint-Christopher ? demanda-t-elle à la cantonade.

— Je connaissais l'une des religieuses.

Davina leva les yeux et croisa la lueur friponne qui brillait d'un éclat argenté dans le regard de Will à travers son épaisse tignasse.

Bibliquement, sans doute ! commenta intérieurement la jeune femme.

La croyaient-ils assez naïve pour croire que l'une des sœurs se serait compromise avec un tel diable de coquin ?

— La sœur Margaret Mary était ma nourrice, précisa le ravissant séducteur afin de dissiper tout doute dans l'esprit de Davina.

— À présent, permettez-moi de vous retourner la question ! intervint Robert, se replaçant ainsi au centre de l'attention de la jeune femme. Que faisiez-vous à l'abbaye ?

Il tira sur le plaid qui lui entourait les épaules, et la jeune femme en profita pour dévorer des yeux son torse à demi nu.

— J'y vivais.

— Cependant, Asher vous a appelée « lady Montgomery ».

— Mes parents étaient pairs du royaume. Ils sont morts quand j'étais petite. J'ai été élevée par les sœurs de Saint-Christopher.

MacGregor s'attarda en silence sur la bure de Davina, puis, d'un ton plus sévère, il demanda :

— De quel duc ou comte parliez-vous tout à l'heure ?

La jeune femme le regarda se débattre en vain d'une seule main avec sa tunique.

— Du comte d'Argyll et du duc de Monmouth, répondit-elle, considérant que cet aveu ne la mettrait pas en danger, puisque, de toute façon, le Highlander était certainement déjà au courant.

Celui-ci s'immobilisa et la considéra avec un mélange d'étonnement et d'inquiétude, qui conférait à ses yeux un éclat diamantin. Puis il jeta un rapide coup d'œil à Will.

— Monmouth ? Le neveu du roi Jacques ?

— Jacques Stuart n'est pas encore roi, rappela Davina.

Les deux guerriers la dévisagèrent simultanément, mais ce fut Robert qui parla en premier.

— Vous n'êtes pas novice de cet ordre.

— Bien sûr que si ! Je dois prononcer mes vœux au printemps prochain.

Robert se rembrunit sous l'effet de la déception. Mais il ne se laissa pas mollir, même si le moindre alanguissement de sa part avait mille fois plus de pouvoir que tout le charme naturel de ses compagnons.

— Monmouth et Argyll ont tous les deux été bannis en Flandre, rappela Colin par-dessus le crépitement du feu.

Davina confirma d'un hochement de tête.

— Et ce sont leurs armées néerlandaises qui ont attaqué l'abbaye, précisa la jeune femme.

— Pourquoi veulent-ils vous tuer ? s'enquit Robert.

Davina se tourna de nouveau vers lui. L'ignorait-il vraiment ? Elle voulait le croire, de même qu'elle voulait croire qu'il l'avait sauvée tout simplement parce qu'il était un homme de bien. N'ayant aucune expérience du monde et des méthodes qui permettent d'y survivre sans l'aide de personne, elle ne pouvait s'offrir le luxe de refuser un appui.

Provisoirement, s'entend ! s'empressa-t-elle d'ajouter intérieurement.

L'éclair d'attendrissement qu'elle avait aperçu dans les yeux de Robert l'incitait à lui accorder sa confiance.

— C'est vous qu'ils cherchaient, n'est-ce pas, mademoiselle ?

Davina garda le silence.

— Ils ont tué toutes les sœurs en espérant que vous seriez l'une d'entre elles, ajouta-t-il.

La jeune femme essuya une larme lorsqu'elle entendit la vérité nue : ils avaient tous péri à cause d'elle !

— Pourquoi ? Qui êtes-vous ?

— Personne.

Comme elle aurait aimé n'être personne ! Elle aurait donné cher pour cela.

Chapitre 5

— Si belle que vous soyez, mademoiselle, je ne peux pas croire que tant d'hommes aient perdu la vie pour vos beaux yeux ! déclara Robert.

Puis il fit un pas en avant, et leurs chaleurs se mêlèrent.

— Néanmoins, ajouta-t-il, j'accepte de vous croire, Davina. Pour l'instant, du moins, nous dirons que vous n'êtes personne.

La jeune femme détourna le regard, non parce que le Highlander lui avait fait du charme ni parce qu'il avait prononcé le mot « belle » d'une voix chantante – même si, en vérité, elle ne savait pas comment réagir face à tant de hardiesse ni pourquoi elle avait les mains moites –, mais parce que sa seconde réplique l'avait touchée en plein cœur et qu'elle ne voulait pas lui montrer son chagrin. En effet, tant d'hommes avaient perdu la vie pour elle !

Lorsque Davina trouva de nouveau le courage de regarder le Highlander en face, celui-ci se contenta d'esquisser un petit sourire en coin, mais cela suffit à susciter chez la jeune femme l'envie de s'épancher complètement. Cependant, elle n'en fit rien et lui rendit simplement son sourire en lui posant la main sur l'épaule.

— Pardonnez-moi pour la flèche… si vous êtes innocent.

— Je le suis, et vous êtes déjà pardonnée, assura-t-il.

Elle l'aida à enlever sa tunique, tandis que le souffle chaud du jeune homme éveillait son désir tout au creux de ses reins. La lumière des flammes dansait sur la toile de fond ambrée de son dos dénudé. Davina était en admiration. Nul besoin qu'il soit un saint pour apprécier son corps magnifique, même si elle devait sûrement en demander pardon à Dieu. Ses muscles étaient aussi fermes au toucher qu'ils semblaient l'être au premier regard.

— Je ne voudrais pas que vous me croyiez discourtoise ou ingrate à l'égard de ce que vous avez fait pour moi aujourd'hui.

Oh, Davina, ne pourrais-tu te taire ? se tança-t-elle.

Parler était un dérivatif à la carrure satinée qui roulait sous ses doigts. C'était la première fois qu'elle touchait la peau nue d'un homme, et elle ne put s'empêcher de rougir.

— Je ne veux pas vous mentir, poursuivit-elle. Ainsi, tant que nous voyagerons ensemble, considérez mon silence comme une récompense pour m'avoir sauvé la vie.

— Auriez-vous l'intention de me protéger ? s'enquit Robert en esquissant un sourire plus débonnaire cette fois.

— Nous tous ! répondit Davina.

— Il faut que vous ayez connaissance d'un bien grand secret pour que le duc et le comte vous harcèlent de la sorte ! fit remarquer Will en contournant le feu pour venir s'asseoir juste en face d'elle.

Non sans d'abord jeter un dernier coup d'œil méfiant à la jeune femme, Colin lui emboîta le pas.

Davina démentit d'un geste de la tête, tandis que Finn s'asseyait en tailleur à côté d'elle.

— Je ne sais rien d'eux, si ce n'est qu'ils ont de nombreux soutiens protestants, ici et en Flandre, et que ceux-ci s'opposent à ce qu'un catholique succède au trône d'Angleterre. Monmouth a trempé dans le projet de loi visant à exclure Jacques de la succession.

— Oui, cette loi qui a divisé le pays en deux camps, glosa Colin sans tenir compte du regard interloqué que Will et Robert lui lancèrent.

» Les Whigs l'ont soutenu contre les Tories qui lui étaient opposés, continua-t-il. Finalement, ils ont poussé Jacques à se tenir à l'écart de toute décision gouvernementale avant d'être condamnés à plusieurs années d'exil par le roi Charles, son frère.

— C'est exact, répliqua Davina, à la fois surprise et stimulée par ses connaissances en politique.

La jeune femme était bien décidée à garder l'essentiel pour elle. Cependant, quel mal y avait-il à échanger des opinions sur les affaires de l'État et de la religion ?

— Contrairement à Jacques, le duc d'York, qui s'apprête à être couronné roi, Monmouth et Argyll, ainsi que de nombreux autres, sont résolument opposés à la liberté de culte, déclara-t-elle.

— Oui, nous en avons entendu parler, confirma Colin en l'observant par-dessus les flammes. C'est notre religion que les protestants veulent abolir ! Nous savons quelle était la position de Charles sur la question, mais nous sommes moins bien renseignés sur le duc d'York. Que savez-vous de lui ?

Davina s'aperçut rapidement que la capacité d'attention de Colin n'était guère moins intimidante que celle de Robert. Jouant de prudence, elle le regarda droit dans les yeux.

— C'est un homme qui se bat pour ses convictions, dit-elle.

— Vraiment ? demanda Colin d'une voix où l'envie d'en savoir plus le disputait au scepticisme.

— Oui, répondit Davina en relevant le défi. Il a refusé d'abjurer sa foi quand, il y a plusieurs années, les catholiques et autres non-conformistes ont été écartés des emplois publics au profit des protestants anglicans. Il est même allé jusqu'à renoncer à son titre de lord grand-amiral. Face à une telle hostilité, d'autres, à sa place, auraient cédé aux pressions. S'il a tenu, c'est grâce à ses convictions.

Colin acquiesça et, même si son visage se détendit dans la lumière du feu de camp, il était clair qu'il rongeait son frein.

— Je connais un homme qui lui ressemble, mais il n'aurait jamais marié sa fille à un protestant !

Davina le jaugea une dernière fois du regard avant de se tourner de côté pour ramasser l'outre d'eau que lui avait lancée Will. Elle soupçonnait Colin d'en savoir plus sur le duc d'York qu'il ne voulait bien le reconnaître. Quoi qu'il en soit, il ne pouvait être au courant de tout, et ses questions étaient relativement inoffensives.

— C'était un stratagème du roi Charles afin de convaincre les ennemis de Jacques qu'il ne s'était pas converti au catholicisme, expliqua-t-elle en se saisissant de l'outre avant de revenir à la blessure de Robert.

— Comment savez-vous tout cela ? s'enquit Finn à mi-voix.

Davina s'immobilisa, la main sur le bouchon. Comment savait-elle tout cela ? On pouvait se le demander, en effet ! C'était une question inattendue, et des plus dangereuses ! Tout occupée à étaler ses lumières sur la dynastie des Stuarts, elle n'avait pas songé une seconde que ses interlocuteurs puissent s'interroger sur la source de ses connaissances.

Zut ! Je ne saurai jamais mentir !

— Il ne se passe pas un jour sans que j'ouvre un livre…, rétorqua-t-elle en prenant soin d'éviter le regard de Finn. (C'est quand elle rajoutait une once de vérité qu'elle mentait le mieux.) Une partie de l'enseignement que j'ai reçu à l'abbaye comprenait la lecture de vieux parchemins et de grimoires sur l'histoire de l'Angleterre.

— Pour ma part, je me fiche de savoir qui vous cherche, mademoiselle, déclara Will, mettant ainsi, au grand soulagement de Davina, un terme à la conversation.

Puis il souleva le pan de son plaid qui lui recouvrait l'épaule, le roula sous sa tête et ferma les yeux.

— Les MacGregor veillent sur vous à présent ! ajouta-t-il.

— Et les Grant ! renchérit Finn tout sourires en bombant le torse.

Davina lui rendit son sourire, puis le jeune homme s'allongea pour la nuit.

Les MacGregor ! songea Davina. Peu d'informations avaient circulé sur leur compte à l'abbaye. La révérende mère n'avait évoqué leur nom qu'une seule fois, tandis que Davina apprenait ses leçons, lesquelles portaient, ce jour-là, sur le Parlement. Après des siècles de rivalité sanglante avec les Campbell et les Colquhoun, les MacGregor avaient été proscrits par le roi Jacques VI d'Écosse en 1601. Ils étaient alors passés dans la clandestinité, période durant laquelle ils avaient défié les souverains et trucidé les nobles dans leur lit. Si ses bienfaiteurs étaient les dignes descendants de leurs ancêtres, il ne fallait pas s'attendre à ce qu'ils suivent des règles orthodoxes. S'étaient-ils faits mercenaires ? Non, mais ils demeuraient les ennemis des Campbell protestants. Il aurait été étonnant qu'ils officient à la solde d'Argyll. Néanmoins, pourquoi se montreraient-ils fidèles au trône, puisqu'une tête couronnée avait essayé de les éradiquer ?

— Ainsi, vous êtes trois frères ? demanda-t-elle à Robert dans l'espoir d'en apprendre plus sur le Highlander tout en faisant dévier la conversation.

— Colin est mon frère. Will, c'est tout comme. Quant à Finn, il est le neveu de ma tante par alliance.

Davina fit signe qu'elle avait compris et se rapprocha de lui afin d'examiner sa blessure.

— Pourquoi votre père s'est-il rendu à la cérémonie du couronnement ? demanda-t-elle en déchirant une bande de tissu dans sa bure avant de l'imbiber d'eau.

— Les chefs de clan au nord d'Édimbourg ont convenu d'y assister afin de manifester leur soutien au nouveau Stuart.

Davina le dévisagea et s'aperçut bientôt que MacGregor en faisait autant.

— Ainsi, commença-t-elle, le souffle légèrement coupé par la façon dont il la dévorait effrontément du regard, vous êtes un fils de chef.

Son attitude autoritaire et arrogante s'expliquait enfin.

— D'un chef, ajouta-t-elle, dont le nom a failli s'éteindre sous Jacques VI.

— Oui, répliqua-t-il simplement, d'un chef qui a souffert à cause d'ennemis encore plus hostiles que ceux qui s'en prennent aujourd'hui au duc d'York.

Elle effleura délicatement le bord de sa blessure avec le linge en se répétant ses paroles. Ce guerrier savait ce que signifiait se battre pour ses convictions, quel qu'en soit le prix. Restait à savoir quelles étaient les convictions de MacGregor…

— Mais cela n'empêche pas votre père de prêter allégeance au trône aujourd'hui ?

— Les lois érigées contre nous, rappela-t-il, ont été abolies par Charles II.

Davina acquiesça. Ses lectures lui avaient effectivement appris que Charles avait été un roi bon. Trop bon au goût de certains. N'était-ce point lui qui avait levé les interdits que les puritains avaient fait peser sur l'Angleterre ? N'avait-il pas fait rouvrir les théâtres et réinstauré la liturgie du Temps de Noël ? Sous son règne, la mode était revenue aux tenues colorées, et l'art fleurissait partout.

— Soutenez-vous personnellement l'accession du duc d'York au trône ? s'enquit Davina.

— Cela dépendra de lui.

La réponse est habile ! pensa-t-elle.

C'était la preuve que, quelles que soient les raisons pour lesquelles Robert MacGregor avait sauvé Davina, il n'entendait pas se laisser dicter sa conduite par autrui sans se forger auparavant sa propre opinion.

— À mon tour de vous poser une question, jeune demoiselle.

Davina ferma les yeux, priant le ciel de lui pardonner d'avance les mensonges qu'elle serait peut-être, une fois de plus, obligée de proférer.

— L'aimiez-vous ?

Les mains de la jeune femme se mirent à trembler, et elle tira d'un coup sec sur le linge. MacGregor grimaça de douleur.

— Comment pourrais-je aimer un homme que je n'ai jamais rencontré ? Je sais seulement par ouï-dire que…

— Je parle du capitaine Asher, l'interrompit-il.

— Oh ! s'exclama-t-elle en rouvrant les yeux avant de le regretter aussitôt, lorsqu'elle découvrit l'intérêt que Robert accordait manifestement à sa réponse.

Elle décida de redoubler de prudence.

— Bien sûr que je l'aimais. Edward était comme un frère pour moi.

Elle se concentra de nouveau sur la blessure en espérant qu'il se satisferait de cette déclaration.

Ce fut apparemment le cas, car il la laissa achever le bandage sans plus rien ajouter. Lorsqu'elle eut terminé, il la remercia, ordonna à Will de prendre le premier tour de garde puis s'allongea à côté d'elle en lui recommandant de dormir. Toujours assise, elle le regarda poser son bras blessé sur son ventre dénudé.

Que suis-je censée faire à présent ? se demanda-t-elle.

Davina jeta un coup d'œil en direction du feu et croisa le regard de Will, qui lui sourit. Elle ne lui rendit pas son sourire, mais se cala sur son coude avant de se coucher sur le côté. Puis elle ferma les yeux et écouta le rythme régulier et lent de la respiration de Robert. À quelque distance derrière elle, le Highlander s'était endormi.

Chapitre 6

Le capitaine Edward Asher commençait à se sentir mal. À chaque inspiration, l'odeur de la chair calcinée lui emplissait les poumons. Les mercenaires étaient-ils partis ? Pouvait-il enfin changer de position ? Le silence collait à l'obscurité comme la vase à l'étang. L'absence totale de bruit avait quelque chose d'encore plus déconcertant que les voix qui avaient retenti quelques minutes plus tôt au-dessus de lui. D'autres soldats étaient arrivés peu de temps après le massacre, tandis qu'Asher reprenait conscience. Il n'avait pas bougé, sachant qu'il était probablement le seul survivant susceptible de répondre à leurs questions.

— C'est le capitaine du régiment, dit l'un d'entre eux en le retournant face vers le ciel de la pointe de sa botte.

— J'avais remarqué ! répliqua un autre d'un ton froid et tranchant, qui laissait entendre qu'il était à bout de patience.

Edward reconnut sa voix et celui à qui elle appartenait. Il aurait préféré être mort plutôt que de l'entendre. Il s'agissait de l'amiral Peter Gilles, que le duc de Monmouth avait ramené d'Utrecht quelques années auparavant. Il était venu s'assurer que Davina était bien morte. Edward l'aurait presque souhaité, car, si Gilles mettait la main sur elle encore en vie, il se ferait un plaisir d'achever le travail de ses hommes. Connu sous le nom de « de Duivel », Gilles était le criminel le plus sanguinaire à avoir jamais manié une épée. Son père, Cornelius Gilles, était un corsaire qui avait combattu aux côtés de l'amiral Piet Hein, lors de la saisie du trésor de la flotte espagnole au large de Cuba en 1628. Ce dernier et ses hommes avaient vaincu sans verser le sang, ne gardant aucun otage. Hélas, Peter Gilles ne tenait aucunement de son père. Il suffisait, pour s'en convaincre, de croiser son regard glacial et livide. Cet homme prenait plaisir à tuer.

— Mon seigneur sera satisfait, annonça Gilles d'une voix traînante. Puisque Asher est mort, assurez-vous que la fille ne s'est pas réfugiée quelque part dans l'abbaye.

— Mais, amiral, il n'en reste rien, fit remarquer le premier soldat sans se douter que ses paroles brisaient le cœur d'Edward.

— Fais ce que je te dis, Edgar, ordonna Gilles avec un grognement assassin, ou je t'écorche sur-le-champ !

Jamais Edward n'avait connu de tâche plus difficile que de rester allongé par terre en faisant le mort aux pieds de Gilles. Aucune, si ce n'est d'accepter la mort de Davina.

Je n'ai pas su la protéger, se reprocha-t-il.

Comment pourrait-il jamais se pardonner à lui-même ? Quatre ans plus tôt, lorsqu'il avait reçu l'ordre de rejoindre Saint-Christopher, Davina Montgomery n'avait été qu'un nom pour lui. Jeune capitaine ambitieux, il ne connaissait encore rien de son rire joyeux qui résonnait dans les salles obscures du monastère, rien des murmures d'oraison qui s'échappaient de ses lèvres douces pour le salut de ses ennemis. Il n'avait point encore fait l'expérience de sa langue acerbe et de son beau sourire taquin. Il avait essayé de lui dire toute la vérité. Elle méritait de la connaître. Hélas, lorsqu'il avait eu enfin rassemblé assez de courage, les hommes de Gilles avaient frappé. À présent, il était trop tard.

— Hendrick ! héla l'amiral. Va vérifier dans la chapelle. Je veux le décompte des morts, peu importe ce qui en reste. Même chose pour les soldats anglais éparpillés ici. Je veux qu'on retrouve son corps !

Allant sciemment contre ses propres sentiments, Edward pria pour qu'ils ne retrouvent pas Davina en vie.

— Rassemble nos morts et entasse-les là. Après la fouille, brûle-les.

— Amiral ? héla d'un ton anxieux et incrédule un autre soldat qui se tenait sur la droite d'Edward.

— Maarten, veux-tu que toute l'Angleterre sache que nous avons attaqué l'abbaye ? répondit Gilles d'un ton agacé qui mit un coup d'arrêt à la discussion.

Edward resta un long moment couché dans la poussière et les cendres, redoutant à chaque instant d'entendre l'un d'entre eux annoncer qu'il avait retrouvé Davina. Raide comme un cadavre, il attendit pendant que l'on entassait les morts quelque part sur sa gauche. La chaleur des flammes commençait déjà à lui réchauffer le flanc lorsque la voix retentissante d'un soldat couvrit le crépitement du brasier.

— Il n'y a plus personne dans l'abbaye, amiral ! Plus aucun cadavre, roussi ou non.

— Personne ? Vingt-sept femmes vivaient ici, et il n'en reste pas une seule ? s'emporta Gilles.

Quelque chose éclata dans le feu. Tous se turent.

— Elles ont dû se réfugier dans la chapelle, reprit l'amiral. Allez aider Hendrick ! S'il en a trouvé ne serait-ce qu'une seule, prévenez-moi.

À ces mots, Edward faillit se trahir en ouvrant les yeux. Des corps sans vie les attendaient dans la chapelle, mais point celui de Davina. Elle s'était réfugiée dans le clocher de l'abbaye. Le capitaine en avait la certitude, car il avait reconnu la plume bleue de son empennage dans la main du Highlander, juste avant de…

MacGregor ! se souvint Edward, et, pour la première fois depuis le lever du jour, une lueur d'espoir illumina son cœur. Le Highlander au corps de géant avait-il sauvé Davina ? Celui-ci n'avait pas semblé très enclin à la secourir lorsque le capitaine l'en avait supplié. Néanmoins, il lui était apparu suffisamment aguerri pour exterminer ce qui restait des mercenaires de Monmouth avant de s'en aller au petit galop avec son trophée. Était-il possible que sa protégée soit quelque part saine et sauve ? Où MacGregor l'avait-il emmenée ? Asher fut pris de nausée lorsque l'odeur infecte de la chair brûlée lui emplit de nouveau les narines. Il serra les dents et pensa au sourire de la belle lady Montgomery pour endiguer ses haut-le-cœur. Elle n'avait pas été avare de ses sourires, et il avait souvent fondu de plaisir tandis qu'elle posait sur lui ses grands yeux magnifiques et tendres. Il n'était pas sans savoir qu'elle n'était pas amoureuse de lui, mais cela ne l'avait jamais empêché de l'aimer de tout son cœur.

Quelques minutes plus tard, Hendrick revint dans la cour avec des nouvelles. Certes, la chapelle contenait bel et bien des corps, mais ils avaient tous brûlé et étaient à peine reconnaissables.

— Tu n'es qu'un imbécile, Hendrick ! Je me fiche de savoir à quoi ils ressemblent, puisque je n'ai jamais vu cette fille. Dis-moi plutôt combien de cadavres tu as trouvés !

— C'est difficile à dire, messire, mais Edgar en a dénombré vingt-six.

Avant même que Gilles ouvre la bouche, Edward comprit que celui-ci avait deviné que Davina en avait inexplicablement réchappé. Le capitaine sentit ses forces l'abandonner.

— Finissons-en avec ceux-ci. Nous reprendrons la traque demain matin.

Dix, ou peut-être cinquante, respirations nauséeuses plus tard, Edward entendit comme en rêve les soldats monter en selle et s'éloigner ; à moins qu'il n'ait confondu le bruit des sabots avec celui de son propre cœur… Mais cela n'avait aucune espèce d'importance : il devait retrouver Davina avant Gilles. Asher souleva lentement les paupières, l'une après l'autre, mais les referma aussitôt lorsque l'acre fumée du brasier lui brûla les yeux et les fit pleurer. Il prit le risque de tousser et fut pris d'une douloureuse envie de vomir. Puis il s'accroupit enfin et se mit, tant bien que mal, en quête d'une épée parmi les morts de son régiment. Il avait échoué à protéger Davina, mais peut-être Dieu lui accorderait-il une seconde chance.

Il se tourna vers le portail, conscient de bénéficier d'un petit avantage. Gilles et ses hommes devraient attendre le lever du jour pour trouver des empreintes de chevaux. Asher, lui, savait dans quelle direction chercher, du moins pour l'instant, car il connaissait l'identité du ravisseur de Davina.

— Les Highlanders, ça vit au nord ! s'exclama-t-il.

Le lendemain de l'incendie de l'abbaye, MacGregor s'éveilla au son enjoué du récit que fit Will de l'épisode durant lequel lui et Robert avaient fait une expédition chez les MacPherson en compagnie du jeune frère du Highlander, Tristan, et de Connor Grant. Ce n'était pas une histoire pour des oreilles chastes… ou prêtes à entrer dans les ordres. Robert avait presque soupiré avec regret lorsque Davina avait déclaré être une orpheline élevée au couvent, non la fille de quelque hobereau anglais. Mais était-elle véritablement une novice de l'ordre ? Avait-elle vraiment offert sa vie à Dieu ?

Si tel était le cas, elle ne se montrait nullement scandalisée – du moins pour l'instant – par l'interprétation que faisait Will de leurs faits d'armes. Assise en compagnie de Colin et de Finn, Davina semblait imperturbable, tandis qu'elle grignotait les dernières baies cueillies la veille.

— Nous étions sur le point de quitter les lieux sans encombre avec une demi-douzaine de têtes de bétail, lorsque Tristan aperçut Brigid MacPherson et ses six sœurs, qui rentraient chez elles en coupant par le vallon d'un air flâneur après leur bain matinal.

Finn sourit, et Colin jura entre ses dents, car tous deux connaissaient la suite, même si chacun avait sa propre idée sur la question.

— J'imagine, poursuivit Will, que les filles MacPherson ont reconnu les bêtes de leur père... Mais, bon sang, vous connaissez Tristan et ses manières d'amener les filles à ne plus se soucier que de ce qui l'intéresse !

— Si on le connaît ! s'exclama Finn non sans une certaine admiration dans la voix. Je suis sûr qu'un seul sourire de lui pourrait ravir le cœur d'une reine !

— Tu dis vrai ! s'esclaffa Will. Et les filles de MacPherson ne firent pas exception. Dame ! Je jure sur mon épée qu'il n'a pas dû falloir plus de dix soupirs pour que Brigid enlève son...

Robert se racla la gorge et se dressa sur ses jambes en lançant un regard noir au jeune homme en guise d'avertissement. Il s'était lui-même montré téméraire ce jour-là et avait exposé sa vie et celle de ses compagnons pour quelques heures de plaisir charnel. Il ne tirait aucun orgueil de ce récit, même si l'expédition s'était révélée être un succès.

Will lui répondit par son plus beau sourire, lui souhaita le bonjour, puis revint à son auditoire afin de terminer son récit.

— Nous avions tous…

— Will, cela suffit ! s'emporta Robert.

Il n'avait aucune envie que Davina entende la suite.

Vaine inquiétude, car celle-ci n'écoutait plus depuis longtemps. Elle le regarda passer en le dévorant des yeux. Pendant une fraction de seconde, elle parut même effarouchée, et sa gorge se serra. MacGregor se rappela que la jeune femme avait sans doute rarement eu l'occasion de croiser des hommes à demi nus à l'abbaye. Il tira sur les plis du plaid qui lui entourait la taille bien en dessous du nombril et en rejeta une extrémité par-dessus l'épaule que Davina avait elle-même bandée.

Cette dernière cligna des yeux puis leva la tête en cherchant le regard du Highlander avant de rougir.

— Comment se porte votre bras ?

— Mieux !

— J'ai prié pour vous hier soir.

— Soyez-en remerciée.

Il se retint de sourire. Il ne l'avait que trop fait la veille. Il fut troublé en songeant qu'il perdait le contrôle de ses maxillaires chaque fois qu'elle posait les yeux sur lui. Couché les yeux ouverts, il avait cherché à comprendre ce qui, chez cette jeune femme, faisait ainsi vibrer spontanément son cœur sans qu'il puisse rien y faire. Elle était jolie, cela ne faisait aucun doute, mais Camlochlin regorgeait de jolies filles. Peut-être était-ce dû à son adorable vulnérabilité ; à moins qu'il ne s'agisse de l'étincelle de vie qui continuait de briller dans ses yeux malgré la tragédie qui l'avait frappée. Elle donnait le sentiment de pouvoir s'envoler au moindre souffle de vent ; mais c'était une fausse impression, car, debout dans la tourmente et le visage tourné vers l'avenir, elle résistait courageusement. Elle avait ce qu'on appelle de la grâce. Oui, c'est cela, de la grâce ! Capable de décocher des flèches à ses ennemis plutôt que de prendre la fuite, elle pouvait tout perdre – ainsi tous ses proches –, sans se lamenter sur son sort, se contentant de pleurer doucement en attendant le sommeil. La veille, Robert avait sombré dans les bras de Morphée en se disant qu'elle était exactement le genre de femme à qui il aurait pu donner son cœur et qu'à ce titre il se devait de la ramener chez lui.

Le matin venu, il avait de nouveau les idées claires. Tristan portait toujours sur la cuisse la cicatrice qu'avait laissée la flèche de Donald MacPherson, lorsque ce dernier les avait surpris avec ses filles par cette douce matinée d'été. La leçon avait été rude pour Robert, et il n'était pas près de l'oublier. Il aiderait Davina, mais s'en tiendrait là. Après lui avoir déniché, sans tarder, un refuge, il reprendrait le cours de sa vie. Il ne laisserait jamais plus un jupon le priver de tout bon sens et mettre la sauvegarde des siens en danger, encore moins si le jupon en question était une demoiselle qui avait causé la mort de plus d'une centaine d'hommes.

De fil en aiguille, il revint à son autre dilemme : pourquoi Monmouth ou Argyll voulaient-ils sa mort ? Will avait vu juste quand il l'avait jugée intelligente. Elle s'était arrangée pour ne pas répondre à ses questions en leur racontant tout ce que quiconque, nourrissant un intérêt même mitigé pour le duc d'York, aurait été curieux de savoir. Cependant, rien de ce que Davina leur avait appris n'était en lien avec le massacre de Saint-Christopher. Pourquoi l'armée du roi Charles assurerait-elle la garde d'une novice ? Que savait-elle d'autre qu'elle n'avait pas lu dans les livres ? Le coup de force visant à l'éliminer était-il en lien avec le couronnement du nouveau souverain ?

Elle refuse de parler ? Grand bien me fasse ! conclut-il en son for intérieur.

Ne savait-il pas déjà tout ce qu'il devait savoir ? Par exemple, que Davina Montgomery était synonyme de danger et de menace. Robert MacGregor n'était pas un inconscient.

— Il y a une abbaye dans l'Ayrshire où je serai en sécurité, dit-elle, comme si elle devinait la cause de son air profondément soucieux.

Robert la dévisagea en silence, et il comprit qu'elle n'avait aucune envie d'y aller. Ce qui lui mit la puce à l'oreille fut la résignation – non la peur – qu'il décela dans ses yeux. Elle semblait en effet ne pas avoir d'autre choix que d'accepter son destin.

— N'avez-vous pas dit que vous ne serez en sécurité nulle part ?

— J'avais oublié Courlochcraig. J'avais l'esprit embrouillé.

C'était une solution. Il pouvait confier Davina à cette abbaye et tenir ainsi les ennemis de celle-ci à l'écart de son clan.

— Très bien. Dans ce cas, nous vous escorterons jusque dans l'Ayrshire.

— Je vous en serais reconnaissante, dit-elle en se levant.

Davina lui arrivait à peine à la poitrine, mais elle ne se laissa pas pour autant intimider.

— Ma sécurité a déjà coûté trop cher en vies humaines. Je ne veux pas que vous risquiez la vôtre.

— Moi non plus ! répliqua Robert en se détournant promptement pour ne pas céder à la tentation de rêvasser sur l'extraordinaire beauté de ses yeux.

Était-ce l'éclat lumineux du soleil à travers les feuillages qui leur conférait ce profond reflet azuréen ? Pardieu, il aurait pu les contempler pendant l'éternité sans jamais se lasser, la dépouillant peu à peu de tous ses secrets… et de ses vêt…

— Bon, plions bagage et levons le camp, suggéra-t-il en se raclant la gorge.

Puis il rejoignit son cheval à grandes enjambées, extirpa une tunique propre de sa sacoche et l'enfila avant de disparaître derrière un tronc d'arbre pour se vider la vessie, et finalement se ravisa. À supposer que des survivants de l'attaque les aient vus s'enfuir avec Davina puis les aient suivis, mieux valait ne pas laisser de traces, car nul signe ni odeur n'échappait à un bon pisteur.

Jetant un coup d'œil derrière son arbre, le Highlander surprit Davina en train de discuter avec Finn, tandis qu'ils sellaient les chevaux. Elle n'avait rien de hautain, ainsi qu'il se doit chez une femme racée. Elle parlait sans élever la voix et semblait d'une humeur égale, sauf, bien sûr, lorsqu'elle avait essayé de le tuer avec sa propre dague.

Elle a prié pour moi…, se rappela-t-il.

MacGregor examina l'épaisse robe de bure qui dissimulait en grande partie la silhouette de la jeune femme et se surprit à se demander à quoi ressemblait son corps. Elle était mince, cela ne faisait aucun doute. La toile grossière tombait pli sur pli sur ses épaules fluettes avant de se boudiner à la ceinture, où une corde marquait à peine sa taille. Un bon repas, en plus des baies, ne lui aurait pas fait de mal. Hélas, le temps manquait pour chasser. Il pria pour qu'on ne les ait pas suivis.

— Si nous ne ménageons pas nos montures, annonça-t-il à la cantonade en sortant de sa cachette, nous pouvons arriver dans l'Ayrshire d'ici à quelques heures.

— Si nous ne ménageons pas nos montures ? répéta Davina en le regardant avec de grands yeux apeurés.

— Avez-vous le fessier endolori ? s'enquit Robert, tandis que la jeune femme se frictionnait le haut de la hanche.

— Cela ira, répondit-elle en esquissant un vague sourire avant de tourner le dos au Highlander.

Robert la regarda pendant un long moment en maudissant l'effet que la moindre de ses amabilités avait sur lui.

— À partir de maintenant, nous devrons effacer nos traces, lança-t-il à ses hommes. Nous n'avons jamais fait halte ici ! Will, prends Colin et couvre les braises avec cette branche cassée. Et toi, Finn, répands des brindilles un peu partout.

S'adressant de nouveau à Davina, il ajouta :

— Un peu d'exercice fera passer vos courbatures. Explorez les alentours à la recherche du crottin laissé par nos chevaux et recouvrez tout ce que vous pourrez avec des feuilles.

Elle retroussa le nez puis s'éloigna afin d'accomplir sa tâche. Cette fois, ce fut au tour du Highlander de sourire.

Chapitre 7

Il fallut presque une heure à Davina pour trouver sa position sur l'étalon de Robert. Sans s'en rendre compte, elle avait tenu ses ongles enfoncés dans le poignet du Highlander et fermé les yeux pendant qu'ils se dirigeaient vers le nord-ouest en suivant des torrents caillouteux et des vallons qui embaumaient la bruyère. C'était la première fois qu'elle montait à cheval. Où aurait-elle pu en avoir l'occasion ? Dans son esprit, le gabarit de l'animal, sa corpulence, ses ébrouements imprévisibles étaient autant de signes que ce monstre d'équidé s'apprêtait à les jeter à terre. Davina était effrayée par tant de nouveauté.

Cependant, elle avait appris à contenir ses craintes pour ne pas se laisser dévorer par elles. Ainsi, après une heure de chevauchée, elle s'obligea à relâcher son emprise autour du poignet de Robert et à ouvrir les yeux.

Le spectacle qu'elle découvrit l'enchanta. Un paysage radieux aux teintes cramoisie, verte et violette s'étendait alentour. Elle n'avait jamais vu une campagne aussi belle. Combien de fois ne s'était-elle pas laissée aller à rêver tout éveillée à une vie différente, sans clôture, mais avec un père et une mère qui se réjouiraient de compter leur fille parmi eux, et peut-être même avec un mari et des enfants qui lui donneraient une raison plus essentielle, plus saine encore, de vivre ? Elle aspirait à une vie sans peur du lendemain. Si seulement elle avait pu s'abandonner à la joie d'être libre avec la même facilité qu'elle tenait ses peurs en respect, alors elle aurait pu également puiser un peu de répit contre le large torse du Highlander et se délecter du vent dans ses cheveux et des rayons du soleil sur son visage. Hélas, sa vie entière était organisée autour de menaces et de mises en garde ! Elle ne pouvait tout bonnement pas jeter aux orties les leçons qu'elle avait reçues, même si elle se réfugiait dans les bras d'un homme dont le corps hanterait sûrement ses rêves pendant des années.

Par tous les saints, songea-t-elle, *je comprends pourquoi Ève a cédé à la tentation !*

Davina savait, depuis qu'elle avait soigné MacGregor, que celui-ci était mince et musclé. Cette pensée, ajoutée au trouble qu'elle avait ressenti lorsque le Highlander s'était avancé vers elle à grandes enjambées dans la lumière de l'aube, alluma en elle le désir de lui appartenir. Elle se crut alors possédée par ce que l'abbesse avait appelé « un désir vil », primitif, impie. Avec une poitrine aussi puissante et musclée, ses longs cheveux noirs qui retombaient sur ses épaules et son ventre aux abdominaux bien développés, Robert MacGregor était assurément impie ! Le plus scandaleux chez lui était sans conteste le V que dessinaient les muscles de son bas-ventre et qui ressemblait à un oiseau s'envolant du nid dissimulé sous son plaid. Elle avait été littéralement obsédée par cette image, lorsqu'il l'avait hissée, le matin même, sur sa selle nouvellement rembourrée avant de sauter en croupe derrière elle. Son odeur l'avait rendue ivre, et le corps du jeune homme ne lui en avait semblé que plus ardent, la chaleur de son étreinte que plus ambiguë.

Si « vil » que soit son désir, quelle femme, un tant soit peu vivante, n'aurait pas souhaité avoir auprès d'elle un homme tel que Robert MacGregor ? Et cela d'autant plus que le monde qu'elle avait connu jusque-là s'écroulait. D'ailleurs, elle n'était pas seulement séduite par sa force, mais également par sa maîtrise parfaite de la situation. Cette dernière se reflétait dans la manière dont il avait fait en sorte que rien ne trahisse leur passage et dans l'itinéraire qu'il avait soigneusement choisi afin de laisser le moins de traces possible derrière eux. Il était réfléchi, sûr de lui et insensible aux critiques. Elle reprit espoir en songeant que ce guerrier était réellement en mesure de la protéger, en tout cas qu'il en avait véritablement l'intention, du moins pour l'heure. Cependant, Davina se méfiait de ses élans pleins d'espoir. Au vrai, elle n'y croyait plus.

— Dites-moi, mademoiselle, commença Robert de sa voix grave de baryton qui fit délicieusement frémir la jeune femme malgré elle, comment se fait-il qu'une lady anglaise telle que vous porte un patronyme écossais ?

Davina se raidit.

— Qu'est-ce qui vous fait croire que je suis anglaise ? demanda la jeune femme en regardant droit devant elle.

— Votre façon de vous exprimer, et votre excellente éducation aussi.

Elle se laissa bercer par le fort accent chantant du Highlander. C'était un baume pour ses nerfs, mais pas au point de l'inciter à baisser complètement sa garde. Il ne manquait pas d'astuce. Il en avait déjà fait la preuve au campement ainsi que par la manière dont il avait essayé de la piéger en lui demandant si elle avait aimé Edward.

— J'ai été élevée par des religieuses anglaises. Craignez-vous que je ne me montre importune ?

— J'ignorais qu'elles étaient anglaises, répliqua Robert d'un air songeur qui fit craindre à Davina d'avoir encore trop parlé. Vous avez grandi parmi un plus grand nombre d'hommes que de femmes, mais vous avez gardé toute la correction d'une dame de bonne famille.

Elle choisit cet instant pour se retourner et le regarder droit dans les yeux sans lui cacher ses doutes.

— Puis-je savoir qui vous a dit que j'avais grandi dans un milieu d'hommes ? La garnison aurait très bien pu n'être que de passage à Saint-Christopher. Tout comme vous le prétendez pour votre propre compte.

— La flèche que vous m'avez fichée dans l'épaule me l'a dit, répliqua-t-il d'un ton qui se voulait plaisant, même si Davina ne pouvait en avoir la certitude, puisqu'il lui avait à peine souri depuis le réveil. Aucune jeune femme ne maîtrise l'archerie sans un long entraînement.

Oui, il était malin, en plus d'être très beau !

À sa grande honte, elle l'imagina, l'espace d'un instant, avec ses boucles noires détachées plutôt que retenues en arrière. Se montrait-il toujours aussi sérieux et responsable ?

Le ciel me pardonne ! pensa-t-elle.

Pourquoi le côté rebelle de son caractère l'intéressait-il tant ? Sans doute parce qu'elle en pressentait les sollicitations sensuelles derrière son inflexible rigueur. N'avait-elle pas surpris dans son regard une lueur franchement sauvage lorsqu'elle l'avait attaqué la veille ? Tant d'énergie virile l'effrayait et l'excitait simultanément. Il devenait urgent pour Davina de prier.

— D'où tenez-vous votre nom ? s'enquit Robert.

La jeune femme chassa ses pensées impudiques d'un battement de cils.

— De mon père, répondit-elle en se redressant afin de mettre quelque distance entre leurs deux corps.

— Votre père était-il donc écossais ?

Davina était hantée par le souvenir de sa vraie famille et par l'accueil que les siens lui réserveraient si elle les retrouvait un jour, mais elle ne s'en était jamais ouverte à personne, et ne souhaitait point s'en ouvrir à présent.

— Oui, mon père était écossais, répondit-elle simplement.

— Et votre mère ? demanda le Highlander en effleurant par mégarde le ventre de la jeune femme.

— Elle… euh, commença-t-elle avant d'essuyer son front soudain fiévreux et d'essayer, en vain par manque de place, de s'écarter davantage du Highlander en se tortillant sur la selle. Elle est morte lorsque j'avais dix ans, m'a-t-on dit.

Davina s'efforça de respirer plus calmement, par crainte des questions à venir et de ses réponses trop précipitées, tout en priant pour qu'il assure sa protection. De fait, si MacGregor n'était pas son ennemi, il devenait automatiquement celui de ses ennemis. Et, s'il ignorait qui elle était en réalité, mieux valait qu'il ne le sache jamais. Trop d'hommes avaient déjà perdu la vie à cause d'elle.

— Comment s'appelaient vos parents ?

Les questions du Highlander n'étaient pas moins intentionnelles que ses mains baladeuses. Agissait-il jamais sans raison ? Quoi qu'il en soit, Davina en avait assez de se montrer circonspecte avec lui.

— Je suis la fille de lord et de lady Whithorn, répondit-elle en espérant qu'il s'en contenterait. Et je n'ai pas envie de me remémorer ces choses.

Face au silence de la jeune femme, Robert se raidit. Était-ce de colère ou de découragement ? Davina n'aurait su le dire. D'ailleurs, elle s'en fichait. Elle remercia néanmoins le ciel lorsque MacGregor n'insista pas.

D'ordinaire, Davina appréciait le silence, non parce qu'elle l'avait apprivoisé, car, si les abbayes étaient généralement des endroits plutôt calmes, d'aussi loin qu'elle s'en souvenait le grand réfectoire de Saint-Christopher avait plus souvent résonné du fracas métallique des épées et des coups de marteau que du bruissement des prières. C'était un chantier perpétuel, car les religieuses n'hésitaient pas à employer les gardes présents sous leur toit pour réparer tout et n'importe quoi. Les soldats acceptaient de bonne grâce, car ils n'avaient rien d'autre à faire en dehors de l'entraînement militaire, de leurs chamailleries et des histoires galantes qu'ils se racontaient. Sans doute qu'en un lieu différent Davina aurait apprécié la cacophonie ambiante, mais fréquemment ces bruits domestiques n'avaient fait qu'exacerber chez elle la nostalgie d'une vie normale.

Le vacarme familier du monastère lui manquait terriblement. Elle se souvint des voix et des visages qu'elle avait vus disparaître et s'éteindre depuis le sommet de la tour, et elle versa une larme. Elle se souvint également des sœurs enfermées dans la chapelle en feu et comprit que leurs cris de martyrs la poursuivraient jusqu'à la fin des temps.

Davina s'essuya la joue dans l'espoir de chasser son chagrin, mais elle se sentit encore plus seule à cause du silence dont elle honorait les êtres qu'elle avait chéris.

Elle remarqua que Finn les avait rattrapés et qu'il trottait à leur hauteur d'une même allure. Elle posa sur lui un regard ému, et il esquissa un tendre sourire qui, une fois encore, rappela à Davina celui d'un ange tombé du ciel. Le plaid qu'il portait sur les épaules servait-il en fait à cacher ses ailes ?

— Où vivez-vous ? s'enquit-elle à voix basse dans l'espoir de puiser dans la réponse un dérivatif à sa peine.

— Sur l'île de Skye.

Rien de plus normal pour un ange, songea la jeune femme.

— Est-ce très loin d'ici ?

— Suffisamment ! intervint Robert.

Suffisamment pour quoi ? se demanda Davina. *Pour se cacher sans risquer d'être découvert ?*

Mais qu'importait après tout ? Car si MacGregor n'avait pas menti il l'emmenait dans l'Ayrshire avant de s'en retourner à Londres. Soulagée, elle pourrait alors remercier le ciel de lui avoir envoyé un sauveur. Cependant, elle devrait d'abord s'assurer qu'il était bien un envoyé de la Providence, et non du diable !

— Racontez-moi votre rencontre avec Edward, suggéra Davina.

Le Highlander changea de position, et la jeune femme oublia instantanément ses doutes pour ne plus penser qu'au corps ferme et musclé du cavalier. Son trouble s'intensifia lorsqu'il posa la main sur sa hanche. Aucun des soldats qui l'avaient approchée au monastère n'avait jamais fait preuve de la moindre familiarité à son égard. Cela était rigoureusement interdit, même si Edward l'avait prise une fois dans ses bras. Par conséquent, elle ne savait quelle attitude adopter envers cet Écossais à demi nu qui la serrait comme si elle était sa femme.

— Le capitaine Asher croisait le fer au péril de sa vie. Il m'a dit que vous étiez sauve quand il a reconnu votre flèche dans mon bras. Et il m'a demandé de vous tirer de ce guêpier.

Davina esquissa un sourire et ferma les yeux au souvenir de son meilleur ami. Juste avant de mourir, Edward songeait encore à la sécurité de sa protégée.

— Il m'a dit que vos ennemis voulaient vous faire brûler, poursuivit MacGregor.

La jeune femme se rembrunit. Le capitaine en avait révélé plus au Highlander que ce dernier n'avait bien voulu l'admettre. Que savait-il d'autre ?

— Vous protégeait-il sur ordre du roi Charles ?

— Non, répondit Davina sans mentir.

— Dans ce cas, vous protégeait-il parce qu'il était amoureux de vous ? s'enquit Finn.

Avec toute la circonspection qu'elle s'imposait, elle n'aurait jamais pu s'attendre à une telle question. Ne sachant que répondre, elle posa les yeux sur l'ange et comprit à son air penaud que Robert le fixait du regard.

— Il m'aimait effectivement, confirma-t-elle en limitant volontairement sa part de mensonge. C'était un homme de bien, et je ne suis pas près de l'oublier.

De fait, le capitaine Asher avait été sur le point de lui déclarer son amour le soir de l'attaque, mais il n'en avait pas eu le temps. En conséquence, il avait rejoint le Père éternel sans savoir qu'elle ne partageait pas ses sentiments. Sans doute cela valait-il mieux ainsi.

— Aucun capitaine n'a le pouvoir de se terrer dans une abbaye avec son régiment à seule fin de protéger une jeune femme, que celle-ci soit sa bien-aimée ou non, déclara Robert pour la gouverne de ses deux compagnons en serrant légèrement les dents.

Il prit une profonde inspiration, comme s'il cherchait à réprimer ses émotions, puis ajouta :

— Je vous ai suffisamment permis d'esquiver mes questions, Davina. J'aimerais bien à présent que vous me disiez toute la vérité sur cette histoire.

Le Highlander était manifestement en colère. Il était las d'attendre des réponses qui ne venaient pas. Néanmoins, il avait murmuré son prénom avec douceur, d'un ton qui conférait à celui-ci une étrange résonance. Cela faisait si longtemps qu'elle ne l'avait pas entendu prononcer par des lèvres masculines ! Le dernier en date était le capitaine Geoffries, le jour de son départ ; et avant lui son père…

— Si je dois faire entrer mon clan en guerre pour assurer votre sécurité, j'aimerais autant savoir pourquoi !

À ces mots, Will, qui les devançait de quelques yards, se retourna et jeta à son cousin un de ces regards inquisiteurs dont il avait le secret. Robert fit comme si de rien n'était et baissa la voix afin que seuls Davina et Finn puissent l'entendre.

— Je veux savoir pourquoi vous étiez enfermée dans un couvent comme si vous étiez oubliée de tous et protégée comme une reine !

« Oubliée de tous »…, songea Davina.

Ces trois mots ravivèrent le chagrin de la jeune femme. Sa véritable famille savait qu'elle était en vie, et, malgré la cohorte des soldats d'élite qui l'avaient élevée, il n'en restait pas moins que les siens l'avaient abandonnée. Elle avait grandi dans la solitude, et son avenir, si Dieu lui prêtait vie, serait fait de sourires de circonstances et d'amitiés fallacieuses.

Cependant, n'avait-elle pas été dédommagée au centuple par Dieu lui-même, par les sœurs qui l'avaient aimée et les guerriers qui avaient donné leur vie pour elle ? Il n'était pas raisonnable de grommeler et de se plaindre au sujet d'une existence qui ne lui était pas destinée. Aussi s'en était-elle toujours gardée. Hélas, la proximité de MacGregor, tandis que celui-ci la conduisait, telle une épouse et sous l'escorte de ses hommes, à travers les vallons couverts de bruyère de ses Highlands natales, réveillait sa nostalgie comme jamais auparavant.

— Quel est votre lien avec le roi, Davina ? Et pourquoi Argyll ou Monmouth désirent-ils votre mort ?

La jeune femme fit volte-face dans l'espoir qu'il lirait la réponse dans ses yeux, en même temps qu'elle découvrirait la vérité de ses intentions dans les siens.

— L'ignorez-vous vraiment, MacGregor ?

— Oui, mademoiselle, je l'ignore vraiment.

Davina ne se réjouit pas de sa réponse autant qu'elle l'avait espéré. Mais, puisqu'il ne savait rien, il était encore temps de le tenir en dehors de tout cela et de refréner ses propres désirs insatisfaits. Elle ne pourrait jamais devenir son épouse ni celle d'aucun de ses semblables. La vie dont elle rêvait n'était précisément qu'un rêve. Elle l'avait compris très tôt et n'avait aucunement l'intention de réveiller la petite fille qui sommeillait en elle.

— Dans ce cas, comprenez-moi, je vous en conjure, implora-t-elle en se tournant vers l'avant. Il vaut mieux que vous restiez ignorant. Je vous suis reconnaissante de votre aide et vous demande simplement de vous libérer de tout engagement à mon égard lorsque nous arriverons à Courlochcraig.

Robert ne broncha pas. Respirait-il seulement encore ?

Quelques instants plus tard, il fit claquer ses rênes, et l'étalon s'élança de plus belle, tandis que son cavalier se redressait, prenant ses distances avec sa passagère.

— Comme vous voudrez, grommela-t-il enfin.

Un silence assourdissant régnait entre Robert et Davina. Quels que soient les secrets dont la jeune femme était détentrice, elle avait choisi de les garder pour elle. Il n'était pas sans savoir qu'elle ne pouvait se réjouir d'échouer dans un autre couvent, qui plus est dépourvu de toute protection militaire. Visiblement, elle préférait s'y résoudre et lui faire ses adieux plutôt que de lui dire la vérité. Si le Highlander n'en avait pas pris ombrage, il aurait pu trouver cela courageux de la part de Davina. Au campement, il avait trouvé attachant qu'elle lui mente afin d'assurer sa propre sécurité, même si la vérité transparaissait dans chacun de ses regards, dans chacune de ses paroles : Davina ne lui faisait pas confiance. Peu importait qu'il ait risqué sa vie pour la mettre hors de danger. Mais cela méritait-il un tel courroux de la part du ravisseur ? Tout en reconnaissant que la jeune femme n'avait aucune raison de lui accorder sa confiance, il lui en voulait de se méfier de lui.

D'ailleurs, comment ne pas se montrer méfiante quand votre soi-disant sauveur se propose de vous expédier chez les nonnes au lieu de vous offrir la sécurité d'un foyer ?

Bon sang ! pesta-t-il intérieurement. *Je ne peux tout de même pas l'emmener à Camlochlin !*

De fait, agir ainsi aurait sans coup férir attiré les foudres de ses ennemis sur son clan.

Face aux incertitudes qui se bousculaient dans sa tête, au vent qui lui fouettait le visage, MacGregor n'eut d'autre solution que de serrer les dents. La marche à suivre s'imposa d'elle-même : déposer Davina au monastère et s'éloigner le plus possible d'elle avant de se retrouver avec une armée aux fesses ! Cependant, pouvait-on fuir ses responsabilités et prétendre un jour au titre de chef de clan ? Non seulement décamper face au danger était digne d'un lâche, mais, en plus, il n'avait aucune envie de se séparer de Davina. Le seul fait d'y penser – le fait même qu'elle en ait évoqué la possibilité – suffisait à lui donner envie de la serrer sous son plaid et de l'emmener à Camlochlin.

Asher l'avait-il aimée ? Si oui, Dieu lui vienne en aide, car on n'aimait pas impunément ce genre de femme. Lui avait-elle rendu son amour ?

Bon sang ! De quoi te mêles-tu, MacGregor ? se tança-t-il. *De toute façon, il est mort !*

À supposer que Davina n'ait pas été à l'origine d'une bataille sanglante et qu'elle n'ait pas offert sa vie à Dieu – ce dont Robert était désormais persuadé –, prendre femme était le cadet de ses soucis ! Consacrant ses journées aux travaux des champs en compagnie de son père et ses soirées au maniement des armes, il n'avait pas le temps, et encore moins l'envie, de faire la cour à une demoiselle. Néanmoins, même s'il se refusait à céder à la jalousie, il n'aimait pas du tout la manière dont Davina s'attendrissait chaque fois qu'elle évoquait le souvenir du capitaine. Autant être jaloux de Dieu à qui elle s'était vouée !

Que le diable m'emporte si je deviens un jour à ce point pitoyable ! songea Robert.

Asher n'était qu'un imbécile et il avait payé de sa vie pour cela.

Robert MacGregor ne commettrait pas la même erreur.

Chapitre 8

La croix du clocher de l'abbaye de Courlochcraig dominait la vieille cité d'Ayr et projetait son ombre sur les cinq paires d'yeux qui la contemplaient d'en bas.

Robert inspecta attentivement les environs pendant que Colin mettait pied à terre et ouvrait en grand les lourdes portes qui barraient l'entrée du couvent. Le monastère était perché au sommet d'une motte féodale sur les fondations d'un ancien mur d'enceinte qui remontait probablement au temps d'avant la conquête par les Normands. Le point de vue dans le prolongement de la tour s'étendait dans toutes les directions, depuis les cimes majestueuses de l'île d'Arran jusqu'à la péninsule du Kintyre au loin. Peu boisé, le paysage n'offrirait que peu de possibilités à une armée ennemie pour se cacher. L'Auld Brig, qui était l'unique pont permettant de rejoindre le port sur l'autre rive, se profilait nettement à l'horizon. Certes, MacGregor ne disposait d'aucune garnison, mais il avait au moins l'avantage d'occuper une position privilégiée.

— Rob ? héla Colin.

Le Highlander décocha un vif coup d'œil à son frère qui attendait à côté de la poterne que le futur chef de clan fasse entrer Davina.

— L'abbesse arrive, fit remarquer Colin en désignant d'un geste de la main une grande et mince femme qui sortait du couvent en compagnie de quatre autres religieuses qui pressaient le pas pour ne pas se laisser distancer.

Toutes portaient l'habit gris et blanc de leur ordre et marchaient les bras croisés dans leurs larges manches.

Qui, s'interrogea MacGregor d'un air morose, *protégera ces femmes si les ennemis de Davina la trouvent ici ?*

— Bonjour, ma mère, salua Colin en s'inclinant avec déférence.

L'abbesse passa devant le jeune Highlander sans même le regarder. Ses yeux gris avaient la pâleur et la froideur des pierres de son couvent. Ils restèrent rivés sur Davina pendant que Robert aidait celle-ci à descendre de cheval. Engoncé dans son austère capuche de laine, le visage diaphane de la Supérieure ne laissa rien paraître de ce que cette dernière pensait de la tenue de Davina, dont les cheveux étaient en bataille ; sans compter qu'elle semblait ne plus vouloir lâcher le bras du Highlander à la taille de géant. L'abbesse considéra avec insistance la main de la jeune fille jusqu'à ce que celle-ci se décide enfin à rompre son étreinte.

— Lady Montgomery, salua la religieuse d'un ton qui laissait entendre qu'elle ne la connaissait pas mais s'était néanmoins attendue à sa visite.

En entendant prononcer son nom de famille, Davina se raidit puis salua d'un geste de la tête. L'embarras de la jeune femme n'échappa point à MacGregor, et il eut tout juste le temps de surprendre un regard qui invitait la religieuse à la prudence.

— Je ne vois pas le capitaine Asher, fit remarquer l'abbesse en se tournant pour la première fois vers Robert. J'avais dans l'idée qu'il vous escorterait jusqu'ici.

Il n'en fallut pas davantage pour convaincre MacGregor que l'abbesse connaissait Davina.

— Le couvent a été attaqué, révérende mère. Le capitaine Asher est mort, répondit Robert.

Un bref éclat douloureux traversa le regard de la Supérieure, puis elle baissa les yeux.

— Et les sœurs ?

— J'ai le regret de vous informer qu'elles ont également péri durant l'attaque.

Par égard pour Davina et l'abbesse elle-même, le Highlander avait parlé d'un ton plus aimable.

La religieuse se signa, s'immobilisa – sans doute pour prier – puis dévisagea Robert de ses yeux secs.

— Qui êtes-vous ?

— Je suis Robert MacGregor, du clan MacGregor. Les hommes qui m'accompagnent sont…

Mais il n'eut pas l'occasion de terminer les présentations, car l'abbesse l'arrêta d'un geste de la main.

— Les MacGregor ! Que Dieu nous protège !

Considérant sans doute que c'était assez d'insultes pour un seul jour, elle se détendit quelque peu et tendit la main à Davina.

— Venez, mon enfant, suggéra-t-elle. Vous serez en sécurité ici.

Prenant la jeune femme dans ses bras, elle se tourna vers Robert et ajouta :

— Vous trouverez à manger et à boire à l'office. Je vous autorise à vous reposer chez nous avec vos hommes. Ensuite, vous me raconterez comment vous avez croisé son chemin.

Elle attendait sa venue, songea MacGregor en emboîtant le pas aux deux femmes. *Elle a dû recevoir une lettre d'Asher ou de l'abbesse de Saint-Christopher. Ce qui signifie que tous savaient que les ennemis de Davina étaient en route.*

Tout le problème était de savoir comment ils l'avaient appris et pourquoi ils n'avaient pas évacué le couvent avant qu'il soit trop tard.

Qui diable était Davina Montgomery pour mériter non seulement la protection de l'armée royale, mais encore celle de l'Église ? Quelles que soient les réponses à toutes ces questions, la jeune femme encourait un grave danger. Aurait-il le cœur de l'abandonner sans défense dans ce couvent ?

Davina jeta un coup d'œil en arrière, comme si elle voulait s'assurer que Robert était toujours là, et il sut à cet instant qu'il ne la quitterait pas.

Le capitaine Edward Asher avait plus d'une corde à son arc. Si Davina vivait encore, il devait la retrouver avant Gilles, car l'amiral finirait inévitablement par mettre la main sur elle. Une fois son existence révélée au monde, le nom de Davina Montgomery serait sur toutes les lèvres. Pourquoi une femme dotée d'un tel rayonnement portait-elle l'habit des nonnes ? Même si elle ne trahissait jamais son secret, sa gentillesse et sa franchise ne manqueraient pas de la signaler à l'attention générale, peut-être même avec assez de force pour déboucher sur une description susceptible de mettre la puce à l'oreille des sbires de l'amiral.

Le temps pressait. Davina et MacGregor – si celui-ci lui avait été fidèle – devaient absolument savoir que les ennemis de la jeune femme avaient découvert qu'elle était vivante et qu'ils s'étaient lancés à sa poursuite.

Toutefois, il ne pouvait partir à sa recherche à pied ! À cause de l'incendie de l'écurie, il devait d'abord se mettre en quête d'un cheval et d'un ruisseau pour se laver du sang accumulé durant la bataille. Ensuite seulement, il retournerait chaque ville et chaque village.

Eau et monture l'attendaient près d'une petite chaumière nichée à l'intérieur d'un massif de pins. Le puits attenant à la cahute fit son affaire, ainsi que l'étalon attaché au petit portillon. Il fit une toilette sommaire en trempant la tête à deux reprises dans le seau posé sur la margelle, puis il sauta en selle au moment où le locataire des lieux sortait de la chaumière. Celui-ci se précipita sur le voleur, lequel eut tout juste le temps de lui jeter sa lourde chevalière en guise de dédommagement.

— Voilà pour le cheval, mon brave !

Après le désastre de Saint-Christopher et la mort de ses hommes et des sœurs, il se pensait indigne de porter le sceau royal.

Puisse Davina me pardonner…, et Dieu m'octroyer une occasion de lui prouver mon dévouement.

Chapitre 9

Robert se cala contre le porche de l'église. À l'exception du beau halo cuivré formé par quelques dizaines de chandelles de suif qui éclairaient de leurs flammes changeantes le bois poli des bancs, une obscurité totale régnait à l'intérieur. Il lui suffit de tendre l'oreille pour savoir que Davina s'y recueillait. Le murmure de ses prières résonnait telle une harpe sous les doigts d'un ange.

Ils entamaient à présent leur troisième jour à Courlochcraig, ce qui était trois fois plus qu'initialement prévu par le Highlander. La révérende mère avait personnellement insisté pour qu'il reparte avec sa petite troupe le soir de leur arrivée. Il faut dire qu'elle avait vu d'un très mauvais œil les gloussements complices de deux de ses novices durant le souper. Lorsque Robert avait fait savoir qu'il refusait de quitter le monastère avant d'avoir la certitude qu'on ne les avait pas suivis, Will avait rétorqué que, puisqu'on l'obligeait à demeurer dans un couvent, il ne faudrait pas le tenir pour responsable si quelque religieuse renonçait à ses vœux durant l'intermède. À ces mots, l'abbesse avait failli perdre son sang-froid, et Robert les bonnes grâces de Dieu.

Certes, contester une révérende mère était un péché, mais MacGregor avait pris sa décision, et seul un décret divin aurait pu l'en faire changer. En contrepartie, il promit de surveiller son cousin. « Quant à vous, avait-il ajouté, occupez-vous des sœurs. »

L'abbesse avait pris ce conseil en très mauvaise part, mais elle avait néanmoins cessé d'ergoter, refusant par là même d'en apprendre davantage au Highlander au sujet de Davina, sous prétexte qu'elle n'en savait pas plus que lui. MacGregor avait alors demandé à la révérende mère par quel miracle elle avait reconnu la jeune femme, et il s'était entendu répondre qu'elle l'avait vue une fois au cours d'une retraite à Saint-Christopher, des années auparavant. « Une telle enfant ne s'oublie pas facilement », avait-elle ajouté.

Je suis bien d'accord ! avait songé Robert avant d'en rester là, certain que l'abbesse ne parlerait pas.

Quelque chose attira le regard de MacGregor du côté des bancs, et il regarda Davina faire le signe de croix puis tourner le dos à l'autel.

Il était désormais rompu aux habitudes de la jeune femme. Celle-ci se rendait deux fois par jour à l'église pour y prier : le matin en compagnie des autres sœurs et le soir, seule. Entre-temps, elle raccommodait des habits monastiques, s'occupait du jardin, éminçait les légumes et lançait de nombreuses œillades au Highlander.

Robert avait d'abord essayé de se convaincre qu'il la surveillait seulement au cas où Colin ou Finn auraient donné l'alarme depuis le clocher. Mais, dès le deuxième jour, il dut s'avouer que sa vigilance de tous les instants obéissait à d'autres motifs bien plus aventureux. Par exemple la petite moue concentrée, ou supposée telle, de Davina, lorsque celle-ci cousait, donnait à Robert une irrésistible envie de l'embrasser. La manière dont elle regardait dans le vague, tandis que la lumière du soleil se reflétait sur son iris en un jeu de nuances bleu vif et de gris éclatant malgré sa profonde tristesse, encourageait le guerrier à se rapprocher d'elle et à faire son possible pour la consoler. Il était fasciné par sa beauté aérienne, mais il n'aurait jamais conçu l'idée de la prendre dans ses bras et de lui jurer fidélité si elle ne l'avait pas constamment cherché des yeux, comme si elle voulait s'assurer qu'il ne l'avait pas abandonnée. Le soir venu, elle refaisait son pansement en silence sous le regard vigilant des autres religieuses et, lorsque leurs regards se croisaient par-dessus une table ou un parterre de géraniums, elle ne lui souriait pas. Consciente de ce qu'elle avait déjà perdu, elle savait que, bientôt, elle le perdrait à son tour. MacGregor le savait aussi. Un jour viendrait où il devrait partir, même si l'idée de rester ne lui était pas désagréable. D'un autre côté, il ne pouvait mettre la vie des siens en péril en conduisant Davina à Camlochlin. Malgré tout, il ne parvenait pas à se décider à lever le camp.

Nous verrons plus tard..., trancha-t-il intérieurement.

Davina remarqua sa présence à l'entrée de l'église et s'arrêta, l'espace d'un instant. Debout dans le clair-obscur, elle ressemblait à une apparition. Robert déglutit, se redressa sous le porche et la regarda s'avancer.

— Craignez-vous pour ma sécurité même en ce lieu ? s'enquit-elle de sa voix suave désormais familière aux oreilles du Highlander.

Étant d'ordinaire économe de ses paroles, Davina était assurée de capter toute l'attention de Robert chaque fois qu'elle s'adressait à lui ou à un tiers.

— J'ai été désigné par Dieu pour vous protéger.

— Apparemment ! répliqua-t-elle avec son plus beau sourire.

Pris de court et submergé par l'émotion, MacGregor ne sut que répondre, mais fut saisi d'une forte envie de soulever le voile délicat qui couvrait les tresses blondes de la jeune femme – ultime rappel de son appartenance à Dieu, le confident journalier et privilégié de ses secrets, de ses peurs, de ses élans et de ses désirs.

Il ne put néanmoins s'empêcher d'effleurer le poignet de la moniale, malgré l'interdit imposé par la condition de cette dernière et l'endroit même où ils se trouvaient.

Davina fit un pas en avant comme si elle cédait à quelque invitation.

— Que demandez-vous à Dieu lorsque vous priez, Robert MacGregor ?

— Je prie pour mon clan, répondit-il avant de croiser les mains dans le dos afin de considérer plus à son aise celle qu'il aurait volontiers épousée si elle n'avait déjà été l'épouse du Seigneur.

— Et vous ?

— Je vous suis reconnaissante de votre dévouement, remercia-t-elle en lui touchant le bras. Mais Dieu lui-même n'attend pas de vous que vous restiez ici au risque de négliger votre devoir envers les vôtres.

Plus confus que jamais, le Highlander dut cependant reconnaître qu'elle avait raison. La voix de la sagesse lui commandait de partir retrouver les siens. Il admira le courage qui poussait Davina à congédier son unique défenseur

— Je n'oublie pas mes obligations, rectifia-t-il avant de croiser de nouveau son regard toujours empreint d'innocence, malgré les horreurs dont il avait été témoin. J'hésite entre plusieurs…

— Raison de plus pour partir, conclut-elle en faisant volte-face afin de retourner prier.

Robert la laissa s'asseoir puis alla prendre place sur un banc derrière elle.

— Pourquoi n'avez-vous pas fui Saint-Christopher quand vous avez été avertie de l'arrivée de vos ennemis ? demanda-t-il, espérant, au moins sur ce point, apprendre la vérité.

Davina haussa les épaules.

— Nous n'en étions pas sûrs. Quoi qu'il en soit, les sœurs auraient refusé de quitter le couvent, et je ne les aurais jamais abandonnées.

Robert se pencha en avant pour humer l'odeur de ses cheveux sous le voile.

— Sera-t-il dit qu'une jeune femme élevée au couvent par les sœurs a plus de courage qu'un guerrier formé au champ de bataille ?

— Oh non, bien sûr ! Ce n'est pas ce que je voulais dire ! s'exclama Davina en se retournant brusquement avant de se retrouver presque nez à nez avec le Highlander, qui recula à contrecœur. Je ne doute pas de votre courage. Mais vous n'êtes pas responsable de moi. Rien ne vous oblige à mettre votre vie en danger à cause de ma personne.

Nul besoin de me sentir obligé, songea Robert.

Il se redressa et croisa les bras.

— Ma vie n'est pas en danger, Davina. Ceux qui ont cherché à vous tuer croient certainement que vous avez péri dans les flammes. Ils ne viendront pas vous chercher ici.

— Dans ce cas, pourquoi avez-vous donné l'ordre à Colin et à Finn de faire le guet au sommet du clocher ? Et pourquoi Will monte-t-il la garde jour et nuit devant les portes ?

Le Highlander se mordit les lèvres. Il n'appréciait guère d'être mis aussi promptement face à ses propres contradictions.

— Je suis vigilant de nature.

— Dites plutôt que vous ruminez.

— Non, madame, je ne rumine pas ! rétorqua-t-il en lui jetant un regard noir.

— Vous boudez, alors ?

— Point non plus, marmonna-t-il dans sa barbe.

Davina se retourna face à l'autel en haussant les épaules.

— Alors faites la moue !

Robert n'en crut pas ses oreilles. Se moquait-elle de lui ? Elle n'en finissait pas de le surprendre, et, même s'il n'était pas certain de goûter la provocation, il préférait cela à se voir traiter de broyeur de noir. Mais lorsque Davina, tout sourires, se retourna en inclinant la tête il se dit qu'un peu de taquinerie ne faisait pas de mal dans la vie.

— L'abbesse sait-elle que vous n'êtes pas aussi innocente que vous en avez l'air ?

Elle se retourna derechef et posa sur lui ses yeux rieurs en lui faisant signe de se taire.

— Chuuut ! Je risque une semaine de pénitence.

— Ce ne serait pas volé !

Dans la lumière des cierges, les yeux de la jeune femme brillaient d'un éclat malicieux, et Robert convint volontiers que le bon Dieu ne s'y était pas trompé en choisissant une épouse au sourire si ensoleillé. D'où lui venait cet éclat soudain ? Le ciel avait-il entendu ses prières et dissipé son chagrin ? Robert avait craint de ne jamais la voir sourire, de ne jamais l'entendre rire. Par chance, le miracle s'était produit avec la soudaineté et la fraîcheur d'une averse d'été.

— Si j'avais su que les Highlanders étaient aussi susceptibles, j'aurais tenu ma langue.

— Ne vous demandez pas l'impossible, mademoiselle. Elle est trop bien pendue, gloussa-t-il.

La jeune femme feignit d'être agréablement surprise.

— Vous êtes moins nigaud que je ne l'aurais cru au premier abord, répliqua-t-elle à son tour.

Le Highlander plissa les yeux.

— Eh, demoiselle ! Vous avez la dent aussi dure que Mairi, rétorqua-t-il en secouant la tête.

— Votre sœur ? s'enquit Davina en s'accoudant, tout ouïe, sur le dossier du banc. Celle qui n'a pas trouvé de mari parce qu'elle ne sait pas se taire ?

Robert acquiesça, non sans s'étonner qu'elle ait retenu l'anecdote.

— C'est une vraie langue de vipère !

— Mais vous ne l'en aimez pas moins.

— Bien sûr.

— Parlez-moi de votre famille, suggéra la jeune femme d'un air pensif en calant son poing sous son menton afin d'écouter le Highlander plus à son aise.

Une heure plus tard, Davina en savait probablement plus sur les MacGregor de Skye qu'eux-mêmes. Pour le plus grand plaisir du guerrier, elle apprécia plus particulièrement l'histoire de Maggie, la tante préférée de Robert. Puis il lui raconta l'épisode durant lequel son père avait tiré sa mère des griffes des MacColl, et elle soupira de bonheur. Robert ressentit alors le besoin de lui prouver qu'il était aussi valeureux que son chef de clan.

— C'était une période critique pour mes parents. Ma mère est une Campbell, et…

— Une Campbell ? l'interrompit Davina avec une lueur de méfiance dans les yeux. Cela signifie que vous êtes apparenté au comte d'Argyll. Pourquoi avez-vous attendu maintenant pour me le dire ?

— Parce que je ne le considère pas comme un membre de ma famille, expliqua Robert à voix basse. Mon oncle Robert était le neuvième comte d'Argyll, mais cela fera bientôt dix ans qu'il a été tué par les Fergusson. Il n'a laissé aucun descendant. C'est ainsi qu'Archibald a hérité du titre. Avant cela, je n'avais jamais entendu parler de ce comte exilé. Et je continue de m'en ficher comme d'une guigne. Vous ne risquez rien avec moi, Davina. Je vous le jure.

La jeune femme hocha la tête sans conviction.

— Mais votre oncle était protestant, et les Campbell sont fermement opposés à l'autorité royale et à la succession en ligne directe au trône, surtout si l'héritier en question est catholique.

— Quel est le rapport avec vous ?

— Aucun, s'empressa de répondre Davina. Cela ne me concerne en rien, si ce n'est que je soutiens mon roi et sa foi. Dites-moi : votre famille n'est pas favorable aux protestants, n'est-ce pas ?

— Pas le moins du monde, la rassura Robert, non sans s'étonner de l'extraordinaire exactitude de ses connaissances pour une jeune femme de son âge. Nous sommes catholiques.

Davina se détendit quelque peu.

— C'est une bonne nouvelle.

Pourquoi une bonne nouvelle ? se demanda-t-il.

Et pourquoi s'était-elle encombré l'esprit avec les rouages du royaume et des appartenances religieuses de ceux qui exerçaient le pouvoir ? Était-ce parce que sa foi était en passe de devenir illégale ou parce qu'un nouveau roi était sur le point de monter sur le trône que son regard s'enflammait quand elle évoquait l'un de ces deux sujets ? MacGregor se garda bien de s'en informer. Peu lui importait, à présent, les raisons qui avaient mis des tueurs à sa suite. Le simple fait qu'on veuille attenter à la vie de Davina lui suffisait pour vouloir la défendre. Il se jura que, lui vivant, ils ne parviendraient pas à leurs fins.

— Vous ruminez encore !

Il cligna des yeux et dut admettre que c'était effectivement le cas. Cependant, n'avait-il pas des raisons de ruminer ? Il lui suffit de croiser le regard de Davina pour s'en convaincre.

— C'est la faute de Dieu !

N'en croyant pas ses oreilles, la jeune femme le dévisagea avec étonnement en inclinant la tête, tandis qu'il se levait.

— Que voulez-vous dire ? demanda-t-elle.

— Qu'il a choisi une piètre créature pour prendre soin de vous, répliqua-t-il en désignant du regard l'énorme croix suspendue au-dessus de l'autel avant de poser les yeux sur le voile qui couvrait la soie de ses cheveux.

Chapitre 10

Au sortir de l'église, Robert croisa l'abbesse. Il comprit à la mine austère et à l'attitude distante de celle-ci qu'elle était en colère. Subodorant que son cousin en était la cause, il chercha Will du regard. De fait, le matin même, la manière dont Elaine, la jeune novice, avait rougi avant de gratifier Will de son plus beau sourire, tandis que ce dernier était occupé à casser du bois, n'avait pas échappé au Highlander.

— Robert MacGregor, je ne prétendrais pas connaître ni comprendre le mode de vie des Highlanders, mais vos mères ne vous apprennent-elles pas à…, commença l'abbesse qui s'interrompit en apercevant Davina émergeant de l'obscurité du bâtiment.

La révérende mère ouvrit de grands yeux étonnés puis décocha un regard glacial à Robert, qu'elle considéra des pieds à la tête avant de s'éponger le front avec un petit carré de tissu qu'elle tira des plis de sa manche.

— Vous avez conscience qu'elle est la fille du Seigneur, n'est-ce pas ?

— Oui, soyez-en certaine, répliqua Robert en prenant un malin plaisir à la foudroyer du regard à son tour, même s'il n'était pas sans savoir qu'il aurait dû se reprocher les pensées coupables qui l'assaillaient au sujet de la jeune femme.

— Ma mère…, héla Davina en s'élançant au-dehors afin de réfuter l'accusation sous-entendue par les paroles de l'abbesse. Nous ne faisions que nous entretenir de…

— Rob ! Un cavalier en vue ! cria Colin depuis le clocher, mettant ainsi un terme à la tentative d'explication de la moniale.

— Ne bouge pas de ton poste ! rugit MacGregor.

L'abbesse devint pâle comme une morte, tandis que Robert tirait sa claymore de son fourreau.

— Rentrez vous mettre à l'abri, ordonna-t-il par-dessus son épaule à l'intention de Davina.

Puis il se tourna vers la Supérieure et, d'un ton qui n'appelait pas la contradiction, ajouta :

— Vous aussi !

Du coin de l'œil, il aperçut Will qui sortait de l'écurie en attachant son plaid autour de la taille. Quelques secondes plus tard, Elaine s'extrayait du même endroit en rajustant son voile.

Heureusement, l'abbesse ne remarqua rien, trop absorbée qu'elle était par Robert et son épée.

— Vous n'avez quand même pas l'intention de… Ce cavalier a peut-être besoin d'aide.

— J'exige que vous lui refusiez l'accès au monastère.

— Mais Dieu me commande de l'accueillir, protesta-t-elle en reculant d'un pas, tandis que MacGregor entraînait Davina en direction des bâtiments conventuels.

— Vous ferez une exception aujourd'hui, répliqua Robert en mettant la jeune femme à l'abri.

Puis il fit un signe de tête à Will qui, muni de son arc et de ses flèches, se dirigeait déjà vers le portail principal.

— Non ! cria l'abbesse avant de retomber dans le silence.

Lorsque Will banda son arc, mit le visiteur en joue et décocha sa flèche, la révérende serra la croix qu'elle portait autour du cou.

— Bonté divine ! Vous l'avez tué ! s'exclama-t-elle en bondissant vers la porte, persuadée que le cavalier gisait dans la poussière.

Robert qui savait que Will avait seulement visé les membres inférieurs du cavalier écarta l'abbesse sans ménagement et la plaqua contre le mur d'enceinte au cas où ils essuieraient un tir de représailles.

— Ne tirez point ! s'écria le visiteur d'un ton ému, quoique non dénué de cran.

— J'ai pour habitude de parlementer avec mes ennemis potentiels avant de les tuer, fit remarquer Robert tout sourires. Enfin, la plupart du temps.

L'abbesse soupira avec un mélange de soulagement et de colère dans le regard.

MacGregor n'attendit pas de savoir lequel, de l'apaisement ou de l'exacerbation, l'emporterait.

— Quel est le but de votre visite ? tonna-t-il, comme s'il désirait qu'on l'entende à l'autre bout du comté.

— Je viens sur ordre du roi, cria le cavalier. Je suis le capitaine Edward Asher du 6e régiment royal de cavalerie.

Impossible ! Asher est mort ! C'est un piège, songea MacGregor.

Puis il lâcha le bras de l'abbesse et s'éloigna prudemment de la muraille afin de mieux discerner la physionomie de son homme. Pendant ce temps, à l'autre extrémité du mur, Will extrayait une seconde flèche de son carquois.

Ils avaient probablement été suivis par les hommes du duc dès qu'ils avaient quitté Saint-Christopher. L'espace d'un instant, Robert se félicita d'être resté auprès de Davina avec son frère et Finn, lequel guettait – du moins l'espérait-il – quelque part dans le clocher. Mais l'ennemi était-il venu en nombre ? Avec un peu de chance, Will et lui-même pourraient abattre une bonne dizaine de mercenaires avant que la troupe atteigne les portes du monastère. Quant à Colin, il ne resterait pas longtemps passif.

Sa claymore en main, Robert fit signe à son cousin. Ils devraient tuer autant d'ennemis que possible avant que les jeunes se jettent dans la bataille. Will banda de nouveau son arc et pointa son arme vers l'extérieur. Cette fois, il viserait les parties vitales. Tous avaient reçu un entraînement d'élite, mais aucun d'entre eux ne visait avec autant de précision que Will.

Soudain, un cri retentit.

— Edward !

MacGregor fit volte-face. Le Highlander se figea, tandis que la main de Will restait en suspens et que Davina accourait vers le portail de fer. Il suffisait à l'ennemi de tirer de loin entre les barreaux pour occire la jeune femme. Robert s'élança à sa poursuite, non sans savoir qu'il était déjà trop tard si le cavalier était armé.

— Edward ! s'écria de nouveau Davina sans tenir compte de la présence de Will sur sa gauche.

Ce dernier baissa son arc et se rua sur la jeune femme pour l'empêcher d'aller plus loin, mais ce fut Robert qui l'intercepta en roulant à terre avec elle. Davina termina sa course en s'encastrant dans le corps du Highlander. Elle essaya en vain de se dégager puis posa sur lui des yeux pleins de reproches.

— Vous m'avez menti !

Robert s'apprêtait à se disculper, mais il en fut empêché par le visiteur.

— Lady Montgomery ! Grâce au ciel, je vous ai retrouvée ! MacGregor, êtes-vous là aussi ?

Asher ! songea le Highlander. *Il est vivant !*

Davina n'eut pas besoin de lui dire ce qu'elle pensait : ses yeux parlaient pour elle. Non seulement il lui avait menti, mais il avait laissé son seul ami pour mort sur le champ de bataille.

— Lâchez-moi ! ordonna-t-elle d'un ton glacial.

Robert obtempéra et se redressa sur ses jambes, pendant que la moniale et son abbesse ouvraient le portail. Il regarda en silence Asher sauter de cheval puis faire mine de se prosterner devant Davina, ce qu'il aurait probablement fait si la jeune femme ne l'avait pas pris avant dans ses bras.

Il est en vie ! Mais comment a-t-il réchappé ? se demanda MacGregor, car, la dernière fois qu'il avait vu le capitaine, celui-ci était presque trop faible pour soulever sa propre épée. Ne songeant qu'à aider Davina à s'enfuir saine et sauve, le Highlander avait négligé de chercher des survivants avant de quitter Saint-Christopher.

Je pensais que…

— Asher ! Je vous croyais mort ! commença Robert sans trop savoir quoi dire ensuite, tant s'excuser paraissait insuffisant.

Le capitaine s'arracha à contrecœur des yeux baignés de larmes de Davina.

— Il s'en est failli de peu ! Mais même la mort ne saurait me séparer de lady Montgomery ! répliqua-t-il d'un air enjoué avant de serrer de nouveau Davina dans ses bras.

Son héros est revenu. Par conséquent, elle n'a plus besoin de moi ! pensa MacGregor.

Il ne rendit pas son sourire au capitaine.

Toute à sa joie de revoir Edward, Davina oublia presque qu'elle n'était pas arrivée seule dans ce couvent. Comment oublier, en effet, que MacGregor lui avait menti ? Malgré ses réticences, elle avait fini par l'apprécier ou, pour être plus exacte, par ressentir une attirance qui n'était pas étrangère à la hardiesse de son regard ensorceleur, à l'amour qu'il portait à sa famille ; sans parler du trouble qu'elle ressentait quand elle croisait son regard, ce qui arrivait relativement souvent. Qu'elle soit occupée à désherber le jardin ou à préparer le repas en compagnie de l'abbesse, Davina sentait en permanence le regard du Highlander sur elle. Elle l'avait même surpris à table tandis qu'il se penchait de côté pour suivre son déhanchement pendant qu'elle faisait le service. À sa grande honte, elle trouvait cela excitant.

Cependant, il lui avait laissé croire à la mort d'Edward et lui avait caché son lien de parenté avec le comte Archibald d'Argyll. Quels autres mensonges avait-il proférés ? Et dans quel but ? Face aux nombreux doutes qui l'assaillaient, la jeune femme se raccrocha à la seule certitude à sa portée : Edward était revenu.

— Nous devrions rentrer, suggéra Robert en tirant Davina par la manche. Il a peut-être été suivi.

— Vous avez raison, convint Edward par-dessus son épaule. Ils ne sont qu'à quelques jours de cheval d'ici.

Le cœur battant la chamade, Davina leva les yeux vers le capitaine.

— Qui ? Combien sont-ils ? s'enquit Robert en faisant un pas en avant.

— L'amiral Gilles et une quarantaine de ses mercenaires hollandais, répondit Edward en se tournant derechef vers Robert. Il a des doutes sur la mort de notre amie, et tant qu'il n'en a pas acquis la certitude…

MacGregor l'entraîna vers l'abbaye et hurla à Colin et à Finn de rester vigilants. Puis il ordonna à Will de se dépêcher de retourner à l'intérieur, tandis que le capitaine invitait Davina et l'abbesse à entrer dans le bâtiment conventuel.

Une fois la porte refermée à clé, Robert régenta tout son petit monde tel un général sur un champ de bataille. L'abbesse fut chargée de réunir ses infirmières les plus expérimentées dans le réfectoire, où le capitaine Asher attendrait en prenant une collation qu'elles pansent ses blessures. Toute à sa joie de revoir Edward, Davina avait omis de jeter un coup d'œil à sa chemise ensanglantée…

— Nous vous devons une fière chandelle, remercia Edward en pénétrant dans la vaste salle à la suite de Davina.

Robert ne répondit pas. La jeune femme se retourna et posa les yeux sur lui. Il la regarda fixement. L'avait-il sauvée pour mieux lui nuire ? Rien sur le visage du Highlander ne permettait de l'affirmer.

— Je regrette seulement d'avoir manqué à mon devoir, se lamenta Asher.

Davina s'immobilisa.

— Oh, Edward ! s'exclama-t-elle en serrant les deux mains du capitaine, qu'elle posa sur ses joues. L'essentiel est que vous soyez en vie. C'est un miracle. Comment avez-vous réussi à vous échapper ?

— Elle a raison, intervint Robert en s'arrêtant à son tour, tandis que les deux amis cédaient au plaisir d'une nouvelle étreinte. Lors de notre rencontre, il vous restait à peine un souffle de vie.

Davina crut détecter une pointe de défi ou de suspicion dans sa voix, et s'en indigna.

C'est plutôt lui que nous devrions interroger! pensa-t-elle.

Quant à Edward, s'il s'en aperçut, il n'en prit pas ombrage. D'ailleurs, seul un imbécile s'en serait offusqué. Et Asher n'était pas un imbécile.

— J'ai été désarçonné peu après votre départ, MacGregor, répondit-il simplement.

Davina eut tout le temps d'observer le capitaine, et il lui apparut comme évident que celui-ci n'était pas en état de se battre contre MacGregor, lequel faisait, au bas mot, deux têtes de plus que lui, était en parfait état de santé et prêt à affronter une armée avec le seul secours de Will, son archer au regard d'aigle.

— Par chance, poursuivit Edward en se remettant en marche à la suite de Davina qui le conduisait par la main, j'ai perdu connaissance et suis revenu à moi peu de temps après l'arrivée de l'amiral Gilles et de ses hommes.

Il ne leur cacha rien, se souvenant mot pour mot des paroles entendues, et évoqua sa longue attente dans les cendres à faire le mort jusqu'au départ des troupes ennemies.

— Quand ils ont annoncé qu'ils n'avaient pas retrouvé le corps de lady Montgomery, j'ai compris que vous aviez probablement réussi à la sauver.

— Comment avez-vous fait pour nous retrouver ? s'enquit Robert, tandis qu'ils pénétraient dans le réfectoire sous la conduite de Davina. J'ai veillé à ne laisser aucune trace.

— Aucune trace, en effet ! soupira Edward en s'effondrant sur une chaise avant de fermer les yeux. Je me doutais que vous iriez vers le nord. Courlochcraig se trouvait sur la route.

Le capitaine rouvrit les yeux et tendit le bras pour arrêter Davina qui s'agenouillait afin de lui retirer ses bottes. Cette dernière l'invita à poursuivre en désignant MacGregor du regard.

— J'avais besoin de nourriture et de repos, reprit-il, et je savais que l'abbesse ne me les refuserait pas.

Tournant des yeux enamourés vers Davina, il effleura une de ses mèches échappée du voile et ajouta :

— Dieu m'a conduit ici. Il voulait que je vous retrouve, ma belle dame.

— Parlez-moi de Gilles ! ordonna Robert d'un ton tranchant.

Davina qui était sur le point de répondre à son ami par un sourire affectueux se ravisa, et Edward laissa son geste en suspens.

— Il est l'amiral du duc de Monmouth, expliqua le capitaine en se tournant, de concert avec les autres, vers l'entrée du réfectoire où l'abbesse venait de pénétrer, une tasse dans une main et un petit plateau de nourriture dans l'autre. C'est un homme extrêmement antipathique.

—Ainsi, c'est Monmouth, non Argyll, qui se trouve derrière tout cela.

—Peut-être que oui, peut-être que non, intervint l'abbesse en haussant les épaules. Ils ont tous les deux séjourné en Flandre ces dernières années. Dieu seul sait à qui Gilles a juré fidélité!

—Dieu se ferait-Il le complice de la duplicité des hommes? rétorqua Robert en lui jetant un regard glacial. Que savez-vous d'autre, que vous vous obstinez à me cacher?

—Eh bien, commença la révérende mère d'un ton neutre en tendant la tasse à Edward, depuis que je vous ai rejoints dans cette pièce, je sais que l'amiral Gilles est responsable du massacre de mes sœurs. Mais, si votre question porte encore une fois sur les raisons de l'attaque, ma réponse sera la même.

MacGregor esquissa un rictus qui n'augurait rien de bon, puis il se tourna de nouveau vers Edward et attendit.

—Je n'ai rencontré l'amiral qu'une seule fois, confia le capitaine, et je prie pour que ce soit la dernière! C'est un homme implacable et obstiné.

—Pourquoi ces gens veulent-ils la mort de lady Montgomery?

Edward secoua la tête et esquiva le regard inquisiteur du Highlander, lorsque celui-ci eut fait le tour de la table pour se placer face à lui.

—Je ne sais pas..., balbutia-t-il.

—Me prenez-vous pour un idiot, Asher?

— Non…, soupira le capitaine en tournant vers Davina des yeux emplis de tristesse. Mais je mettrais sa vie en danger si je vous le disais, ce dont je n'ai pas le droit. Cependant, sachez une chose : nous ne devons pas rester ici, car Gilles finira tôt ou tard par retrouver sa trace.

— Edward, commença Davina à voix basse en posant sa main sur la sienne, comme si elle voulait le protéger de la vérité, nous n'avons nulle part où aller.

Le silence tomba sur le réfectoire ; seul résonnait le bruit de pas discret de quatre jeunes nonnes venues soigner le capitaine. Davina crut entendre Robert proférer un juron dans sa barbe, qui vaudrait sans doute à son auteur quelque pénitence de la part de la révérende mère. Toujours à genoux, elle tourna la tête vers le Highlander. Elle ne l'avait jamais vu avec un air aussi renfrogné.

MacGregor posa les yeux sur la jeune femme et retrouva aussitôt sa bonne humeur.

— Si, je connais un endroit.

Davina comprit instantanément où il voulait l'emmener : sur l'île de Skye. À en juger par le nom de ce lieu, il devait se trouver quelque part au ciel, là où le redoutable amiral n'oserait jamais s'aventurer. Cependant, n'était-ce pas une folie de remettre sa vie entre les mains de Robert MacGregor ? Ne lui avait-il pas fait accroire qu'Edward était mort ? D'un autre côté, le capitaine était tombé de cheval, et l'on ne pouvait pas blâmer Robert d'avoir préféré évacuer au plus vite sa protégée de Saint-Christopher plutôt que de fouiller le charnier à la recherche d'Asher. Davina avait désormais la certitude que le Highlander n'était pas de mèche avec ses ennemis, et, au vu de tout ce qu'il avait fait pour elle, le simple fait d'envisager une telle possibilité était ridicule.

— Je refuse de mettre votre famille en danger, répondit-elle calmement malgré son envie d'accepter.

Elle avait le choix entre le retenir auprès d'elle à Courlochcraig, où jamais rien ne pourrait arriver entre eux, et le suivre jusque chez lui pour vivre sous sa protection pendant le temps nécessaire.

— Will, héla-t-il, comme s'il n'avait rien entendu, va chercher les garçons, nous rentrons à la maison !

— Ce soir ? s'enquit Davina en se levant d'un bond avant de jeter un coup d'œil inquiet à Edward. À supposer que je sois d'accord, le capitaine Asher n'est pas encore en état de reprendre la route.

— On ne vous demande pas votre avis, rétorqua Robert en regardant brièvement la jeune femme dans les yeux.

Cela suffit à convaincre Davina de l'inutilité de toute protestation.

— Je n'ai pas l'intention d'obliger le capitaine à voyager ce soir, poursuivit-il. Il pourra retourner en Angleterre dès qu'il ira mieux et…

— En Angleterre ? Tout seul ? l'interrompit la jeune femme en écarquillant de grands yeux incrédules.

— Oui, acquiesça Robert en se tournant vers l'abbesse. Nous aurons besoin de ravitaillement, annonça-t-il avec autorité. Tout ce que vous pourrez mettre de côté sera le bienvenu. Ah, l'une de vos filles posséderait-elle une robe de rechange pour le voyage de la demoiselle ? Gilles est à la recherche d'une jeune religieuse. Elle passera beaucoup plus inaperçue dans une tenue civile.

Puis, revenant à Davina et désignant son voile, il ajouta :

— Il faudra enlever cela aussi.

Toujours abasourdie par l'annonce de l'abandon d'Edward, la moniale n'avait pu savourer comme elle l'aurait voulu le mouvement sensuel de ses lèvres lorsqu'il avait parlé de son voile.

— Je ne partirai pas sans le capitaine Asher, déclara-t-elle, menton levé, en se redressant pour affronter le regard noir du Highlander.

Elle l'aimait encore plus quand il prenait des décisions dans le feu de l'instant et s'emparait du commandement, y compris au détriment de l'abbesse, avec l'autorité d'un chef-né. Elle ne se sentait jamais autant en sécurité avec lui que dans ces moments-là. Mais ce n'était pas une raison pour s'en laisser imposer, si grand, beau et broyeur de noir qu'il soit !

— Vous ne pouvez pas imposer au capitaine de chevaucher jusqu'en Angleterre tout seul. Voyez son état ! Il sera tué par des bandits de grand chemin avant même d'atteindre la frontière !

— Qui part pour l'Angleterre tout seul ? s'enquit Finn en pénétrant dans le réfectoire en compagnie de Colin.

Ce dernier toisa le capitaine avec un petit air caustique. Quant à Will, il se tenait à l'écart, pelant une pomme qu'il avait chapardée dans le couloir.

— Personne, Finn, répondit Davina en regardant Robert droit dans les yeux. Edward reste avec moi.

MacGregor ne se laissa point fléchir.

— Le capitaine Asher est un soldat de Sa Majesté, Davina. Les miens ne verraient pas son arrivée d'un très bon œil.

— Mon frère est bien un soldat du roi, Rob, fit remarquer Finn.

Le Highlander gratifia l'adolescent d'un regard incrédule qui le réduisit au silence.

— Ce n'est pas pareil, intervint Colin en se frayant un chemin jusqu'à Edward. Connor est de la famille.

Examinant le capitaine à la manière d'un chat qui observe une souris avant de bondir sur elle, il ajouta :

— D'ailleurs, pourquoi ne lui a-t-on pas retiré son épée ?

— Tout doux, cousin, lança Will en s'asseyant sur la table monastique avant de mordre à pleines dents dans sa pomme. Vous n'avez rien contre l'Église catholique et romaine, n'est-ce pas, Asher ?

— Non, bien sûr que non ! s'empressa de répondre le capitaine en jetant un coup d'œil gêné à la ronde.

Les quatre Highlanders le dévisagèrent longuement. Will fut le premier à sourire à Asher, à moins qu'Elaine, qui se tenait juste derrière Edward, ne soit la destinataire de sa bonne humeur, car elle rougit comme une pivoine.

— Ne faites pas attention au jeune Colin, capitaine, déblatéra le perfide Will. Il voit rouge dès qu'il rencontre un Anglais ! Son père est pareil ! D'ailleurs, vous ne tarderez pas à faire sa connaissance, si vous nous accompagnez.

— Il reste ici ! intervint Robert machinalement avant de tourner les talons. Nous avons perdu assez de temps.

Davina scruta le visage des trois autres Écossais à la recherche d'un soutien, mais aucun n'eut la témérité d'arrêter le Highlander. La révérende mère non plus. Cela ulcéra la jeune femme. Pour qui se prenait-il pour donner des ordres à un capitaine de l'armée royale comme s'il s'agissait du premier paysan venu ? Pour rejeter sans autre forme de procès toutes les suggestions qu'elle faisait ? Quel toupet ! Il y avait une fin à tout. Elle ne céderait pas. N'avait-elle pas déjà perdu assez gros ? N'était-elle pas déjà suffisamment endeuillée ? Dieu lui avait ramené Edward. Elle ne risquerait pas de le perdre une deuxième fois.

— Je me suis trompée sur votre compte, MacGregor, lança-t-elle en lui emboîtant le pas, tandis qu'il sortait du réfectoire. J'ai cru que j'étais en sécurité avec vous, mais c'était une erreur.

Le Highlander fit lentement demi-tour. Davina en profita pour rassembler tout son courage avant de se planter devant lui.

— Qu'arrivera-t-il, à votre avis, si Edward est fait prisonnier par l'amiral Gilles ? Hein ? Combien de temps un homme peut-il tenir sous la torture ?

Gilles aura tôt fait d'apprendre où vivent les MacGregor. Rappelez-vous : ses sbires n'ont pas hésité à brûler vives des religieuses. Pensez-vous vraiment qu'il reculera face à votre clan ?

Enfin, il daigne m'écouter ! pensa Davina. L'espace d'un instant, elle crut même qu'il allait capituler. Ce n'était pas le moment de baisser sa garde.

— Même si Edward parvient à gagner l'Angleterre, poursuivit-elle, vous ne vous attendez tout de même pas à ce qu'il mente à son roi à mon sujet ? Avant que vous ayez le temps de dire ouf, l'armée royale sera aux portes de l'île de Skye.

— Pourquoi cela ? Pourquoi le roi enverrait-il son armée pour vous ?

— Je ne peux pas le dire. N'insistez pas.

— Dans ce cas, Asher restera ici.

L'entêté ! fulmina-t-elle en le foudroyant du regard.

— C'est très laid de faire chanter les gens ! fit-elle remarquer. Mais qu'à cela ne tienne, je vais vous le dire. Le roi Charles a promis ma main à…

MacGregor fit mine de s'en aller.

— Mais où allez-vous ? s'enquit-elle. Je n'ai pas terminé. Le roi Charles a donc promis ma main à un gentilhomme. Sur son lit de mort, Charles a ordonné à son frère Jacques de…

— Je n'en crois pas un mot, l'interrompit le Highlander en s'éloignant.

— Comment cela, vous ne me croyez pas ? s'indigna-t-elle en le poursuivant, même si elle se savait piètre menteuse. Robert ! héla-t-elle en le tirant par la manche. Peu importe que vous me croyiez ou non, Edward ne peut pas rentrer en Angleterre. Il est impliqué dans cette affaire à présent.

MacGregor s'arrêta et secoua la tête, tandis que Davina serrait les poings d'impuissance.

Quelle tête de mule! pensa-t-elle.

— Ne comptez pas sur moi pour emmener un Anglais à Camlochlin. Je prends déjà un assez grand risque en vous y conduisant.

— Qu'à cela ne tienne, je me ferai un plaisir de rester ici! assura-t-elle entre ses dents.

Ce n'est pas Dieu possible d'être aussi bornée! Allons-nous-en, sinon je vais faire un malheur, pesta MacGregor en lui-même.

— Soyez remercié pour votre aide, dit-elle en lui tournant le dos. Mais vous comprendrez que je reste avec Ed...

Davina n'eut pas le temps de terminer sa harangue, car MacGregor la tira brusquement par le poignet et la serra contre lui. Elle leva la tête et croisa son regard irrésistible, éprouvant soudain quelque difficulté à respirer, voire à articuler le moindre mot, surtout lorsqu'il souleva son voile et le laissa tomber à terre.

— Et moi, je vous dis que vous viendrez avec moi, mademoiselle! murmura-t-il avant de l'embrasser.

Ses lèvres étaient brûlantes et terriblement sensuelles.

Rendue ivre par le souffle chaud de sa bouche, par sa présence et son odeur masculine, Davina se laissa aller contre le corps musclé du guerrier, comme la glaise entre les mains du potier.

C'était son premier baiser, et il dépassait toutes ses espérances. Son corps devint le siège d'un embrasement qui fit fondre toutes ses préventions, annihila le désir même de lui résister et l'incita à rendre à MacGregor caresse pour caresse dans l'étreinte sécurisante de ses bras. Pour la première fois de sa vie, Davina se sentit protégée non à cause de son identité civile, mais pour elle-même. Cela dit, Robert n'avait qu'un but en tête : qu'elle se range à son avis, et l'embrasser jusqu'au vertige n'était qu'un moyen pour atteindre son but. Par conséquent, entre l'envie d'embrasser le Highlander jusqu'à la fin des temps et le besoin de ne pas perdre Edward, elle choisit le capitaine. Elle rassembla donc ses dernières énergies, l'empoigna par les épaules et lui donna un grand coup de genoux dans les parties, ainsi qu'Asher le lui avait appris.

Puis elle recula, tandis que Robert s'effondrait.

— Je vous demanderais volontiers de me pardonner, commença-t-elle en haletant, mais je doute que vous m'accordiez cette grâce.

Abandonnant le Highlander à sa douleur, elle reprit le chemin du réfectoire. Mais, au lieu de se rendre auprès d'Edward, elle se laissa choir sur la première chaise venue et demanda pardon à Dieu d'avoir accordé sa confiance à un mortel. Puis elle pria pour que le Seigneur lui donne le courage d'affronter l'avenir sans l'aide de Robert MacGregor.

Robert ne s'était pas aperçu du départ de Davina. Aussi, lorsqu'il entendit quelqu'un glousser au-dessus de sa tête, il se dit qu'elle était non seulement fougueuse comme une jument de race, mais qu'elle manquait singulièrement de cœur.

— Ne te relève pas, je t'en conjure, implora Will. Permets que je savoure encore cet instant. Je n'aurai peut-être plus jamais l'occasion de te voir dans cette humble position.

MacGregor jeta un coup d'œil furieux à son cousin et se redressa en faisant la grimace.

— « Peut-être », dis-tu ?

— Sauf si tu continues de te frotter à Davina, bien sûr..., s'esclaffa Will sans même tendre la main au Highlander humilié. J'imagine que tu as encore fait ta vieille tête de mule en refusant d'emmener son capitaine avec nous.

C'est mon jour ! pensa Robert, qui n'appréciait guère la manière dont chacun l'accablait de reproches. Mais il aima encore moins l'expression « son capitaine » dans la bouche de Will, même si la formule était indéniablement justifiée. Davina ne lui avait-elle pas d'ailleurs préféré Asher ?

— En plein dans le mille, mon cher cousin, répliqua MacGregor avec raideur en se massant une dernière fois l'entrejambe.

— Il reste ici, si je comprends bien ? s'enquit Will, tandis que Robert faisait demi-tour et se dirigeait vers les portes de l'abbaye.

— Oui, et elle aussi.

Seule dans le clocher, Davina regarda Robert et ses compagnons quitter Courlochcraig. Sachant que les larmes ne font pas revenir les uns ni partir les autres, elle s'abstint de pleurer. D'ailleurs, pour quelle raison MacGregor lui reviendrait-il ? N'avait-il pas déjà fait le maximum ?

Les meilleures choses ont une fin…, pensa-t-elle, oubliant qu'elle avait elle-même souhaité son départ. Mais c'était sans compter avec le baiser qu'ils avaient échangé. Toutes ses résolutions avaient alors failli voler en éclats, mais point à cause d'une quelconque pression de la part de Robert, même s'il l'avait serrée très fort ce jour-là. Finalement, elle le regarda s'éloigner à regret, et son départ laissa en elle un vide abyssal.

Davina était plus seule que jamais.

Chapitre 11

— Nous n'aurions pas dû l'abandonner, observa Finn.

Ainsi qu'il en avait l'habitude, le jeune homme chevauchait à hauteur de l'étalon de MacGregor. Ils approchaient de la frontière de l'Ayrshire.

— Je n'ai fait que suivre sa volonté, répéta Robert pour la troisième fois depuis leur départ de l'abbaye.

— Cependant, ne nous aurait-elle pas accompagnés si l'on avait emmené le capitaine Asher ?

Robert ferma les yeux d'exaspération et se maudit lui-même, également pour la troisième fois, pour n'avoir pas ficelé Finn sur la monture d'Angus avant d'envoyer le vieux guerrier en Angleterre. Pour l'heure, il n'avait aucune envie de penser à Davina.

C'est mieux ainsi ! pensa-t-il.

Il avait commis une erreur en lui proposant de la conduire chez lui. Le fait qu'Asher les ait trouvés ne signifiait pas que Gilles y parviendrait. Du reste, aucun lien de parenté ne l'unissait à Davina. Il se devait de garder ses distances, non seulement parce qu'elle avait embrassé la vie religieuse, mais également parce qu'elle représentait un danger mortel pour lui et pour les siens. Des mercenaires s'étaient lancés à ses trousses dans l'intention de la tuer, et ni Davina ni le capitaine n'avaient trouvé le courage de lui en expliquer les raisons. Seul un parfait idiot aurait pu croire qu'une flotte entière de Hollandais la recherchait à cause d'une simple mésalliance, à moins, bien sûr, que ce ne soit dans le but de convertir les mariés au protestantisme ! Tout bien réfléchi, emmener la fugitive chez lui n'aurait pas été une erreur mais une folie ! Tout en regrettant que les choses se soient passées ainsi, force était de reconnaître qu'il n'était pas responsable de Davina, qu'elle n'était ni son épouse ni sa maîtresse. De plus, il avait la quasi-certitude qu'elle ne l'appréciait guère et était certain qu'elle ne lui faisait pas confiance, surtout depuis qu'Asher était revenu d'entre les morts. En somme, quels étaient ses devoirs envers elle ? Il n'en avait aucun. Sous la protection du capitaine, Davina ne risquait rien à Courlochcraig. L'abbaye était une cachette d'autant plus sûre qu'aucune armée n'y campait pour signaler la présence de la jeune femme. Et, dans l'hypothèse où Gilles retrouverait la trace de cette dernière, le couvent ne manquait pas de caches secrètes où se mettre à l'abri.

— Rappelez-moi pourquoi nous ne pouvions pas l'emmener ? demanda Finn.

— Parce qu'il est anglais ! grommela Robert.

Le jeune soldat se racla la gorge et, le regard dissimulé par son calot vert émeraude, jeta un coup d'œil malicieux au Highlander.

— Je le suis pour moitié.

— Certes ! convint Robert. Mais cette moitié ne franchira jamais les falaises d'Elgol à la tête d'une armée pour le simple plaisir de nous nuire ou dans le but de nous obliger à renoncer à nos coutumes et à nos croyances.

— Est-ce à dire que vous en croyez le capitaine Asher capable ?

— C'est dans ses attributions, et je ne peux pas me permettre de courir ce risque.

Finn hocha la tête et regarda droit devant lui, tournant définitivement le dos à l'abbaye et, avec un peu de chance, à ses questionnements sans fin.

MacGregor n'était pas sans apprécier la nature curieuse de Finn, car celui-ci avait soif d'apprendre, et l'on ne pouvait le lui reprocher. Il n'en deviendrait que meilleur guerrier. Néanmoins, le cadet des Grant n'était pas aussi innocent qu'il en avait l'air. En l'occurrence, il savait très bien ce qu'il faisait. Mais c'était sans compter avec l'entêtement du Highlander. Et puis d'ailleurs Davina n'avait-elle pas fait son choix ?

— Rob ?

— Quoi ? soupira ce dernier en se résignant à devoir supporter Finn à ses côtés pendant toute la durée du voyage.

— Connor est capitaine dans l'armée royale… Et mon oncle Connor Stuart n'est-il pas lui-même grand-amiral ?

Connaissant d'avance la suite, Robert lui lança un regard assassin.

Espèce d'hypocrite! pensa-t-il.

— Eh fait, je me demandais simplement : si… si mon frère risquait sa vie pour vous prévenir d'un danger, le renverriez-vous en Angleterre, sachant que l'ennemi contre lequel il vous a mis en garde le tuera à vue ?

Que pouvait-il répondre à cela ?

Non, bien sûr, il n'aurait jamais renvoyé l'ami qui lui avait évité une attaque-surprise. Il ne se serait même jamais séparé de lui.

— Bon sang, qu'ai-je fait ? se demanda le Highlander à voix haute.

Au lieu de louer la fidélité de Davina envers Asher – vertu qu'il plaçait au-dessus de toute autre –, il en avait pris ombrage et avait agi en conséquence. De quel droit s'était-il senti offensé, lui qui abhorrait l'idée même de se laisser influencer par ses émotions, et encore plus par la jalousie.

Que je rôtisse en enfer! Comment ai-je pu me montrer si abject?

Décidément, l'amour ne méritait pas qu'on lui accorde la préséance. Il transformait les hommes en monstres illogiques et dangereux. Aimait-il Davina ? Non, il n'était pas fou à ce point. Alors, plus tôt il commencerait à se comporter comme un être doué de raison, mieux cela vaudrait.

— Suivez-moi ! ordonna le Highlander en faisant faire demi-tour à son cheval.

— Où allons-nous ? lança Finn dix yards en arrière.

Sans attendre la réponse, il donna du talon dans les flancs de sa monture et s'élança dans un fracas de sabots en direction de l'abbaye, tandis que Will et Colin le suivaient de près.

— Tu sais parfaitement où nous allons, espèce de renard, répondit Robert lorsque Finn arriva à sa hauteur. Mais, toi qui es si malin, pourquoi m'as-tu laissé confier la sécurité de Davina à quelques caches de hasard ?

— C'est-à-dire que je… euh…, bredouilla Finn avant de blêmir. Par tous les feux de l'enfer, qui sont ces gens ?

Robert tourna la tête et se figea. Un petit groupe de cavaliers en provenance de l'ouest traversait le pont. Tous arboraient le même genre d'uniforme que les hommes qui avaient pris d'assaut Saint-Christopher. Ils étaient en route pour Courlochcraig.

Davina !

— En avant ! ordonna MacGregor en brandissant son épée. Nous leur couperons la route avant qu'ils atteignent la ville.

La question de savoir si Colin et Finn étaient aptes à se battre ne l'inquiétait plus, car il avait l'intention de décimer chacun de ces soldats avant que les garçons se jettent dans la mêlée. Robert poussa son étalon au maximum de ses capacités à mesure que les images de la catastrophe qu'il s'apprêtait à éviter se formaient dans son esprit. Passant outre la douleur de sa blessure à l'épaule, il fit claquer ses rênes de plus en plus souvent, augmentant sa vitesse au point que la lame de sa claymore commença à émettre un sifflement meurtrier en fendant l'air.

Le soldat qui fermait la marche du détachement ennemi fut bientôt à sa portée. L'homme se retourna et, avisant l'énorme épée qui s'abattait au-dessus de sa tête, ouvrit la bouche pour alerter ses camarades. Mais sa tête s'envola dans les airs avant qu'il ait pu prononcer un mot. Le temps que le cavalier suivant décide s'il valait mieux s'arrêter pour combattre ou essayer de distancer l'assassin couvert de sang qui se rapprochait dangereusement, Robert lui enfonça sa lame dans le crâne. Un troisième eut tout juste le temps de hurler un mot dans une langue étrangère avant de se faire embrocher jusqu'à la garde. Aussitôt, ses compagnons firent demi-tour, l'épée au clair, en décrivant un arc de cercle. Robert retira sa claymore du corps de sa dernière victime, se tourna face aux assaillants et empoigna son arme à deux mains.

Le premier guerrier qui parvint à sa hauteur assena un puissant coup de taille à la tête du Highlander avant de constater avec horreur que ses boyaux se répandaient sur sa selle. Le suivant perdit un bras sur un coup porté par la gauche avant de connaître le même sort que le précédent.

Will ne donna pas sa part au lion et ajouta deux cadavres à la liste entamée par son cousin. Quant à Colin, il se révéla encore plus agressif sur le champ de bataille qu'à l'entraînement, et l'acier de sa claymore scintilla dans le soleil, tandis qu'elle s'abattait sur le cou du cavalier qui menait la troupe, le tuant instantanément.

Le dernier survivant était aux prises avec Finn, et leurs épées s'entrechoquaient au-dessus de leurs têtes lorsque Robert partit les rejoindre dans un élan de fureur meurtrière. Il touchait presque au but quand Finn écrasa son poing sur le nez de son adversaire. Celui-ci tomba à terre. Presque aussitôt, Finn sauta de cheval et lui enfonça son épée dans le cœur.

Robert s'approcha de son cadet, qui leva les yeux vers lui en esquissant un sourire intrépide avant de vomir.

L'abbaye de Courlochcraig était étrangement silencieuse lorsque Robert et ses hommes arrivèrent en vue de ses murs. La main du Highlander, si sûre durant la bataille, tremblait à présent. À cause de lui, de son orgueil et de son manque de sang-froid, ils avaient frôlé la catastrophe. Sautant d'un bond à terre, il poussa les lourdes portes et gagna l'entrée du bâtiment conventuel au pas de course.

— Davina ! hurla-t-il, tant le besoin de la voir était pressant.

Il ne s'était jamais aussi peu soucié de ses raisons d'agir.

Les portes du monastère s'entrouvrirent en grinçant sur un bout de voile gris, suivi de la longue chevelure blonde de Davina, lorsque celle-ci se fraya un passage à côté de l'abbesse. Pendant un petit moment d'éternité, cet ange tout en finesse et apeuré regarda le guerrier au plaid couvert de sang avec de grands yeux étonnés. Soudain, MacGregor fut saisi par une irrépressible envie de l'enlacer ici même. Il aurait tout le temps de réfléchir plus tard aux conséquences d'un tel acte. Il fit un pas en avant, mais elle fut plus rapide et, parcourant en toute hâte la courte distance qui les séparait, elle se jeta dans ses bras.

Robert la souleva de terre et la serra contre lui, non sans redouter que cette étreinte ne lui rende tous les autres plaisirs de la vie bien fades.

— Je vous ai vu, commença-t-elle d'une voix emplie de gratitude, j'ai vu avec quel courage vous les avez expédiés en enfer !

MacGregor s'apprêtait à répondre par une plaisanterie lorsqu'il aperçut Asher qui sortait du couvent d'un bon pas malgré son bandage.

— Nous devons partir d'ici, déclara le Highlander. Il n'y a plus un instant à perdre. Je vais la conduire chez nous. C'est le seul endroit où ils ne viendront pas la chercher.

— Étaient-ce les mercenaires de Gilles ? s'enquit le capitaine en posant les yeux sur Davina, laquelle était toujours blottie contre MacGregor.

Ce dernier acquiesça et reposa la jeune femme avant de lui prendre instinctivement la main.

— Combien étaient-ils ?

— Dix, répondit Robert. Nous les avons repérés tandis qu'ils pénétraient dans l'Ayrshire et leur avons coupé la route.

— Rob en a tué six à lui tout seul ! précisa Finn avec une pointe de fierté en posant ses yeux vert pâle sur Davina.

— J'aimerais voir les corps, déclara soudain Asher.

— Je crains que cela ne soit pas possible, capitaine, répondit MacGregor. Nous les avons jetés dans le fleuve avec tout leur équipement avant d'éloigner leurs montures. Aucun de ces hommes ne portait la tenue d'amiral. J'en conclus donc que Gilles ne figurait pas parmi eux. Il partira très probablement à leur recherche, et je ne voulais pas qu'il découvre leurs cadavres à proximité du couvent.

— C'est à la fois terrible et extrêmement rusé de votre part ! le complimenta Asher avec une lueur d'inquiétude dans le regard qui éveilla les soupçons de MacGregor.

Pour quelle raison le capitaine aurait-il peur de lui ?

Mais l'impression ne dura pas, car déjà le visage d'Edward s'illuminait sous l'influence de la plus sincère gratitude.

— Cela fait deux fois que vous me sauvez la vie, MacGregor !

— À moi aussi ! ajouta Davina à voix basse, ce qui amena Robert à la dévorer de nouveau du regard.

Pour la première fois de sa vie, le poids de ses responsabilités lui faisait l'effet d'une grâce. Les souffrances accumulées durant ses longues heures d'entraînement en pleine nature sous la férule de son père et d'autres guerriers chevronnés tels que Brodie et Angus MacGregor, Jamie Grant ou encore son frère Graham, n'avaient pas été vaines. Robert était prêt à protéger la jeune femme de tous les dangers, et il se réjouissait d'avoir les moyens de ses ambitions.

— C'est Dieu qui m'a assigné cette tâche, répliqua-t-il sans modestie aucune.

— Il faut croire ! répliqua avec malice Davina, dont le sourire alla droit au cœur du Highlander.

— Tout cela est fort attendrissant, intervint Will d'une voix traînante sans descendre de cheval, mais il est temps de déguerpir. Ils attendaient peut-être des renforts.

Robert se redressa brusquement et examina Davina comme un adolescent qui se languit d'amour.

— Pourquoi ne les attendons-nous pas ici pour leur régler leur compte ? s'enquit Colin d'un ton menaçant qui tira Robert de sa fascination amoureuse.

— Non ! rétorqua ce dernier en jetant un regard noir à son jeune frère belliqueux, non sans se promettre de lui suggérer plus tard d'autres moyens de canaliser son énergie.

— C'est maintenant que la robe de rechange devient nécessaire, révérende mère, fit remarquer Robert.

Par bonheur, l'abbesse ne renâcla pas, mais se précipita à l'intérieur afin de s'occuper de ce détail elle-même. Après son départ, MacGregor conduisit Davina jusqu'à son étalon, puis, s'apercevant qu'Asher ne suivait point, il lança par-dessus son épaule :

— Vous venez ?

Le capitaine acquiesça sans dissimuler son soulagement, mais sa gaieté disparut lorsque Davina fit glisser son pied dans l'étrier du Highlander.

— Elle monte avec moi, expliqua Robert d'un ton aussi neutre que possible pour ne pas blesser le capitaine qui était au bord des larmes.

Même si Robert n'appréciait pas beaucoup qu'un autre soit amoureux de sa belle, il avait lui-même connu la peur de la perdre et ne souhaitait pas se montrer inutilement cruel.

— C'est plus sûr, ajouta-t-il avant de regretter aussitôt ses paroles.

Humilié, le capitaine baissa les yeux.

Bon sang, Rob! se tança MacGregor en songeant que Davina le trouverait probablement sans cœur.

— Je voulais simplement dire que…

— Sa sécurité m'est plus chère que tout au monde, l'interrompit Asher en continuant de contempler ses bottes.

Apparemment, le capitaine ne s'était toujours pas pardonné le désastre de Saint-Christopher.

— Je connais votre probité, répondit Robert avec sincérité, car il n'avait pas oublié avec quelle bravoure le capitaine avait défendu l'ancien refuge de Davina. Mais je préfère quand même qu'elle monte avec moi.

Sagement, Asher se contenta de hocher la tête en silence avant de gagner l'écurie où l'attendait son cheval.

Pendant ce temps, l'abbesse était revenue avec des jupes et un sarrau vert foncé, pliés sur le bras. Robert fit mine de les prendre, mais la révérende mère l'en empêcha en posant sa main sur la sienne. Elle le considéra d'un regard aussi sévère que celui dont elle l'avait gratifié lors de leur première rencontre et lui toucha quelques mots bien tranchants en guise d'avertissement.

Robert se contenta de prendre le vêtement sans rien dire avant de le passer à Davina. Puis, après avoir rongé son frein pendant que l'abbesse leur donnait sa bénédiction, il monta en selle derrière la jeune femme avant de s'élancer au galop hors de l'enceinte de Courlochcraig avec ses hommes et Asher à sa suite.

Lorsque le portail de fer forgé se fut refermé dans un fracas métallique, Robert prit conscience du sérieux de son projet. Mais avait-il d'autres choix ? Dieu ne lui avait-il pas confié la tâche de protéger Davina Montgomery ? Et où serait-elle plus en sécurité qu'à l'abri des brumes de Camlochlin ? Le plus grand danger résidait – il ne put se le cacher, tandis qu'il enlaçait la taille de la jeune femme – dans les sentiments qu'elle avait fait naître en lui et continuait de susciter chaque fois qu'ils étaient ensemble.

« Elle n'est point vôtre, monsieur le Highlander, avait dit en substance l'abbesse. Vous feriez bien de ne pas l'oublier ! »

Il ferma les yeux, soupçonnant que les paroles de la révérende mère le tourmenteraient longtemps encore.

Chapitre 12

Davina contempla au loin la surface tachetée de lumière dorée de la rade de la Clyde. Elle avait lu dans les chroniques le récit de la décisive bataille de Largs, durant laquelle les Écossais avaient refoulé l'envahisseur viking, mais elle n'avait jamais rêvé d'en voir le théâtre, surtout d'aussi près. Robert l'avait prévenue que la route côtière pourrait se révéler difficile par endroits, mais que la marée effacerait l'essentiel de leurs traces. La jeune femme ne se plaignit pas, s'émerveillant au contraire pour la première fois d'une aussi vaste étendue d'eau et de ciel, où s'accrochaient des bandes de nuages écarlate et cuivré, tandis que le soleil descendait lentement à l'Occident. Confortablement installée contre le corps souple et musclé du Highlander, la jeune femme s'était attendue à s'assoupir – surtout lorsqu'il l'avait enveloppée dans son propre plaid –, mais son esprit fut maintenu en alerte par la profusion d'images et de sons qui s'offraient à elle. Davina fut saisie par la beauté d'un banc de marsouins qui s'élançait à quelque distance au-dessus de la ligne d'horizon. La liberté de ces animaux l'émut aux larmes dans une commune extase. Le vent qui soufflait en rafales le long de la côte sableuse acheva de la délester du poids de son existence passée et à venir. Elle s'en détachait grâce à celui qui avait bravé les flammes et occis six guerriers ennemis pour la secourir. Pour la première fois depuis très longtemps, elle se sentit véritablement en sécurité. Bien sûr, elle n'était pas sans savoir que les assassins qui la recherchaient pouvaient encore la retrouver, mais, lorsqu'elle fit part à Robert de son inquiétude pour sa famille, il jura qu'il tuerait Gilles de ses propres mains si celui-ci se risquait en territoire MacGregor. Il jura – promit même – de la protéger. Davina n'avait jamais osé espérer un tel miracle.

Bien sûr, le fait qu'Edward considère qu'il avait failli à son devoir était pour elle un sujet de tourment, et elle essayait de rassurer le capitaine chaque fois que l'occasion s'en présentait en lui souriant avec affection et reconnaissance. Le meilleur ami de Davina était tombé sur le champ de bataille parce qu'il avait combattu tout seul et trop longtemps en sous-nombre. Néanmoins, blessé et fourbu, il s'était relevé et l'avait rejointe. Certes Edward ne l'avait pas déçue, mais il ne lui avait jamais donné espoir non plus.

Tandis que Robert…

Davina esquissa un sourire et poussa un léger soupir de soulagement en fermant les yeux face au soleil couchant.

Si peu de temps après, elle s'éveilla dans les bras de Robert qui la portait jusqu'à une petite clairière. Tandis que leurs deux cœurs battaient en rythme, elle reconnut immédiatement l'étreinte robuste du Highlander. Enfin, ce dernier la posa à terre avec toute la douceur dont il était capable, et elle se sentit de nouveau vulnérable.

Elle se redressa, désireuse de contribuer à l'établissement du camp, mais il l'arrêta aussitôt.

— Dormez, mademoiselle, ordonna-t-il d'une voix rauque.

Cependant, Davina savait que le sommeil ne viendrait pas, notamment parce que sa peur du lendemain s'était réveillée. Pour se rassurer, elle sourit à Will lorsque les écorces de bouleau qu'il avait entassées pour le feu s'enflammèrent. Celui-ci lui répondit par un clin d'œil, et la jeune femme leva les yeux au ciel.

— Vous faites preuve de beaucoup de courage dans cette épreuve, madame, fit remarquer Edward en s'asseyant face à elle pour lui remettre un petit paquet fermé par une ficelle.

— Qu'aurais-je à redouter, tant que je suis entourée de guerriers aussi courageux et prévoyants ? observa-t-elle en retirant un gros morceau de pain noir du sac.

— Je me réjouis que vous pensiez cela de moi, avoua-t-il avant de baisser la voix afin d'être entendu d'elle seule. Cependant, il me semble qu'un non-dit subsiste entre nous.

Le capitaine avait petite mine, et Davina en devinait les raisons. Le capitaine Asher était amoureux d'elle. Ce n'était plus un mystère. Elle se doutait également qu'il souffrait de la voir chevaucher avec MacGregor.

Mais Edward ne la connaissait-il pas mieux que personne ? Néanmoins, le simple fait de penser qu'elle pouvait le blesser lui était insupportable. Elle lui tendit donc la main dans l'espoir de lui apporter un peu de réconfort.

— Edward, je…

— Est-ce du pain noir ? s'enquit Finn à brûle-pourpoint en se penchant pour regarder de plus près.

— En effet, jeune homme, c'en est ! répondit Edward. Et nous avons également du miel pour étaler dessus.

Une lueur d'espièglerie traversa le regard de Finn, dont le visage était éclairé par la lumière vacillante du feu de camp.

— Alors, comme cela, vous l'avez chapardé aux nonnes ?

— Non, répliqua le capitaine en lui retournant son sourire, feignant d'avoir oublié la gravité du sujet dont il désirait s'entretenir avec Davina. Votre visage me dit quelque chose, ajouta-t-il, tandis que la jeune femme mordait à belles dents dans le pain avant de le passer à Finn avec le sac.

— Mon frère est le capitaine Connor Grant, lui apprit l'adolescent en s'installant près de Davina pour presser le rayon de miel au-dessus de sa tartine. Peut-être le connaissez-vous ?

Edward réfléchit pendant un instant puis secoua la tête.

— Non, je ne le connais pas. Ayant passé ces quatre dernières années dans les murs de Saint-Christopher, je suis peu familier des autres capitaines.

Finn haussa les épaules puis leva les yeux vers Robert qui s'apprêtait à s'asseoir à la droite de Davina.

— Je ne ressemble pas à Connor. Qu'en dites-vous, Rob ?

Davina jeta un coup d'œil à MacGregor. Celui-ci dévisageait Edward avec un air si menaçant qu'il aurait pu mettre en fuite une meute de loups affamés.

— Rob ? insista Finn.

Le Highlander cilla avant d'esquisser un rictus nerveux.

— Bien sûr que si, petit, mais tu ressembles encore plus à ta mère.

— C'est vrai ! reconnut Finn en donnant le morceau de pain noir à Colin.

— Connor est le portrait de notre oncle. Vous avez certainement entendu parler de lui, capitaine Asher.

— Ah oui ? Et pourquoi ?

— Parce qu'il était grand-amiral du roi Charles, et qu'il est désormais celui du roi Jacques.

— Attention, Asher, commença Will en se laissant glisser le long d'un gros chêne avant d'attraper à la volée le morceau de fromage que lui lançait Robert. Quand Finn est lancé, il peut parler des siens et de l'armée royale jusqu'au petit matin !

Mais Edward fit la sourde oreille et continua de dévisager le garçon avec de grands yeux incrédules.

— Votre oncle est le grand-amiral ? répéta-t-il, comme s'il voulait se persuader qu'il avait mal entendu. Mais c'est impossible !

— Et pourquoi ? s'enquit Finn d'un ton passablement offensé.

— Eh bien, parce que le grand-amiral n'est autre que Connor Stuart !

— Oui, je sais, confirma l'adolescent. (Il mordit dans sa tartine.) Ce pain est délicieux ! ajouta-t-il.

Edward chercha le regard de Davina, mais celle-ci gardait les yeux braqués sur l'adolescent.

C'est un Stuart ! songea-t-elle en le dévisageant par-delà la familiarité de ses traits, de sa peau blanche, de ses cheveux soyeux, de son nez olympien. *Pas étonnant qu'il soit si fier de sa famille. On le serait à moins !*

— Qu'est devenu l'homme qui a trahi votre oncle Connor ? s'enquit Davina, désormais suspendue aux lèvres du garçon.

— James Buchanan est passé dans la clandestinité. Mon oncle l'a recherché pendant deux années avant de le retrouver dans le Suffolk, où il vivait sous un nom d'emprunt. On l'a pendu à Londres avec la bénédiction du roi Charles.

— Cela donne froid dans le dos, mais ce n'est que justice, déclara la jeune femme pour le plus grand plaisir de Finn, dont le sourire la fascinait comme une invite à s'épancher au sujet de sa propre famille et du vide que celle-ci avait laissé dans sa vie.

Mais Dieu n'avait-il pas enfin exaucé ses prières ? Finn n'en était-il pas la preuve vivante ?

Elle cligna des yeux en s'apercevant, à son grand dam, qu'elle le dévisageait d'un air béat. Finn rougit, et Davina croisa le regard de Colin qui l'observait d'un œil attentif.

— Vous êtes une drôle de demoiselle ! fit remarquer ce dernier en s'accroupissant face à elle.

Davina essaya de se détourner, mais elle était comme hypnotisée et dut y renoncer.

— Pourquoi vous intéressez-vous à ces histoires qui ne vous concernent pas ?

— Au contraire, elles me concernent, répliqua-t-elle en s'efforçant désespérément de garder son sang-froid.

Ne s'était-elle pas méprise sur le compte de ce garçon silencieux, effacé – d'abord en le comparant à un étalon ombrageux sur le point de charger, puis en oubliant sa présence même ? Sans compter qu'en dépit de son mutisme il ne perdait rien de ce qui se disait !

— Nous sommes tous concernés, ne croyez-vous pas ? ajouta-t-elle avec un sourire forcé afin d'amadouer cet adversaire particulièrement coriace.

— Non, pas tous, nuança-t-il en l'examinant avec méfiance. La plupart des jeunes filles que je connais s'occupent de cuisine et de couture, sauf ma sœur… et vous !

— Oui, Rob m'a parlé de Mairi. Elle…

— Je sais pourquoi Mairi s'intéresse à la politique, l'interrompit Colin avant qu'elle détourne la conversation. Mais vous ?

Davina chercha de l'aide du côté de Finn, mais lui aussi attendait une réponse.

— À quoi d'autre voudriez-vous que je m'intéresse ? demanda-t-elle à voix basse en s'adressant à ses deux inquisiteurs avant de baisser modestement les yeux. J'ai passé chaque jour de ma vie dans la crainte que les êtres qui m'étaient les plus chers ne périssent à cause de moi. Je n'ai jamais rien posséder de tangible. Tout pouvait basculer d'un instant à l'autre. Et cela n'a pas manqué d'arriver. (Elle releva la tête, mais Colin évita son regard.) C'est pourquoi je me suis absorbée dans mes leçons et enivrée de lectures, poursuivit-elle, car ce que j'y apprenais était mien, et mes ennemis ne pouvaient me le ravir. Ainsi, j'ai cherché dans les rois qui nous gouvernent le père que je n'ai pas eu.

Bon sang, se tança Davina, *je ne vais tout de même pas pleurer !*

Davina regarda Colin en fronçant les sourcils et lui en voulut de l'avoir obligée à évoquer son passé.

— Une chose encore, ajouta-t-elle en guise de conclusion, je sais cuisiner et coudre aussi bien que n'importe quelle autre femme !

Après quoi, elle se retourna vivement du côté de MacGregor, joignit les mains sous sa joue et ferma les yeux. Les deux jeunes guerriers restèrent pantois.

Robert contemplait le visage de Davina dans le clair de lune. Il se tenait si près qu'il lui aurait suffi de tendre la main pour essuyer les larmes qui roulaient le long des cils de la jeune femme. Il n'avait rien perdu de l'échange qu'elle avait eu avec Colin, et il était profondément peiné par le vide qu'il découvrait dans la vie de Davina et que rien n'avait su combler. Contrairement à lui, elle n'avait pas eu la chance de grandir dans un environnement sécurisant, entourée de l'amour des siens, sans peur de les perdre. Le Highlander observa les lèvres suaves de sa belle tandis qu'elle priait en silence avant de sombrer dans le sommeil. De quoi avait-elle souffert le plus : du manque d'un foyer familial ou de l'absence de tout sentiment de pérennité ?

— Je vous ferai oublier tout cela, Davina, chuchota-t-il en effleurant l'arrondi de son visage. Car Dieu le veut.

Chapitre 13

Robert s'éveilla en sursaut et chercha instinctivement Davina, mais ne la trouva point. Il se leva d'un bond, l'esprit encore embrumé par les images de son rêve : un amiral sans visage avait arraché lady Montgomery à son étreinte. Il jeta un regard circulaire. Elle était peut-être auprès d'Asher. À son corps défendant, MacGregor bouillait de colère à l'idée que le capitaine ait pu passer les quatre dernières années en compagnie de sa belle, devenant ainsi son confident, et donc le seul à savoir ce qui la faisait rire et ce qui l'effrayait. Combien de fois Edward avait-il eu l'occasion de la consoler, de la prendre dans ses bras, et peut-être même de l'embrasser ?

Grâce au ciel, MacGregor ne la trouva pas à proximité de son rival, lequel semblait fasciné par quelque chose qui se trouvait à sa droite, au-delà d'un rideau d'arbres. Robert suivit son regard. Davina se tenait non loin. Son visage était dissimulé par le carquois et les flèches de son cousin, mais on apercevait nettement ses jupes.

Le Highlander l'observa, tandis qu'elle consolidait sa position.

Des jupes ? Nom d'un chien ! s'exclama-t-il en lui-même en foudroyant ses compagnons du regard.

Quand s'était-elle changée ? Quand avait-elle enlevé sa bure pour passer le sarrau et les jupes que lui avait remis l'abbesse ? Lequel de ces malotrus avait-il osé l'espionner pendant qu'elle se déshabillait ? Aucun ne semblait coupable, même s'ils n'avaient pas leurs yeux dans leur poche ! Comment les en blâmer ? N'était-elle pas extrêmement ravissante dans ses nouveaux habits, bien ajustés au galbe de ses formes féminines ? MacGregor s'appuya contre un arbre, croisa les bras et imita ses camarades.

Davina prit la tige d'une flèche entre ses longs doigts gracieux et banda l'arc en tirant, sans tension, les épaules en arrière. Elle ferma un œil, visa et décocha l'aiguillon mortel.

À une cinquantaine de pas environ, la pointe de la flèche s'enfonça en plein cœur de la cible improvisée par Will. Celui-ci ne put s'empêcher de glousser. Les autres guerriers applaudirent l'amazone, tandis que ce fripon de Will susurrait quelque chose à l'oreille de la jeune femme, qui rit aux éclats. Son rire résonna dans toute la clairière.

Pendant ce temps, Robert élaborait des plans pour écorcher son cousin tout vif. C'est alors que Davina se retourna, comme poussée par quelque mystérieux instinct. Elle croisa le regard incandescent du Highlander et lui sourit. Soudain, le décor alentour s'effaça, et il ne vit plus qu'elle.

— Vous êtes un lève-tard ! observa-t-elle en glissant l'arc sous son bras avant de s'approcher.

Robert dut fournir un gros effort pour ne pas courir à sa rencontre et la serrer contre lui.

— J'ai veillé pendant une grande partie de la nuit, répliqua-t-il.

Davina retrouva son sérieux et se planta devant lui en inclinant la tête, semant le chaos dans l'esprit du jeune homme.

— Ce n'est pas à cause de votre épaule, j'espère ?

Il fit « non » de la tête et se contenta de la couver du regard en silence avant de s'arrêter sur ses lèvres boudeuses. La belle avait eu peur, la première fois qu'il l'avait embrassée, et il en avait payé le prix. À présent, il avait très envie de recommencer, non à cause de quelque irrépressible pulsion, mais avec toute la tendresse et l'amour d'un amant.

Davina le dévisagea à son tour, percevant ses douces et nobles dispositions.

— Bien joué, madame ! s'écria Asher en se plantant à côté de la jeune femme.

Le charme était rompu.

— Votre beauté n'a d'égale que votre redoutable adresse, ajouta-t-il avec admiration avant de reprendre son sérieux. Ne trouvez-vous pas MacGregor ?

Robert était bien de cet avis, mais il n'avait pas l'intention de se répandre en louanges, à l'instar d'Asher, chaque fois que Davina le gratifiait de sa présence. Ce soldat de l'armée la plus puissante du monde n'avait-il donc aucune fierté ?

Plutôt que de répondre à cette question de pure forme, Robert décroisa les bras et, se redressant, lança à la cantonade :

— Il est temps de partir. En route !

Davina le retint par le poignet.

— Oh, mais n'aimeriez-vous pas essayer ?

— Essayer quoi ? demanda le Highlander, surpris de constater que la jeune femme allait à la pêche aux compliments.

— L'arc, répondit-elle en lui tendant son arme avec un grand sourire. J'aimerais savoir si vous êtes aussi doué avec un arc qu'avec une épée. Ce sera amusant.

Robert déclina l'invitation d'un geste de la tête en songeant qu'il connaissait mille autres amusements possibles avec elle.

— Nous n'avons plus le temps de nous distraire. Une longue route nous attend.

Regardant par-dessus l'épaule de la jeune femme pour ne pas devoir affronter la déception qui se lisait sur son visage, il ajouta :

— Will, fais disparaître cette cible et efface nos traces.

Puis il s'éloigna sans se retourner, de crainte de finir comme le capitaine et de se morfondre pour un fruit défendu. N'avait-il pas que trop oublié l'engagement religieux de Davina, alors même qu'elle portait la bure ? À présent qu'elle était vêtue d'une tenue seyante, poser les yeux sur ses courbes si merveilleusement dessinées était un véritable supplice. S'arrêtant soudain, le guerrier fit volte-face. La jeune femme n'avait pas bougé d'un pouce.

— Où vous êtes-vous changée ce matin ?

Elle désigna un bosquet au loin, puis considéra son propre corps.

— Cette robe est un peu trop ajustée, remarqua-t-elle. Elle appartenait sans doute à l'une des jeunes novices.

Robert ne put s'empêcher d'esquisser un rictus. Il n'avait jamais vu une fille aussi ravissante dans une robe aussi quelconque.

— C'est... Elle vous va à merveille ! parvint-il enfin à articuler en s'efforçant, sans trop y croire, de ne point paraître amoureux transi.

Les jours qui suivirent furent pénibles pour le Highlander, bien plus qu'une incursion en territoire ennemi ou que l'entraînement militaire sous la férule de son père. En proie à des émotions qui menaçaient de le submerger, il mangea peu et dormit encore moins. Pendant ce temps, Davina oubliait sa peine et commençait à prendre plaisir au voyage. Même s'il lui arrivait encore parfois de sombrer dans un profond mutisme, au point que Robert pouvait presque l'entendre penser, elle était gaie la plupart du temps, notamment lorsqu'elle tirait à l'arc chaque matin en compagnie de Will ou qu'elle apprenait à monter à cheval en suivant les instructions circonspectes de Colin, et cela emplissait de joie le cœur du Highlander. Malgré tous les efforts de ce dernier pour prouver à Davina qu'il était un homme débonnaire, il se surprenait parfois à réprimander ses hommes d'un ton sec pour des manquements bénins. Au vrai, il essayait de lui prouver on ne sait quoi, et cela le rendait chicanier, même si le fait de chevaucher contre elle était la véritable cause de sa mauvaise humeur. Loin de lui l'idée, cependant, de se plaindre de cette soudaine intimité. Mais celle-ci ne l'aidait pas à calmer ses ardeurs.

Mais le vrai responsable n'était-il pas Asher ? Le capitaine chevauchait en permanence à leur côté, à la place ordinairement occupée par Finn. Prétextant d'abord un intérêt pour le clan MacGregor, il ne tarda pas à trahir la vraie raison de sa présence au coude-à-coude avec Robert. Il monopolisait la conversation avec Davina, empêchant celle-ci de s'entretenir avec le Highlander. Au début, Robert essaya de se convaincre qu'il s'en fichait. Davina et le capitaine n'étaient-ils pas amis ? N'avaient-ils pas des souvenirs en commun ? Cela n'avait donc aucune conséquence. De plus, il avait passé l'âge des crises de jalousie. L'inconvénient était qu'Asher ne faisait rien pour dissimuler ses sentiments envers la jeune femme. Davina en était consciente et dispensait au capitaine l'essentiel de sa bonne humeur. Comble d'ignominie, Edward poussa le vice jusqu'à la faire rire en lui rappelant un incident survenu un jour d'été deux ans plus tôt, incident au cours duquel il avait essayé de tondre un mouton appartenant au monastère et s'était fait mordre les fesses par l'animal récalcitrant.

Robert mourait d'envie de lui rabaisser son caquet d'un coup de poing dans la figure. Seul un imbécile se faisait mordre en essayant de tondre un mouton ! Et la situation ne faisait qu'empirer lorsqu'ils faisaient halte pour prendre leur repas ou passer la nuit. Le capitaine ne quittait plus Davina d'une semelle. Si bien qu'à deux reprises Robert avait dû l'empêcher d'avancer afin que la jeune femme puisse jouir d'une certaine intimité. Il s'en était fallu de peu pour que le Highlander perde patience, mais il avait tenu bon, et s'en félicitait sans modestie aucune.

Quand Asher laissait quelque répit à la jeune femme, Finn prenait la relève. Par chance, ce n'était qu'un adolescent, ce qui évitait à Robert de trop s'inquiéter du charme qu'il pouvait exercer sur sa belle. Cependant, n'avait-il pas surpris Davina à son insu, tandis qu'elle essuyait les larmes émues que lui faisait verser la vue du jeune garçon ?

Bof! avait songé MacGregor qui, lui-même, ne quittait plus Davina des yeux.

À force de la regarder dormir pendant des nuits entières en brûlant d'envie de la prendre dans ses bras, de l'embrasser et de s'unir à elle, il connaissait jusqu'au rythme de sa respiration. Elle incarnait à ses yeux le rêve inaccessible d'une chimère qui garde ses secrets. Il était son esclave, le savait et s'en défendait.

Malheureusement pour lui, son frère Colin, qui s'en était aperçu, faisait de son mieux pour le rassurer : n'étaient-ils pas tous un tantinet amoureux de la jeune femme ? Mais cet aveu ne fit qu'accroître l'irritation de Robert. Malgré tout, il n'avait encore fendu le crâne d'aucun de ses compagnons. Mais c'était au prix d'un gros effort sur lui-même. Submergé par son instinct, il devenait capable du pire, comme de casser le bras de Donald MacPherson lorsque celui-ci avait accidentellement blessé Tristan d'une flèche à l'épaule ou d'abandonner Davina à Courlochcraig avant de se voir obligé d'occire six hommes pour la tirer de ce guêpier.

Cependant, tout n'était pas noir, et il put se réjouir, lors d'une halte nocturne devant les portes de Dumbarton, du fait que Davina avait pris acte de son tempérament réfléchi.

La jeune femme surgit dans son dos pendant qu'il discutait avec Will peu de temps après avoir établi le camp.

— Vous faites preuve d'une grande patience avec Edward, fit-elle remarquer.

Malgré le déplaisir que lui procurait un tel sujet de conversation, comme c'était la première fois depuis des jours qu'il pouvait l'approcher sans son ange gardien il décida de ne pas réagir comme un petit garçon boudeur.

— Pourquoi ne ferais-je pas preuve de patience à son égard ? demanda-t-il.

Elle haussa les épaules et sourit à Finn lorsque celui-ci s'accroupit de l'autre côté du feu. Robert ne put s'empêcher de remarquer qu'elle ne lui avait pas souri depuis des jours.

— Je me disais simplement que vous seriez peut-être agacé qu'il vous tienne à l'écart de nos discussions.

— Pourquoi le serais-je ? s'enquit le Highlander d'un air distrait avant de détourner les yeux, de crainte de devoir avouer à la jeune femme qu'il avait déjà pensé à une solution pour se débarrasser du capitaine.

— Vous en auriez le droit, répondit-elle avec un brin d'amertume dans la voix, parce que cela peut sembler fort impoli, et surtout parce que vous êtes bougon comme un ours mal léché !

Robert se tourna de nouveau vers elle avec flegme et la considéra avec amusement.

— Mais ne m'avez-vous pas dit à l'instant que je me montrais au contraire très patient ?

— C'était pour vous être agréable, rétorqua-t-elle, sourire à l'appui, dans l'espoir que cela vous aide à le devenir.

Tout en se refusant à faire le dos rond comme un benêt éperdu d'amour, il ne put s'empêcher d'apprécier la saillie, même si celle-ci lui valut les moqueries de Will.

Diable ! Cette demoiselle avait une force de caractère qu'elle ne soupçonnait pas. Elle abritait même un déchaînement de passion qu'il se proposait d'alimenter.

— Je tenais, expliqua-t-elle en s'efforçant de paraître aussi indifférente que lui, à ce que vous sachiez qu'Edward ne cherche pas à vous froisser. Il m'accompagne depuis des années et il éprouve quelque difficulté à vous passer la main, surtout quand il voit que vous me serrez comme si…

— Comme si ? l'encouragea Robert.

— Comme si j'étais votre fiancée, acheva-t-elle avec une feinte indignation. J'ai voué ma vie à Dieu, au cas où vous l'auriez oublié.

Comment l'oublier ? pensa-t-il.

En cela résidait en effet tout le problème. MacGregor – le ciel le pardonne – désirait Davina et il commençait à se lasser de contenir ses sentiments.

S'abstenant de proférer un gros mot qui lui vaudrait au moins un mois de pénitence, Davina retourna s'asseoir près du feu, face à Finn. Elle essaya de se concentrer sur le lièvre qui rôtissait à la broche, mais était sans cesse distraite par la présence du Highlander.

Par tous les saints, songea-t-elle, *il est encore plus rigide qu'une flèche !*

MacGregor croyait-il qu'elle n'avait pas remarqué comment il avait failli, en différentes occasions, assommer Edward d'un coup de sa grosse patte d'ours ? S'imaginait-il qu'elle n'avait pas senti ses muscles se raidir chaque fois que le capitaine accaparait son attention ? Pourquoi s'entêtait-il, dans ces conditions, à lui faire accroire que tout cela le laissait indifférent ?

Et si, malgré tout, je me trompais ? se demanda-t-elle. *Et s'il se fichait éperdument qu'Edward me prenne dans ses bras et m'embrasse tel un insensé, comme il l'a fait lui-même à Courlochcraig ? Ah, si au moins je pouvais penser à autre chose !*

Pourquoi, chaque fois qu'elle le regardait, avait-elle envie qu'il l'embrasse de nouveau ? Pourquoi, d'ailleurs, ne l'embrassait-il pas ? Ne la trouvait-il pas à son goût ? Lui préférait-il son sens du devoir ? Cela aurait expliqué pourquoi il prenait un air renfrogné chaque fois qu'elle posait les yeux sur lui. Elle regretta l'insolence dont elle avait fait preuve envers son bienfaiteur. Le Highlander avait beau nier les évidences, Davina savait qu'il n'appréciait pas Edward. Mais alors, s'il n'aimait aucun d'entre eux, qu'est-ce qui l'empêcherait de les abandonner tous les deux quand l'envie lui prendrait de rentrer seul chez lui ?

— Mon Dieu, je vous en prie, pensa-t-elle tout haut, faites qu'il n'en fasse rien !

— Faites que qui ne fasse pas quoi ? s'enquit Edward en se plantant derrière la jeune femme, une poignée d'airelles à la main et le sourire aux lèvres.

Loin d'être apaisée par cette soudaine apparition, Davina se sentit coupable d'éprouver un sentiment de sécurité et de protection en présence du Highlander. Mais comment s'en ouvrirait-elle à Edward sans le blesser mortellement ?

Renonçant à mentir au capitaine, Davina accepta les baies et tapota le sol pour l'inviter à s'asseoir près d'elle. Il s'exécuta, et elle se rapprocha de lui afin que les autres n'entendent pas ce qu'elle avait à lui dire.

— J'aimerais que vous essayiez de devenir ami avec MacGregor. Il n'essaie pas de se substituer à vous.

Contrairement à Robert, dont il était quasiment impossible de savoir ce qu'il pensait, Edward laissait paraître sans retenue chacune de ses émotions.

— Le pourrait-il ?

— Bien sûr que non ! Quoi qu'il en soit, tel n'est pas son but, Edward. (Elle lui prit la main afin d'appuyer ses paroles.) Je doute même que ma propre présence lui soit agréable, ajouta-t-elle.

De fait, le Highlander faisait montre d'infiniment plus de retenue que le capitaine.

— Insinueriez-vous qu'il a bouleversé ses plans pour quelqu'un dont la présence l'insupporte ? gloussa Edward avec un sourire jaune.

— Non, pas exactement, nuança Davina en soupirant de découragement. C'est un gentilhomme doté d'un sens aigu du devoir envers son prochain, rien de plus. Will m'a expliqué que Robert est l'aîné de la famille et qu'un jour il prendra la tête de son clan. C'est à lui qu'incombera alors la responsabilité de protéger les siens. Il ne fait qu'accomplir son devoir, tout comme moi.

— Vous semblez déçue qu'il ne s'en tienne qu'à cela, observa le capitaine à mi-voix en regardant ailleurs.

— Edward, je vous en prie, ne faites pas l'enfant !

Colin et Finn levèrent la tête et les dévisagèrent par-dessus le lièvre qui grésillait.

— Vous savez bien que je ne suis pas maîtresse de ma destinée, ajouta Davina un ton plus bas.

— Oui, je le sais, chuchota le capitaine en désignant Robert du regard. Mais lui, le sait-il ?

— Il ne sait pas qui je suis, Edward, rappela la jeune femme en imitant le ton de son ami. Et, pour une raison que j'ignore, il semble s'en ficher.

Davina esquissa un sourire et se perdit l'espace d'un instant dans la contemplation des flammes.

— C'est curieux, poursuivit-elle, mais, du coup, j'ai le sentiment de m'en ficher aussi.

Comment expliquer à Edward la merveilleuse sensation de liberté qui suit le renoncement à toute inquiétude ?

— Je devrais le lui dire..., suggéra-t-elle en cherchant un conseil sur le visage du capitaine. Il mérite de savoir. Et je veux aussi que Finn sache qu'il est mon cousin.

— Ne faites pas cela, Davina, conseilla le capitaine en tournant les yeux vers le Highlander qui s'approchait. Croyez-vous qu'il acceptera de vous emmener sur l'île de Skye en sachant qu'il risque d'attirer, une fois de plus, les foudres du royaume sur son clan ?

Edward avait exprimé l'hypothèse la plus redoutée de Davina, et celle-ci ne pouvait répondre que par la négative.

— En revanche, il dit vrai : Skye est très probablement le seul endroit où vous serez en sécurité, madame, s'empressa d'ajouter le capitaine. N'oubliez pas qui vous êtes !

Davina le regarda fixement pendant un long moment, jusqu'à ce que l'aiguillon du chagrin l'oblige à baisser les yeux.

Non, elle ne voulait pas se souvenir de qui elle était. Pourquoi ne pouvait-elle pas être tout simplement Davina pour une fois, non la fille aînée de James d'York et l'héritière de la couronne des trois royaumes d'Angleterre, d'Écosse et d'Irlande ?

Chapitre 14

John Henry Frasier sourit de toutes ses dents lorsque sa femme se pencha pour l'embrasser sur la joue, puis il poursuivit le compte du tas de pièces de monnaie qu'il tenait dans la main.

— Trente-trois…, ou bien était-ce trente-quatre ? s'interrogea-t-il dans un moment de distraction, en fronçant ses gros sourcils poivre et sel.

— Vingt-neuf ! lança son épouse par-dessus son épaule en dénouant son tablier avant de s'apprêter à sortir.

— Vingt-neuf ? répéta-t-il en secouant la tête de dépit. Encore une petite journée pour la taverne.

— Certes, mais bientôt les festivités qui ont lieu en Angleterre prendront fin, et nos clients rentreront au bercail.

Frasier leva le nez de la modeste recette et savoura la vue de la croupe généreuse de sa femme, tandis que celle-ci gravissait l'escalier menant à leurs appartements en se déhanchant.

Que deviendrais-je sans ma Millie ? se demanda-t-il. *Elle voit toujours le verre à moitié plein !*

— Allons, viens te coucher, John ; il est tard.

— Encore un moment, ma douce. Laisse-moi d'abord me vautrer dans mon or !

Le rire de Millie résonna dans l'escalier et fit perdre une fois de plus au tavernier le fil ténu de ses pensées.

— Aucun risque, John ! N'oublie pas de fermer à clé.

— D'accord, ma colombe. Bon, où en étais-je ?

Il prit une pièce entre ses doigts courtauds et l'examina d'un air pensif.

— Trente-quatre, trente…

Un courant d'air glacial souleva soudain sa frange blanche.

— Désolé, lança-t-il en pivotant sur sa chaise. Nous sommes fermés.

La silhouette qui le toisait depuis l'embrasure de la porte le pétrifia sur place. Le client ne sembla pas entendre le tavernier et s'écarta pour laisser entrer les quatre hommes qui se tenaient derrière lui.

John se leva et fourra ses pièces dans la poche de son tablier.

— Je ne possède qu'un peu de monnaie, messire !

L'homme pénétra dans le faible halo qui éclairait la taverne. John en profita pour l'examiner plus à son aise. Il portait des hauts-de-chausses et un manteau qui lui tombait sous les genoux. Son visage était en partie dissimulé par un chapeau à large bord, mais l'on apercevait l'éclat gris perle de ses yeux dans la lumière de l'âtre.

— Ai-je l'air d'un coupe-bourse ? gronda l'inconnu d'une voix caverneuse. Mes compagnons et moi-même sommes en selle depuis des jours et nous nous réchaufferions volontiers les sangs avec quelques chopes de ta bière la plus forte.

John jeta un coup d'œil circonspect aux quatre sbires de l'inconnu et pria pour que le visiteur ne mente pas, car ils étaient tous bien trop costauds pour qu'il puisse les mettre dehors, même avec le gros gourdin qu'il gardait dans un coin.

Un tintement de piécettes attira l'attention du tavernier. L'inconnu, qui tenait une petite bourse en l'air, l'agita avant de la jeter à son hôte.

— Donne-nous cinq chopes de ta meilleure bière. Mieux encore, donne-nous du whisky. J'ai toujours voulu goûter cette boisson qui passe pour le meilleur breuvage des trois royaumes.

Pénétrant dans la taverne d'un pas nonchalant en se dandinant, il se planta devant John et ajouta d'un air narquois :

— Sauf, bien sûr, si tu refuses mon or !

— De l'or ? répéta John tout sourires en écarquillant les yeux. Voyons, messire, loin de moi l'idée de refuser le boire à des gentilshommes. Je vous en prie, asseyez-vous, lança-t-il en les invitant à la ronde d'un geste de la main, allant même jusqu'à tirer une chaise. J'ai justement ce qui vous faut. C'est de ma cuvée personnelle !

Puis il passa sa main dans sa chevelure éparse et lissa son tablier.

— Faites comme chez vous, ajouta-t-il. Je vais chercher votre commande.

La chance nous sourit enfin ! songea Frasier. *Quand Millie l'apprendra...*

Il embrassa la bourse et la fourra dans sa poche avec le reste de son argent.

De l'or !

S'arrêtant brusquement à mi-chemin de la cave, il tira la bourse de cuir de sa poche, la dénoua, jeta un coup d'œil à l'intérieur et l'embrassa de nouveau en fermant les yeux.

Quelques instants plus tard, John Frasier était de retour auprès de ses généreux clients avec un plateau sur lequel étaient posées cinq coupes et une bouteille en verre fumé contenant son meilleur whisky. Il posa le tout sur la table où l'attendaient les singuliers consommateurs.

— Préparez-vous à connaître les délices de l'Éden, mes seigneurs ! annonça-t-il en remplissant les coupes.

Puis il guetta leur réaction en souriant jusqu'aux oreilles, tandis que l'homme à la bourse ôtait son chapeau et portait un toast à ses amis.

— Au prince !

— Vous voulez dire « au roi », n'est-ce pas ? intervint Frasier tout sourires.

— Non, je veux dire « au prince » ! répliqua l'inconnu en portant la coupe à ses lèvres.

Il but une petite gorgée, puis leva les yeux vers John.

— Tu as dit vrai, tavernier : je n'ai jamais rien bu d'aussi bon.

John ne se sentit plus de joie et s'inclina en signe de gratitude en faisant tinter l'or dans sa poche.

— La cave n'en manque pas!

— Cela devrait suffire.

L'aubergiste jeta un coup d'œil circulaire aux autres convives. Stoïques, ceux-ci ne pipèrent mot et ne daignèrent pas même le regarder.

Glissant le plateau sous son bras, il se gratta la tempe.

— Vous n'êtes pas d'ici, hasarda-t-il.

— Qu'est-ce qui te fait dire cela? demanda l'homme aux yeux gris perle.

— Votre accent, il est bizarre. Je n'en ai jamais entendu de semblable.

— Dis-moi un peu, vieil homme, commença le client en posant sa coupe avant de se tourner pour regarder John dans les yeux, as-tu servi une femme qui cherchait un repas ou un abri pour la nuit? Il s'agit de l'épouse de mon seigneur. Elle a disparu sans laisser de traces. Elle voyage peut-être seule et il est possible qu'elle porte un habit de religieuse.

— Une nonne? Qui voyagerait seule? gloussa John dans sa barbe en se caressant la panse avant de s'interrompre brusquement et de froncer les sourcils.

— Je n'ai pas vu de nonne, mais j'ai bien vu des cavaliers. Sur le coup, cela ne m'a pas frappé, car c'est un vrai défilé depuis quinze jours que les célébrations ont commencé, mais maintenant que vous me le dites…

— Oui ? l'encouragea l'inconnu en braquant ses yeux inquisiteurs sur l'aubergiste.

— Eh bien, ces cavaliers n'allaient pas vers Londres mais vers l'abbaye.

L'étranger se leva d'un bond et fondit sur Frasier comme un rapace sur sa proie.

— Une abbaye ? Où cela ?

John s'épongea le front de sa main moite. Quelque chose d'hivernal chez l'inconnu le glaça, et l'atmosphère devint grosse de mauvais pressentiments.

— Celle de Courlochcraig, dans l'Ayrshire, précisa l'aubergiste en lançant un regard furtif en direction de l'escalier qui menait à sa femme.

Ne crains point, John, se rassura-t-il. *Tu en as vu d'autres, de ces mercenaires assoiffés de sang et d'or. Donne-leur à boire, dis-leur ce qu'ils veulent savoir, et à la grâce de Dieu !*

Le mystérieux client s'approcha. Il avait retrouvé son air avenant.

— Tu t'es montré très obligeant, tavernier, le complimenta-t-il avant de s'adresser à l'un de ses hommes. Maarten, prends la direction du sud et rassemble le reste de mes troupes. Dis aux hommes qu'ils sont enfin au bout de leurs peines et conduis-les jusqu'en Ayrshire. Je t'y retrouverai.

John était sur le point de soupirer de soulagement lorsque l'inconnu s'interrompit et, désignant l'escalier d'un signe de tête, demanda :

— As-tu des chambres à l'étage ?

— Seulement la mienne, et je crains d'être très fatigué. Si vous pouviez terminer votre…

— Dis-moi, l'ami, tu n'oserais pas me mentir ? s'enquit le mercenaire en prenant Frasier par le cou. Surtout après que je me suis montré si généreux avec toi ?

— Non, bien sûr…

— Qui dort là-haut ?

— Seul… seulement ma femme, Millie, mon bon seigneur.

— Bon, je te crois, lui glissa l'étranger à l'oreille.

John n'eut pas le temps de voir venir la lame qui lui perfora l'abdomen. Par chance, la douleur fut aussi brève qu'insupportable. Il regarda d'un air incrédule son tablier s'empourprer de son propre sang, tandis que son or roulait sur le sol balayé de frais. Il voulut crier mais n'en eut pas le temps. Il rendit son dernier souffle en gargouillant sous les yeux de son dernier client.

L'amiral Gilles retira la dague d'un coup sec du ventre de l'aubergiste et fit face à l'escalier, tandis que la dépouille du vieillard s'effondrait en boule à ses pieds. Poussant le corps du plat de sa botte, il donna l'ordre à Hendrick de ramasser les pièces d'or et de l'attendre dehors avec les autres pendant qu'il fouillait l'étage.

— Millie ? lança-t-il en faisant tourner le manche de sa dague. Êtes-vous seule ?

— Je ne suis pas convaincu que lady Montgomery ait conscience de la capacité de nuisance de Gilles, observa Edward.

Le capitaine se tenait, en compagnie de Colin et de Robert, sur la rive du Loch Awe, à quelques lieues au sud de Kildun Castle. Mal à l'aise malgré les éclats de rire qui provenaient du bord de l'eau – ou peut-être à cause d'eux –, Asher se passa la main dans les cheveux pour chasser son trouble.

Le Highlander, de son côté, ne put s'empêcher de sourire lorsque Davina s'accroupit à côté de Finn pour lui éclabousser le visage au lieu de se laver les mains comme ce dernier s'y était attendu. Comme elle avait changé depuis le jour où il l'avait sauvée des flammes ! En fait, plus ils s'éloignaient de l'Angleterre, plus l'humeur de la jeune femme – et celle de MacGregor – devenait radieuse. Davina rendait grâce à Dieu dans ses prières, et son rire accompagnait la petite troupe, tandis qu'elle traversait clairières et vallons. Robert en aimait la musicalité et l'éclat lumineux qu'il donnait au regard épanoui de sa belle. Tout en regrettant de n'être pas la cause unique de sa joie, il éprouvait toujours quelque difficulté à s'abandonner aux menus plaisirs de l'existence, tels que chasser la gelinotte huppée ou jouer à cache-cache derrière les arbres. Il se demanda si la jeune femme avait vécu d'un cœur aussi insouciant à Saint-Christopher et si elle avait fait le bonheur des soldats d'Asher, par ses gestes courtois et le tintement mélodique de ses rires, comme elle faisait celui de ses compagnons et de lui-même. Cependant, Davina n'était jamais aussi animée que lorsqu'elle évoquait le futur souverain et la détermination de celui-ci à se battre pour sa foi – sujet dont Colin ne se lassait pas de discuter avec elle jusque tard dans la nuit pendant que tous dormaient, ou faisaient semblant. Toutefois, il arrivait encore à la jeune femme d'observer de longs moments de silence durant lesquels elle se retirait en elle-même, en une contrée secrète dont son regard continuait de trahir la mélancolie.

— Elle sait très bien à quoi s'en tenir, Asher, répliqua Robert sans quitter Davina des yeux. Je crois même qu'elle fait encore des cauchemars à cause du massacre de Saint-Christopher.

— Au contraire, elle oublie le danger, parce qu'elle ne connaît pas Gilles.

— Et vous, le connaissez-vous ? s'enquit le Highlander en s'adressant directement à Edward.

Il regrettait presque qu'Asher ne continue pas à faire comme s'il n'était pas là. Le capitaine lui faisait l'effet d'une mère qui a une dizaine d'enfants sur les bras et pas une goutte de lait à leur donner. Pour une raison inconnue de Robert, mais que ce dernier soupçonnait d'être en lien avec Davina, le capitaine se donnait un mal de chien pour se réconcilier avec lui.

— J'en sais suffisamment sur son compte, répliqua Edward. On l'appelle « le Diable ». Alors, par pitié !

— Mon père a eu ce surnom pendant de nombreuses années. Voilà un homme redoutable, mon père !

— Tu as fichtrement raison ! intervint Colin. Attention, Davina ! Derrière vous !

Will qui s'était approché à pas de loup de la jeune femme la souleva brusquement de terre et la tint en suspens au-dessus de l'eau, tandis qu'elle riait aux éclats.

— Je jure sur ma claymore qu'un de ces quatre matins je vais lui passer une de ces roustes à celui-ci ! grommela Robert sans trop y croire.

— Un seul petit coup bien placé devrait suffire, ajouta Colin avec un sourire bête en faisant un clin d'œil au Highlander avant de céder, à son tour, à l'attrait du jeu.

— À propos, commença Edward en lançant un regard inquiet à la rangée d'arbres épars qui bordait le lac, vous n'êtes pas sans savoir que nous sommes sur le territoire des Campbell, n'est-ce pas ? Ils n'aiment pas beaucoup les Highlanders.

Robert serra les dents et rongea son frein.

— Vous ne craignez rien, ma mère est une Campbell. Nous ne prenons aucun risque en campant ici cette nuit.

Mais le capitaine avait déjà l'esprit ailleurs.

— Que Dieu nous protège ! marmonna-t-il avec un air faussement horrifié, tandis que Colin plaquait Finn au sol. Parce qu'avec un tel raffut nous risquons de réveiller les morts !

Robert allait demander à Edward comment il s'y était pris pour accéder au grade de capitaine, puisqu'il redoutait Gilles au point de trembler dans ses bottes, lorsque Davina, réussissant à échapper à Will désormais pantelant, se précipita vers le Highlander en riant aux éclats.

Spontanément, Robert tendit les bras à la jeune femme, tout heureux qu'elle vienne chercher refuge auprès de lui plutôt qu'auprès d'Asher. Il l'attrapa d'une main et arrêta Will de l'autre. Son cousin s'effondra comme un chêne qu'on abat, en se tenant le nez. Du sang coulait entre ses doigts.

Aussitôt, Robert s'accroupit pour lui venir en aide. Il n'avait pas cherché à le frapper, mais Will avait heurté ses phalanges de plein fouet.

— Bigre ! Il est cassé ? s'enquit MacGregor en aidant son cousin à se relever.

Toujours retenue par son autre bras, Davina gigota et le frappa violemment à la poitrine.

— Pourquoi l'avez-vous frappé ? s'emporta-t-elle. C'était un jeu !

Robert inclina la tête dans sa direction et fut surpris de découvrir un éclair de haine dans ses beaux yeux bleus.

Si elle avait espéré ajouter à son affliction, c'était raté !

Elle réussit enfin à se dégager et se précipita au secours de Will.

— Oh, le pauvre ! roucoula-t-elle. Penchez-vous en arrière et gardez la tête inclinée.

Robert leva les yeux au ciel. Elle ressemblait soudain à une épouse dont le mari s'en revenait de guerre.

Tout ce ramdam pour un petit saignement de nez ! songea-t-il.

Will avait connu bien pires déboires durant l'entraînement.

Le Highlander jeta un nouveau coup d'œil à Davina, qui lui lança un regard noir. Elle était encore plus belle quand elle était en colère.

— Qu'est-ce qui vous a pris ? demanda-t-elle d'un ton accusateur. Vous voyez le mal partout. Vous êtes incapable de vous amuser. Nom d'un chien, vous n'êtes vraiment pas drôle !

Sans lui laisser le temps de se défendre, elle tourna brusquement les talons dans un tourbillon de longues tresses blondes et retourna au bord de l'eau en fulminant.

MacGregor la suivit avec la ferme intention de rétablir la vérité. Ne prenait-il pas plaisir à quantité d'activités, comme s'entraîner au maniement des armes jusqu'à l'épuisement, se livrer au pillage et jouer aux échecs ? Il adorait les échecs !

— Davina, je…

— Qu'est-il arrivé à Will ? s'enquit Finn en se dégageant de l'emprise de Colin et en pointant le jeune homme du doigt.

— Robert l'a frappé au visage parce qu'il pourchassait lady Montgomery, l'instruisit Edward.

— Je ne l'ai pas frappé, démentit le Highlander en jetant un regard de travers au capitaine. Et puis d'abord que faites-vous dans mon dos ?

— Naturellement, il s'en prend à présent à Edward ! conspua Davina en trempant une poignée de roseaux dans l'eau.

— Peut-être que cela mettra un peu de plomb dans la tête à notre fripouille de cousin, ne crois-tu pas, mon frère ? insinua Colin avec un regard entendu.

Le Highlander ne releva point. Les apparences étaient contre lui. Pourtant, même s'il ne lui plaisait pas que Will ou qu'Asher s'intéressent de trop près à Davina, il n'en serait jamais venu aux mains avec son meilleur ami. À moins que…

Par tous les saints, que m'arrive-t-il ?

Tout cela ne serait jamais arrivé sans Davina. C'était une évidence. Sa petite déesse enchanteresse faisait tourner la tête de tous les hommes qui s'approchaient d'elle. Il se poussa de côté afin de la laisser passer tandis qu'elle allait retrouver Will d'un pas décidé.

— À mon avis, vous devriez…

— La ferme, Finn ! l'interrompit Robert avant d'emboîter de nouveau le pas à la jeune femme.

Arrivé à sa hauteur, il attendit pendant qu'elle nettoyait le visage du blessé à l'aide des roseaux humidifiés et ne perdit pas même patience lorsque son cousin esquissa un petit sourire satisfait. Mais MacGregor était fermement résolu à ne pas se laisser pousser à la faute.

— Pauvre Will ! le réconforta-t-elle en examinant minutieusement son appendice nasal. Je ne pense pas qu'il soit cassé.

— Oh, ce ne serait pas la première fois ! intervint Robert dans le seul but de la rassurer avant de se rendre compte, trop tard, de sa bévue.

— Toujours grâce à vous ? s'enquit-elle en se redressant pour le dévisager avant de s'essuyer les mains sur sa robe.

— Non, point à cause de moi. Je… je voulais simplement dire que…, balbutia-t-il en serrant les dents.

Pourquoi diable s'embrouillait-il ? Il n'avait, en général, aucune difficulté à reconnaître ses torts, même si c'était rarement nécessaire, du fait qu'il n'agissait jamais précipitamment. Il était même plutôt patient, réfléchi et toujours maître de lui – du moins était-ce vrai avant sa rencontre avec Davina. Tout en se reprochant ses maints accès de mélancolie, il se consolait en se disant que Davina en était la cause principale. Il la désirait malgré le danger qu'elle risquait d'attirer sur son clan, malgré sa vocation religieuse. Aussi l'impossibilité dans laquelle il se trouvait de parvenir à ses fins l'agaçait-elle au plus haut point. Robert MacGregor ne se reconnaissait plus, et il n'aimait point cela.

— Je n'avais pas l'intention de te frapper, expliqua-t-il à son cousin afin de se faire pardonner.

Serrant toujours son nez entre son pouce et son index, Will, qui avait été témoin des pires horreurs sur les champs de bataille, poussa un gémissement à fendre le cœur.

— Tu es pardonné, cousin, car je sais à quel point tu détestes que tes hommes prennent du bon temps.

Se décidant enfin à laisser ses narines tranquilles, Will se dressa sur ses jambes. Subitement frais et pimpant, il ajouta :

— À moins qu'en l'occurrence tu n'aies d'autres raisons ? insinua-t-il en faisant un clin d'œil à Robert avant de s'éloigner d'un pas nonchalant, le sourire de la victoire aux lèvres.

Robert dut fournir un gros effort sur lui-même pour ne pas jeter son cousin à l'eau.

— Alors, comme cela, vous n'aimez pas que vos hommes prennent du bon temps ? s'enquit Davina en le dévisageant comme s'il venait de la frapper. Et quelles pourraient être vos autres raisons ? Êtes-vous fâché de me savoir heureuse, Rob ?

Qu'allait-elle imaginer ! La jeune femme fit mine de s'éloigner à son tour. Le Highlander la retint par le bras.

— Davina, je..., commença-t-il avant de s'interrompre lorsqu'il aperçut Asher et Finn qui les observaient en tendant l'oreille. J'aimerais vous parler seul à seul.

Le capitaine s'approcha d'eux, mais Robert l'arrêta d'un signe de la main. Asher obtempéra en dérapant dans la poussière, à bonne distance de la dextre du Highlander.

— Restez où vous êtes, ordonna MacGregor d'un ton moins tranchant qu'à l'accoutumée, car il compatissait avec le capitaine, se considérant lui-même passablement pitoyable. Elle ne risque rien.

Edward échangea un regard indécis avec Davina, hocha la tête et observa Robert en silence, tandis que celui-ci aidait la jeune femme à monter en selle avant de l'emmener au petit trot en direction du bois qui jouxtait le campement.

Chapitre 15

Que dire ? Et comment le dire ? Robert n'en avait pas la moindre idée. Il manquait singulièrement d'entraînement avec les femmes. Le temps lui avait toujours manqué pour se consacrer à elles au-delà de quelques heures de plaisir partagé, au terme desquelles il se replongeait dans ce qui était véritablement important à ses yeux : son devoir envers le clan. Son devoir ! Ne l'avait-il pas passablement négligé depuis qu'il connaissait Davina Montgomery ? Tout le jour, il luttait, non seulement contre les sentiments qu'il nourrissait à son égard, mais également contre son choix d'emmener la jeune femme chez les siens sans l'interroger plus avant sur les raisons qui avaient mis un comte et un duc à ses trousses. N'y avait-il pas de quoi perdre la tête ? Cependant, plus il passait de temps en sa compagnie, mieux il lui semblait la connaître, et moins il se souciait de découvrir la vérité. Juchée en amazone sur son étalon, Davina avait parcouru un nombre incalculable de lieues avec lui sans jamais se plaindre. Orpheline de tous ceux – ou presque – qu'elle avait aimés, elle parvenait encore à s'extasier devant un simple coucher de soleil ou quelques fleurs minuscules, comme celles qui poussaient sur l'aubépine qui les accueillit au sommet de la colline.

Bah, pensa MacGregor en gagnant le bosquet, *elle préfère les beautés de la nature aux arcanes du cœur humain !*

Il s'éclaircit la voix et posa les yeux sur le sommet de son crâne – où étaient piquées de petites fleurs blanches – en priant pour qu'elle ne se retourne pas, car la regarder ainsi, de dos, suffisait amplement à semer le trouble dans son esprit. Puis il retira une fleur de ses tresses – geste anodin qui l'excita terriblement.

— Davina, je voudrais vous…

— Oui ?

Saperlipopette ! Elle se retourne !

— Je…, continua-t-il, tandis que Davina s'émerveillait de la pluie de pétales qui les enveloppait.

Aussitôt, Robert oublia le monde alentour pour nager dans le pur bonheur de sa présence, non sans toutefois noter une autre différence entre eux : elle était belle à damner un saint, mais, chose admirable, elle n'en était absolument pas consciente.

— Davina, je me suis comporté comme un idiot et, même si je ne peux vous promettre de changer, je ferai mon possible pour l'éviter à l'avenir.

La jeune femme le regarda droit dans les yeux sans se départir de son sourire radieux, et Robert s'enhardit. Davina avait le pardon aussi spontané que la joie.

— Même si je ne participe pas à vos jeux, je ne vous empêcherai jamais de vous y livrer. Je sais que cela vous fait du bien.

Eh, eh, aurait-il compris qu'on ne vit pas seulement de protection ? se demanda-t-elle.

La joie et la liberté lui étaient aussi essentielles que l'air qu'elle respirait, qu'elle soit la reine d'Angleterre ou une simple paysanne.

— Je vous remercie, répondit-elle dans un murmure à peine audible avec un mélange d'étonnement et d'espoir dans le regard. Ma vie est toute chamboulée depuis… depuis que vous y êtes entré.

Robert effleura le contour de son menton, et Davina inclina la tête sous sa caresse.

— J'ai l'impression de renaître, ajouta-t-elle. J'ai toujours été curieuse de découvrir le monde au-delà de la clôture du monastère, mais je n'osais pas. Quand je suis avec vous, je n'ai pas peur.

Robert déglutit avec difficulté. Il était au comble de la joie, mais point au bout de ses surprises.

— Vos amis sont devenus mes amis. Ils sont ma famille.

— Vous ne pourriez m'honorer davantage, répondit-il en essuyant une larme sur la joue de la belle, tandis que son cœur menaçait d'exploser en mille promesses et serments de fidélité.

Ducs, comtes et rois n'avaient qu'à bien se tenir ! Il serait son champion.

Mais était-ce réaliste ? N'avait-il pas déjà d'autres responsabilités ? Davina serait-elle capable d'accepter cela ?

— Pendant que mes frères et ma sœur couraient derrière les moutons à travers les pâturages, on faisait de moi le futur successeur de mon père. Quand vous connaîtrez Callum MacGregor et les sacrifices auxquels il a consenti – et auxquels il consent toujours – pour son clan, vous comprendrez pourquoi je dois m'escrimer pour ne pas démériter de son tartan.

Davina examina le Highlander en silence, yeux dans les yeux, avec la plus extrême attention.

— Il semblerait que votre enfance ressemble beaucoup à la mienne, fit-elle remarquer enfin. Votre route était toute tracée, et vous n'avez pas eu la possibilité d'en dévier.

— Je n'ai jamais cherché à m'en écarter.

La jeune femme esquissa un sourire plutôt mélancolique. Comprenait-elle le tiraillement dont il était l'objet ? Il lui était parfois si difficile de désirer ce que d'autres avaient choisi pour lui.

— Sincèrement, Rob, je ne me pardonnerais jamais si je vous attirais des ennuis, à vous ou à votre clan.

Plus indécis que jamais, MacGregor ne releva pas.

— Alors, comme cela, vous n'avez jamais eu envie de courir derrière les moutons ? s'enquit enfin Davina d'un air guilleret, dans le but de créer une diversion qui aiderait peut-être le Highlander à oublier son dilemme l'espace d'un instant.

— Eh bien, non ! répondit-il en esquissant un sourire.

Soudain, l'expression de Davina redevint grave. Elle cligna des yeux et sembla troublée par quelque idée qui venait de lui traverser l'esprit.

— Et derrière les femmes ?

— Non plus, répliqua Robert en suivant le mouvement des lèvres de la belle.

— Pas même l'une des MacPherson dont Will a évoqué les charmes ?

Robert aurait préféré que cette aventure reste un secret, mais c'était sans compter avec l'étrange plaisir que lui procurait le mélange de curiosité et d'appréhension de la jeune femme. Il avait passé des journées entières à se tancer en essayant, en vain, de se persuader qu'il n'était pas jaloux du capitaine, et c'était désormais au tour de Davina de manifester une pointe de dépit à cause des filles MacPherson.

— Ce sont elles qui me poursuivaient de leurs assiduités ! répliqua-t-il tout sourires avec une lueur d'espièglerie dans ses prunelles couleur d'azur.

Prise de court, la jeune femme balbutia quelques mots inaudibles ; puis le Highlander mit un terme à son supplice en l'embrassant tendrement.

Mais était-ce bien raisonnable ? L'heure n'était plus à la tergiversation.

Qui vivra verra ! pensa-t-il.

Davina se figea sur la selle. Seul son cœur semblait en mouvement. Elle regarda Robert incliner la tête et ne se détourna point. Après des jours et des jours de chevauchée dans ses bras à admirer ses mains puissantes, à sentir son souffle contre sa nuque, elle brûlait d'envie de goûter sa chaleur. Chaque nuit, le Highlander la retrouvait dans ses rêves, et ils s'adonnaient ensemble au délicieux péché de l'amour. Au matin, elle s'éveillait immanquablement émue par leurs caresses oniriques et un peu honteuse du plaisir qu'elle y prenait. Ne serait-il point trop tard pour arrêter Robert dans son élan lorsqu'il l'attirerait contre lui en lui effleurant la nuque ? Trouverait-elle la force de ne point s'abandonner au plus doux des baisers ? N'ayant jamais embrassé un homme auparavant, elle s'était effrayée de la fougue de leur première étreinte. Cette fois, le Highlander se contenta d'effleurer délicatement ses lèvres, et cette tendre et envoûtante intimité fit fondre la jeune femme de bonheur. Lorsqu'il se montra plus audacieux, Davina sentit une vague de chaleur lui parcourir l'échine. C'était encore meilleur que dans ses rêves. Il l'embrassa avec la minutie d'une abeille butinant une fleur et goûta avec une ardeur contenue la douceur de ses lèvres sensuelles. Et, lorsqu'il la prit dans ses bras et la serra contre lui sans cesser de lui instiller son amour, elle fut prise d'une sorte de vertige dont Robert était à la fois la cause et la finalité.

Tout cela fut extrêmement soudain, si bien que Davina dut se raccrocher d'une main au jeune homme pour ne pas perdre l'équilibre, tandis qu'elle posait l'autre sur son cœur. Robert recula, prit la main qui serrait son plaid et l'embrassa.

— Pardonnez-moi, commença-t-il d'une voix éraillée aux accents pleins de remords. J'ai beau me répéter que vous êtes promise à Dieu, je crains de ne pouvoir vous résister.

Sous le charme, Davina suivit le mouvement de ses lèvres sensuelles et eut la nostalgie de leur saveur, du goût d'airelle de sa bouche et de son désir maîtrisé. Robert MacGregor ne s'abandonnait pas facilement. La jeune femme avait cru qu'il ne l'aimait point, tandis qu'il s'était inquiété de sa fidélité envers Dieu ! Elle eut soudain envie de lui dire toute la vérité, mais plus tard… Oui, elle lui parlerait probablement un autre jour, en espérant qu'il ne se détournerait pas d'elle. Pour l'instant, elle n'aspirait qu'à une seule chose : goûter à n'en plus finir la saveur de ses baisers.

Par conséquent, Davina décida de prendre les devants. Si Robert avait dit vrai, il ne lui résisterait pas. C'était bien la première fois qu'un homme lui faisait un tel aveu ! Son propre père n'avait-il pas gardé ses distances avec elle ?

Elle commença par l'embrasser fébrilement en faisant glisser ses lèvres sur les siennes dans la chaleur de son souffle. MacGregor gémit – peut-être avait-il mal quelque part ? – puis il enlaça la belle, la serrant contre ses muscles puissants. Leur baiser devint plus ardent et leur étreinte passionnée. Davina se sentit soudain légère comme la fumée. Le Highlander était son ciel, et tout son être aspirait à se perdre et à se retrouver en lui, pour toujours et à jamais. Mais « toujours » existait-il quand on ne s'appartient pas ? Trop d'obstacles se dressaient devant son rêve, dont le moindre était ses vieux ennemis.

— Non ! se récria-t-elle soudain en repoussant Robert avec les poings. Il ne faut pas !

Cette fois, loin de lui demander pardon, MacGregor la considéra de son regard implacable.

Elle détourna les yeux et serra les bras autour de ses épaules dans une vaine tentative pour chasser le frisson glacial qu'elle avait laissé entrer dans son cœur.

— Il va bientôt faire nuit. Nous devrions rentrer au campement.

— D'accord, acquiesça le Highlander d'une voix grave et rocailleuse en donnant une chiquenaude à son cheval avec les rênes avant de l'inciter à faire demi-tour.

Ils rentrèrent sans échanger un mot, Davina s'efforçant de se concentrer sur le bruissement de la vie alentour afin d'éviter de penser au fait – indéniable selon elle – que sa vie n'avait pas changé d'un iota. C'est Edward qui avait raison : elle restait la fille de Jacques VII d'Écosse. L'amour n'entrait pas dans les plans que l'on avait faits pour elle. Dans l'hypothèse où ses ennemis échoueraient à la tuer, soit on la marierait à un inconnu qui servirait les intérêts de la couronne, soit elle entrerait au couvent. Dans un cas comme dans l'autre, elle ne connaîtrait jamais les joies d'une vraie famille et, malgré son désir d'en fonder une, elle s'était préparée aux longues années de solitude qui l'attendaient. Elle regretta que Robert ne l'ait pas laissée périr dans l'incendie de Courlochcraig, pendant que son cœur était encore pur, et ses attentes réalistes. À présent, et après des jours passés dans l'intimité du Highlander – après leurs baisers –, l'idée de vivre sans lui l'effrayait plus que le risque de perdre la vie ou de mettre celle des MacGregor en danger.

Peter Gilles ôta ses gants en tirant sur le bout des doigts.

Cette bougresse est une véritable panthère, songea-t-il, tandis qu'il traversait la cour de l'abbaye de Courlochcraig à grandes enjambées. Il examina ses mains et fit la grimace en constatant les marques douloureuses que l'abbesse y avait imprimées pendant qu'il l'étranglait. Elle s'était défendue comme un beau diable et avait refusé obstinément de parler, même lorsqu'il avait menacé de la tuer – non que cet assassin ait eu l'intention de laisser des survivants derrière lui. Tous ceux qui avaient eu le malheur de voir son visage devaient mourir, mais il ne s'occupa personnellement que de l'abbesse et laissa les autres à ses hommes. Peter Gilles avait des plaisirs simples.

Il regrettait cependant de n'avoir pu consacrer plus de temps à la révérende mère. Son péché mignon consistait en effet à briser les femmes qui avaient du cran et du répondant avant de les expédier dans l'autre monde. Mais l'abbesse l'avait impatienté (l'impatience n'était que son moindre défaut, il le reconnaissait d'ailleurs volontiers). Finalement, la mort de la religieuse, comme celle de toutes ses victimes, avait servi ses fins. En voyant la sainte femme rendre son dernier souffle, une jeune novice, plutôt jolie fille, avait hurlé les paroles qu'il voulait entendre. Une religieuse prénommée Davina était arrivée au couvent en compagnie de cavaliers.

Lorsque le moment de déguerpir fut venu, Gilles monta en selle et considéra l'abbaye d'un air menaçant. À en croire la ravissante Elaine – la sœur qui avait vendu la mèche –, quatre Highlanders accompagnaient leur hôte, en plus d'un capitaine anglais qui avait eu besoin de soins. Or, « le Diable », comme on l'appelait, vouait une haine féroce aux Highlanders. Quant au capitaine, il ne pouvait s'agir que d'Asher, même si Gilles se souvenait d'avoir vu son cadavre. Quoi qu'il en soit, si le capitaine était en vie, il ne perdait rien pour attendre. Les Highlanders, en revanche, pouvaient se révéler plus difficiles à éradiquer. Ses années à la cour de Flandre avaient appris au mercenaire que ces derniers étaient des combattants hardis et opiniâtres, surtout lorsque l'on s'attaquait à leurs croyances religieuses.

Ce sont tous des fanatiques ! songea l'amiral avant d'ensemencer le sol d'un de ses crachats putrides. *Pire que de la mauvaise herbe !*

Gilles donna un coup d'éperon impatient dans le flanc de sa monture. Ses hommes mettaient décidément trop longtemps pour occire quelques femmes et lui faisaient perdre un temps précieux.

Jusque-là, tout se déroulait selon les plans établis : le comte d'Argyll, de retour d'exil, mouillait certainement déjà avec sa flotte sur la côte ouest de l'Écosse, où il escomptait s'assurer des soutiens locaux. Quant à Monmouth, il mettrait le pied en Angleterre peu après, afin de s'y autoproclamer roi. Selon Gilles, le duc n'avait pas l'étoffe d'un souverain, mais que lui importait après tout ? Son rôle se bornait à éliminer tout autre prétendant au trône avant de se débarrasser de Monmouth et d'Argyll à leur tour, en vue de laisser le champ libre au véritable roi : Guillaume d'Orange !

Elaine avait appris à l'amiral que les Highlanders qui accompagnaient la fugitive appartenaient au clan MacGregor. Cependant, elle ignorait tout d'eux, ainsi que leur destination. Leurs traces avaient probablement déjà disparu, mais Gilles savait dans quelle direction chercher, du moins si lui et ses hommes parvenaient à quitter cette fichue abbaye un jour !

— Maarten ! cria-t-il en faisant claquer sa langue avant de prendre un air funeste lorsque personne ne répondit.

Il s'apprêtait à revenir sur ses pas afin de terminer lui-même le travail quand son capitaine se montra enfin à la tête du reste des troupes.

— Qu'est-ce donc qui t'a retardé ? s'enquit l'amiral.

Visiblement mal à l'aise, le capitaine lui lança un coup d'œil furtif et laissa tomber sa dague ensanglantée à terre.

— Rien. C'est fait !

— Parfait. À présent, allons-nous-en. Avec un peu de chance Asher et ses amis sont à la recherche de la demoiselle. Il nous suffira de suivre leurs traces. Nous…

— Sauf si elle s'est noyée dans la rivière que nous avons dû traverser en venant ici, l'interrompit Hendrick en prenant ses rênes en main. L'une des sœurs s'est fait un plaisir de me raconter comment les Highlanders y ont jeté nos hommes après leur avoir réglé leur compte. D'après elle, leur chef en a occis six à lui tout seul.

Une grimace de colère déforma le visage de Gilles, et sa monture rua des pattes arrière tandis qu'il lui enfonçait cruellement ses éperons dans les flancs.

— Ainsi, la fille de Jacques s'est trouvé un paladin ! se réjouit l'amiral. Je ferai donc en sorte de la tuer sous ses yeux.

À ces mots, il fit brusquement demi-tour devant son capitaine et passa les portes au grand galop.

— Le Diable…, murmura Maarten dans sa barbe, encore horrifié par les atrocités qu'il venait, une fois de plus, de commettre avec ses hommes. Dieu nous a peut-être enfin dépêché un guerrier qui nous enverra tous en enfer. Nous n'aurions jamais dû en sortir !

Chapitre 16

Davina pressentit que quelque chose n'allait pas avant même qu'ils atteignent le bosquet. Tout était beaucoup trop calme. Il faisait encore jour, et les hommes n'étaient sûrement pas couchés. Elle tourna un visage inquiet vers Robert, tandis qu'il scrutait le campement et arrêtait doucement sa monture.

Il lui fit signe de se taire pendant qu'il examinait l'intérieur du bouquet d'arbres.

Quelques secondes plus tard, on entendit un tonnerre de sabots en provenance de la rive nord du lac.

Une armée ! s'exclama-t-elle intérieurement en manquant de s'évanouir.

Mais où étaient Finn, Colin ? Davina se cramponna au plaid de Robert pour se retenir de héler leurs noms. Quelque part sur la gauche, un oiseau siffla doucement avec une apparente insouciance du danger, puis le Highlander répondit au sifflement, au grand soulagement de Davina qui comprit alors le subterfuge. Le courage manqua, néanmoins, à la jeune fille pour s'assurer de l'identité des cavaliers.

S'il s'agissait de Gilles et de ses hommes, ou de ceux d'Argyll, tout était perdu.

— Pardonnez-moi, murmura-t-elle en s'adressant à Robert, évitant ainsi de tourner la tête en direction des nouveaux arrivants.

— Et de quoi, mademoiselle ? s'enquit le Highlander d'un ton aussi serein que celui de la jeune femme.

— De mettre votre vie et celle de vos camarades en danger. Parfois, j'ai peur que cela ne s'arrête jamais.

— Davina, commença MacGregor d'une voix douce à faire fondre le cœur en lui effleurant la joue, peu importe qui sont nos visiteurs. Je ne bougerai pas d'ici.

— Mais s'ils vous blessent ou vous tuent ?

Le Highlander esquissa son plus beau sourire et posa son front contre le sien.

— Comptez sur moi, dit-il dans un souffle qui donna le vertige à Davina. Vous ne craignez rien.

Une lueur de confiance, héritée de plusieurs générations de guerriers, transforma aussitôt les yeux de Robert en un brasier réconfortant. Se laissant gagner par l'espérance, Davina poussa un soupir de soulagement et acquiesça.

— Connor !

Les deux amants tournèrent la tête simultanément. Finn sortait du bois en courant comme un fou.

— C'est Connor ! Connor ! héla-t-il en faisant signe aux cavaliers avec ses bras.

— Ne bougez pas d'ici ! ordonna Robert en mettant pied à terre.

Puis il tira sa claymore de son fourreau et entra dans la clairière à grandes enjambées.

Davina voulut lui crier quelques mots, mais elle se souvint de ses recommandations et n'en fit rien. Son champion savait ce qu'il faisait. Il ne se laisserait pas occire aussi facilement. Forte de ces conclusions, elle trouva enfin le courage de faire face à l'armée qui avait soudain surgi dans le paysage. Elle fut étonnée, cependant, de constater que celle-ci était moins importante qu'elle ne l'avait craint. Quant aux soldats qui la composaient, ils portaient tous le même uniforme rouge foncé qu'Edward.

Finn arriva le premier à hauteur de la troupe. Il souleva son calot et l'agita au-dessus de sa tête en signe de salut.

— Eh, grand frère, c'est moi, Finn !

Le cavalier de tête ralentit sa monture et sauta de cheval avant même que ce dernier soit à l'arrêt ; puis, les cheveux en broussaille sous son chapeau à large bord qu'il portait de travers, il courut tout sourires dans la lumière du sous-bois à la rencontre de Finn en faisant signe à ses hommes de s'arrêter.

— Connor ! Que diable fais-tu dans les parages ? s'enquit Robert en jetant son épée à terre pour mieux serrer ce grand escogriffe de capitaine dans ses bras.

— J'ai été envoyé avec mes hommes à Glencoe le mois dernier pour apaiser les tensions entre les

MacDonald et les Campbell. Nous rentrons en Angleterre pour la fête du couronnement.

— Vous êtes un peu en retard, fit remarquer Robert.

— Je sais, reconnut Connor en esquissant un sourire aussi indolent que sa voix. Quand j'ai appris que la plupart des chefs de clan s'y rendaient, j'ai retardé mon départ. (Il inclina la tête pour regarder derrière le Highlander.) Tu es venu en famille ? demanda-t-il.

— Non, s'esclaffa MacGregor en secouant la tête. Mairi est en Angleterre.

— Dans ce cas, je suis encore moins pressé d'y arriver !

Tous rirent de bon cœur, sauf Colin, lequel dévisageait Connor d'un air furieux qui n'avait rien à envier au pire courroux du Highlander. Quoi qu'il en soit, Davina décida que la voie était suffisamment sûre pour descendre de cheval et les rejoindre.

À son approche, le petit air ironique du capitaine Grant se transforma en un véritable sourire carnassier, au point qu'elle faillit faire demi-tour.

— Ta femme ? s'enquit Connor auprès de Robert sans quitter Davina des yeux.

— Non, c'est…

— C'est Davina, intercéda Finn en ramassant son calot avant de le remettre sur ses cheveux en bataille et de se précipiter à sa rencontre. Davina, je vous présente mon frère, le capitaine Connor Grant.

Ce dernier contourna le Highlander et s'avança au-devant de la jeune femme sans se presser. Sa démarche était à la fois assurée et légère. Il avait la grâce nonchalante d'un lion qui ne doute pas un instant de sa capacité à attraper sa proie, au cas où celle-ci aurait l'idée saugrenue d'essayer de lui échapper. Davina vainquit son irrésistible envie de rebrousser chemin et toisa le militaire avec le même aplomb.

Le capitaine portait un pourpoint semblable à celui d'Edward, à la différence que celui de Grant était plus neuf, fermait par des boutons en argent et enserrait sa svelte silhouette en tombant parfaitement sur deux épaules presque aussi larges que celles de Robert. À l'instar de Finn – Davina eut le loisir de s'en apercevoir lorsque le capitaine ôta son chapeau pour la saluer –, Grant avait les cheveux raides, blonds comme le lin et dorés comme le miel. Mais la ressemblance se limitait à ce détail, car son nez était plus fin et ses yeux, d'un bleu saisissant, avaient le sombre éclat de l'expérience. Quant à son sourire, qu'accentuaient deux fossettes espiègles de chaque côté de ses joues, il avait perdu toute trace d'innocence.

Connor prit la main de la jeune femme et jeta un rapide coup d'œil à Edward, tandis que le capitaine anglais les rejoignait.

— Permettez-moi de vous présenter également Davina Montgomery, dont j'ai l'honneur d'assurer la protection, ajouta Asher non sans regarder d'un mauvais œil la manière dont le nouveau venu ne semblait plus vouloir lâcher la main de la jeune femme.

— Sous votre protection, vraiment ? répéta Connor d'un air dubitatif en tournant brusquement les yeux vers Robert.

— Nous l'avons rencontrée à l'abbaye Saint-Christopher, de l'autre côté de Dumfries, expliqua Robert en poussant Edward du passage.

— Le couvent avait été incendié, intervint Finn. À notre arrivée, il ne restait presque plus qu'un tas de cendres. C'est alors que Robert a reçu…

— Qui avait mis le feu ? demanda Connor en se séparant à contrecœur de la main de Davina afin d'accorder toute son attention au Highlander.

— Les Hollandais, répondit ce dernier d'un ton grave. Nous ne savons pas exactement sur l'ordre de qui ils ont agi. Il pourrait s'agir du duc de Monmouth ou du comte d'Argyll. Ils ont massacré les sœurs et décimé le régiment d'Asher.

Connor se crispa, puis il considéra le capitaine avec un mélange de tristesse et de colère.

— Que faisiez-vous avec vos hommes à l'abbaye ?

Face au silence du capitaine, Grant se tourna vers Davina, mais celle-ci évita son regard.

Qu'il ne compte pas sur moi pour lui dire quoi que ce soit ! pensa-t-elle.

Même si Connor était en réalité son cousin, elle était bien placée pour savoir que, dans les allées du pouvoir, les liens du sang sont parfois peu de chose.

— Connor, commença Robert afin de détourner l'attention de son ami, la nuit tombe. Campe ici avec tes hommes. Je te dirai ce que nous avons appris.

— Entendu ! Mes hommes sont fourbus. Nous lèverons le camp demain aux premières lueurs du jour. Si les mercenaires hollandais sont sur notre sol et qu'ils déciment nos soldats, je dois impérativement en informer le roi.

À ces mots, Davina se mordit les lèvres, ne sachant pas ce que Robert dirait au capitaine. C'est alors qu'elle se rappela qu'il ne savait presque rien.

— Es-tu certain que les assaillants étaient des Hollandais ? demanda Connor, tandis que Robert et lui longeaient d'un même pas la rive du lac que baignait un clair de lune. Les as-tu identifiés ?

Sans perdre le camp de vue, ils s'éloignèrent suffisamment pour ne pas être entendus des oreilles indiscrètes.

— Oui, ou du moins ceux qui étaient encore reconnaissables. Je ne les avais pas identifiés. C'est la jeune fille qui m'a dit qui ils étaient.

— Penses-tu qu'elle aurait pu se tromper ?

Robert haussa les épaules. Il ne s'était jamais posé la question.

— Si c'est le cas, Asher, lui, n'a sûrement pas fait erreur.

Connor tourna la tête vers le bivouac et considéra son homologue anglais, qui les observait depuis le feu de camp.

— Selon lui, poursuivit Robert, ils étaient sous le commandement de l'amiral Peter Gilles.

— Gilles ? répéta Grant en revenant soudain vers le Highlander.

— Oui. Tu le connais ?

— De réputation. C'est le diable en personne ! s'exclama Connor en se passant la main dans les cheveux. Cela n'augure rien de bon pour le roi. Gilles est le bras armé du duc de Monmouth, mais l'on raconte qu'il a scellé un pacte avec Guillaume d'Orange.

Chemin faisant, Robert songea aux conséquences de ces révélations.

— Donc, commença-t-il après un long silence, il se pourrait que le roi ait des ennemis plus puissants qu'il ne l'imagine.

— Oui, cela se pourrait, en effet, répliqua Connor d'une voix sourde. Après l'exil de Monmouth, le prince Guillaume a nié formellement tout lien avec celui-ci, avec Argyll ou encore avec Gilles et les exclusionnistes opposés à l'accession au trône d'un roi catholique. Mon oncle a bien juré sous serment qu'il avait vu le prince en compagnie de Monmouth et de Gilles en Flandre, mais, comme Guillaume est le gendre de Jacques et que les preuves manquaient, il a conservé les faveurs du nouveau souverain.

— Cela expliquerait que Guillaume ait tenté de fomenter une rébellion, observa le Highlander, qui découvrait à quel point la politique anglaise pesait sur les affaires de son clan. Une fois Jacques éliminé, l'épouse du prince, Mary Stuart, devient héritière du trône. Ce que je ne comprends pas, c'est ce que gagne Monmouth à trahir le roi.

— Rien, si l'on oublie que le duc de Monmouth est le fils naturel de Charles II.

Robert se figea et considéra longuement le capitaine.

C'est absurde! songea-t-il.

Si Monmouth destituait le roi, Mary Stuart prétendrait immédiatement au trône en tant que fille aînée légitime de Jacques. Pourquoi le prince d'Orange accorderait-il son soutien à un homme qui luttait pour assurer l'accès de sa femme à la couronne ? Par ailleurs, pourquoi Davina avait-elle évoqué le nouveau souverain et sa politique en matière de religion ? N'avait-elle pas affirmé que Monmouth prétendait également au trône ?

— Les partisans d'un roi protestant, Guillaume d'Orange y compris, ont intrigué pour que Monmouth soit nommé héritier présomptif avant l'adoption de la loi excluant les catholiques de l'ordre de succession, rappela Connor. Mais le roi Charles, qui faillit légitimer Monmouth à plusieurs reprises, n'en a finalement rien fait.

Quel rapport y a-t-il entre cette histoire et Davina ? se demanda MacGregor.

— Cet honneur revint alors à Jacques, et Monmouth eut des mots très durs à son encontre à la Chambre des lords, poursuivit Grant. Lorsque Charles a commencé à faire ériger des potences pour pendre les partisans du duc, Monmouth s'est enfui en Flandre, où il a retrouvé Argyll. On raconte qu'il est en Angleterre depuis quelques mois, mais, jusque-là, nous n'en avions aucune certitude.

— Ainsi, Monmouth exècre Jacques pour des raisons religieuses, en plus de son acrimonie personnelle. Pourquoi, dans ce cas, ne le fait-il pas assassiner ? s'interrogea Robert à voix haute.

Il ne s'était jamais penché sur la question auparavant, car ce n'était pas son affaire, mais à présent qu'il était sur le point de découvrir le secret de Davina il n'en allait plus de même.

— On peut se poser la question ! convint Connor. On peut également se demander pourquoi incendier un couvent rempli de nonnes.

— Ils étaient venus pour Davina, déclara Robert sans rien cacher à son ami.

Certes, ce dernier avait juré fidélité au roi, mais le Highlander savait que Grant préférerait mourir plutôt que de trahir les MacGregor.

Connor le dévisagea pendant un long moment avant de jeter de nouveau un coup d'œil au bivouac.

— Pourquoi elle en particulier ?

— Elle s'interdit de le dire, répondit Robert. Du moins elle essaie chaque fois de noyer le poisson !

Robert aperçut Davina qui riait à une plaisanterie de Finn.

— Quant à Asher, c'est une tombe, ajouta le Highlander en jetant un regard mauvais à Edward, lequel discutait avec les soldats. Il est amoureux d'elle.

— Et toi ?

— Elle vient de prononcer ses vœux, répliqua MacGregor, piqué au vif.

— On ne me la fait pas, Rob ! Je suis sûr que tu as d'autres projets pour elle, insinua Connor d'un air pince-sans-rire. Que t'a-t-elle dit ?

— Pas grand-chose, si ce n'est qu'elle est orpheline et que ses parents sont des hobereaux de Whithorn. Elle refuse de m'en dire plus.

Connor esquissa un sourire en secouant la tête.

— Sans doute répondra-t-elle à tes questions quand elle verra que tu souhaites vraiment obtenir des réponses.

— Sans doute… De toute façon, je m'en fiche, répliqua le Highlander d'un ton grave qui sonnait comme un coup de semonce. Tout ce que je sais, c'est que je ne laisserai pas ces assassins toucher un seul de ses cheveux.

— Pour tout dire, je ne crois pas que sa famille soit originaire de Whithorn, confia Connor sans transition, tandis que Davina prenait le bras de Finn sous leurs yeux. À mon sens, elle est issue d'un rang plus élevé que la baronnie.

Robert laissa échapper un soupir qui trahissait sa curiosité d'en entendre davantage. Il partageait l'avis de Grant, car il avait l'intuition que la jeune femme jouait un rôle capital dans la vie du royaume, mais il ne souhaitait pas en savoir plus. En fait, il se refusait à entendre des raisons irréfutables qui l'auraient obligé à renoncer à l'emmener chez les siens.

— Il se pourrait qu'elle soit la sœur de Monmouth, suggéra Connor un peu trop fort. Le roi Charles est connu pour ses bâtards et ses bâtardes. D'un autre côté, elle a assez de grâce pour être une Stuart.

Faisant soudain silence, ils regardèrent les flammes se refléter dans la chevelure de Davina, telle la lune à la surface du lac.

— Ce qui, sauf erreur de ma part, reprit Connor un ton plus bas, ferait d'elle ma cousine !

Sa cousine ! songea Robert.

C'est alors qu'il se remémora la phrase prononcée par Davina : « Vos amis sont devenus mes amis. Ils sont ma famille. »

Non, c'est impossible, trancha-t-il, puis, l'ayant observée plus longuement ainsi que Finn, il crut déceler une ressemblance entre les deux avant de revenir finalement à son premier jugement.

Bah, elle n'a rien d'une Stuart !

Plus MacGregor luttait pour écarter cette éventualité, plus elle s'imposait à lui, et plus il se sentait mal à l'aise. Il se refusait tout simplement à y croire. Protéger une jeune nonne des griffes d'un duc était une chose, enlever la fille du roi était une tout autre affaire !

— Cela n'expliquerait toujours pas pourquoi Monmouth, ou un autre, veut la tuer, songea-t-il à haute voix en espérant qu'ils faisaient fausse route. Même si Davina est l'un des enfants adultérins de Charles, elle ne représente aucune menace pour la couronne. À moins, poursuivit-il, à moins qu'elle ne soit pas illégitime et que son père ne soit pas Charles, mais…

Robert se figea et ferma les yeux, tandis que tout s'éclaircissait dans son esprit. Sauf erreur de sa part, il était sur le point d'attirer les foudres de toute l'armée royale sur Camlochlin, sans oublier les mercenaires hollandais !

— Connor, se pourrait-il qu'elle soit la fille de Jacques Stuart ?

Le capitaine se contenta d'abord de le dévisager sans répondre, comme si la situation le dépassait.

— Jacques est un grand amateur de femmes, je te l'accorde, mais on ne lui connaît pas d'enfants, hormis Mary et Anne qu'il a eues en premières noces avec Anne Hyde. En outre, Marie de Modène, sa seconde épouse, ne lui a donné à ce jour aucune descendance. Et pourquoi diable la fille du roi serait-elle entrée au couvent ?

Pour échapper à ses poursuivants, songea Robert. Jacques n'avait-il pas assuré la sécurité de ses deux autres filles en les obligeant à épouser des protestants ? L'aînée, Mary, était ainsi devenue l'épouse de Guillaume d'Orange, en même temps que prétendante directe au trône. Cependant, Mary était-elle réellement l'aînée du roi ?

Robert devint blême et gémit à son insu.

— À quoi songes-tu ? s'enquit soudain Connor en le saisissant par l'épaule.

Davina n'était pas une religieuse comme les autres mais la véritable héritière du trône, que le roi

Jacques avait fait enfermer au couvent afin d'assurer l'accession d'un souverain catholique après sa mort. Toutefois, cela soulevait un autre problème : Connor lui-même n'avait jamais entendu parler d'elle, non plus, probablement, que quiconque. Par conséquent, comment ses ennemis s'y étaient-ils pris pour la retrouver ? Sur la centaine d'hommes en armes qui assuraient sa sécurité, n'importe lequel aurait pu la trahir. Quoi qu'il en soit, le traître avait sûrement péri avec le reste du régiment. En revanche, Monmouth, Argyll ou encore Guillaume d'Orange étaient bien en vie et avaient tout intérêt à ce que l'héritière de la couronne disparaisse une bonne fois pour toutes. Mais auraient-ils attenté à la vie de Davina s'ils n'avaient également eu l'intention de se débarrasser du roi ?

— Rob, vas-tu enfin m'expliquer ce qui se passe ? Tu es pâle comme un mort !

— Oui, un peu de patience, dit MacGregor en posant ses yeux bleus pleins de fougue sur son ami, mais d'abord tu dois me promettre de me rendre un petit service.

Davina fut bientôt aussi attachée à Connor qu'elle l'était à Finn. Celui-ci, après la conversation qu'il avait eue avec Robert, semblait moins affable, allant même jusqu'à hurler l'ordre à ses hommes de se tenir prêts au petit jour. Cependant, au bout d'une heure passée à évoquer ses souvenirs de Camlochlin en partageant sa ration de campagne avec Finn, sa bonne humeur était revenue, et son rire communicatif avait réchauffé le cœur de la jeune femme comme aucun feu de bois ne l'avait fait auparavant. La jeune fille surprit le capitaine Grant pendant qu'il l'observait par-dessus les flammes et en éprouva de la gêne, car il la regardait avec cette même curiosité qui la poussait à chercher des signes de parenté sur le visage de Finn. Connor et Davina échangèrent un regard ; puis le capitaine lui fit un clin d'œil doublé d'un sourire badin avant de s'esclaffer de nouveau aux plaisanteries de ses compagnons.

Pendant ce temps, Robert n'avait pas non plus ses yeux dans sa poche. Une certaine réserve dans son regard excita et émut simultanément la jeune femme. Le Highlander esquissa un sourire qui n'avait rien de frivole et où s'exprimait une tendresse teintée de tristesse, en tout point touchante.

Tandis que Davina reprenait confiance dans la chaleur de ce cercle amical et familial qui devisait sous le ciel étoilé, elle songea que résister au charme de Robert MacGregor ne serait pas la moindre des épreuves qu'elle aurait à traverser. Même la vieillesse ne réussirait pas à lui faire oublier la douceur de ses baisers ni l'émoi que lui causait la proximité de son corps musclé. Elle se sentait si vivante avec lui ! Y compris en cet instant, où il aurait suffi au jeune homme de tendre la main pour la toucher et l'enivrer de l'odeur de muscade de sa peau. Soudain, Davina sentit toute volonté l'abandonner ; puis sa respiration se fit haletante, et un désir intense qu'elle n'identifia pas s'empara d'elle. Elle ferma les yeux pour prier, mais le rire de MacGregor la contraignit à les rouvrir. Le dévorant de nouveau du regard, elle oublia aussitôt ce qu'elle avait voulu demander à Dieu quelques instants plus tôt. Souhaitait-elle que le ciel infléchisse sa destinée ? Qu'il lui permette de passer sa vie aux côtés de Robert ? Certes, ce dernier avait broyé du noir pendant sept jours consécutifs, mais un seul de ses sourires, un seul de ses baisers ne valait-il pas ce petit désagrément ? Davina désirait devenir la source principale des joies et de l'enthousiasme du Highlander, la confidente de ses émotions les plus intimes, de ses pensées et de ses désirs les plus secrets.

En retour, elle voulait faire de lui son confident.

— Comment Tristan se porte-t-il ? s'enquit Connor en s'adressant à Robert, ramenant au passage Davina à la réalité.

— Toujours la même canaille sans vergogne, intervint Colin en donnant enfin libre cours à la colère qui l'étouffait depuis l'arrivée du capitaine Grant. Tout comme vous !

Connor le foudroya du regard.

— Qu'essaies-tu d'insinuer ?

— Que vous avez brisé le cœur de ma sœur, grommela Colin. Malgré l'éloignement, nous sommes au courant de vos accès de débauche chez les Anglais, capitaine Grant !

Connor prit soudain un air sévère.

— Tu parles comme si tu étais un homme. Surveille ta langue, sinon je me verrai dans l'obligation de te rappeler au respect que tu me dois, gamin ! rugit-il en insistant sur chaque mot.

Colin accueillit la mise en garde avec un grognement provocateur.

— Surveillez vos propres paroles, capitaine, sinon je pourrais vous les faire regretter.

Au lieu de mettre fin à ce qui menaçait, à coup sûr, de dégénérer en pugilat, Robert se contenta d'échanger un sourire entendu avec Will, tandis que Grant s'amusait de la situation. L'adversaire surestimait ses forces.

Colin et le capitaine se levèrent de concert. Davina se tourna avec inquiétude vers Robert, qui la rassura d'un clin d'œil espiègle.

— Messieurs, lança Will en s'adressant aux hommes de Grant avant de mordre dans une pomme qu'il avait prélevée sur la ration d'un des guerriers, apprêtez-vous à être témoins de la défaite cuisante de votre capitaine !

— Aucun risque ! répliqua l'un des soldats, tandis que les deux combattants se positionnaient à bonne distance du groupe. Il va plutôt apprendre à ce gosse à respecter ses supérieurs !

— Les MacGregor n'ont pas de supérieurs, fit remarquer Will d'un air distrait en crachant un pépin. N'est-ce pas, Rob ?

— Je voudrais voir ça ! confirma Robert sans se départir de sa bonne humeur, pour le plus grand plaisir de Davina. Colin, montre à ces Anglais ce qu'un Highlander a dans le ventre !

Aussitôt, la lourde claymore de Colin s'abattit sur la lame de Connor dans un fracas métallique qui fit grimacer une bonne partie de l'assistance, Will y compris. Mais Connor riposta avec autant de force par un coup de taille vers le haut. Assise à côté de Robert, Davina frissonna, puis se figea, lorsque celui-ci enleva son plaid et le posa sur ses épaules. Afin de ne pas prêter trop attention à la chaleur de sa présence et au souvenir de son étreinte, elle s'efforça de se concentrer sur le combat qui se déroulait sous ses yeux. Le corps svelte de l'adolescent lui conférait une grande agilité. Quant à la puissance de ses coups, elle devait plus à son orgueil qu'à ses muscles. Finalement, l'expérience de Connor – et peut-être même l'éducation qu'il avait reçue en tant que Highlander – l'emporta. Quoi qu'il en soit, sa victoire ne sembla pas lui procurer le moindre plaisir, et il fit même taire ses hommes lorsqu'ils l'acclamèrent.

— Diantre ! Jeune MacGregor ! s'exclama-t-il à bout de souffle en posant les deux mains sur les épaules de Colin. Tu es un combattant tenace. Suis-moi en Angleterre. Le nouveau souverain a besoin de guerriers tels que toi.

— Oh, il préférerait être écorché vif puis jeté dans de l'huile bouillante ! s'esclaffa Will en jetant son trognon de pomme par-dessus son épaule.

— Ma patrie est l'Écosse, Connor, répondit Colin en rengainant sa claymore, tandis que Will approuvait d'un hochement de tête en se renversant contre l'arbre sous lequel il était assis. Mais je vous accompagnerai quand même en Angleterre.

— Qu'entends-je ? protesta Will en se redressant avant de dévisager son cousin d'un air ahuri.

— J'ai envie de le rencontrer, ce nouveau roi ! expliqua Colin sans baisser les yeux, mais en les posant sur Davina. Ce qu'on raconte à son sujet m'intrigue au plus haut point.

— Surtout, ne t'avise pas de rentrer à la maison vêtu d'un uniforme anglais ! conseilla Will avant de soupirer de dépit.

— Finn, tu nous accompagneras aussi, annonça Connor en retournant s'asseoir en face de Davina.

— Non ! protesta Finn. Je ne veux pas aller en Angleterre. (Il tourna vers Robert ses grands yeux larmoyants.) Je veux rentrer chez nous ! s'exclama-t-il.

Ne sachant pas combien de temps elle resterait sur l'île de Skye et si elle reverrait Finn un jour, Davina n'avait pas non plus envie qu'il parte avec Connor.

Soudain, Robert massa la nuque de la jeune femme, et elle s'aperçut alors à quel point elle était tendue.

— Tu es un Stuart, mon garçon, rappela le Highlander d'un ton affable qui trahissait l'affection qu'il portait à l'adolescent. Un jour, l'Angleterre deviendra ton pays, comme il l'est devenu pour ton frère.

— Je suis aussi un Grant. Et mon pays est Camlochlin !

Robert et Davina sourirent simultanément, mais pour différentes raisons.

— Je le garde avec moi ! trancha MacGregor en s'adressant à Connor.

La discussion était close.

Davina se demanda si Connor avait quitté Skye à cause de Mairi MacGregor ou de sa fidélité à la branche royale de sa famille, car, à l'évidence, la décision de Robert et de Finn attristait le capitaine.

— Capitaine Grant ? le héla-t-elle dans l'espoir de l'égayer. Finn m'a raconté des histoires extraordinaires au sujet de votre mère. Est-elle vraiment aussi courageuse qu'il le prétend ?

Connor leva la tête en esquissant un sourire conciliant.

— Peut-être même plus encore !

— J'ai hâte de faire sa connaissance ! assura Davina avec sincérité. Je veux tout connaître de votre famille.

Connor et Robert échangèrent un regard circonspect, puis le capitaine Grant raconta tout ce qu'elle voulut entendre.

Leurs rires résonnèrent jusque tard dans la nuit en une guirlande de joie et d'espérance, qui réchauffa le cœur craintif de Davina.

Chapitre 17

Robert longeait seul la rive du lac sans prêter attention au fabuleux lever de soleil, dont les rayons scintillant comme de l'or inondaient la surface de l'eau. C'était seulement la deuxième fois qu'il s'éloignait de Davina depuis leur départ de Courlochcraig, mais les volontaires ne manquaient pas pour assurer la sécurité de la jeune femme ce matin-là. Elle ne risquerait rien pendant qu'il se baignait. Cependant, le besoin d'y voir plus clair l'emporta sur celui de se laver, et, tenant ses bottes à la main, il poursuivit sa flânerie pieds nus à travers les roseaux et les rochers moussus. La raison lui dictait de penser moins souvent à Davina Montgomery – ou Stuart – s'il voulait garder la tête froide. Mais à quoi bon se montrer raisonnable quand le désir menace de tout consumer ? Comment s'y prendrait-il pour accomplir son devoir avec discernement s'il était condamné à coudoyer quotidiennement sa bien-aimée à Camlochlin sans pouvoir satisfaire son désir ? Surtout, depuis quand les intérêts de son clan passaient-ils à ses propres yeux après ceux de Davina ? N'était-il pas téméraire de s'obstiner à l'emmener auprès des siens, à présent qu'il connaissait avec certitude sa véritable identité ?

La fille du roi ! Le ciel me pardonne ! s'exclama-t-il en son for intérieur.

La veille, il avait passé la soirée à observer la jeune femme, tandis qu'elle-même couvait Connor et Finn du regard avec l'air de quelqu'un qui retrouve enfin sa famille. Les paroles émues qu'elle avait prononcées au sujet du roi prenaient à présent tout leur sens.

La fille du roi ! se répéta-t-il. *Bon sang ! Je suis amoureux de la fille du roi !*

N'avait-il pas déjà suffisamment provoqué la colère de Dieu en embrassant Davina, en la désirant comme il n'avait jamais désiré aucune femme ?

Fichu souverain ! Pourquoi as-tu abandonné ta fille ! L'héritière du trône !

Parvenu à une petite crique sablonneuse, il laissa tomber ses bottes à terre et scruta l'horizon du lac.

Non seulement Davina ne serait jamais sienne, mais le danger qu'elle représentait pour son clan n'avait fait que s'accroître. Néanmoins, elle avait plus que jamais besoin de lui.

Avant même d'informer Will et ses autres compagnons de l'identité supposée de la jeune femme, il avait déjà pris sa décision : il resterait aux côtés de Davina. À l'instar du Highlander, ceux-ci vivaient à Camlochlin et avaient, à ce titre, le droit de savoir ce qu'ils encouraient. Comme il s'y était attendu, tous avaient été d'accord pour conduire Davina auprès des leurs en dépit du danger. Étaient-ils donc tous aussi fous que lui ?

Toutefois, plusieurs questions demeuraient sans réponses. Comment Gilles avait-il retrouvé la trace de Davina ? Comment ses ennemis avaient-ils eu vent de son existence, tandis que personne ne semblait au courant ? Asher, bien sûr, savait qui elle était, ainsi que l'abbesse de Courlochcraig. Robert comprenait à présent pourquoi ceux-ci étaient restés muets comme des carpes. Mais quand inspirerait-il enfin assez confiance à Davina pour qu'elle lui dise la vérité ? Probablement que Guillaume d'Orange avait appris de la bouche de sa femme que le roi avait une troisième fille. Monmouth et Argyll fomentaient-ils une rébellion avec l'appui du prince ? Lequel d'entre eux avait-il signé l'arrêt de mort de la jeune femme ?

Le fait que Davina soit l'héritière de la couronne rendait les réponses à ces questions toutes relatives, car, à supposer que MacGregor réussisse à la protéger de ses ennemis, son père, le roi Jacques, saurait sûrement la retrouver.

Que ferai-je alors ? se demanda-t-il.

Partirait-il en guerre pour les beaux yeux d'une femme ?

Et si c'est elle qui demande à partir ?

Ne semblait-elle pas, en effet, dotée d'un sens du devoir tout aussi exigeant que le sien ?

Il est préférable de renvoyer Davina auprès de son père avant de te briser le cœur sur les récifs de l'histoire et de tout perdre pour ses beaux yeux.

Ainsi parlait la voix de la raison, mais MacGregor n'était pas du tout disposé à l'écouter, car il était irrésistiblement attiré par le goût de ses lèvres, la courbe de ses seins et l'émoi qu'il sentait naître en elle chaque fois qu'il la prenait dans ses bras. D'ailleurs ne lui avait-elle pas rendu ses baisers avec une fougue au moins égale à la sienne ? Certes, Davina était ignorante des rites de l'amour, mais elle en connaissait déjà toute la générosité gratuite. En bref, il aurait tout donné pour un baiser de sa bien-aimée.

Robert ôta sa chemise et la jeta sur le sable avant de pénétrer dans l'eau. Celle-ci lui enserra aussitôt les mollets de sa morsure glacée. Cela suffirait-il à calmer ses ardeurs ? Il s'accroupit et fit sa toilette à l'aide de son plaid, puis il s'aspergea le visage et détacha ses cheveux avant de passer ses doigts mouillés dans ses mèches emmêlées.

Je l'emmènerai sur l'île de Skye, l'y maintiendrai en sécurité et m'en contenterai ! se promit-il. *Ce n'est quand même pas sorcier ?*

Tant que personne ne s'aviserait de nuire à sa protégée, il n'en demanderait pas plus. Quant à la manière dont réagiraient le roi et son propre père, il aurait tout le temps d'y penser… plus tard !

Robert se redressa, et une vague de bien-être l'envahit, tandis qu'il secouait son épaisse chevelure.

— Je vous cherchais, lança Davina.

Il releva aussitôt la tête en se disant qu'il avait été sot de penser pouvoir éteindre la flamme qui brûlait dans son cœur pour lady Montgomery. Le simple fait de poser les yeux sur elle suffisait à exacerber son désir de l'épouser, de lui faire l'amour et de la protéger. Debout devant lui, Davina le regardait, les mains croisées sur sa robe de laine vert pâle. Elle avait remonté ses cheveux en chignon, dévoilant ainsi les lignes harmonieuses de son visage, et elle lui apparut dans toute la pureté de son innocence et de son insouciance quant à l'orage qui se préparait.

Comment pouvait-on attenter à la vie d'un être aussi délicat ?

Elle me cherchait ! se répéta le Highlander.

« Quand je suis avec vous, je n'ai pas peur », lui avait-elle confié.

L'entendre prononcer ces paroles valait bien quelque tourment !

Il s'éclaircit la voix pour s'empêcher de sourire comme un certain capitaine anglais passablement gaga.

— Je m'apprêtais justement à rentrer, répliqua-t-il.

— Pourquoi ? s'enquit-elle en lui barrant la route. Rob, je ne voudrais pas que vous vous sentiez obligé de…

— Mais si, au contraire ! l'interrompit-il en faisant un pas en avant, cédant une fois de plus à l'attrait de la vulnérabilité qu'elle s'efforçait de dissimuler sous des apparences de détermination.

Se rappelant soudain à qui il avait affaire, il ajouta :

— Je le dois !

— Non, rien ne vous y oblige, protesta Davina en s'approchant à son tour, non sans rougir, tandis qu'elle semblait hypnotisée par son torse nu, son ventre ferme et les cheveux mouillés qui encadraient son regard empli de convoitise amoureuse. Je ne le permettrai pas. Vous avez déjà tant fait pour moi sans même savoir pourquoi on veut me tuer. Un jour, vous comprendrez pourquoi je ne vous ai donné aucune explication.

Mais MacGregor avait déjà son idée sur la question : elle ne lui faisait pas confiance.

— En attendant, je refuse de mettre votre vie en danger, ajouta la belle.

Il s'apprêtait à lui répondre, lorsqu'elle lui fit signe de n'en rien faire.

— J'ai demandé à Connor de vous soulager du poids de ma présence.

Robert hésita l'espace d'un instant entre éclater de rire ou aller trouver Connor pour lui mettre son poing dans la figure, si d'aventure il restait à celui-ci quelques dents à lui ôter.

Cependant, faisant preuve, pour une fois, de sagesse, il se contenta d'affirmer d'un ton hargneux :

— Il ne vous emmènera nulle part !

— Vous ne m'avez pas comprise. Le capitaine Grant ne m'emmène nulle part, assura Davina en se rapprochant dangereusement de lui. Il s'est simplement montré soudain très désireux de rentrer en Angleterre et m'a assuré qu'il était aussi gentilhomme que vous l'êtes. En bref, il m'a proposé de me faire escorter sans condition jusqu'en Irlande. Personne ne viendra m'y chercher.

Avait-elle perdu la tête ? À moins qu'il ne soit lui-même devenu fou ?

— Moi si ! promit-il.

Les yeux de Davina s'emplirent de larmes, et MacGregor perdit aussitôt le peu de sang-froid qui lui restait.

— Non, Rob, je vous en supplie, implora-t-elle en posant lentement la main sur son épaule, à l'endroit où la flèche avait pénétré, pour caresser la blessure qui était à présent refermée. Vous ne comprenez pas…, ajouta-t-elle.

— Dans ce cas, aidez-moi à y voir clair, Davina, insista-t-il, se refusant à lui avouer qu'il connaissait la vérité, dans l'espoir qu'elle lui accorderait sa confiance.

— C'est trop dangereux, répondit-elle à mi-voix. Je ne veux pas que vous soyez blessé, voire pire, à cause de moi. Je serai hors de danger en Irlande.

Le Highlander serra les poings pour ne pas céder à la tentation de prendre la jeune femme dans ses bras. S'il ne pouvait l'épouser, du moins pouvait-il la protéger.

— Vous serez en sécurité avec moi.

Elle posa sur lui des yeux emplis de regret.

— Mais tous les autres seront en danger par ma faute.

Davina connaissait les risques encourus par le Highlander et s'obstinait à l'en préserver en s'obligeant à le repousser. Toutefois, cette stratégie ne fit qu'accroître le désir qu'avait Robert de la protéger. Rien ne l'en dissuaderait. Les ennemis de la jeune femme ne viendraient pas la chercher sur l'île de Skye, et, dans le cas contraire, il leur trancherait la gorge avant même qu'ils accostent à Kylerhea.

— Les membres de mon clan approuveront ma décision. Ce sont des MacGregor. S'il faut se battre, ils se battront. Et nous sortirons vainqueurs.

— Vous semblez si convaincu..., fit remarquer Davina en se laissant entraîner tout près de lui, au point qu'il pouvait sentir son souffle sur son visage. Vous êtes si sûr que tout finira bien. Je finirais presque par y croire, moi aussi, si je... (Elle s'interrompit brusquement et fit mine de reculer.) Mais je ne peux pas..., ajouta-t-elle.

MacGregor la retint par le bras et la serra violemment contre lui. Peu importait la véritable identité de Davina. Il ne s'était jamais soucié de l'Angleterre et de ses souverains, et il était trop tard pour commencer.

— Faites-moi confiance, Davina, implora-t-il en effleurant la bouche de la jeune femme avec ses lèvres. Faites-moi confiance.

Quelque chose de plus fort et de plus grand que le désir et la passion animait son regard. Elle y répondit par son plus beau sourire.

Enfin ! songea-t-il.

Puis Davina se pendit à son cou, et leurs deux visages radieux se touchèrent dans un même éclat.

— Très bien, dans ce cas..., susurra la jeune femme en mettant provisoirement fin à leur baiser. Il y a une chose que vous devez savoir. Mais nous avons le temps...

Elle gloussa et rougit de sa propre audace avant de lui rendre son baiser avec encore plus d'ardeur, tandis que, emporté par la joie, MacGregor la soulevait de terre.

— Rob ? héla Connor.

Davina rompit brusquement leur étreinte et tourna son visage cramoisi vers le capitaine Grant. Pour couronner le tout, Connor était flanqué d'Edward Asher. Celui-ci semblait effondré. Quant à Grant, il ne semblait pas du tout surpris par l'intimité qu'il venait de troubler, même s'il se fit un plaisir de toiser Robert de toute sa hauteur.

— Nous avons craint le pire, lorsque vous avez tardé à rentrer au bivouac, lady Montgomery, mais je constate que vous êtes entre de bonnes mains…, déclara Connor.

Davina glissa littéralement des bras du Highlander, qui tenta aussitôt de la retenir, mais la belle était déjà presque arrivée auprès d'Asher. Robert serra les dents pour ne pas la rappeler à lui et les regarda s'éloigner ensemble.

— Nous lèverons le camp sans tarder, annonça Grant.

Robert jeta un coup d'œil glacial à son vieil ami.

— Dans ce cas, je ne te retiens pas, Connor, répliqua-t-il en obligeant ce dernier à s'écarter avant de se pencher pour ramasser ses bottes. Mais sache que Davina reste avec moi.

— Tu t'entêtes à l'emmener à Camlochlin, si je comprends bien ?

— On peut le dire comme cela.

— As-tu bien réfléchi ?

— Oui, j'ai bien réfléchi, assura-t-il en se redressant pour regarder le capitaine droit dans les yeux malgré les mèches humides qui obstruaient sa vue. Et il est inutile d'essayer de me convaincre du contraire.

— Je comprends que tu te sois attaché à cette fille, commença Connor en pressant le pas pour rattraper le Highlander. Mais cela ne mènera à rien. Si nous avons vu juste au sujet de son identité, le roi ne consentira jamais à votre mariage.

Robert s'arrêta brusquement et fit volte-face.

— Bon sang ! Parce que tu t'imagines que je n'y ai pas songé ? tonna-t-il, malgré les efforts surhumains qu'il faisait pour ne pas s'emporter.

— Si j'en juge par la scène dont je viens d'être témoin, il me semble, au contraire, que tu t'en fiches comme de ton premier plaid !

Robert perdait rarement patience. Sans doute parce que ses longues années de formation guerrière lui avaient enseigné que cela se soldait toujours par quelque nez cassé. Il se donna donc un mal de chien pour ne pas s'énerver contre son ami.

— Si cela m'était indifférent, j'aurais… (Il s'interrompit pour ne pas se montrer grossier.) Je ne suis pas Tristan !

— Je sais ! compatit Connor, tandis que l'orage s'éloignait. C'est justement ce qui m'inquiète, car tu n'es pas un aventurier.

Devinant où la conversation le mènerait et considérant qu'il en avait assez entendu, Robert fit demi-tour et poursuivit sa route. Davina et Asher le devançaient de quelques dizaines de pas. Il ne les quitta pas des yeux pendant tout le trajet du retour.

— Je ferai ce que tu m'as demandé hier soir, confirma Connor lorsqu'il eut de nouveau rattrapé MacGregor. J'avertirai le roi des manigances de Monmouth et des projets vraisemblables de Guillaume d'Orange, mais je lui tairai le sauvetage de sa fille jusqu'à ce que nous en ayons appris davantage. En attendant, tu ne peux pas emmener Davina à Camlochlin, Rob. C'est beaucoup trop risqué.

— Je n'ai pas le choix, Connor, lui rappela le Highlander. De plus, tant que tu garderas le secret, elle sera en sécurité. Ses ennemis ne viendront pas la chercher chez nous.

— Tu as peut-être raison… Mais qu'arrivera-t-il si tu te trompes ? Gilles a déjà retrouvé sa trace une fois.

— Oui, et j'aimerais bien connaître celui qui l'y a aidé ! s'exclama Robert.

Un vague souvenir lui revint puis s'évanouit avant qu'il ait pu s'en faire une idée claire.

— Quelque quidam à la cour a forcément connaissance de son existence, ajouta-t-il. C'est pour cette raison que je ne tiens pas à ce que le roi sache qu'elle est vivante.

— Rob ! héla Connor en arrêtant MacGregor par le bras à quelques pas du bivouac. Même si j'ai grandi à Camlochlin en compagnie de Mairi et de Tristan, c'est toi que je considère comme mon frère. Et, au nom du lien qui nous unit, permets-moi de te dire que je désapprouve ta décision. Quoi qu'il en soit, je respecterai mes engagements et te soutiendrai jusqu'au bout. Je te laisse six de mes hommes. Ils vous escorteront jusqu'à Oban. J'y possède une petite embarcation. De là, ils vous feront traverser jusqu'à Sleat. C'est plus rapide qu'à cheval, et j'ai toute confiance en eux : ils ne parleront pas si on les questionne à votre sujet.

Robert acquiesça et esquissa un sourire, le premier de la journée.

— Je t'en suis reconnaissant, Connor. Je sais que je te demande beaucoup en te priant de mentir au roi...

Le capitaine prit une grande bouffée d'air, signifiant ainsi que l'entreprise était effectivement risquée.

— Cependant, poursuivit le Highlander, lorsque tu seras en Angleterre, veille à ne pas t'attirer d'ennuis à cause de Tristan. Et n'oublie pas que Mairi cache toujours une dague insoupçonnée sous ses jupes !

Connor partit d'un grand rire.

— Prends soin de mon cousin et de ton propre cœur ! ajouta-t-il en apercevant Davina par-dessus l'épaule de Robert.

— Tu as ma parole ! promit Robert avec l'assurance de pouvoir au moins s'acquitter de la première recommandation.

Chapitre 18

— Je ne saurais dire ce qui me déçoit le plus, madame : que vous ayez renoncé à votre vertu pour un homme tel que lui ou que vous soyez assez imprudente pour lui confier votre secret.

Pendant tout le trajet du retour qui les ramenait au campement, Edward ne posa pas une seule fois les yeux sur Davina. Celle-ci lui en fut d'ailleurs reconnaissante, car ses paroles et leur intonation étaient déjà suffisamment blessantes.

— De quel droit osez-vous parler de ma vertu, Edward ? rétorqua-t-elle d'un ton plus cassant qu'elle ne l'aurait voulu.

Le capitaine cilla mais encaissa le coup. Naguère, Davina se serait sentie coupable de le rudoyer de la sorte, mais les circonstances avaient changé, et Asher venait de l'insulter ainsi que MacGregor. Elle n'était pas sans savoir qu'elle avait commis une erreur en embrassant le Highlander, mais – le ciel lui pardonne ! – comment fermer les yeux face au corps à demi nu et ruisselant du guerrier ? Bien sûr, elle aurait pu trouver la force de résister, s'il ne l'avait pas regardée avec des yeux si enamourés, s'il n'avait pas juré qu'il irait la chercher en Irlande, s'il ne l'avait pas suppliée, une fois encore, de lui accorder sa confiance. Davina ignorait tout des projets de mariage que son père avait élaborés à son intention au cas où elle survivrait. Mais une chose était sûre : elle avait croisé assez d'hommes dans sa vie pour savoir avec certitude qu'aucun d'entre eux n'arrivait à la cheville de Robert MacGregor. Elle aurait voulu jeter son titre nobiliaire aux orties et vivre une existence ordinaire et tranquille avec celui qui veillait sur elle comme si son propre salut en dépendait. Elle désirait devenir sienne, et rien de plus.

— C'est vous qui me décevez, Edward, parce qu'au lieu de vous montrer reconnaissant envers Robert pour tout ce qu'il a fait pour nous vous le méprisez comme si vous lui étiez supérieur.

Asher se résolut enfin à croiser le regard de Davina au moment où ils pénétraient dans le camp. Le capitaine lui apparut bien moins contrit qu'elle ne s'y était attendue. À vrai dire, l'étincelle de colère qu'elle aperçut dans ses yeux l'incita presque à rebrousser chemin.

— Je ne doute pas que mes fautes vous apparaissent sous un autre jour avec le temps, déclara le capitaine. En attendant, je reste à vos côtés et y demeurerai même après qu'il vous aura abandonnée.

Davina regarda Asher d'un air incrédule puis tourna la tête de côté en direction de Finn qui l'appelait. Elle n'avait aucune envie qu'un Stuart s'aperçoive du découragement qui se lisait sûrement sur son visage. Elle s'étonna soudain de prendre seulement conscience de la peur qu'elle avait portée comme un fardeau pendant toutes ces années, une peur sans cesse entretenue par Edward Asher. Quelles qu'aient été les intentions du capitaine, l'inquiétude avait fini par grignoter presque tout son enthousiasme. À présent, elle désirait de tout son cœur offrir à MacGregor ce qu'il sollicitait d'elle : sa confiance. Cependant, la vérité était trop dangereuse pour être dite. En tant qu'héritière du trône, elle savait ce qu'il pouvait en coûter. Robert également en avait découvert le prix malgré lui dans le cloître de Saint-Christopher. Se montrerait-il toujours aussi valeureux s'il devait affronter une armée plus grande que celle du duc de Monmouth ?

MacGregor se présenta à son tour au bivouac sous le regard ébloui de Davina. La seule présence du Highlander lui insufflait un regain de vie. Son torse de statue, ses bras luisants et son ventre dur comme le roc étaient pour elle un rappel permanent de la bravoure dont il avait fait preuve contre les mercenaires de Gilles. Il se déplaçait avec l'assurance de celui qui ne redoute rien ni personne. En outre, il l'enlaçait – que ce soit à cheval ou ailleurs – comme si elle était son épouse. Quant à ses baisers, ils lui faisaient perdre toute notion de sa vie passée et de l'avenir qui l'attendait.

MacGregor passa devant Davina et laissa glisser son regard sur Edward. Celui-ci toisa le Highlander avec un air de défi.

A-t-il perdu la tête ? se demanda Davina.

L'issue d'un éventuel combat entre les deux guerriers était courue d'avance : Robert en sortirait vainqueur. Heureusement le capitaine manquait d'assurance, et il fut contraint de baisser les yeux.

Peu après, la jeune femme se laissa absorber par les adieux enjoués des soldats, avant de disparaître dans l'accolade étonnamment chaleureuse de Connor. Puis, se tournant vers Colin, elle esquissa un sourire embarrassé. Même si elle avait souvent échangé des idées jusqu'à une heure avancée de la nuit avec le jeune frère de Robert, le visage taillé à la serpe et les yeux de loup de celui-ci n'avaient jamais rien laissé paraître de ce qu'il pensait d'elle ou de ses opinions. Comme elle s'y attendait, il ne lui rendit pas son sourire.

— Je vais lui parler, promit-il en s'approchant de la jeune femme à grandes enjambées. Ainsi j'apprendrai s'il est digne de votre affection.

Davina qui avait compris à qui il faisait allusion hocha la tête.

— J'espère qu'il l'est !

Soudain – O miracle ! – Colin sourit !

— Moi aussi, gente dame ! répliqua-t-il.

S'il souriait plus souvent, il aurait encore plus de succès auprès des femmes que Finn ! songea Davina.

Après le départ des guerriers, Finn prit la main de la jeune femme et, tout en se plaçant entre elle et Robert, commença à lui raconter les hauts faits du capitaine Connor Grant.

Edward suivait à quelque distance, mais Davina sentait sa présence et se répétait ses mises en garde : « Ne lui dites rien, sinon il vous abandonnera. »

Ainsi, malgré son désir de confier au Highlander le drame secret de sa vie, elle n'en fit rien et s'en voulut terriblement.

Depuis quand suis-je devenue une misérable calculatrice dépourvue de cran ? se demanda-t-elle.

Certes, elle redoutait que MacGregor ne l'abandonne ! Mais ce n'était plus à cause du danger qu'elle encourrait sans son ravisseur, mais parce qu'elle tombait peu à peu amoureuse – éperdument amoureuse – de lui. À en perdre la raison ! La seule pensée de ne plus voir son visage, de ne plus sentir la force de son étreinte, la douceur de ses lèvres, la rendait folle de désespoir. Simultanément, elle se refusait à ce que Robert ou quiconque perde la vie à cause d'elle ; même si, grâce à l'habilité et à l'assurance de son paladin, il était peu probable que cela arrive un jour. C'était une piètre excuse, mais celle-ci avait le mérite de lui fournir un prétexte pour garder le silence sur ses origines pendant toute la traversée qui les mènerait à Sleat.

D'ordinaire, MacGregor n'aimait pas naviguer. Il faisait davantage confiance à ses deux jambes quand elles reposaient sur le plancher des vaches. Bien sûr, loin de lui l'idée de médire de la qualité de l'embarcation anglaise, même si celle-ci était de taille modeste, mais elle tanguait vraiment trop à son goût.

Afin de garder l'équilibre, il s'accroupit dos au mât de misaine et croisa les bras sous ses genoux. Puis, comme à son habitude lorsque Davina se tenait à quelque distance de lui, il l'observa de loin. Debout face au vent, à la proue du navire, elle ressemblait à Calypso, tandis que ses nattes blondes flottaient comme une oriflamme sur fond de ciel bleu. Le guerrier couva sa bien-aimée du regard et éprouva une immense tendresse pour elle, comme chaque fois qu'elle apparaissait dans son champ de vision. Plus ils approchaient de Camlochlin, plus il découvrait chez elle des aspects insoupçonnés de sa personnalité. Il lui semblait parfois assister à l'éclosion d'une chrysalide, à la naissance d'un papillon qui ouvrait lentement ses ailes. Il aurait tout donné pour qu'elle prenne son envol. Et plus encore pour s'envoler avec elle. C'est pourquoi il n'avait pas insisté pour que Davina lui révèle ce qu'elle avait promis de lui dire le matin du départ de Connor.

On ne force pas la confiance des gens, pensa-t-il, *surtout quand il s'agit d'un tel secret!*

Il ne lui restait qu'à espérer qu'elle s'ouvrirait à lui avec le temps.

Davina se retourna soudain, tout sourires, et lui fit un signe de la main. Ses pommettes avaient la couleur des roses. Le Highlander faillit perdre l'équilibre, mais ce n'était pas à cause du tangage, même si au même instant une vague de dix pieds de hauteur s'abattait sur la coque. Oublieuse des abysses qu'ils traversaient, la jeune femme partit d'un grand rire joyeux. Après des années passées à redouter un ennemi invisible, le ballottage de la houle la remplissait de joie.

— Est-ce l'île de Skye ? demanda-t-elle en désignant du doigt une petite île à la gauche de MacGregor.

— Non, c'est l'île d'Eigg, cria ce dernier avant de s'agripper au mât, tandis que l'embarcation penchait par bâbord.

Le rire de Davina fut recouvert par le bruit de la tempête, mais MacGregor eut le temps de comprendre que la jeune femme lui demandait de la rejoindre. Il fit « non » de la tête, se souciant peu qu'elle le trouve ridicule ou timoré de s'accrocher ainsi au mât de misaine. Mais il n'avait pas l'intention de passer par-dessus bord pour les beaux yeux d'une demoiselle, sauf s'il s'agissait de repêcher celle-ci, bien entendu.

Davina lâcha la balustrade et s'avança vers lui, légère comme une plume. Au même instant, la proue monta à la verticale, et le mât de beaupré pointa vers le ciel. Par chance, Robert eut le réflexe de tendre le bras et de ramener la jeune femme vers lui. Elle s'écrasa violemment contre le torse du Highlander. Tous deux eurent le souffle coupé, mais pour des raisons tout à fait différentes. Robert plongea son regard dans celui de la belle et se laissa couler dans leur profondeur azurée aux reflets d'argent. En retour, elle le gratifia d'un sourire insouciant aussi radieux que le soleil qui dardait ses rayons sur les monts Cuillin.

— Tout doux, mademoiselle, murmura-t-il de sa voix grave, tandis que se refermaient sur lui les rets de sa chevelure dorée. Je ne voudrais pas vous perdre.

— Moi non plus, je n'aimerais pas vous perdre, répondit Davina d'un air qui en disait long, avant de se mordre la lèvre inférieure.

Regrettait-elle d'en avoir trop dit ?

Au diable, toutes mes belles résolutions ! songea Robert. Il avait renoncé à refréner ses élans depuis que Davina s'était jetée à son cou, le matin où Connor et Asher les avaient surpris ensemble.

Le sourire aux lèvres, il l'embrassa en l'attirant par la taille contre son entrejambe, et le roulis des vagues se confondit au vertige de leur enlacement. Le Highlander savoura chacun de leurs nombreux baisers jusqu'à ce que Davina commence à frémir sous ses caresses. Pour la jeune femme, il était le premier homme à l'embrasser, et elle se promit que MacGregor serait le dernier. Chaque nouvelle étreinte était pour Robert une épreuve. Comment ne pas céder à l'irrésistible envie de la caresser, de lui déclarer son désir de l'épouser et d'occire tous ses ennemis ? Quoi qu'il en soit, ce jour-là, le Highlander dut capituler.

Le doux abandon de la belle accrut son excitation, ses baisers devinrent de plus en plus fougueux. Il effleura la chaleur intime de Davina de son membre viril et roide.

Celle-ci recula et, rouge de honte, le regarda avec de grands yeux étonnés. Robert préféra ne rien dire plutôt que de s'excuser platement sans y croire, car il ne ressentait aucune contrition. Son désir était à son comble.

— Madame ?

Asher se tenait, poings serrés, à quelques pas du couple.

— Tout va bien ? s'enquit le capitaine.

Robert lui lança un regard furieux et serra Davina encore plus fort dans une attitude possessive qui, espérait-il, l'aiderait par la même occasion à dissimuler son érection. Malgré tous les efforts du Highlander pour se montrer patient et compréhensif au regard des sentiments qu'Asher nourrissait envers Davina, le capitaine persistait à s'interposer entre eux. En outre, l'Anglais qui lui dicterait sa conduite n'était pas encore né !

— Davina ne risque ni ne risquera jamais rien sous ma protection, capitaine, rappela MacGregor d'un ton cassant que Will reconnut comme annonciateur de grabuge.

Ce dernier fit un pas en avant qui lui valut un regard en coin de la part d'Asher.

— Vous n'avez aucune idée de la tempête que vous vous apprêtez à déchaîner ! déclara le capitaine en s'adressant à Robert.

Avec le capitaine Edward Asher à sa tête ! songea amèrement le Highlander en abandonnant le mât de misaine pour se planter devant son rival en se disant qu'il aurait été facile de se débarrasser de lui une bonne fois pour toutes en le jetant par-dessus bord. Hélas, Davina lui aurait voué une haine éternelle.

Dommage !

La jalousie n'expliquait pas tout. Le comportement d'Edward avait changé depuis le jour où lui et Connor les avaient surpris dans les bras l'un de l'autre. Jusque-là, le capitaine s'était montré prudent et constamment inquiet, mais il était désormais dans une colère noire. À tel point que, pour la première fois, Robert le considéra comme une menace. Edward était-il capable de prévenir le roi de la situation de Davina afin de l'éloigner de lui ?

— Que la tempête se déchaîne ! répliqua le Highlander entre ses dents sans laisser paraître la moindre émotion. Mais qu'elle prenne garde !

— Vous êtes peut-être habile à l'épée, MacGregor, commença Asher en faisant mine de s'apitoyer, mais quelques dizaines de Highlanders ne feront pas le poids face à une véritable armée.

— Aucune armée ne parviendra jusqu'à nous sans de très grosses pertes, rétorqua Robert en esquissant un sourire plein d'arrogance.

— Vous comptez sur vos sentinelles ? s'enquit le capitaine.

— Non, répondit le Highlander en secouant la tête et en esquissant un rictus glacial, je compte sur nos canons !

Asher resta pantois.

Le silence fut bientôt rompu par Finn qui, depuis la proue, s'écria :

— Terre ! Notre bonne vieille île de Skye droit devant !

Davina et le capitaine tournèrent leurs regards face au nord, où la péninsule de Sleat pointait au-dessus des vagues. Pendant ce temps, Robert contemplait avec nostalgie les sommets brumeux du massif des Sgurr Na Stri et des monts Cuillin.

Mon pays ! Terre de mon cœur !

Rien ne lui était plus cher au monde, à part peut-être Davina.

Chapitre 19

Ils jetèrent les amarres à Tarskavaig, sur la côte occidentale de la péninsule, puis ils suivirent le rivage accidenté en direction du nord. Tarskavaig, Finn se fit un plaisir de l'apprendre à Davina, était l'un des plus importants centres artisanaux de Skye. Sa longue histoire remontait à l'occupation scandinave.

Cependant, la jeune femme était plus sensible à la présence du cavalier dont elle partageait la monture qu'aux beautés du paysage et au charme désuet des minuscules habitations qui constellaient le fond de la petite vallée qui s'étendait devant elle. Abandonnée par ses parents qui l'avaient confiée dès son plus jeune âge à toutes sortes d'institutions religieuses, Davina avait rêvé de voir le monde. Mais, à présent que l'occasion lui en était donnée, cela n'avait plus guère d'importance à ses yeux. Edward, Davina le savait, n'avait pas menti en disant que Robert s'apprêtait à déchaîner une terrible tempête ; et, depuis leur altercation, elle ne cessait de se ronger les sangs. Si les MacGregor tiraient au canon sur l'armée royale, il en résulterait une véritable guerre.

Je ne suis pas Hélène de Troie ! pensa Davina.

Elle avait eu tout le temps de réfléchir à la question durant la traversée et avait compris qu'Edward s'était trompé sur un point : le Highlander ne l'abandonnerait pas, même s'il devait affronter les soldats du roi. Elle en avait acquis la conviction à la faveur de ses baisers, dans la chaleur de ses bras rassurants et dans la preuve émoustillante de son désir de la posséder.

Le souvenir de son membre viril contre sa cuisse l'excita au plus haut point et la rendit extrêmement attentive à la pression du corps de Robert contre son dos.

On a beau avoir été élevée dans un couvent, on n'en est pas moins femme ! se conforta-t-elle.

D'ailleurs, l'abbesse de Saint-Christopher ne lui avait-elle pas entrouvert les arcanes de l'amour conjugal au cas où elle se marierait un jour ? De plus, elle avait vu suffisamment de brebis, de vaches et de juments s'accoupler pour se faire une idée des rituels amoureux qui avaient cours dans la nature. Si scandaleusement primitif que cela paraisse, l'idée qu'elle et Robert étaient entraînés dans la farandole ancestrale de la reproduction lui donnait des frissons d'excitation. Elle s'efforça donc d'imaginer à quoi ressemblerait une nuit d'amour avec son bien-aimé.

Non, Davina ! se tança-t-elle en s'efforçant de se ressaisir. *Telle n'est pas ta destinée.*

On finirait par la retrouver un jour. Si ce n'étaient pas les mercenaires du duc, ce seraient – le ciel l'en préserve ! – les soldats de son père.

Elle regretta aussitôt d'avoir suivi MacGregor sur son île. Heureusement, il n'était pas trop tard pour agir. Elle lui dirait la vérité et s'armerait de courage pour lui demander de la ramener au bateau avant que celui-ci lève de nouveau l'ancre. Elle avait encore le temps de gagner l'Irlande. Toute autre solution était périlleuse. Non, elle n'était pas Hélène de Troie, et ne laisserait personne perdre la vie à cause de son égoïsme.

L'air abattu, Edward et Davina allaient au petit trot, chacun sur sa monture, sur un tapis de campanules, laissant derrière eux des mamelons aux flancs parsemés de moutons débonnaires. La jeune femme chassa le souvenir de son ami et prit simultanément conscience de la raison pour laquelle il était en colère. Asher avait été loyal envers elle et envers son roi, n'hésitant pas à mettre de côté ses propres sentiments. Et voici soudain qu'elle se jetait dans les bras d'un Highlander ! Elle se promit d'en discuter avec le capitaine à la première occasion. Mais, pour l'heure, il devrait attendre.

Bille en tête, elle fit volte-face et regarda MacGregor droit dans les yeux. Mais, au même moment, elle sentit son courage l'abandonner. Le guerrier la regarda d'un air amusé, comme s'il avait deviné ce qui la préoccupait avant même qu'elle ait ouvert la bouche. L'angoisse de la jeune femme ne résista pas au feu de l'invincible aplomb qui brillait dans les brumes bleutées de son regard.

Par le ciel et par tous les saints, j'aime cet homme ! Raison de plus pour ne rien lui cacher, conclut-elle.

— Rob ?

— Oui ?

— J'aimerais vous entretenir de quelque chose d'important.

— De quoi s'agit-il ? s'enquit le Highlander avec une certaine nonchalance, avant de se replonger dans la contemplation des montagnes.

— Je crains que vous ne m'en vouliez de vous l'avoir caché, et même de vous avoir menti.

— Je ne vous en tiendrai pas rigueur, assura-t-il en posant brièvement les yeux sur elle, mais je compte sur votre sincérité désormais.

— Je vous le promets. Je ne mentirai plus, promit-elle en prenant sa respiration.

Le Highlander refuserait de l'abandonner, c'était donc à elle que revenait l'initiative de partir.

— Rob ? héla-t-elle en le tirant par la manche afin de capter toute son attention avant de se lancer, car elle craignait de n'en avoir bientôt plus la force.

— Je suis la fille du roi Jacques.

Voilà, c'est dit ! pensa-t-elle. *Ce n'était pas si difficile, après tout.*

C'était la première fois qu'elle s'entendait prononcer ces mots. Elle en éprouva une sensation libératrice. Elle n'était plus seule – à l'exception d'Edward, bien entendu – à en porter le poids. Au bout d'un moment, elle s'aperçut que Robert n'avait toujours rien répondu, mais que, assez curieusement, il avait repris son air amusé.

— Peut-être ne m'avez-vous pas bien entendue ? insista-t-elle. Je suis la fille du…

Davina n'eut pas le loisir de terminer sa phrase, car, soudain, MacGregor fit ralentir son étalon et en descendit.

— Pied à terre, messieurs, lança-t-il par-dessus son épaule, en s'adressant plus particulièrement à Will et à Finn, sans quitter Davina des yeux. Et rendez à votre princesse l'hommage qui lui est dû.

Sous les yeux ébahis de la jeune femme, les trois Highlanders s'agenouillèrent. Aucune colère ni aucune appréhension ne se lisait sur leurs visages.

Sans doute pensent-ils que c'est une farce ou que je suis folle ! se dit la jeune femme.

D'ailleurs, Finn n'arborait-il pas un rictus moqueur sous ses allures de preux chevalier ? Qu'était-elle censée dire ou faire ? Elle s'était attendue avec angoisse à toutes sortes de réactions, mais point à l'incrédulité.

Descendant à son tour de cheval, elle leur fit face.

— Vous ne me croyez pas. Pourtant, je vous dis la vérité. Edward peut confirmer. N'est-ce pas, Edward ?

Sans attendre la réponse, elle ajouta en tortillant les pans de sa robe :

— Je suis l'aînée du roi Jacques, ce qui, pour mon plus grand malheur, fait de moi l'héritière du trône. Je ne pense pas que vous…

— Je sais ce que cela fait de vous, Davina, l'interrompit Robert sans se relever.

Qu'il était doux pour la jeune femme d'entendre prononcer son nom par celui qu'elle aimait ! Elle secoua néanmoins la tête afin de chasser son sourire naissant.

— Mais je… Oh, je vous en conjure, relevez-vous mes amis !

Les trois Highlanders obtempérèrent, et Finn lui fit un clin d'œil en se redressant.

Davina resta coite en comprenant soudain pourquoi aucun d'entre eux ne semblait surpris.

— Vous étiez déjà au courant ? s'enquit-elle auprès de MacGregor en clignant des yeux.

— Peu importe, répondit-il en lui tendant la main.

— Mais si, au contraire ! s'exclama la princesse en reculant. Avez-vous perdu la raison ? Vous saviez qui j'étais et vous m'avez quand même amenée ici ?

— Oui, répondit-il tout sourires.

— Je ne peux pas vous laisser commettre une erreur aussi funeste ! C'est hors de question. Vous avez vu comme moi de quoi sont capables les hommes de Gilles…

— L'amiral ne vous fera aucun mal, Davina, ni Monmouth ni Argyll.

Davina fut tentée de le croire. Était-ce parce que cet entêté faisait preuve d'une force de conviction hors du commun ? Ou bien tout simplement parce qu'on ne peut pas vivre sans espoir ?

Si seulement il pouvait avoir raison ! songea-t-elle.

— Et mon père ? Qu'adviendra-t-il s'il vient me chercher et que vous…

— Votre père vous croit morte et continuera de le croire tant que je pourrai m'y employer.

Le Highlander avait raison. De l'abbaye et de ses occupants il ne restait qu'un tas de cendres. Même si Gilles subodorait qu'elle était vivante, il n'oserait jamais aller trouver le roi pour lui faire part de ses soupçons.

Serais-je enfin vraiment libre ? se demanda la jeune femme.

L'heure était-elle venue de tourner le dos à la voie que l'on avait tracée pour elle depuis sa naissance ?

— Pensez-vous vraiment pouvoir garder mon existence secrète ?

Robert balaya du regard le vaste panorama jusqu'aux falaises irrégulières des sommets couverts de givre de l'autre côté de la baie.

— Oui, dit-il avec un hochement de tête avant de s'adresser de nouveau directement à elle. Je le peux. Vous est-il si difficile de me faire confiance ?

Aussitôt, et à son corps défendant, Davina reprit espoir ; et celui qui en était la cause n'était autre que l'homme qu'elle aimait et en qui elle avait confiance plus qu'en tout autre, y compris Edward. Pour la première fois de sa vie, elle entrevit la possibilité de vivre pour elle-même, Davina, et non comme héritière du trône. Tant pis si cela ne durait pas.

Oh, mon Dieu, faites que cela arrive, même pour une courte durée ! implora-t-elle en silence.

— Dans ce cas, conclut la princesse tout sourires, en route !

MacGregor, qui avait été sur des charbons ardents dans l'attente de cette révélation, franchit l'abîme invisible qui les avait jusque-là séparés et la prit dans ses bras.

— D'ici au coucher du soleil, vous aurez cessé d'exister pour le monde, Davina. Oubliez le passé et regardez de l'avant.

Davina se blottit contre son bien-aimé, tandis que le murmure chantant de sa voix grave instillait en elle une douce excitation.

Oui, j'oublie tout, songea-t-elle, *quand je suis dans vos bras. Que vous m'embrassiez ou ruminiez vos sombres pensées, je rends les armes !*

Mais qu'en était-il de son devoir envers l'Angleterre et la foi catholique ? Ne lui incomberait-il pas un jour de reprendre le flambeau et de défendre les convictions de son père ? C'était l'éternelle question qui l'avait si souvent tourmentée dans la solitude du clocher de Saint-Christopher. Pour quel genre de vie opterait-elle si l'occasion lui était donnée de choisir ?

— Vous avez raison, susurra Davina avant d'offrir ses lèvres à Robert, je dois regarder de l'avant.

— Si séduisant que soit votre esprit chevaleresque, MacGregor, intervint Edward en les rejoignant au petit galop, rompant ainsi volontairement le charme entre les deux amants malgré son air contrit, il faut que vous sachiez que le roi n'aura de cesse de retrouver Davina dès qu'il apprendra qu'elle est en vie.

— Et qui s'avisera de le lui apprendre, Asher ? répliqua Robert d'un ton menaçant dans l'intention de couper court à la discussion. Certainement pas le capitaine Grant, car il m'a donné sa parole.

Le cheval d'Edward donna une ruade et poussa un hennissement.

— Si les matelots qui nous ont fait traverser étaient interrogés, il se pourrait bien qu'ils…

— Ils ne connaissent pas l'identité de Davina, rappela Robert en aidant la jeune femme à remonter en selle. Et, même s'ils la connaissaient, ils ignorent tout de notre destination.

— Mais ce sont eux qui nous ont conduits jusqu'ici, MacGregor !

— Certes, mais ce n'est pas notre destination finale ! annonça le Highlander en remontant en selle à son tour. D'aucuns savent que les MacGregor vivent sur l'île de Skye, mais peu savent où exactement. Cela se révèle parfois fort utile.

— Bon, et comment s'y rend-on ? s'enquit Edward avec un brin d'impatience dans la voix.

C'est alors que Will, armé de son plus beau sourire démoniaque, les dépassa au petit trot.

— Nous prendrons le bac pour traverser Loch Eishort, intervint-il. Ensuite, nous devrons crapahuter avec la plus extrême prudence à flanc de précipice. Et puis nous serons arrivés !

Finn qui suivait Will de près sembla perplexe.

— Comment se fait-il, cousin, que tu puisses affronter une horde de guerriers MacPherson bien décidés à t'écorcher vif, mais que tu aies peur du vide ?

Pour toute réponse, Will se contenta de donner à l'adolescent une claque sonore sur la nuque lorsque celui-ci parvint à sa hauteur.

Le précipice évoqué par Will n'inquiéta pas Davina. Elle avait déjà connu l'enfer en la personne de Gilles. N'avait-elle pas survécu aux flammes, grâce au guerrier intrépide qui l'enlaçait en cet instant même et qui, à l'exception de quelques vaguelettes un peu virulentes, ne craignait rien ni personne ? Le souvenir de son valeureux sauveur se retenant au mât de misaine l'amusa, et elle se blottit encore plus fort contre lui.

— Camlochlin est-il aussi beau que ce paysage ? s'enquit-elle à voix basse en s'émerveillant enfin de la côte semée de cascades qui s'offrait à leurs yeux, tandis qu'ils chevauchaient en direction du nord.

— Point encore, répondit Robert. Mais quand vous y parviendrez il le sera.

Chapitre 20

Après la traversée de Loch Eishort, Will se montra de plus en plus irascible, allant jusqu'à parler d'un ton brusque à Finn lorsque celui-ci devint intarissable au sujet des Vikings qui avaient jadis trouvé la mort en essayant de passer les falaises d'Elgol. Davina trouva plutôt cocasse qu'un guerrier aussi sûr de soi qu'il l'était puisse se laisser intimider par le paysage ! Sans même chercher à dissimuler sa peur, il prévint la princesse – tout en s'épongeant le front avec sa manche – qu'elle s'accrocherait bientôt au Highlander comme un enfant effrayé s'accroche à sa mère.

Tandis qu'ils contournaient Loch Slapin par le sud, la jeune femme commença à comprendre pourquoi Will appréhendait cette partie du voyage. De hautes falaises percées de grottes et recouvertes de mousse s'élevaient vers le ciel avant de disparaître dans une épaisse couche de brume d'un blanc immaculé.

— J'espère que vous n'avez pas l'intention de nous entraîner dans cette ascension à cheval ? grommela Edward en manquant de tomber à terre, tandis qu'il tendait le cou pour mieux estimer la difficulté du terrain. Il doit exister un autre chemin !

— Oui, en effet, par les collines, répondit Robert en faisant claquer doucement ses rênes. Mais cela nous ferait faire un trop long détour. Et puis, croyez-moi, mieux vaut passer par là, si vous ne voulez pas recevoir une flèche en plein cœur. Surveillez votre cheval, restez derrière moi, et tout ira bien.

Davina inclina la tête et gratifia le capitaine d'un sourire réconfortant. Will, pâle comme la mort, suivait ce dernier de près, tandis que Finn fermait la marche.

— Et vous, n'avez-vous pas peur ? s'enquit MacGregor en s'adressant à sa bien-aimée.

Tout sourires, la jeune femme se tourna vers lui puis fit « non » de la tête avant de s'émerveiller de la beauté des lieux.

Mais était-elle vraiment sincère ? Son cœur, qui battait la chamade, était témoin que non !

D'un autre côté, comment ne pas s'effrayer de trotter à la lisière des mondes. Même en rêve elle n'aurait jamais cru qu'un tel endroit existe. Retenant son souffle, elle embrassa du regard le monstre de pierre des monts Cuillin qui surgissaient des nuages et dominaient le lac. Non seulement il était trop tard pour s'effrayer, mais la présence du Highlander en gommait la nécessité.

— Jusqu'où monterons-nous ?

— Jusqu'au sommet.

Tandis qu'ils gravissaient un étroit précipice à la crête couverte de neige en surplomb de Loch Scavaig, Davina éprouva le besoin de plaquer les mains du Highlander contre sa poitrine, mais n'en fit rien. Elle ne put, cependant, s'empêcher de se pencher pour regarder au fond de l'abîme, ce qui lui valut une sévère remontrance de la part de Will.

Elle s'empressa de s'excuser et se cala de nouveau contre le torse de MacGregor.

— Ne craignez-vous point que nous tombions dans le lac ? s'enquit-elle en jetant un regard en coin au Highlander.

— J'ai traversé ces saillies de trop nombreuses fois pour trembler devant leurs pentes ! répliqua-t-il sans modestie aucune. De plus, l'eau ne me fait pas peur. Simplement, je suis plus à l'aise sur la terre ferme.

— Je ne doute pas qu'il en faille beaucoup plus pour vous désarçonner, Robert MacGregor !

Il esquissa un sourire et lui mordilla le lobe de l'oreille. Davina gloussa délicieusement.

— Y trouveriez-vous à redire, princesse ?

Au fil du voyage, la voix profonde et mélodieuse de Robert devenait de plus en plus suggestive, et le frôlement de son corps contre la taille de Davina se transformait en une caresse extrêmement troublante. La jeune femme ignorait quel genre de vie l'attendait de l'autre côté de ces montagnes qui avaient su résister à l'opiniâtreté des Vikings, et même s'il lui tardait d'arriver à destination elle aurait voulu que le voyage dure toujours.

— Absolument pas ! À moins que vous ne vous obstiniez à m'appeler « princesse ». Il me semble, cependant, que vous êtes beaucoup trop sérieux.

— Ah oui ?

— Oui. (Elle se tourna pour le regarder bien en face.) J'aimerais vous aider à… prendre un peu de bon temps.

Les yeux du Highlander étaient de la même couleur que les montagnes, mais d'un velouté infiniment plus caressant.

— J'ai hâte que vous commenciez ! répliqua-t-il en esquissant un petit sourire salace qui excita la jeune effrontée et la fit rougir jusqu'aux oreilles.

Au diable les faux-semblants !

Elle aussi avait hâte de l'entreprendre. Un baiser suffirait-il pour commencer ?

Non ! Je veux tout ! pensa-t-elle.

Davina aspirait à un abandon total dans les bras du Highlander, quelles qu'en soient les conséquences. Elle voulait s'unir sans fin à lui dans la féerie de leur amour naissant. Fermant les yeux, elle offrit ses lèvres à son bien-aimé dans l'attente d'un baiser qui ne vint pas.

— Un peu de patience, Davina, promit le jeune homme d'une voix enrouée. J'ai besoin de tous mes moyens, sinon adieu le bon temps ! Mais vous ne perdez rien pour attendre…

— Insinuez-vous que je vous fais perdre un peu vos moyens ?

— Et pas seulement un peu ! s'exclama-t-il, les yeux brillants comme un ciel étoilé. En doutiez-vous, mademoiselle ?

Camlochlin était un petit havre confortablement blotti entre des collines de bruyère battues par les vents printaniers et des monts aux sommets escarpés encore emmitouflés dans leurs écharpes de brume. Tandis que la petite troupe descendait au galop le chemin de crête à travers les vallons violacés, Davina eut tout loisir de s'imprégner de la vue grandiose qu'offrait le château qui se découpait sur le noir éperon de la montagne. Avec ses tourelles à créneaux et ses guetteurs armés qui surveillaient les remparts, Camlochlin Castle était une forteresse impressionnante. Mais, comme c'était également la demeure de Robert, elle se dit qu'elle y trouverait sûrement la chaleur d'un foyer.

Un cheptel de minuscules chaumières et de moutons blancs laineux s'élançait à l'assaut des vallées en pente douce jusqu'aux versants du Bla Bheinn en direction du nord, tandis que des nuages moutonnants venus de Loch Scavaig à l'ouest descendaient vers la baie de Camas Fhionnairigh dans une lenteur pastorale.

— Rob ? héla Davina dans le vent chargé d'arômes de bruyère et de tourbe. Si Gilles essaie de m'arracher à ce paradis, je le tuerai de mes propres mains.

— Attendez d'avoir fait la connaissance de ma tante ! Vous vous occuperez gentiment de l'amiral ensuite.

Elle fit volte-face et le dévisagea en fronçant les sourcils.

— Ne m'avez-vous pas dit qu'elle était douce et aimante ? Et puis pourquoi m'occuperais-je « gentiment » de Gilles ?

— Maggie MacGregor est très douce et très aimante… avec moi ! précisa Robert avec un beau sourire qui fit tourner la tête de la jeune femme. Je disais « gentiment », parce que, ce faisant, vous défendriez Camlochlin !

Le Highlander était très fort pour donner le tournis aux dames, mais que voulait-il dire exactement ?

Davina haussa les épaules. Elle renonçait à le savoir. Faisant de nouveau face au château, elle assista à la levée de la herse. Puis un groupe de personnes sortit de l'enceinte de pierre d'un pas prudent en jetant tour à tour un coup d'œil en direction des gardes puis des nouveaux arrivants. Enfin, une femme se détacha de la foule de plus en plus compacte, mit sa main en visière afin de vérifier l'information communiquée par les sentinelles, puis s'élança à vive allure pour accueillir les visiteurs.

— Robbie ? cria-t-elle d'une voix autoritaire qui tranchait avec sa petite taille. Pourquoi rentres-tu si tôt ? continua-t-elle, une fois parvenue à leur hauteur. Où est ton père ? Et pourquoi diable nous ramènes-tu un soldat anglais ?

Davina fut d'abord frappée par l'extraordinaire beauté de la matrone. C'est seulement dans un second temps qu'elle remarqua l'affolement qui se lisait dans ses yeux d'un bleu saisissant.

MacGregor sauta de cheval et se laissa enlacer par les bras affectueux, bien qu'impatients, de sa tante.

— Mon père est arrivé sain et sauf en Angleterre.

La matrone parut soulagée. Apparemment, le Highlander savait comment la rassurer.

— Je répondrai à tes autres questions après. Que je te prés...

— Et à qui ai-je l'honneur ? l'interrompit Maggie en examinant Davina de ses yeux scrutateurs.

La jeune femme perdit soudain toute envie de rire.

Tante Maggie! songea Davina. *La sœur soupe au lait du Diable MacGregor!*

Ce n'étaient pas tant la petite taille et le dos légèrement voûté de la matrone qui retenaient l'attention – de fait, Davina n'était guère plus grande –, mais sa franchise sans détour et son sens de l'à-propos, lesquels, selon Robert, prenaient souvent ses interlocuteurs au dépourvu.

— Je vous présente Davina, intervint Finn avec enthousiasme en les rejoignant à grandes enjambées. C'est une princesse, ajouta-t-il en embrassant sa tante par alliance sur la joue. Alors faites en sorte de ne pas vous montrer trop désagréable avec elle.

Davina blêmit, mais fut bientôt rassurée grâce au clin d'œil espiègle de Finn.

Robert, quant à lui, ne semblait pas content du tout. Néanmoins, il ne fit rien pour démentir les propos du jeune garçon et se contenta d'aider Davina à mettre pied à terre. Devrait-il annoncer publiquement qui était leur hôte ?

À quoi bon ? se demanda-t-il, tant cette éventualité le gênait, voire le terrifiait. La sécurité de sa bien-aimée n'avait-elle pas, jusque-là, reposé sur le secret de son identité ? L'intéressée elle-même n'était pas certaine de vouloir s'en ouvrir à tous sans distinction.

— Où est Jamie ? s'enquit Robert en s'adressant à sa tante, tandis qu'elle emboîtait le pas à Finn, non sans jeter un coup d'œil sceptique par-dessus son épaule.

Puis ce fut au tour d'Edward d'essuyer le regard corrosif de Maggie.

— Il est parti pour Torrin avec Brodie afin de… (Elle s'interrompit brusquement avant de regarder le Highlander par en dessous avec des yeux coupables.) Je les ai envoyés cueillir des fleurs, si tu veux savoir, acheva-t-elle enfin d'un ton presque cassant.

Sans se laisser décontenancer par ce léger accès de rage, le Highlander secoua la tête, manifestant ainsi son incrédulité, et étouffa un juron entre ses dents.

— Will, conduis le capitaine à l'intérieur et donne-lui la chambre de Colin en attendant mieux, ordonna-t-il ensuite.

S'adressant de nouveau à sa tante, il ajouta d'une voix plus apaisée :

— Tante Maggie, ton époux n'est pas censé laisser le clan sans protection pour aller cueillir des fleurs !

— Ouvre les yeux, Robbie, commença la vieille dame d'un ton suppliant, et dis-moi si tu vois des orchidées sauvages autour de toi ! Comme tu le sais, ce sont mes préférées, et quand Aileen s'est arrêtée chez nous la semaine dernière en compagnie des MacLeod elle a dit que les orchidées violettes étaient magnifiques cette année à Torrin.

— Bon, je comprends mieux, capitula le Highlander de bonne grâce, tandis que Davina esquissait un petit sourire hâbleur. Tu me raconteras la visite des MacLeod quand j'aurai vu les autres membres du clan, promit-il du ton redoutable du chef qu'il était en passe de devenir. En attendant, me feras-tu le plaisir d'accompagner Davina jusqu'à sa chambre et de lui procurer tout ce qu'elle demandera ?

— Tout ce qu'elle demandera ? répéta tante Maggie, interloquée, en croisant les bras.

Décidant très provisoirement de ne pas contrarier son neveu, elle se tourna derechef vers la princesse et la toisa de pied en cap avant de braquer sur elle son regard perçant. Étant parvenue à une conclusion qui n'était sans doute pas en faveur de la jeune femme, elle dit enfin :

— Bon, eh bien, suivez-moi… princesse !

Puis elle tourna les talons en faisant signe à Davina de lui emboîter le pas.

— Allez-y, vous ne risquez rien, l'encouragea Robert lorsque la jeune femme se figea et posa sur lui des yeux pleins d'appréhension. Je viendrai vous retrouver sans tarder.

Davina n'avait aucune envie d'entrer dans le château sans le Highlander. Ce n'était point l'inquiétante forteresse qui l'intimidait, mais la toute petite femme qui lui servait de guide, car celle-ci lui jeta un regard encore plus renfrogné que celui de Colin et de Robert réunis, lorsque ce dernier lui prit la main.

— Est-ce à cause de vous que mon neveu ne s'est pas rendu en Angleterre avec son père ? s'enquit Maggie, lorsqu'elles se furent éloignées des oreilles indiscrètes.

Davina prit une longue respiration avant de répondre. Que penserait d'elle le clan MacGregor lorsque ses membres découvriraient son identité, quand ils prendraient la mesure du danger que Robert leur faisait courir avec son assentiment ? Elle se rendit compte à quel point elle s'était, jusque-là, comportée comme… comme une princesse, justement. Elle ne devrait pas s'étonner si la famille de Robert voyait en elle une simple enfant gâtée qui ne pensait qu'à son propre intérêt.

— Je le crains, oui, répondit-elle sans mentir.

— Eh bien, vous êtes assez jolie pour faire tourner quelques têtes, fit remarquer Maggie en l'examinant du coin de l'œil. Toutefois, il faut plus qu'un joli minois pour empêcher Robbie d'accomplir son devoir.

— Je n'ai jamais eu l'intention de…

— Êtes-vous une Stuart ?

La question était inattendue, et Davina faillit trébucher. Maggie la réceptionna juste à temps.

— Hum, c'est bien ce que je pensais ! dit la petite vieille en lisant à livre ouvert dans les pensées de la jeune femme. Mon beau-frère est marié à une Stuart. J'ai cru que c'était elle quand je vous ai aperçue sur l'étalon de Robert.

Davina chercha le regard du Highlander par-dessus son épaule, mais ce dernier avait disparu. Qu'était-elle censée répondre ? Jusqu'à quel point pouvait-elle faire confiance à cette étrangère qui devinait ses secrets les plus cachés avec plus d'aisance qu'il n'en faut pour peler un oignon ? La jeune femme fit ce qu'elle faisait toujours en pareil cas : elle éluda la question.

— Robert et Finn m'ont parlé de lady Claire. J'ai hâte de faire sa connaissance.

— Bien sûr, ma belle, répliqua la vieille en lui réservant un de ces regards aimables et rusés dont elle avait le secret, tandis qu'elles franchissaient les portes du château.

C'était la première fois que Davina mettait les pieds dans une forteresse. Grâce aux gravures consultées à Saint-Christopher, elle en connaissait les fastueuses salles pour les banquets et les escaliers majestueux, mais pénétrer dans Camlochlin tenait pour elle à la fois du voyage dans le temps et du rêve éveillé. Elle jeta un coup d'œil à la ronde et tourna sur elle-même afin de prendre toute la mesure des lieux, depuis la porte d'au moins deux pieds d'épaisseur jusqu'aux immenses couloirs qu'éclairaient des chandeliers et des candélabres en fer forgé. Une foule animée se pressait de-ci de-là, et chacun dévisagea la nouvelle venue, certains sans dissimuler leur amusement.

Tandis que Maggie conduisait Davina vers l'escalier tout en donnant des ordres aux uns et aux autres, afin de pourvoir aux besoins de leur invitée, cette dernière ne quitta pas des yeux les tapisseries démesurées qui habillaient les murs. Elle n'en avait jamais vu d'aussi belle facture et rougit de ses propres travaux d'aiguille.

— Vous occuperez les appartements de Mairi en attendant qu'une autre chambre soit prête.

Davina acquiesça sans être certaine d'avoir bien entendu. Elle aurait volontiers dormi à même le sol ! Elle remplit ses poumons d'air en s'efforçant d'identifier l'étrange parfum qui se mêlait à l'air ambiant. C'était un arôme qui rappelait celui de la bruyère, mais en plus capiteux et en plus condensé.

Peu importe quelle en est l'origine, pensa-t-elle, *cette odeur me plaît, ainsi que tout ce qui a trait à ce château.*

À l'image du Highlander, la forteresse était d'un abord redoutable et menaçant, mais chaleureuse et protectrice au-dedans.

Cependant, Davina n'était pas au bout de ses surprises. Certes, les peintures murales et le précieux mobilier qui ornaient la chambre de Mairi l'éblouirent, mais elle fut bien plus bouleversée encore par les peignes en cuivre ciselé qui trônaient en compagnie d'autres colifichets sur une table de chevet et par les brins de bruyère séchés que l'on avait arrangés dans un vase en terre cuite émaillée posé sur un guéridon près de la fenêtre. Même les épées jumelles qui se croisaient au-dessus de l'âtre témoignaient d'un luxe que la vie avait toujours refusé à Davina : celui d'un père aimant qui s'y prend de toutes sortes de manières pour gâter sa fille.

La jeune femme essuya une larme, tandis que Maggie, s'abstenant de poser la moindre question, lui prenait la main et la serrait dans la sienne.

— Aimez-vous les lapins ? s'enquit cette dernière.

Davina la regarda avec de grands yeux étonnés.

— Je veux dire : dans votre assiette, s'empressa de préciser la matrone.

— Euh, non, répondit spontanément la jeune femme, soudain prise de court.

Puis elle se mordit les lèvres, de crainte d'avoir offensé son hôte.

— Je veux dire que… de préférence je ne mange pas de viande, mais je serais ravie de partager tout ce qu'il vous plaira…

Davina ne termina pas sa phrase, car les deux femmes partirent d'un grand rire.

Chapitre 21

Davina dut attendre le soir venu pour revoir Robert. Entre-temps, elle goûta aux plaisirs d'un bain chaud, reçut une foule de demoiselles qui lui rendirent visite les bras chargés de nourriture et de robes de toutes les couleurs, et lui rapportèrent les derniers potins au sujet des hommes de Camlochlin. Enfin, elle fit une petite sieste sur un matelas délicieusement moelleux.

Le chef de clan, ainsi que le lui apprirent deux chambrières, était un bel homme doté de beaucoup de patience. Selon celle qui répondait au nom d'Agnes, laquelle renversa plus d'eau par terre que dans le baquet, il était aussi saisissant que la crête des monts Cuillin en hiver.

Puis ce fut au tour de Caitlin MacKinnon de frapper à son huis avec une soupe de poireau et des croûtons de pain, posés sur un plateau. Pour le plus grand divertissement de Davina, cette jolie brune lui raconta comment ce coquin de Tristan s'ingéniait à rendre ses cadettes folles de rage avec la même délectation qu'il ravissait la vertu des jeunes jouvencelles.

— C'est un renard qui manque parfois de considération pour autrui, lui confia Caitlin. Mais il a le don de se faire pardonner sur un simple sourire. (Elle contempla avec admiration, et non sans envie, les longues tresses blondes de Davina.) Je vous conseille de vous tenir à distance, ajouta-t-elle. Quant au beau Will, il ne donne pas sa part au lion !

Concernant Will, Davina eut quelque difficulté à croire la jeune femme. Mais sans doute Caitlin, qui était visiblement amoureuse de Tristan, entendait-elle tenir ainsi Davina à l'écart.

— Qu'en est-il de Robert ? s'enquit la princesse d'un ton aussi dégagé que possible en sirotant son hydromel.

Certes, elle commençait à bien le connaître, mais elle avait hâte de savoir ce que les femmes pensaient de lui au château.

Caitlin s'assit sur le lit à ses côtés comme si elles étaient deux vieilles amies qui échangeaient des commérages à l'office.

— Oh ! s'exclama-t-elle. Ne perdez pas votre temps avec celui-ci. Il ne pense qu'aux intérêts du clan. En outre, il semblerait que son père veuille le marier à Mary MacDonald. Le père de Mary est l'un des quatre grands chefs de clan de l'île de Skye, et…

Mary MacDonald ! songea Davina sans écouter la suite. Robert n'avait jamais évoqué cette jeune femme ni ses projets de mariage. Cependant, était-elle en position de reprocher au Highlander de garder des secrets ? Pouvait-elle lui en vouloir de l'avoir embrassée tandis qu'il était promis à une autre ? Davina n'avait-elle pas, elle-même, été infidèle à Dieu ? Malgré tout, la nouvelle lui déchira le cœur.

Par bonheur, Maggie entra avant que Caitlin ait le temps d'ajouter à l'angoisse de la princesse.

La matrone observa Caitlin avec à peu près autant d'enthousiasme que celui que l'on réserve d'ordinaire aux rats qui s'aventurent dans les cuisines. Immédiatement, la jeune MacKinnon se leva et se dépêcha de sortir en baissant les yeux sans demander son reste.

— Que cette Marie-couche-toi-là vous a-t-elle raconté pour que vous fassiez une tête pareille ? s'enquit la vieille dame en gagnant le lit de son pas traînant, afin d'arranger les oreillers. Fichtre ! Vous avez l'air encore plus abattue qu'à votre arrivée.

Davina soupira en silence et tendit à la vieille dame la coupe d'hydromel.

Inutile de lui mentir, pensa Davina, *puisqu'elle devine tout, et que je mens très mal !*

D'ailleurs, Maggie s'était montrée bienveillante à son égard, du moins jusque-là, et le mieux était de rester en bons termes avec elle.

— Elle m'a parlé des fiançailles de Robert.

— Ses quoi ? fit répéter Maggie en battant doucement l'oreiller du poing avant d'inviter Davina à s'allonger. Avec qui ?

— Mary MacDonald.

— Je n'ai jamais rien entendu d'aussi stupide ! souffla la vieille dame en colère. Mary n'est qu'une toute petite souris qui se cache derrière le gros popotin de son papa chaque fois que mon Robbie pose les yeux sur elle. Je crois même qu'il ne l'apprécie guère.

Davina plongea son regard dans les grands yeux bleus de la vieille femme et fut prise d'une forte envie de se pendre à son cou. Si elle n'en fit rien, c'est parce que Maggie était déjà occupée à la border comme une mère son enfant.

— Aimez-vous les fleurs ?

Davina hocha la tête. Elle commençait peu à peu à s'habituer à la manie qu'avait Maggie de sauter du coq à l'âne.

— Parfait ! Mon Jamie est rentré de Torrin avec une pleine charretée d'orchidées. Je demanderai à Agnes de vous en apporter après la sieste. Elles sont superbes ! Mon homme a le chic pour cueillir les plus belles. Pas une n'est fanée ! Si je comprends bien, vous éprouvez une certaine tendresse pour mon Robbie ?

Davina soupçonna la vieille dame de changer brusquement de sujet de conversation dans le seul but de déstabiliser ses interlocuteurs.

— Oui, reconnut-elle d'un air rêveur. Je n'ai jamais rencontré d'homme aussi bon.

— Ah oui ? insista Maggie d'un ton inquisiteur en s'asseyant sur le lit. Il peut se montrer plutôt redoutable quand il veut. Dois-je en conclure que vous ne le craignez point ?

— Oh, mon Dieu, non ! s'exclama Davina d'un air amusé en fermant les yeux, tandis que toute la fatigue accumulée depuis son départ de Saint-Christopher s'abattait sur elle au moment où elle posait la tête sur l'oreiller.

Combien de temps cela faisait-il qu'elle n'avait pas dormi dans un vrai lit ?

— Il m'a sauvé la vie, ajouta-t-elle. Il a bravé la mort pour me tirer des flammes.

Quelques instants plus tard, Maggie sortit de la chambre sur la pointe des pieds. Davina sombra presque aussitôt dans un sommeil profond où l'attendait son Highlander.

Robert pénétra dans la grande salle des banquets, suivi de près par Will, Asher et Finn. Cherchant Davina du regard, il aperçut sa tante qui était déjà assise à table. Lorsqu'il l'eut rejointe, elle le tança de son doigt crochu et déposa un baiser sur sa joue.

— Que me vaut votre courroux, ma tante ?

— Tu es comme ton père !

Comme souvent, MacGregor n'avait pas la moindre idée de ce qui avait pu déplaire à sa tante. Il rentrait à l'instant du village et ne l'avait pas vue de la journée. Mais, au lieu de s'enquérir de ce qui n'allait pas, il se contenta de glousser doucement et de tirer sa chaise pour s'asseoir. Hormis lui-même et Jamie, Maggie chérissait également Callum MacGregor, le père de son neveu.

Si tante Maggie décèle une ressemblance entre mon père et moi, je n'ai aucune raison de m'en inquiéter, conclut-il en silence.

— Elle ne devrait plus tarder à présent, fit remarquer la vieille dame d'un air entendu, lorsque le Highlander se tourna vers l'entrée. Elle vient tout juste de se réveiller. Je lui ai envoyé Alice et Agnes pour l'aider à se préparer pour le dîner. Savais-tu qu'elle ne mange pas de viande ?

Robert jeta un nouveau coup d'œil vers l'entrée et esquissa un sourire, heureux de constater que le charme de Davina opérait même sur les vieilles dames des Highlands. C'était une victoire haut-la-main !

— J'avais remarqué qu'elle appréciait particulièrement les noix et les baies, expliqua-t-il, non sans savoir que sa tante abhorrait elle-même la viande. Je te remercie de t'être occupée d'elle.

Maggie posa un regard affectueux sur ce grand gaillard au cœur tendre. Mais il détourna prestement les yeux et, s'adressant à Jamie, demanda :

— Que faisaient les MacLeod ici ?

Le jeune guerrier leva la tête et accueillit avec bonheur le serviteur qui posait devant lui une planche de bois couverte de pièces de gibier.

— Padraig MacLeod remplace son père à la tête de leur clan pendant que celui-ci est en Angleterre. Il s'est arrêté chez nous à son retour de Torrin, où il a rencontré le fils d'Alisdair MacKinnon, afin de consolider son alliance avec nous tous. En ces temps incertains… J'ai fait rédiger une missive à l'intention des MacDonald de Portree, afin de leur renouveler notre soutien en cas de nécessité.

— Tu as bien fait ! approuva Robert en levant sa coupe.

Comment avait-il pu croire que son oncle s'était absenté de Camlochlin dans le seul but d'aller cueillir des fleurs ?

Comment n'y ai-je pas pensé plus tôt ! se tança-t-il intérieurement.

Malgré la division qui régnait entre certains clans, tous feraient front commun au cas où le nouveau souverain essaierait de leur imposer sa loi.

— Dois-je en conclure que les MacKinnon sont de notre côté ?

— Bien sûr ! L'île de Skye ne cédera pas face aux influences étrangères. Nous espérons que le roi Jacques… Rob ?

Le Highlander quitta brusquement l'entrée des yeux.

— C'est sans doute une femme hors du commun pour te détourner à ce point de ta passion pour la politique !

Ma passion pour Davina en vaut bien une autre…, songea MacGregor. Mais pourquoi diable mettait-elle si longtemps à descendre ? Il ne l'avait pas revue depuis leur arrivée l'après-midi même, et elle lui manquait déjà au point qu'il devait se retenir de monter la chercher.

— Je me suis habitué à elle, répliqua Robert en bottant en touche avant de se laisser de nouveau captiver par la porte de la grande salle.

— Je me suis laissé dire que c'est une princesse, voire une déesse…, observa Jamie en faisant un clin d'œil à Finn, assis en face de lui. (Il trempa son pain dans son potage.) Mais je doute que cela suffise à ton père…

— Mon choix est fait, cher oncle.

— Et ce choix suppose de la ramener ici plutôt que de la conduire en Angleterre ?

D'ordinaire, Jamie n'était pas du genre insistant, surtout avec Robert. De fait, le futur chef de clan s'était toujours montré prudent, pesant soigneusement le pour et le contre avant de prendre la moindre décision. Mais, une fois que celle-ci était prise, il ne revenait pas en arrière. Il n'était jamais allé à l'encontre de son père, surtout pas pour une femme flanquée d'un capitaine anglais, qui plus est !

Le Highlander serra les dents en s'efforçant de trouver la meilleure entrée en matière. Son intention première avait été de leur dire la vérité au sujet de Davina. Mais comment s'y résigner sans passer en même temps pour un jeune chiot impétueux régenté par ses émotions ?

— Sa vie est en danger, commença-t-il, non sans savoir que c'était ce qui le bouleversait le plus, et je me suis engagé à la protéger. Or, je ne connais pas d'endroit plus sûr qu'ici.

— Pourquoi est-elle en danger ? s'enquit Jamie d'un ton neutre.

— Parce qu'elle… elle est…, balbutia Robert avant de s'interrompre.

Considérant que les siens étaient en droit de savoir, ne serait-ce que pour décider en connaissance de cause de le soutenir ou non au cas où l'on viendrait à Camlochlin pour réclamer la princesse, il reprit :

— Elle est la fille aînée du roi Jacques et l'héritière du trône.

Tous les convives se figèrent, et l'on entendit bientôt une mouche voler. Seuls Finn, Will et Asher ne furent bien sûr pas abasourdis par la nouvelle. Quant à Robert, qui s'attendait à ne provoquer qu'effroi et stupéfaction, il ferma les yeux et attendit que l'ange passe.

— Je croyais que la princesse royale était Mary Stuart, fit remarquer tante Maggie, toujours imperturbable.

— C'est également ce que croit tout le royaume d'Angleterre, répliqua Robert.

— Comment se fait-il qu'elle soit sous ta protection ? demanda Jamie avec flegme en laissant néanmoins échapper un morceau de pain qui termina sa course dans son bol, et y demeura.

Robert leur raconta l'aventure de Saint-Christopher et leur révéla le nom des principaux protagonistes de l'attaque, ainsi que leurs motifs.

— Tout indique que le duc de Monmouth, le comte d'Argyll, et sans doute aussi Guillaume d'Orange, fomentent une rébellion. Connor m'a donné sa parole qu'il ne parlerait pas de Davina au roi…

— Mais Stuart doit savoir. Elle est sa fille ! l'interrompit Jamie.

— Oui, c'est sans doute ce qui lui a donné le droit de l'enfermer dans un couvent sans lui rendre une seule fois visite, rétorqua Robert.

— Puisque tu n'as pas l'intention de prévenir le roi que sa fille est parmi nous, que comptes-tu faire ? s'enquit Maggie.

Répondre à cette question revenait à avouer son amour pour la belle.

— J'ai l'intention de la garder avec moi.

— Pendant combien de temps ? demanda Jamie, interloqué.

— Pendant aussi longtemps qu'elle voudra de moi.

Jamie se leva d'un bond en faisant sursauter sa femme, laquelle ne manqua pas de faire comprendre à son neveu préféré qu'elle le désapprouvait.

— Tu vas nous attirer les foudres de tout un royaume !

— C'est exactement ce que j'ai essayé de lui faire comprendre, intervint Asher avant de détourner les yeux lorsque le Highlander le foudroya du regard.

— Robert, poursuivit Jamie sans accorder d'importance aux paroles du capitaine anglais, rassure-moi : tu n'as tout de même pas l'intention de demander la main de la fille du roi d'Angleterre ? Ne me dis pas que tu es prêt à sacrifier des années d'efforts pour cette jeune femme ?

— Je ne peux pas te le promettre, mon oncle, avoua Robert en lorgnant de nouveau du côté de la porte.

Davina fit enfin son entrée en tordant le tissu de son grand kilt vert et rouge entre ses doigts. Elle avait tiré ses cheveux en arrière, et ceux-ci tenaient grâce à deux petites épingles surmontées d'une perle, tandis que le reste de sa chevelure retombait sur ses hanches en une cascade d'or et de lumière.

Les deux amoureux échangèrent un regard, puis un sourire, et toute tension disparut instantanément. Cédant à un irrépressible élan, Robert se dressa sur ses jambes et alla à sa rencontre, tandis que, dans son dos, les autres convives se levaient d'un bond.

— Bonsoir, Votre Altesse ! salua Jamie.

Aussitôt, le Highlander tourna un visage radieux vers son oncle, dont il comprenait le soudain revirement, car il n'était pas sans savoir que tous et toutes étaient désormais sous le charme divin de Davina.

Bah ! Tout n'est qu'une question d'habitude ! pensa-t-il avec optimisme.

Mais, lorsqu'il se tourna de nouveau vers sa belle, celle-ci avait perdu toute envie de sourire.

Chapitre 22

Mon Dieu ! Il leur a dit ! s'exclama intérieurement Davina en se figeant sur place, tandis qu'Alice la poussait doucement.

Elle effleura de son regard inquiet le visage du guerrier qui venait de s'adresser à elle comme nul autre auparavant. Elle ne savait comment réagir : devait-elle retourner dans sa chambre en courant ? *Non !* Le temps où elle fuyait était révolu ! Elle décida de faire confiance à Robert, même si c'était moins la formule employée par Jamie qui la tétanisait que la dure et pénible réalité qu'elle renfermait.

Même en s'exilant à l'autre bout du monde, elle resterait la princesse royale lady Davina Stuart, héritière du trône des trois royaumes d'Angleterre, d'Écosse et d'Irlande. On n'échappait pas à son destin. Qu'elle vive sur l'île de Skye ou dans une forteresse anglaise, on ne la traiterait jamais d'égal à égal.

Sauf Robert..., songea-t-elle.

Elle regarda ce dernier s'avancer à son tour, et son cœur se mit à battre la chamade, malgré le sourire chaleureux et rassurant du guerrier.

Lui au moins, il se fiche de savoir qui je suis ! Il m'aime pour moi-même et me le prouve dans chacun de ses baisers, dans chacune de ses caresses, dans chacun de ses regards enamourés, et quand il s'égaie de la joie qu'il fait naître en moi.

Davina brûlait d'envie d'embrasser son héros, de fondre sous sa tendresse et de renaître dans la chaleur de son étreinte virile. Elle se voyait déjà couler des jours heureux avec Robert dans cette forteresse peuplée de gens ordinaires toujours affairés, tandis qu'elle regarderait grossir son ventre en attendant que naisse l'enfant qui ferait d'elle la mère qu'elle n'avait pas eue.

Le Highlander la prit par la main.

— Venez, dit-il avec émotion. Je vais vous présenter ma famille avant qu'ils s'évanouissent.

Davina se laissa guider et ne quitta pas son bien-aimé jusqu'à ce qu'ils arrivent près de la table où les attendaient les convives au garde-à-vous. Il la présenta d'abord à son oncle puis au reste de l'assistance, chaque fois sous le simple nom de Davina.

Cette dernière aima aussitôt Jamie Grant, non point tant à cause de son sourire candide ou de son regard inquiet, qu'il s'efforçait pourtant de dissimuler quand il s'adressait à elle, mais parce que son visage s'éclairait chaque fois qu'il posait les yeux sur son épouse.

— Comment Connor se porte-t-il ? demanda Jamie à Robert, tandis que Maggie considérait le potage aux choux et les petits pains d'avoine de Davina d'un œil approbateur.

— Il est en excellente forme ! l'informa le Highlander avant de faire descendre une bouchée de pain avec une bonne gorgée de bière. Mais je crains qu'il ne soit pas aussi valeureux que son père ou toi l'espériez.

— Et qu'est-ce qui te fait dire cela ?

— Mairi ! répliqua Robert en avalant une grande cuillerée de civet de lapin. J'ai cru qu'il allait mouiller ses chausses quand je lui ai annoncé qu'elle se trouvait toujours en Angleterre.

Will fit savoir de son rire tonitruant qu'il était d'accord, sans se soucier le moins du monde du regard offensé que lui jeta Finn.

— Détrompe-toi, mon garçon, rétorqua Jamie qui en avait entendu d'autres. Cela ne témoigne pas d'un manque de courage mais au contraire d'une grande sagesse !

Robert hocha la tête en signe d'assentiment et replongea le nez dans son assiette, tandis que Davina l'observait discrètement. En comparaison d'Edward et des autres hommes qu'elle avait connus à Saint-Christopher, MacGregor dévorait comme quatre. Elle découvrit avec plaisir qu'il manquait absolument de manières de table et qu'il avait un appétit d'ogre. Mais, après tout, n'était-ce pas là son premier repas chaud depuis des semaines ?

— Capitaine Asher, commença Jamie en s'adressant à présent à Edward afin de préserver le ton jovial de la conversation, savez-vous que Connor Grant et le jeune Finlay, ici présent, sont les neveux du grand-amiral Stuart ?

— Je ne l'ai appris que récemment, répondit Edward en levant sa coupe. (Il but une gorgée.) Cela pèse dans la balance ! ajouta-t-il d'une voix rauque, tandis qu'un frisson glacé le parcourait.

— Ces Anglais ! s'exclama Brodie, le père de Will, avec mépris.

— Est-ce à dire que vous le connaissez ? enchaîna Jamie.

— Qui ? demanda Edward en se raclant la gorge.

— Connor Stuart !

— Je ne l'ai rencontré qu'une seule fois, et encore brièvement. Mais j'espère avoir le plaisir de croiser de nouveau son chemin.

— Vous vous apercevrez vite qu'il n'est pas aussi affable que son neveu du même nom, intervint Will en attrapant la miche de pain. L'amiral Stuart ne se fait point scrupule d'étriper ses ennemis sur de simples soupçons.

— J'ignorais que vous l'aviez rencontré, intervint Finn en se tournant vers Edward, tandis que tous, autour de la table, s'accordaient à reconnaître que ce Stuart en particulier était une véritable rosse.

Davina, elle, ne perdit rien du regard interloqué que Robert lança à Finn. Le Highlander fit mine de prendre la parole, mais Maggie l'en dissuada d'un ton complaisant.

— Robbie, le lapin est-il à ton goût ?

Tenant sa cuillère en suspens, Robert jeta un regard de biais à sa tante.

— Oui, il est parfait, marmonna-t-il.

— Je m'en réjouis, mon grand ! Je suis sûre que la mère de ce lapereau s'en réjouirait également, si elle ne finissait pas de rôtir avec le reste de sa progéniture !

Will ricana sottement derrière sa coupe, et Brodie lui décocha un grand coup de coude dans les côtes. Quant à MacGregor, dégoûté par les propos de sa tante, il posa les yeux sur sa cuillère, la remit dans son bol et poussa le tout à l'écart devant lui. Maggie sourit, visiblement satisfaite, puis, s'adressant à son mari, elle enchaîna :

— Quand te montreras-tu enfin aussi raisonnable que Robert ?

— Ce ne serait pas se montrer raisonnable, ma douce, objecta Jamie, mais pusillanime.

Bientôt, la conversation dériva sur des sujets moins sensibles, et Davina se laissa gagner par la gaieté générale, et surtout par celle de Robert. Elle aimait son rire chaleureux et gaillard lorsqu'il s'esclaffait à une anecdote rapportée par Jamie, où l'on apprenait que le pauvre Brodie, s'étant un jour fait mordre l'arrière-train par un cochon qui s'était sauvé de l'enclos, n'avait plus pu s'asseoir pendant quarante-huit heures. Ensuite, la tablée porta un toast à la récente victoire remportée contre les Fergusson, les ennemis jurés des MacGregor, et à celle à venir contre les MacPherson. Cependant, ce n'est qu'à la toute fin du souper, lorsque le cercle des intimes se fut rassemblé dans les appartements privés de la famille, que l'on aborda la question du souverain et de la relation que Davina entretenait avec lui.

Les questions fusèrent, tandis que le vin chaud coulait à flots et que tous étaient confortablement installés dans des fauteuils rembourrés devant le feu qui crépitait. Pourquoi avait-on caché son existence au monde ? Quiconque, hors les murs de Saint-Christopher, avait-il eu vent de son identité ? Était-elle en communication avec le roi ? Quels projets son père avait-il à son sujet ? Avec chaque nouvelle question, Davina se sentait un peu plus exposée. Néanmoins, elle se fit un point d'honneur à répondre avec exactitude. Elle était dans la position d'un soldat qui se dépouille de sa lourde armure.

Enfin, Robert esquissa un sourire, leva sa coupe en l'honneur de la princesse et revendiqua la protection de celle-ci.

— En résumé, commença Maggie en se penchant vers la jeune femme afin d'échapper aux oreilles indiscrètes, vous étiez en prison, et l'on vous a libérée ! Je comprends mieux à présent vos sentiments à l'égard de mon neveu.

Davina considéra la vieille dame en se disant qu'elle n'avait jamais rencontré femme plus belle, ni plus affectée par le sort d'autrui.

Mais ses réflexions furent bientôt interrompues par la voix tonitruante de Jamie.

— Inutile de te dire, Rob, que tout cela m'inquiète beaucoup ! Toutefois, nous en parlerons plus tard, seul à seul.

Sans attendre la réponse du Highlander, il s'adressa ensuite à Edward :

— Capitaine, dites-nous ce que vous savez sur cet amiral Gilles. De combien de guerriers dispose-t-il ?

— Je ne sais pas grand-chose, répliqua Asher en secouant la tête. Sinon qu'il est le fidèle allié du prince Guillaume et commande une flotte de plus d'un millier d'hommes.

— N'est-il pas plutôt le fidèle serviteur du duc de Monmouth ? intervint Robert en posant sa coupe.

— Comment ? s'enquit Edward, visiblement aussi ébranlé que le matin de l'attaque de Saint-Christopher. C'est bien ce que j'ai dit !

— Edward, cher ami, vous avez mentionné le prince Guillaume, intervint Davina en gratifiant le capitaine de son sourire le plus affable, car elle éprouvait de la compassion pour cet Anglais qui représentait l'abomination de la désolation aux yeux de ses hôtes écossais.

— Vraiment ? s'exclama le capitaine avec un rire forcé. Je crains que votre whisky hors d'âge ne me rende quelque peu confus.

— C'est le whisky d'Angus, vous n'aurez qu'à vous en plaindre directement auprès de lui quand il rentrera ! suggéra Brodie d'une voix traînante. Mais ne lui dites pas que je l'ai gaspillé avec un Anglais !

Jamie posa deux ou trois autres questions, ponctuées par celles de Brodie. Quant à Robert, il garda son calme, celui d'avant la tempête. Davina suivit son regard : l'orage éclaterait sur la tête d'Edward.

À la fin de la soirée, lorsque les coupes furent vides et le feu moribond, la jeune femme se demanda avec inquiétude quelle bévue avait donc pu commettre le capitaine pour mériter les foudres du Highlander. Elle essaya de questionner celui-ci, mais il l'écarta doucement du passage et suivit Asher à l'étage.

— Quelque chose le turlupine, déclara Finn en se plantant à la dextre de la princesse. Moi aussi, d'ailleurs.

— De quoi s'agit-il ? s'enquit Davina en se tournant vers le jeune homme, dans l'espoir qu'il éclaire sa lanterne.

— Voyez-vous, le capitaine Asher nous a dit ce soir qu'il avait rencontré mon oncle. Mais, le soir où nous avons quitté l'Ayrshire, il m'a confié qu'il n'était pas sorti de Saint-Christopher depuis quatre ans.

— C'est la vérité. J'en témoigne.

— Dans ce cas, quand a-t-il rencontré mon oncle ? demanda Finn en ouvrant de grands yeux. L'amiral Stuart a passé les quatre dernières années en France. Et, avant cela, il était stationné en Flandre.

— En Flandre ? répéta Davina à mi-voix en levant les yeux vers le sommet de l'escalier.

Edward avait-il voyagé en Flandre avant de prendre son poste à l'abbaye ? Cela aurait expliqué qu'il connaissait l'identité de ses ennemis : un duc en exil et un comte mis au ban du royaume. Dans ce cas, pourquoi ne lui avait-il pas dit qu'il avait partagé leur compagnie à l'étranger ? Et pourquoi ne lui avait-il pas parlé de sa rencontre avec Connor Stuart ? Le capitaine avait eu connaissance du lien de cousinage qui unissait l'amiral Connor Grant et Davina. Pourquoi tant de mystères ? La princesse devint blême et se figea, tandis que sa confiance en Edward Asher était réduite à néant. Elle comprit soudain pourquoi Robert était monté rejoindre le capitaine à l'étage.

Non ! s'exclama-t-elle en son for intérieur. *C'est impossible !*

Il devait y avoir une autre explication qui écartait toute éventualité de trahison. Edward n'était-il pas au-dessus de tout soupçon ?

Edward n'est pas un traître ! Pas lui !

Chapitre 23

Robert espérait de tout cœur s'être fourvoyé. Dans le cas contraire, l'Angleterre s'apprêtait à perdre l'un de ses plus éminents capitaines. Curieusement, la résolution du Highlander décrut à mesure qu'il s'éloignait de Davina. Son but était de rattraper Asher avant que la jeune femme l'en empêche, mais il agissait à contrecœur et gravit l'escalier en serrant les poings.

Mon Dieu, faites que je me trompe !

Edward était-il le seul, à l'exclusion du roi lui-même, à connaître l'alliance passée entre Gilles et le prince hollandais ?

Cela ne prouve rien ! songea le Highlander. *En tout cas, certainement pas que Davina a été trahie par son meilleur ami. En revanche…*

Robert se planta devant la porte du capitaine et chercha par tous les moyens à contenir sa colère. Il entra néanmoins sans frapper.

— J'ai, moi aussi, quelques questions à vous poser, Asher, déclara-t-il depuis le pas de la porte.

— Je vous attendais, répliqua Edward en se détournant de l'étroite fenêtre pour lui présenter un visage empreint de lassitude. Si c'est au sujet du prince Guillaume, je vous assure que je…

— Non, c'est au sujet de l'abbesse de Courlochcraig.

— L'abbesse de Courloch…, balbutia Asher. Je ne comp…

— Elle savait que Davina viendrait se réfugier dans son monastère, expliqua Robert en pénétrant dans la chambre avant de fermer la porte derrière lui.

— C'est exact, confirma Edward en retrouvant le sourire. Je lui avais écrit afin de lui en demander l'autorisation.

— C'est bien ce que je pensais, insista le Highlander avec gravité en arpentant la pièce d'un pas raide. Ce que je ne parvenais pas à m'expliquer, c'est comment vous aviez eu vent de l'arrivée des mercenaires de Gilles.

Le capitaine chancela face à la tournure inattendue que prenait la conversation. Robert s'en serait volontiers amusé, s'il n'avait pas eu envie d'abréger les tourments de son interlocuteur par l'épée.

— Tout s'éclaire à présent. Vous saviez que Gilles était en route pour le couvent parce que vous lui aviez dit où Davina se cachait lorsque vous avez fait sa connaissance et celle de Guillaume d'Orange en Flandre. C'est d'ailleurs dans ce pays que vous avez croisé l'amiral Stuart, n'est-ce pas ?

Asher resta bouche bée, s'apprêtant probablement à réfuter l'accusation, mais Robert l'en dissuada d'un geste de la main.

— Je pourrais vous enfermer au sous-sol jusqu'au retour de Stuart à Camlochlin, poursuivit MacGregor, mais cela pourrait prendre des années, et je doute qu'alors il vous reconnaisse.

— C'était avant que je fasse la connaissance de la princesse, avoua le capitaine, soulageant ainsi sa conscience d'un secret trop longtemps gardé. J'étais jeune, et vous ne connaissez pas l'amiral Gilles. C'est un homme cruel et sans pitié.

La vue du capitaine repentant inspira un profond dégoût au Highlander, qui dut fournir un gros effort pour ne pas passer le traître par le fil de son glaive.

— Dois-je en conclure que vous n'avez pas vendu la mèche pour de l'argent mais pour sauver votre misérable vie ?

— Je me suis laissé duper. Je ne…

— Oseriez-vous vous chercher des excuses ? rugit MacGregor en saisissant brusquement le capitaine à la gorge avant de le soulever de terre et de le plaquer contre le mur. Rien ne peut justifier votre trahison ! Vous avez fait sciemment entrer le loup dans la bergerie !

Asher eut un haut-le-cœur et devint tout rouge, puis il rua avec les pieds en se retenant de toutes ses forces à la poigne de fer qui l'étranglait.

— J'ai… trahi, je le reconnais, et il… m'a fallu vivre av… ec le rem… MacGregor, je vous en supplie, ne me tuez pas avant qu'elle m'ait accordé son par… don.

— Vous n'en n'êtes pas digne ! lui hurla le Highlander en pleine face.

— Robert, lâchez-le ! ordonna soudain Davina depuis l'embrasure de la porte.

Elle avait les yeux emplis de larmes et serrait les poings.

Finn, qui se trouvait juste derrière, la contourna et pénétra avant elle dans la chambre du capitaine, sans quitter un seul instant le moribond des yeux.

— Lâchez-le ! répéta-t-elle sans pour autant faire mine d'entrer.

Ignorant depuis quand Davina écoutait leur conversation, MacGregor fut tenté d'achever le fourbe qui avait trahi celle qui incarnait à ses yeux l'innocence même et qui s'apprêtait à connaître une immense désillusion. Par chance pour Asher, le Highlander se ravisa et décida de ne pas infliger ce triste spectacle à sa bien-aimée, car il savait qu'elle ne lui pardonnerait jamais un tel acte.

Il lâcha donc prise et fit volte-face, regrettant aussitôt que la princesse découvre la vérité dans d'aussi pitoyables circonstances.

— Davina, écoutez-moi, commença-t-il avant de s'interrompre lorsque la jeune femme se décida enfin à entrer.

Elle s'approcha directement du capitaine.

— Pourquoi devrais-je vous pardonner, Edward ? demanda-t-elle.

Même son récent face-à-face avec la mort entre les mains de MacGregor rendu furieux par amour n'avait pas préparé Asher à affronter l'angoisse de Davina.

— Tout est ma faute, avoua-t-il en se passant une main sur la gorge et l'autre sur le visage. C'est moi qui leur ai dit où vous trouver.

Puis il éclata en sanglots et, incapable de soutenir la vue de celle qui avait cru en lui, baissa les yeux.

Il en allait tout autrement de Robert qui n'avait d'yeux que pour Davina. Il fut pris d'une envie soudaine de la soustraire à l'effroyable vérité qui, de toute évidence, lui brisait le cœur : le premier et unique homme à qui elle avait accordé sa confiance l'avait trahie !

— Vous leur avez dit où j'étais ? répéta-t-elle en écho aux paroles du capitaine avant de tomber à genoux devant celui qu'elle avait considéré comme son meilleur ami. Mais pourquoi ?

— Je ne vous connaissais pas encore, expliqua-t-il avec un regard contrit. C'était avant que je tombe amoureux de vous. C'était…

Elle le gifla avec une force inouïe, si bien que la lèvre du capitaine se mit immédiatement à saigner.

— Tous ces morts à cause de vous ? hurla-t-elle, la voix chargée de chagrin.

Finn était sur le point de voler au secours d'Asher lorsque le Highlander le devança.

— Venez maintenant, mon amour, lui glissa Robert à l'oreille en portant la jeune femme dans ses bras.

Davina ne se blottit pas contre la poitrine du guerrier, comme celui-ci aurait pu s'y attendre, mais se laissa emmener sans décrocher un seul instant son regard incrédule du visage d'Asher. Le silence de la princesse éroda l'optimisme du Highlander, car il doutait qu'elle accorde un jour de nouveau sa confiance à un homme.

— Veille à ce qu'il ne sorte pas de cette chambre, ordonna Robert en se tournant vers Finn avant de quitter les lieux. Je reviendrai demain matin.

— Je peux marcher ! fit savoir Davina à voix basse, tandis qu'ils sortaient.

— Je sais, mais permettez-moi de vous porter, répliqua-t-il en la serrant contre lui tandis qu'elle fondait en larmes.

Elle pleurait toujours lorsque Will, Jamie et Maggie, alertés par ses cris, accoururent dans l'escalier.

— Que s'est-il passé ? s'enquit tante Maggie en se précipitant auprès de Davina qu'elle croyait gisant blessée dans les bras de son neveu.

— Finn vous racontera tout. Vous le trouverez dans les appartements d'Asher, suggéra-t-il entre ses dents, tandis que Davina s'efforçait d'étouffer ses sanglots dans les plis de son plaid.

— La pauvre enfant ! roucoula la vieille dame en caressant les cheveux de la princesse. Qu'est-ce donc qui vous a causé ce chagrin ?

Face à l'absence de réaction de la part de Davina, Maggie se tourna avec inquiétude vers le Highlander.

— Tu me raconteras plus tard. Emmène-la dans sa chambre. Je te suis. Je la veillerai cette nuit.

— Non, elle reste avec moi ! objecta Robert d'un ton qui n'invitait pas à la controverse.

Sans attendre, il s'adressa aussitôt à Will, en plantant sur lui son regard de braise.

— Occupe-toi d'Asher. Il est à toi ! Je terminerai le travail demain matin.

Will considéra longuement Davina, puis, prenant un air sévère, il opina du chef et s'éloigna, bien décidé à punir le monstre qui faisait pleurer leur princesse.

Robert fit mine de s'en aller à son tour, mais tante Maggie le retint par le bras.

— Robbie, elle est la fille du roi ! rappela-t-elle en guise de mise en garde.

Mais MacGregor n'en tint aucun compte. Bien avant qu'il décide d'amener Davina à Camlochlin, il s'était forgé une opinion définitive concernant le père de sa bien-aimée. Plus que jamais, il était décidé à la protéger de ses griffes.

— Le roi a renoncé depuis longtemps à toute légitimité vis-à-vis de Davina. Elle est mienne à présent.

Que lui importait ce que pensait sa tante ? Que lui importait ce que dirait son père à son retour ? Que lui importait si cent armées se dressaient contre lui ? Puisqu'il était prêt à se battre et à mourir pour elle !

Il la porta jusque dans sa propre chambre, jusqu'à son lit, qu'il souhaitait voir devenir nuptial.

— Ne partez pas, sanglota-t-elle en s'accrochant à son cou, tandis qu'il se penchait en avant pour la poser sur les couvertures.

— N'y comptez pas ! protesta-t-il d'un ton taquin avant de s'allonger auprès d'elle et de la prendre dans ses bras.

Davina pleura abondamment jusque tard dans la nuit, faisant vibrer les cordes les plus sensibles chez son bien-aimé. Ne sachant que dire pour la réconforter, il garda le silence et se contenta de lui caresser les tempes en la serrant contre lui. La princesse avait tout perdu lors du massacre de Saint-Christopher, mais elle avait su garder le silence au sujet de sa douleur et du grand secret de sa vie. Mais, ce soir-là, le chagrin avait réussi à percer sa cuirasse, et tout ce que le Highlander pouvait faire, c'était de l'assister tandis qu'elle déversait sa peine.

—Ces gens étaient toute ma famille, murmura-t-elle enfin entre deux sanglots, d'une voix à peine audible.

S'efforçant de chasser de sa mémoire des souvenirs trop douloureux mais très vivaces, elle ajouta :

—J'ai entendu les sœurs hurler dans la chapelle, mais je n'ai pas pu sortir pour leur venir en aide.

Robert déposa un baiser sur le sommet de son crâne et compatit de toute son âme à la souffrance de sa protégée.

—J'ai prié pour qu'Edward ne soit pas tué ! De tout mon cœur ! Je les ai aimés, lui et ses hommes, comme des frères. Comment a-t-il pu faire une chose pareille ?

—Je l'ignore, mon amour.

Retrouvant un peu de calme, la jeune femme se blottit plus profondément dans le cou de Robert. Aussitôt, il eut soif de ses lèvres, de ses larmes, et même d'assumer sa douleur. Dieu lui en était témoin : il n'avait jamais aimé personne au monde comme il aimait Davina. Ce sentiment n'était pas nouveau, car la princesse avait conquis son cœur dès le premier regard. Cependant, il s'effrayait de constater qu'il était prêt à tout sacrifier pour elle. Mais saurait-il l'en convaincre après la trahison d'Asher ?

La jeune femme changea de position de manière à ce que son corps épouse les formes du Highlander, et ce dernier, qui ne savait déjà plus où il en était, faillit céder au désir de la posséder. Il l'embrassa sur la tempe en lui susurrant des paroles suaves, non sans se demander si la belle leur accorderait quelque crédit. Davina inclina la tête, et Robert couvrit de baisers son front, ses joues et ses yeux encore mouillés. Enfin, elle entrouvrit les lèvres.

— Rob…, gémit-elle dans un halètement brûlant comme le *sharav* qui souffle en Orient.

Pour toute réponse, il l'embrassa avec tendresse et ferveur.

Malgré son envie de lui faire l'amour sans plus attendre, MacGregor se contint et lui effleura le visage avant de lui caresser la nuque et de l'embrasser de plus belle. Les baisers de Davina avaient le goût de l'ambroisie et des larmes d'amour. Robert MacGregor s'y désaltéra de l'aridité du monde comme un nomade du désert qui découvre enfin une oasis dont il convoite les fruits juteux et gorgés de soleil, le velours de la végétation et la fraîcheur de sa source de vie. Plus tard, seulement, il plongerait son corps dans son lit de rivière et son âme dans l'âme de Davina avant de se reposer enfin à l'ombre de son amour.

Cependant, quelque chose le retint de mettre son plan à exécution. Davina avait eu le cœur brisé, et sa confiance avait été foulée aux pieds par un traître. Le Highlander se jura de faire tout son possible pour réparer les dégâts causés par le capitaine. Il s'efforcerait, ensuite, et par tous les moyens nécessaires, de se montrer digne de sa belle. À regret, il mit donc fin à leur baiser.

— Savez-vous à quel point vous comptez pour moi, Davina ? demanda-t-il tout sourires, en la regardant droit dans les yeux.

— Oui, j'en ai une petite idée, répondit-elle en le fixant pareillement.

Par quel miracle la princesse le croyait-elle après la déception qu'elle avait essuyée ? Mais Davina n'était-elle pas justement cet ange indulgent et sans arrière-pensée qui lui était tombé du ciel ?

— Vous faites preuve d'un courage que nous autres guerriers aimerions avoir sur le champ de bataille. Votre cousine Claire va vous adorer !

— Parlez-moi de son bien-aimé, suggéra-t-elle.

— Graham Grant est un homme patient, répondit Robert en contemplant le bleu de ses yeux. Il ne manque pas d'ingéniosité ni de pouvoir de persuasion. Autant dire qu'il sait se faire entendre de l'épouse la plus entêtée.

— Et lui, enchaîna Davina en dessinant le contour de la bouche du Highlander avec ses doigts, est-il également têtu ?

— Point avec Claire. Avec elle, il ploie comme la bruyère sous le vent des Highlands.

— Il me plaît déjà !

— Vous n'êtes pas la seule ici. Mais sachez qu'il est fidèle à sa femme et lui réserve l'exclusivité de son cœur.

— C'est exactement ce dont j'ai toujours rêvé, soupira-t-elle avec un petit air mélancolique. Une vie comme celle de Claire ou de Maggie, ou encore comme celle de votre mère, si votre père vous ressemble un tant soit peu !

Mac Gregor faisait le même rêve. Depuis sa rencontre avec Davina.

— C'est une existence agréable, bien remplie, songea-t-il à voix haute en pensant en particulier à son père. D'un autre côté, le trône d'Angleterre vous tend les bras, si j'ose dire.

— Je crois que je préférerais devenir domestique.

Robert se souvint du voile qu'avait porté Davina à Courlochcraig. Plutôt que de rivaliser avec Dieu, à qui la jeune femme avait promis ses jours, il avait choisi d'oublier les aspirations religieuses de la jeune femme. Mais, à présent qu'il connaissait la véritable identité de cette dernière, il doutait de l'authenticité de sa vocation.

— Seriez-vous allée jusqu'à contester l'autorité de votre père s'il s'était opposé à ce que vous entriez dans les ordres ? s'enquit-il.

— Je m'opposerais au monde entier pour Dieu ! fut sa réponse. En l'occurrence, ajouta-t-elle, la question ne s'est pas posée. On ne m'a jamais caché qui j'étais ni quel destin était le mien. Mon père a confié des documents à la révérende mère lorsqu'il m'a amenée au monastère. Ces écrits stipulent qu'au cas où il aurait un fils je devrais consacrer ma vie à Dieu. Hormis l'abbesse qui m'a élevée, vous et moi-même, personne ne sait que si mon père accédait au trône sans héritier mâle ce texte ferait de moi son héritière légitime. Si un an après le couronnement mon père n'avait toujours pas de fils, il me ferait rappeler auprès de lui afin que j'épouse le parti qu'il m'aura choisi.

Regardant le Highlander bien en face, elle ajouta d'un ton sincère :

— Je n'ai pas envie de vivre entourée d'hypocrites qui complotent dans mon dos. Je n'ai même jamais rencontré mes sœurs, Anne et Mary. Mais je sais d'avance que nous n'avons rien en commun, si ce n'est nos mariages arrangés. (Elle s'interrompit pour essuyer ses larmes qui s'étaient remises à couler.) À présent que mon père est devenu roi, le destin me rattrape ! Rob, si au moins j'avais eu la chance de passer une seule journée avec lui et d'acquérir la certitude qu'il m'aime, alors peut-être que mon devoir envers lui me paraîtrait plus réjouissant.

Son devoir…, se répéta MacGregor, le cœur serré. Ce n'était certainement pas lui qui pouvait lui en vouloir d'accomplir ses obligations familiales. Mais pourrait-il se résoudre à la laisser partir si elle décidait de placer le royaume d'Angleterre au-dessus de son amour pour un chef de clan ?

— Prions pour que sa jeune épouse lui donne un fils ! s'exclama-t-elle en riant d'un ton qui se voulait rassurant.

Davina ne parvint pas à dissiper l'angoisse du Highlander. Celui-ci songeait en effet à la vocation religieuse de sa bien-aimée, dont l'éducation avait été imprégnée des principes de la foi, non de ceux de la vie de cour. N'était-elle pas, en effet, plus familière des voies impénétrables du ciel, en qui elle avait toute confiance ?

— Et si le roi engendre un fils, vous dresserez-vous contre la volonté de Dieu pour moi ? demanda MacGregor à contrecœur, car il craignait de connaître la réponse.

— Ce ne serait pas nécessaire, répondit-elle à voix basse en l'embrassant sur la bouche. Avez-vous oublié que c'est Lui qui m'a placée sous votre protection ?

Chapitre 24

Aux yeux de Davina, aucun guerrier des trois royaumes n'arrivait à la cheville de Robert MacGregor. Et même si elle s'était mariée cent fois par la suite, et était devenue veuve autant de fois, il resterait l'unique homme de sa vie.

Mon Dieu, vous me l'avez envoyé en sachant que je l'aimerais par-delà toute raison !

Le cœur battant la chamade, elle ferma les yeux et embrassa son bien-aimé.

Et si Dieu lui avait fait connaître l'amour pour ensuite lui demander d'y renoncer ?

Non ! s'exclama-t-elle en pensée. Rien, ni Dieu ni les hommes, ne pourrait l'empêcher d'aimer son Highlander. Elle connaissait les sentiments de ce dernier et savait aussi qu'il l'aimait non pour son titre ou ses terres, mais pour elle-même. Elle le voyait dans ses yeux chaque fois qu'il la regardait. Certes, MacGregor était intimidant, même quand il ne broyait pas du noir. Mais il ne s'était jamais montré ombrageux, en tout cas pas avec elle. Au contraire, il semblait prêt à s'évanouir dès qu'elle entrait dans une pièce. Avec lui, elle se sentait aimée, choyée ; et l'espoir renaissait. Elle savait aussi à quel point elle comptait pour lui. Ne lui en avait-il pas apporté la preuve en l'amenant à Camlochlin ?

Tout en caressant le bras musclé de Robert, elle s'étonna qu'un frêle petit bout de femme mal fagotée dans des habits trop amples ait pu ravir le cœur d'un aussi noble gentilhomme. Afin de tester plus avant les capacités de résistance du Highlander, Davina effleura le ceinturon qui ceignait la taille du guerrier. Celui-ci se raidit immédiatement et l'embrassa avec une ardeur redoublée.

Seul un homme de sa trempe avait pu panser ses nombreuses blessures et l'aider à tourner le dos au passé en devenant l'élément essentiel de son avenir. Elle était sienne et désirait ne rien lui refuser de son amour, de sa confiance, de sa tendresse et de sa sensualité…

Robert passa la main sous le kilt de Davina et le fit glisser. La jeune femme oublia tout pour se concentrer sur le seul moment présent. Elle lui rendit ses baisers avec une sorte de frénésie à peine contenue. Par amour pour MacGregor, elle désirait partager avec lui l'intimité la plus sacrée. Ivre de l'odeur de bruyère qui se dégageait du Highlander, Davina se laissa chavirer sans cesser de l'embrasser, tandis qu'il prenait son sein dans le calice de sa main. Il serra délicatement son téton entre le pouce et l'index, et celui-ci se dressa aussitôt, provoquant un violent regain d'excitation chez la jeune femme.

— Rob, je…, commença-t-elle en se tortillant de plaisir sous la caresse.

— Je te veux tout entière, Davina.

Moi aussi ! songea-t-elle.

Elle avait hâte de voir fléchir la retenue du jeune homme, tandis que tous les efforts qu'il faisait pour rester maître de lui-même fondaient comme neige au soleil. De fait, elle ne redoutait point ce qui se cachait sous la discipline de fer qu'il s'imposait quotidiennement, car elle avait toute confiance en lui.

Davina retira brusquement le ceinturon du Highlander en poussant un gémissement qui obligea le jeune homme à bander tous ses muscles, puis elle laissa la large bande de cuir retomber à terre.

Il interrompit leur baiser le temps d'esquisser un petit sourire sardonique qui attisa le désir de la jeune femme et la fit rougir.

Visiblement, il apprécie mes initiatives ! pensa-t-elle.

Ils ôtèrent le reste de leurs vêtements à la hâte dans un tourbillon de bras et de jambes enchevêtrés. Mais c'est seulement lorsque Robert prit le téton de Davina entre ses lèvres que celle-ci comprit qu'ils avaient atteint le point de non-retour.

Nous sommes en train de faire l'amour ! s'exclama-t-elle intérieurement.

La chaleur de l'érection contre son ventre en était la preuve. Soudain, un frisson d'excitation venu d'on ne sait où lui parcourut l'échine, tandis que sa raison protestait ; point au nom des convenances, car rien ne lui paraissait plus légitime que leur amour, mais parce que Robert arborait une virilité hors normes qui lui faisait craindre le pire, car elle n'avait aucune expérience.

— Je suis inexpérimentée, Rob.

— Laisse-toi guider, gémit-il contre sa poitrine.

— Et si je ne trouvais pas cela plaisant ? s'enquit-elle en cédant encore un peu plus à la panique.

— J'en serais surpris ! assura-t-il en effleurant son téton du bout de la langue.

Aussitôt, Davina se cambra, tandis qu'une vague de plaisir la submergeait. Malgré toute la délicatesse dont le Highlander faisait preuve, elle ne put s'empêcher de voir en lui l'image d'un étalon sauvage.

Il se dressa au-dessus d'elle, et elle put admirer à loisir son membre gorgé de désir, pendant qu'il la couvait de son regard de braise. Puis il l'embrassa sur la bouche, dans le cou et entre les seins avant de descendre jusqu'à la naissance de ses boucles.

La jeune femme se cambra de nouveau sous la chaleur de ses baisers, puis de sa caresse, laquelle devint de plus en plus insoutenable. Par habitude, elle se demanda en passant si ce qu'ils faisaient était un péché ou un caprice de la nature. Mais le bon roi Salomon lui-même n'avait-il pas fait les délices de sa bien-aimée dans la Bible ? Chaque nouvelle caresse et chaque nouveau baiser l'emportait un peu plus loin au paradis des amants. Visiblement, le Highlander excellait dans l'art de déclencher en elle de véritables lames de fond de plaisir, qui l'amenaient au bord de la jouissance. Aucune partie de son intimité n'échappait à l'entêtant savoir-faire de sa langue. Davina le lui fit savoir par ses cris et ses gémissements passionnés.

D'autres avaient payé de leur vie pour moins que cela, mais ce n'était pas le moment d'y songer. Pas plus qu'il ne convient de penser au naufrage quand on est en mer ou à la chute quand on se tient au sommet d'une falaise abrupte. Davina avait renoncé une bonne fois pour toutes à la peur. Elle aimait Robert MacGregor et entendait le lui faire savoir de tout son corps et de toute son âme. Leurs cœurs seraient unis à jamais, et, même s'il ne lui restait qu'une seule nuit à vivre, c'est dans ses bras qu'elle désirait la passer. Sans entraves et sans restriction aucune.

— Approche-toi…, susurra-t-elle d'une voix rauque qu'elle ne se connaissait pas.

Il se pencha au-dessus d'elle et la prit dans ses bras.

— Je ne voulais pas te faire mal, mon amour.

— Tu ne me fais pas mal, et même si c'était le cas je te pardonnerai chaque fois.

— Mon ange, ta beauté grave une blessure d'amour au tréfonds de mon âme. Comment ne pas vouloir devenir l'esclave de ton bonheur ?

— J'accepte, mais seulement si tu es un esclave heureux, monsieur le poète ! répliqua-t-elle avec son plus beau sourire avant de l'embrasser.

Ils s'unirent avec une infinie lenteur, afin que leurs deux corps s'accordent en une même danse – jusqu'à ce que la force du désir l'emporte… Enfin, Davina se cambra contre le sexe en érection du jeune homme, et ce dernier, ne tenant plus, prit la belle par la taille et la souleva en poussant un gémissement guttural avant d'entrer délicatement en elle.

La jeune femme tressaillit, autant par appréhension qu'à cause du désir brûlant qui lui incendiait le vendre. Elle leva néanmoins le bassin pour venir à sa rencontre. Soudain, elle sentit quelque chose céder en elle sous la poussée de son bien-aimé et s'agrippa aux cuisses de celui-ci, tandis qu'une langue de feu lui parcourait l'abdomen et lui arrachait un cri.

— Davina…

Rassurée par la voix caressante de son amant, elle ouvrit les yeux, un peu honteuse de pleurer de nouveau. Mais elle eut la surprise de constater que son bel amant pleurait aussi.

— Je t'aime, ma chérie, susurra-t-il en essuyant les larmes de sa belle. Tu comptes et compteras toujours plus que tout.

Elle accueillit ses paroles avec une confiance absolue et remercia le ciel que cet homme ait croisé sa route.

— Ainsi que tu compteras toujours plus que tout à mes yeux ! assura-t-elle tandis qu'il la couvrait de baisers.

Puis il reprit son lent mouvement de balancier, provoquant des sensations de plus en plus délicieuses chez la jeune femme. Celle-ci avait désormais acquis la certitude que toute peur était superflue tant qu'elle serait dans les bras de Robert MacGregor. Elle avait une totale et entière confiance en lui. Sa vie, son bonheur et son cœur étaient entre ses mains. Comme il était exquis de se laisser engloutir dans ses bras, de sentir son corps de statue contre le sien, de s'abandonner à ses caresses… ! Elle n'avait jamais osé rêver d'une telle rencontre.

Soudain, le Highlander se raidit, gémit et pénétra jusqu'au plus intime de sa belle.

— Souhaites-tu vivre avec moi, Davina ? s'enquit-il entre deux râles de plaisir.

Oui, oui, je le veux ! répondit-elle en silence avec toute la ferveur dont son corps était capable.

Puis il se retira presque entièrement et se dressa au-dessus d'elle.

— Je te pose la question, expliqua-t-il en la prenant par le cou pour l'embrasser de nouveau avant d'accélérer la cadence, parce que, ce soir, je veux que tu portes mon enfant, et demain je te demanderai en mariage.

Sur ces paroles prometteuses, il jouit en elle en la regardant droit dans les yeux.

Robert MacGregor s'éveilla en plein rêve et passa la main dans le creux de son bras, où Davina s'était endormie. En s'évanouissant, sa rêverie lui laissa l'effrayante impression de perdre sa bien-aimée dans son sillage. Il se redressa, prêt à retenir cet amour qui lui échappait.

Soudain, le halo doré du feu moribond céda la place à l'obscurité, et un silence pesant comme la pierre s'abattit sur la pièce et pénétra jusqu'au fond de son âme. Le Highlander se tourna vers l'unique source de lumière qui éclairait la chambre.

Davina se tenait debout devant la fenêtre. Son visage, tourné vers le ciel, resplendissait dans la nacre du clair de lune. Le cœur de Robert se mit à battre la chamade lorsqu'il remarqua qu'elle était vêtue de sa propre tunique d'homme. Les bras croisés et les mains dissimulées par les manches trop longues, elle écoutait le vent qui sifflait au-dessus des collines et soulevait imperceptiblement ses tresses blondes. Soudain, la princesse apparut au Highlander dans toute sa vulnérabilité, dans tout son dénuement et à l'apogée de sa beauté. Il se retint, cependant, de sauter du lit pour la rejoindre.

Contrarié dans son désir de sentir sa chaleur, il dut convenir que le silence de la jeune femme était le seul réconfort qu'elle avait à sa portée, un réconfort qu'elle seule pouvait s'accorder. Robert répugnait à troubler sa paix, bien qu'il ait préféré en devenir l'unique pourvoyeur.

Incapable de se taire et de rester loin d'elle plus longtemps, il murmura son nom.

Au son de sa voix, Davina se retourna en souriant de toutes ses dents.

— J'aime t'entendre prononcer mon nom, fit-elle remarquer.

— Ah oui ? s'enquit-il d'une voix haletante en faisant basculer ses jambes de l'autre côté du lit.

Enfin debout, il jeta une couverture sur ses épaules, s'approcha de sa douce et se plaça juste derrière elle.

— Si je comprends bien, il est hors de question de t'appeler « petite femme » ?

— Puisque tu me demandes mon avis, je ne préfère pas.

Et tous deux partirent simultanément d'un grand rire.

— Je n'y tiens pas non plus, la rassura-t-il en l'enveloppant sous son plaid avec l'intention de l'emmener se recoucher pour lui faire l'amour jusqu'au petit matin.

Hélas, la jeune femme tourna de nouveau ses yeux pensifs vers le monde extérieur.

Dans quel repli secret de son intériorité se réfugie-t-elle ? se demanda Robert. *Quelle est la cause de cet éloignement qui la rend si grave et renfermée ?*

— Je ne permettrai pas que l'on te fasse du mal, lui glissa-t-il à l'oreille.

— Je n'en doute pas, répondit-elle en serrant la main que le Highlander avait posée sur sa poitrine. Je pensais seulement à mon père, ajouta-t-elle après un long silence. Cela m'arrive souvent. Je me demande s'il me reconnaîtrait, si je lui ai manqué. C'est idiot de s'appesantir sur ce genre de chose, mais…

— Non, au contraire, protesta-t-il en l'embrassant dans la nuque, tout heureux de devenir son unique confident et ne l'en aimant que plus pour cette raison.

— Te représentes-tu ce que c'est que de savoir que l'on a une famille qui vit très bien sans toi et refuse de t'inclure dans son sein ? Longtemps, j'ai prié pour que mon père et ma mère viennent me chercher. Mais ils ne sont jamais venus. Plus tard, j'ai compris pourquoi. Mais cela n'a pas atténué ma solitude.

Alors j'ai commencé à imaginer que j'étais quelqu'un d'autre. Quelqu'un qui n'était pas un enjeu politique pour le royaume. J'étais tout simplement moi, vivant et aimant dans ce monde, sans peur du lendemain. En fait, je m'étiolais en imaginant ce que j'aurais pu connaître si je n'avais pas été la fille de l'héritier du trône – un catholique, de surcroît ! Jusqu'au jour où j'ai dû me renier moi-même et me résigner à accepter le destin qui m'était donné.

Se retournant dans la lumière, elle leva les yeux vers le Highlander.

— C'est alors que tu m'as arrachée aux flammes et ravivé mes anciens rêves.

Tout sourires, Robert la serra de plus belle contre lui.

— Plus besoin de rêver, ma chérie, annonça-t-il en l'embrassant sur la bouche. Désormais, tu ne manqueras de rien.

Puis il la souleva de terre et la porta jusqu'au lit. Cette fois, leur étreinte fut beaucoup plus lente, vagabonde, comme si s'aimer, et donner du plaisir à l'autre, était l'affaire de toute leur vie.

Toutefois, ils n'avaient pas toute la vie, et Robert n'était pas sans savoir que le père de Davina viendrait un jour récupérer sa fille. Sachant par ailleurs que celle-ci avait souffert de son absence, MacGregor était accablé par la crainte de voir la princesse le quitter un jour pour accomplir sa destinée en Angleterre.

Non ! s'insurgea-t-il. *Je l'épouserai et lui ferai oublier le passé en la rendant heureuse.*

Cependant, il restait à espérer que le roi ne découvre pas leur retraite. Quoi qu'il en soit, Jacques Stuart ne connaissait pas le visage de sa propre fille, car il ne lui avait jamais rendu visite à Saint-Christopher. En outre, aucun de ceux qui auraient pu l'identifier comme étant princesse du sang n'avait survécu.

Personne ! Sauf Asher ! rectifia Robert en pensée.

Mais ce n'était qu'une question de temps. Il veillerait à y remédier dès les premières lueurs du jour.

Chapitre 25

Lorsque, au matin, Davina ouvrit les yeux, Maggie MacGregor avait remplacé Robert à ses côtés. Assise au bord du lit, elle couvait la jeune femme de son regard bleu vif avec un mélange d'effroi et d'intense curiosité.

Davina se redressa brusquement et chercha aussitôt une couverture pour dissimuler sa nudité ; puis ses joues s'empourprèrent quand il devint évident que la tante du Highlander avait remarqué ses épaules nues.

— Je… je…, balbutia-t-elle, dans l'incapacité de se justifier.

À son grand désarroi, elle se souvint de ce qu'avait dit Maggie de Caitlin MacKinnon.

« Une Marie-couche-toi-là ! »

N'était-elle pas, pire que cela, une vicieuse, une dévergondée qui couchait avec son hôte dès la première nuit ?

Les larmes aux yeux, Davina s'apprêtait à se réfugier sous les draps, en priant pour que Maggie soit partie quand elle en émergerait de nouveau, lorsqu'elle s'inquiéta soudain de la raison de sa venue et de son silence.

— Où est Robert ? demanda enfin la jeune femme en remontant la couverture jusqu'à son menton.

Tante Maggie la regarda pendant un long moment avant de secouer la tête en soupirant, comme si elle aussi éprouvait des difficultés à trouver ses mots.

— Il est parti à l'aube pour Portree afin de chercher un prêtre.

Ces paroles provoquèrent un grand soulagement chez Davina.

Il parlait donc sérieusement ! songea-t-elle.

Non qu'elle en ait jamais douté, car Robert avait toujours tenu parole en toutes circonstances, mais n'était-ce pas trop beau pour être vrai ? Quoi qu'il en soit, le soir venu, elle deviendrait membre d'un clan ! Elle serait nantie d'un mari, d'une belle-sœur, de beaux-frères, de cousins, d'oncles et… au moins d'une tante !

— Je sais ce que vous pensez de moi, commença-t-elle à voix basse en détournant les yeux du regard pénétrant de Maggie. Mais je vous assure que Robert est le premier…

Elle ne termina pas sa phrase. Qu'elle soit ou non fiancée, la pudeur lui interdisait d'évoquer sa virginité à voix haute.

Tante Maggie émit une petite plainte, comme si l'on venait de lui lacérer le cœur, puis elle s'éloigna du lit et commença à faire les cent pas.

— Peu importe ce que je pense. Robert me l'a bien fait comprendre avant son départ. (Elle croisa le regard coupable de Davina et soupira derechef.) Je ne vous blâme pas, ajouta-t-elle, car je sais que Robert est avare de ses sentiments, contrairement à Tristan. Je comprends que vous vous aimiez. Et c'est précisément cela qui m'inquiète !

— Mais pourquoi ? murmura Davina d'un ton suppliant.

Tante Maggie lui jeta un coup d'œil incrédule.

— Parce que vous êtes la fille du roi ! L'auriez-vous oublié, demoiselle ?

À dire vrai, Davina l'avait effectivement perdu de vue.

Pour une fois..., pensa-t-elle.

— Et comme si vous glisser dans son lit et vous passer la bague au doigt ne suffisaient pas, poursuivit la vieille dame en accélérant sa déambulation, il a l'intention de tromper le roi au sujet de votre identité ! Il compte lui raconter que vous êtes une novice, répondant au nom d'Elaine, qui s'est fait passer pour la fille du roi car elle croyait que Robert MacGregor était l'ennemi juré de la véritable princesse royale. Vous auriez agi dans ce but afin de donner à cette dernière le temps de prendre la fuite. Bien sûr, elle n'en a rien fait et a sans doute péri dans l'incendie de votre couvent.

Ce fut au tour de Davina de regarder Maggie d'un air incrédule. Mais celle-ci ne s'embarrassa pas de précisions.

— Le pire, continua-t-elle, c'est que le père de Robert va m'arracher les yeux si le vôtre ne le fait pas d'abord !

Immobile sur le lit où elle était assise, Davina sentit la terre s'ouvrir sous ses pieds. Maggie disait vrai : elle ne pouvait pas épouser Robert sans que le roi lui ôte la vie pour ce geste. Comment avaient-ils pu se montrer si stupides, si inconscients ? Ne soupçonnait-elle pas, la veille encore, qu'elle ne pourrait jamais échapper à sa destinée ? Seule l'intimité avec le Highlander avait pu l'inciter à croire le contraire. Ses larmes coulèrent à flots, mais elle les essuya d'un revers de main, car elle ne voulait pas apparaître à Maggie sous un jour pitoyable. Cependant, rien n'y fit, et elle semblait ne plus pouvoir s'arrêter de pleurer. Enfin, elle cacha son visage sous la couverture et sanglota tout son soûl.

— C'est fini, mon enfant, s'empressa de la consoler Maggie en la prenant dans ses bras. Cela ne sert à rien.

— Il faut que je parte d'ici avant qu'il soit trop tard, s'écria Davina. Will m'emmènera jusqu'à…

— Will connaît les sentiments de Robbie, et il n'agira jamais contre sa volonté. Je crains que vous ne soyez condamnée à rester…

— Pourtant, je dois partir ! Je ne peux laisser Robert mettre sa vie en danger pour moi. Je ne voulais pas venir chez vous, mais il n'a rien voulu entendre.

— Hé, hé, je reconnais bien mon Robbie ! Aussi entêté que son père !

— Et puis, quand j'ai découvert Camlochlin et fait votre connaissance à tous, j'ai remercié le ciel qu'il ne m'ait pas écoutée. Oh, Maggie, que dois-je faire ? Je l'aime tant !

— Je sais, mon enfant, je sais, la réconforta la vieille dame en séchant ses larmes ainsi que les siennes. Mais peut-être qu'il reste un espoir… Le roi Charles n'a-t-il pas marié Claire à un Highlander ?

— C'était son cousin ! précisa Davina en reniflant. Quant à moi, je suis la fille du roi !

— Pas du tout, rétorqua Maggie tout sourires, en prenant le visage de la jeune femme dans ses mains, non sans dissimuler habilement sa propre appréhension. Vous êtes Elaine, une jeune novice qui a trompé mon neveu par fidélité envers la princesse royale. Je ferai en sorte que chacun à Camlochlin s'en souvienne.

— Cela ne marchera jamais, s'exclama Davina en secouant la tête.

— Cela marchera, puisque je vous le dis ! Souvenez-vous : je suis la sœur du « Diable » et je peux me montrer aussi redoutable que lui.

Davina ne put s'empêcher de rire entre deux sanglots.

— Je n'ai aucun doute là-dessus !

— Vous me décevriez ! Sans compter que le stratagème de Robert est habile. Selon lui, personne ne connaît votre visage. Même si le roi venait à vous retrouver, il ne pourrait pas prouver que vous êtes sa fille. En outre, il ne prendra jamais le risque de placer une roturière sur le trône. (Tante Maggie tapota la main de la jeune femme.) Ainsi, vous voyez que vous n'avez rien à craindre. Allez, essuyez-moi ces larmes. Vous avez déjà presque gagné la guerre ! Je vous aime bien, ma petite. Je crois qu'avec un peu de chance vous rendrez mon Robbie très heureux. Mais, pour cela, il vaut mieux vous armer de courage ! Parce que devenir l'épouse d'un MacGregor n'est pas de tout repos, ainsi que Kate vous l'apprendra certainement lorsque vous ferez sa connaissance.

Les traits de Maggie s'adoucirent, preuve de l'affection qu'elle portait à la mère de Robert.

— Elle-même est tombée amoureuse de mon frère, poursuivit-elle, à une époque où c'était un crime passible de la peine de mort. Vous trouverez en elle une alliée fidèle.

Que le ciel nous vienne en aide ! pria Davina, tandis qu'elle voyait pour la énième fois s'évanouir la perspective d'une vie heureuse. Comment, dans ces conditions, arriverait-elle à la cheville des autres femmes de Camlochlin ? L'heure était venue de prendre une décision et de s'y tenir une bonne fois pour toutes, quelles qu'en soient les conséquences.

La décision de rester s'imposa à elle lorsque la porte s'ouvrit soudain en grand, livrant passage à Robert MacGregor. Les cheveux en bataille et quelque peu hors d'haleine comme s'il avait couru depuis Portree pour la rejoindre, il entra en trombe dans la chambre. Sous le charme, Davina remisa aussitôt ses craintes aux oubliettes. Des images du corps nu du Highlander lui revinrent spontanément en mémoire, et elle rougit.

Mon Dieu, qu'il est beau ! Et grand ! Et musclé ! Et svelte !

Davina faillit partir d'un grand rire en voyant Maggie et son neveu se faire les gros yeux.

— Que fais-tu ici, ma tante ? s'enquit-il avec autorité, sans dissimuler son inquiétude quant à la conversation qui venait d'avoir lieu dans sa chambre. Je t'ai dit ce matin quels étaient mes projets. Je n'en changerai pas !

— Je te retourne la question ! riposta Maggie d'un ton tout aussi menaçant.

— Je te rappelle que c'est ma chambre !

— Parfait ! Dans ce cas, tu sais où se trouve la sortie !

Face à l'obstination du Highlander, Maggie se leva et le menaça avec son index.

— Tu n'es pas encore son époux, que je sache, et, en attendant, tu es interdit de séjour auprès de Davina ! À présent, fiche le camp ! Je dois l'aider à s'habiller.

Robert chercha le regard de sa bien-aimée par-dessus la tête de sa tante. La jeune femme était pétrifiée sous les couvertures. Puisqu'on lui interdisait de s'entretenir avec sa fiancée, il lui parla avec les yeux. Davina esquissa un sourire. Ils s'étaient compris. Robert pouvait prendre congé le cœur tranquille.

Reculant vers la porte à l'aveuglette, il annonça :

— Le prêtre est là.

— Tu l'as cueilli au saut du lit, n'est-ce pas ? le taquina Maggie en le congédiant d'une tape sur l'épaule, avant de lui fermer la porte au nez sans lui laisser le temps de répondre.

— Il vous adore, Maggie ! fit remarquer Davina quand elles furent seules de nouveau.

— Oui, vous aussi, il vous aime, répliqua la vieille dame tout sourires. Je me fais des idées, ou bien sentait-il le parfum ?

Lorsque Davina et Maggie descendirent le grand escalier quelques heures plus tard, elles trouvèrent le château en effervescence. C'était un véritable remue-ménage où chacun s'activait à la tâche qui lui avait été assignée. Les dames leur sourirent sur leur passage, et les hommes examinèrent la princesse d'un œil approbateur, tandis qu'ils entraient et sortaient des cuisines les bras chargés de panières contenant les aliments les plus divers.

Une cérémonie aurait lieu le jour même à Camlochlin.

Mon mariage ! songea Davina, encore toute tremblante, avec un profond soupir. *Cette fois, cela est bien réel !*

Elle était bien décidée à défier le roi et son royaume, quel qu'en soit le prix. Mais avait-elle d'autre choix ? Sans Robert, sa vie serait une mort lente et un long étiolement. Pour la première fois de sa vie, elle pria pour que son père ne la reconnaisse pas, si d'aventure il mettait les pieds à Camlochlin. Elle ne se languirait plus de sa présence en aspirant à une vie normale. Son rêve, et bien plus encore, était sur le point de se réaliser.

Elle sourit à Alice qui se trouvait à l'autre bout de la salle des banquets, puis arrangea ses cheveux relevés en chignon pour se donner un peu de contenance.

— Ai-je l'air convenable ? s'enquit-elle auprès de Maggie dans une vaine tentative pour ralentir les battements de son cœur.

— Vous êtes encore plus belle que les monts Cuillin en hiver.

Se tournant vers Will, Davina le gratifia de son plus beau sourire. Le jeune homme et son badinage folâtre lui manquaient, même si cela rendait Robert grognon et maussade.

— J'ai choisi la robe argentée, annonça Maggie en reculant d'un pas pour admirer son travail avec fierté. Elle lui va à ravir. Regarde, elle a des reflets d'argent dans les cheveux !

Will examina les boucles souples qui encadraient le visage de Davina et sourit.

— En effet, dit-il, j'avais remarqué.

Davina rougit et chercha Robert du regard, s'attendant à le trouver prêt à pourfendre son cousin à mains nues.

— Vous tentez le diable ! fit-elle remarquer d'un ton plaisant en élevant la voix.

— J'adore quand il prend la mouche, cela me rappelle qu'il n'est qu'un homme après tout, comme tout un chacun.

Oui, pensa Davina, *on aurait peut-être un peu trop tendance à l'oublier.*

— À propos, Robert est-il dans l'église ? demanda-t-elle en renonçant à trouver son futur époux dans la foule.

— Il y sera le moment venu.

Davina acquiesça. Elle n'en doutait pas !

— Il…, commença Will avant de s'interrompre pour regarder une jeune fille plantureuse qui se dépêchait de gagner la salle des banquets. Il s'occupe de certains préparatifs…

— Ce garçon est un prédateur ! fit remarquer Davina d'un ton amusé, tandis que Will emboîtait le pas de la demoiselle.

— C'est un chiot inoffensif en comparaison de Tristan ! nuança Maggie en fronçant les sourcils avant de prendre la main de la future mariée afin de lui faire traverser la salle.

Soudain, une élégante à l'imposante chevelure d'or et aux yeux d'un bleu profond les arrêta. Depuis le sourire qu'elle adressa à Davina jusqu'à la poignée de main qu'elles échangèrent, tout en elle était chaleureux.

— Ainsi, voici Elaine, l'heureuse élue qui a su ravir le cœur fidèle de Robert ! Je suis Aileen, la sœur de Graham et de Jamie.

— Miséricorde ! s'exclama Maggie en levant les yeux au ciel et en frappant dans ses mains. Il a invité les MacLeod !

— Et pourquoi pas ? s'enquit Aileen sans se départir de sa bonne humeur. Ne sommes-nous pas presque parents ?

Davina, remarquant une légère ressemblance entre l'étrangère et Jamie, décida d'échanger quelques mots avec celle-ci. Mais elles furent bientôt interrompues par Maggie.

— Ou est Jamie ? demanda cette dernière.

— À la cave. Il prie pour un soldat avec le père Matheson. Brodie a évoqué les derniers sacrements, je crois.

Davina blêmit.

Bon sang ! Edward ! Je l'avais oublié ! songea-t-elle.

L'avaient-ils enfermé dans le sous-sol ? Certes, il avait trahi sa confiance et lui avait brisé le cœur, mais était-ce une raison pour souhaiter sa mort ?

— Maggie ! Il faut absolument que je vois Robert, annonça-t-elle.

— Il n'est pas perdu, mon enfant. Ne vous inquiétez pas.

— Vous ne comprenez pas ! s'exclama Davina en saisissant la vieille dame par le bras. Il faut le retrouver maintenant, avant qu'il soit trop tard !

— Avant que quoi soit trop tard ? s'enquit Maggie en grimaçant avant de dégager son bras de l'étreinte de la jeune femme. Que vous arrive-t-il, ma chère ?

— Le voici ! intervint Aileen en désignant le Highlander du doigt.

Davina prit aussitôt le large pour rejoindre son futur mari au milieu de la salle des banquets. MacGregor semblait respirer avec quelque difficulté.

— Et moi qui pensais que tu ne serais jamais aussi belle que le jour où je t'ai enlevée à ton couvent ! Je ne pouvais pas être aussi loin de la vérité !

— Rob, où est Edward ?

Le Highlander prit un air grave.

— Tu n'auras plus à t'inquiéter pour lui, Davina. J'ai tout arrangé.

— En le tuant ?

— Il n'est pas encore mort, même s'il ne mérite pas autre chose ! répliqua MacGregor un ton trop haut avant de regretter son emportement. Nous en discuterons plus tard.

— Non, maintenant ! se braqua-t-elle en reculant d'un pas.

Le Highlander avait son regard renfrogné des mauvais jours.

— Libère-le ! ordonna-t-elle sans se laisser impressionner.

— Es-tu devenue folle ? Ou bien crois-tu que je sois fou ?

— Rob, je t'en supplie…

— Non !

— Je t'en conjure !

Robert faiblit l'espace d'un instant malgré son masque inflexible, puis se reprit aussitôt.

— Davina, demande-moi tout, mais pas cela ! La première chose qu'il fera en quittant Camlochlin sera d'aller prévenir ton père.

— Il n'en fera rien. Je le sais. Sa trahison remonte à bien longtemps. Beaucoup d'eau a coulé sous les ponts depuis.

— Oui, je sais. Il est tombé amoureux de toi, grommela Robert.

— Oui, et c'est pourquoi il ne me trahira pas une seconde fois. Épargne-le, je t'en prie. Je ne supporterais pas qu'il meure à cause de moi. Trop de personnes ont déjà perdu la vie par ma faute.

— C'est impos..., commença le Highlander avant de s'interrompre lorsque Davina se blottit dans ses bras et posa son index sur sa bouche.

— Je ne t'ai jamais rien demandé jusqu'à aujourd'hui. Accorde-moi cette faveur, Robert. Je ne peux pas épouser un homme sans pitié.

Il la regarda longuement droit dans les yeux, tandis que le cœur de la jeune femme battait la chamade. Au moment où elle commençait à perdre espoir, il dit enfin :

— Très bien !

Davina se jeta à son cou et lui exprima sa gratitude en le couvrant de baisers.

— Mais il ne doit quitter l'île de Skye sous aucun prétexte, ajouta MacGregor entre deux assauts de sa bien-aimée. Je n'hésiterais pas à le faire exécuter s'il essayait de s'échapper.

— Oui, bien sûr, tout ce que tu voudras.

Reculant lentement, il planta ses yeux de braise dans les siens.

— Viens, allons nous marier, ensuite nous irons faire l'amour !

La cérémonie se déroula sans incident, malgré l'agitation de Jamie qui tapota inlassablement de sa botte le sol glacé de l'église en se retournant toutes les dix secondes, de crainte que le roi et toute sa garnison n'enfoncent les portes du bâtiment.

Davina qui pendant toute la durée des solennités n'avait eu d'yeux et d'oreilles que pour Robert ne devait garder qu'un souvenir imprécis de la suave bénédiction du prêtre. L'avenir s'annonçait réjouissant et prometteur. Elle ferait tout pour rendre son époux heureux. Ne lui avait-il pas donné son cœur, un foyer et tout ce dont elle avait toujours rêvé ?

Immédiatement après la célébration, un festin composé d'agneaux à la broche (auxquels Maggie et Davina ne touchèrent point), de petits pains frais et de pains aux raisins, de tout un assortiment de soupes et de bouillons, sans oublier la meilleure bière et le meilleur whisky de Camlochlin, fut servi dans la grande salle des banquets. Robert en profita pour aller et venir d'un convive à l'autre avec l'aisance innée d'un futur chef de clan. Mais, quel que soit son interlocuteur ou le sujet abordé, il avait toujours un regard pour Davina. Dans le sourire du Highlander, la jeune femme décelait quantité d'insinuations intimes et insatiables.

Cette dernière n'était pas sans savoir que son époux la désirait ardemment, et, malgré les douleurs causées par leurs derniers ébats, ce désir était réciproque. Il tardait à Davina de se retrouver enfin seule avec Robert pour explorer son corps, hanter ses pensées, s'imprégner de son odeur et du goût de sa peau, et lui dire « je t'aime » à satiété.

Cependant, lorsqu'il reposa sa dernière chope de bière, elle ne s'attendait pas à ce qu'il effleure ses lèvres avec son doigt et lui glisse à l'oreille d'une voix grave et gutturale qui trahissait son excitation :

— Dis bonsoir à nos invités.

Pendant que son mari l'embrassait, Davina rougit et détourna le regard des dizaines de paires d'yeux qui la dévisageaient. Puis le Highlander la souleva dans ses bras au son des hourras déclenchés par Will. La jeune femme en profita pour se cacher sous le plaid flambant neuf de son époux.

Mais, lorsque Robert l'amena dans leurs appartements, la timidité céda la place à un mélange de joie et d'appréhension. Des centaines de bougies illuminaient leur chambre, comme autant d'étoiles dans un ciel d'été. D'abondants bouquets de bruyère des Highlands en ornaient chaque recoin et embaumaient l'air de leur délicat parfum.

— Les as-tu cueillis toi-même ? s'enquit Davina en se rappelant qu'elle avait été frappée par le parfum du Highlander le matin même.

— Avec l'aide de Finn et de Will, répondit-il en l'embrassant avant de la poser sur le lit. Sont-ils à ton goût, ma chérie ?

Elle hocha la tête en silence pour ne pas pleurer d'émotion. Rien n'était plus à son goût ! Tout ce que Robert MacGregor faisait la rendait heureuse. Chaque fois qu'il desserrait un nouveau bouton de sa robe et embrassait sa peau dénudée, il lui semblait se rapprocher du paradis. Après qu'il lui avait sauvé la vie et donné refuge dans l'étreinte de ses bras protecteurs, elle n'aurait pas cru possible de pouvoir l'aimer davantage. Mais voilà qu'il avait parcouru les collines pour lui cueillir des fleurs !

— Je t'aime, susurra-t-elle, tandis qu'ils s'unissaient, et je n'aimerai que toi jusqu'à ma mort.

Chapitre 26

Le roi Jacques était assis seul dans la chambre royale, où il contemplait d'un air absent le feu qui brûlait dans l'âtre en balançant une coupe de vin en argent entre ses mains. Il était indifférent à la musique et aux effusions de joie qui lui parvenaient depuis la Maison des banquets située à l'étage inférieur. Son couronnement avait rameuté à Whitehall tout ce que l'Angleterre et l'Écosse comptaient d'aristocrates, sans oublier de nombreux chefs de clan venus tout droit des Highlands. Tous s'étaient montrés impatients de témoigner leur respect au nouveau souverain et de l'assurer de leur indéfectible hypocrisie ! Cependant, le roi n'était point dupe, car il était plus que probable que l'un d'entre eux, voire plusieurs, soit responsable des tragiques événements qui l'avaient démoralisé et incité à boire plus que de raison.

Elle est morte ! se répéta-t-il pour la énième fois.

Peu après la fin de la cérémonie au cours de laquelle il avait été proclamé roi, lord Dumfries lui avait appris que l'abbaye Saint-Christopher n'était plus que ruines.

Ils sont tous morts ! Davina !

En l'absence de témoins, il était impossible de savoir qui avait commis cet épouvantable crime.

Pendant la semaine de festivités qui avait suivi le couronnement à Westminster, le roi Jacques avait fait montre d'une jovialité feinte durant le jour, saluant les invités, mangeant, buvant et souriant sur commande. Mais son esprit n'était pas à la fête, et il pensait sans cesse à sa fille. Le soir venu, il se réfugiait dans la solitude de ses appartements, car il se sentait trop accablé et irrité pour donner le change.

Qui est l'enfant du diable qui a tué mon enfant ? se torturait-il en noyant ses regrets dans les meilleurs crus du royaume. Il se connaissait beaucoup trop d'ennemis pour en tenir un compte exact, mais aucun d'entre eux ne savait que Mary n'était pas son aînée.

Naturellement, Charles, son frère, avait été au courant, car Jacques lui avait annoncé la nouvelle peu de temps après la naissance de Davina. Au début, l'ancien monarque avait repoussé l'idée que sa nièce soit élevée en bonne catholique, puis il s'était rangé à l'avis de son frère, comme souvent par le passé, en se disant que son cadet était une sorte de rebelle qui aimait les cachotteries. De fait, Jacques n'avait-il pas épousé Anne Hyde, une roturière, en secret ? N'avait-il pas désavoué l'anglicanisme et tenu sa conversion au catholicisme secrète pendant de nombreuses années, non par plaisir mais dans l'intérêt de la couronne ? À la naissance de Davina, il avait rapidement compris que, malgré son désaccord, elle serait inévitablement élevée dans la foi protestante. C'est alors qu'il avait décidé de lui faire quitter la cour. Ce qui s'était présenté au départ comme un acte de rébellion de la part du futur roi était, avec le temps – en l'absence d'héritier légitime né du lit de Charles et devant les attaques de plus en plus fréquentes des adversaires du catholicisme –, devenu une nécessité : Davina devait disparaître de la scène.

Bien sûr, les religieuses de Saint-Christopher avaient eu connaissance de son identité, ainsi que le capitaine Geoffries et son successeur, le capitaine Asher. Anne, l'épouse chérie du roi, avait pleuré toutes les larmes de son corps, avant de rendre son dernier souffle, pour qu'on lui rende sa fille.

Mary… La petite Anne… L'évêque… Lord Covington et lord Allen… Qui d'autre avait été présent durant les derniers instants de son épouse ? se demanda Jacques Stuart.

Quelqu'un dont il ne se souvenait pas avait certainement appris, ce jour-là, que l'enfant en question n'était pas mort-né.

Le roi but une autre gorgée de vin puis laissa tomber sa coupe par terre.

Ma petite Davina !

Il l'avait vue, en tout et pour tout, deux fois dans sa vie : la première, alors qu'elle avait à peine deux ans ; la seconde, à onze ans (c'était un an après le décès de sa mère). Lui rendre visite à l'abbaye avait été trop risqué, mais il avait pu convenir d'un rendez-vous hors des murs du couvent avec l'abbesse et son enfant, lors d'un voyage qu'il avait fait à Édimbourg avec ses troupes. Il avait émis le souhait de la mettre à l'abri en Espagne, ou même en France où il avait passé de longues années avant la Restauration et avait découvert la foi de l'Église de Rome. Mais Anne avait préféré ne pas l'éloigner davantage, et Davina était restée en Écosse, où les nonnes l'avaient élevée. Anne ne l'avait plus jamais revue.

Le temps passant, Davina était devenue l'un des nombreux secrets que son père avait été forcé de garder durant sa difficile existence. À présent qu'il la croyait morte, il la pleurait, non comme un roi pleure la perte de l'unique successeur capable de poursuivre son œuvre, mais comme un père qui n'avait jamais eu la chance de connaître et de choyer sa fille.

Soudain, on frappa à la porte. Il fit entrer, et Mary, sa jeune épouse, pénétra dans la pièce, flanquée de trois gardes.

— Messire, commença-t-elle en faisant une révérence conforme à l'étiquette dans un cliquetis de boucles d'oreilles, l'un de vos capitaines est de retour d'Écosse et requiert une audience avec le roi.

Comment lui expliquer la raison de sa morosité, tandis qu'il avait toutes les raisons du monde de se réjouir avec leurs invités ?

N'aurait-il pas mieux valu que Davina meure à la naissance, comme ses quatre frères et sœurs après elle ? Anne s'était éteinte en croyant que Dieu les avait punis de l'abandon de leur fille aînée en leur envoyant quatre enfants mort-nés. Quoi qu'il en soit, Davina avait survécu aux affres de la naissance. Jacques se souvint de son petit air innocent, tandis qu'elle riait aux éclats pour le plus grand bonheur du capitaine Geoffries et la plus grande affliction de son père. Anne avait sans doute vu juste : Dieu ne lui avait pas pardonné et ne lui pardonnerait jamais !

— Je ne désire recevoir personne. Renvoyez-le ! ordonna-t-il en congédiant sa femme d'un geste de la main qui sembla lui coûter une énergie folle.

— Vos filles, Anne et Mary, s'inquiètent à votre sujet, ainsi que leurs époux, insista Marie de Modène en échappant à ses gardes pour courir se jeter aux pieds de son mari. Je vous en conjure, descendez à la Maison des banquets, sinon votre absence sera interprétée par vos ennemis comme un acte de couardise.

— Ah oui, Guillaume d'Orange, mon cher gendre, l'empêcheur de succéder en rond ! Je l'avais oublié, celui-là ! Avec sa tête d'assassin !

Contrairement au duc James Scott de Monmouth, l'autre grand ennemi du roi, qui ne se privait pas de clamer haut et fort son opposition à son monarque, Guillaume était capable de la pire ironie meurtrière, allant jusqu'à nier les preuves de félonie les plus flagrantes.

— Mon cher époux…, insista de nouveau Mary en serrant la main du souverain, tandis que celui-ci renonçait en silence à faire la liste de tous ses ennemis. Quelle que soit la cause de vos préoccupations, elle ne doit pas vous empêcher d'accomplir votre devoir. Vous êtes le roi et vous avez de nombreux partisans. Je suis l'un d'entre eux, dit-elle d'un ton enjôleur en le suppliant du regard.

Jacques la regarda droit dans les yeux. Il avait aimé Anne plus qu'il n'aurait cru possible d'aimer une femme. Mais Marie de Modène lui avait appris qu'il pouvait aimer davantage encore. Il avait fallu quelques années pour que la jeune femme s'adapte à cet homme bien plus âgé qu'elle, mais, à présent, elle l'aimait d'un cœur sincère, c'était certain. Lors des audiences publiques, elle se montrait consciencieuse et réservée, mais, la nuit venue, elle ne se contentait pas de lui livrer ses faveurs, elle lui confiait également ses pensées et le fruit de ses réflexions. Que penserait Marie, si elle apprenait qu'il avait abandonné sa fille ?

— J'aimerais vous entretenir de choses importantes, ma chère épouse.

— Cela peut attendre, assura-t-elle en lui tapotant la main avant d'y déposer un baiser. Recevez d'abord ce capitaine. Il prétend que l'affaire est urgente. Ensuite, vous viendrez vous asseoir auprès de moi. Cela fera taire les mauvaises langues.

Heureux de la confiance que cette femme de caractère lui témoignait, il se dit qu'Anne l'aurait appréciée.

— Très bien ! Faites-le entrer, puis informez mes invités que je descendrai les rejoindre tantôt.

Le roi regarda son épouse s'éloigner et les trois gardes lui emboîter le pas. Puis la porte claqua, et il ferma les yeux, se souvenant du visage de sa fille à l'âge de deux ans. Avec ses joues rondes et roses, ses cheveux couleur d'or et ses yeux aussi grands et bleus que le ciel, elle avait, à cet âge-là déjà, un visage d'ange.

Neuf ans plus tard, il ne l'avait aperçue que de loin, mais il s'était imprégné des moindres détails de sa physionomie, de sa démarche et de la manière dont elle s'arrêtait à intervalles réguliers pour regarder avec nostalgie au-delà des portes du couvent, tandis qu'elle en traversait la cour pour se rendre à l'église. Était-ce lui qu'elle cherchait ainsi ?

Il avait pris toutes les précautions nécessaires, allant même jusqu'à envoyer une armée pour la protéger au cas où ses ennemis découvriraient son secret. Mais cela avait été vain.

On frappa de nouveau à la porte, et l'image de Davina s'évanouit. Le roi fit entrer et rouvrit les yeux, tandis que deux hommes pénétraient dans la chambre royale. Le premier était connu du souverain : il s'agissait du capitaine Connor Grant, qui n'était autre que le neveu du grand-amiral Stuart. Le compagnon de Grant, un jeune homme qui portait le costume des Highlanders, le dévisagea avec un air effronté avant de poser les yeux sur la coupe qui gisait sur le tapis.

— Votre Majesté, salua Grant en mettant un genou en terre, tandis que son acolyte restait de marbre.

— Comment vous appelle-t-on, jeune homme, s'enquit le roi en retrouvant sa bonne humeur perdue quinze jours plus tôt.

Enfin un peu de distraction ! se réjouit-il intérieurement, ne sachant encore s'il allait se fâcher contre son audacieux visiteur ou, au contraire, s'amuser de son comportement.

— Je suis Colin MacGregor, Votre Majesté.

— MacGregor…

Mais bien sûr…, songea Stuart en toisant l'adolescent de la tête aux pieds. *Ce regard imperturbablement sûr de lui…*

— Êtes-vous de Rannoch ?

Colin fit « non » de la tête.

— De Skye, Sire, rectifia-t-il en jetant un coup d'œil circulaire à la pièce, dont le luxueux ameublement l'étonnait moins que la solitude du roi.

— Ah, dans ce cas, votre chef dîne en ce moment à ma table !

— Oui, c'est mon père, précisa Colin avec une fierté qui plut au roi.

Ce dernier avait fait la connaissance du tristement célèbre Diable MacGregor et de ses proches à l'issue de la cérémonie du couronnement, et les avait invités à le rejoindre à Whitehall. Le vieux MacGregor était le genre d'alliés prisé par le roi Jacques. Comme lui, MacGregor était un petit cachottier qui n'avait jamais révélé à personne l'endroit exact où il vivait sur l'île de Skye. Certes, il n'aurait pas été sorcier de dénicher sa tanière, car Claire, la cousine de Jacques, vivait dans les parages, depuis qu'elle s'était mariée, du vivant du roi Charles, au père de Connor Grant. Cependant, James s'était toujours bien gardé de s'enquérir auprès de sa cousine du lieu où se trouvait l'antre du Diable. Tant que les MacGregor ne se soulevaient pas contre la couronne, il les laisserait entretenir leurs petits mystères. Qui mieux que lui aurait-il pu comprendre ce besoin de dissimulation qu'éprouvent certains hommes ?

— Pourquoi n'êtes-vous pas arrivé en même temps que lui ?

— C'est précisément ce dont je suis venu vous entretenir, Sire, intervint le capitaine Grant en se redressant, non sans jeter un regard noir à Colin en représailles à son manque de soumission.

— Mais oui, faites donc, asseyez-vous. Quelle est donc cette nouvelle urgente que vous m'apportez ?

— C'est au sujet de l'attaque contre l'abbaye Saint-Christopher.

Le roi Jacques se figea et dut mobiliser toute son énergie pour ne pas se lever subitement et maîtriser sa voix lorsqu'il demanda au capitaine ce qu'il savait de cette affaire.

— Je connais le responsable.

— Qui est-ce ? s'enquit Stuart en serrant les accoudoirs de son fauteuil de ses mains baguées.

Enfin, il allait savoir…

— Il s'agit de l'amiral Peter Gilles. Le bras droit du duc de Monmouth.

Ne pouvant plus se contenir, le monarque se leva d'un bond. La colère assassine qui le rongeait nuit après nuit allait enfin trouver un exutoire.

— Si vous dites vrai, ils sont tous les deux bons pour la roue ! Quelles preuves avez-vous pour étayer vos accusations ?

Grant s'abîma soudain dans la contemplation de ses ongles.

— Colin était présent, répondit-il enfin à contrecœur d'une voix à peine audible.

Dans l'incapacité de dissimuler son chagrin et la question qui le hantait, le roi s'adressa alors directement au jeune Highlander.

— Je veux tout savoir, MacGregor. N'omettez rien !

Colin expliqua les raisons de leur présence à Saint-Christopher et raconta le drame dont ils avaient été témoins à leur arrivée sur les lieux, à savoir l'incendie qui faisait rage et le petit nombre de soldats anglais qui combattaient encore contre les Hollandais. Le frère aîné de Colin, aidé de deux compagnons, avait prêté main-forte aux Anglais, et ils avaient eu la chance de s'en tirer vivants. Ayant reçu une flèche à l'épaule, le frère en question avait décidé de rentrer chez eux plutôt que de continuer vers l'Angleterre.

— Nous avons retrouvé le capitaine Grant à Inverary, où nous lui avons raconté les faits.

— Et Gilles ? A-t-il été tué ?

— Il ne s'est pas montré, répliqua Colin d'un ton ferme sans baisser les yeux. C'est un de vos hommes qui, avant de mourir, a dit à mon frère que c'était l'amiral qui avait organisé le massacre.

— Sire, commença Connor, afin de détourner l'attention du roi, le duc de Monmouth s'est rendu coupable de l'assassinat de vos soldats, qui sont aussi mes frères d'armes. J'ignore si le comte d'Argyll trempe également dans tout cela, mais permettez-moi de vous rappeler que mon oncle a émis des réserves au sujet de Guillaume d'Orange et qu'il s'en était ouvert au regretté roi Charles.

— En effet, je ne suis pas sans le savoir. Connor Stuart a été, en son temps, le plus fidèle féal de mon frère et il est devenu le mien depuis la mort de celui-ci. Il est très attaché à sa famille ! Il se réjouira d'apprendre que vous avez rendu un fier service au trône. Quant à Guillaume, je suis parfaitement au courant de ce qu'il pense d'une éventuelle monarchie catholique. Cependant, il m'est impossible de prendre des mesures contre lui sans preuves attestant de sa trahison.

Le capitaine approuva d'un signe de tête, tandis que le roi se dirigeait vers la porte.

— À présent, si vous le voulez bien, j'aimerais réfléchir à ce que vous venez de me dire avant de descendre retrouver mes invités.

Grant s'inclina de nouveau devant son souverain, puis quitta la chambre du roi, suivi de son jeune compagnon.

— MacGregor ! Un mot avant de nous séparer, lança le roi avant que celui-ci sorte.

Puis il reconduisit le capitaine à la porte, qu'il referma derrière lui.

— Dites-moi, poursuivit-il, avez-vous remarqué une… une jeune femme…, une… novice, au monastère ?

C'était la première fois qu'il parlait de Davina à quiconque depuis qu'Anne l'avait quitté pour un monde meilleur.

Peu importe que l'on sache à présent! pensa-t-il. N'était-il pas en droit de savoir si Colin MacGregor avait vu sa fille avant qu'elle rende l'âme ? Un père n'avait-il pas le droit de savoir si son enfant était morte ou vivante ?

— Une jeune femme, reprit-il en luttant pour ne pas se laisser submerger par l'émotion, avec des cheveux dorés comme le soleil et des yeux de la couleur du ciel.

Une lueur de compassion, ou de morne curiosité, traversa le regard de l'adolescent puis disparut.

— Nous n'avons trouvé aucun survivant.

— Peut-être avez-vous vu son cadavre alors ? insista le roi en s'interposant entre la porte et son hôte qui faisait mine de s'esquiver. Ou peut-être un corps qui ressemblait à ma description ? Il faut que je sache.

— Pourquoi ?

Jacques Stuart recula d'un pas, peu habitué qu'il était à ce qu'on lui tienne tête et à ce qu'on le dévisage avec une telle insistance.

Ce gosse est courageux et a des nerfs d'acier, songea-t-il, *mais l'éclat de ses yeux trahit un calme qui n'est qu'apparent.*

— Je vous pose la question sans discourtoisie aucune, ajouta Colin, car je n'ai pas encore l'honneur de vous connaître. Cependant, pourquoi tant d'inquiétude pour une novice que vous n'avez jamais vue ?

Stuart se raidit et s'apprêta à montrer à ce jeune freluquet de quel bois le roi se chauffait, avant de se raviser lorsqu'il prit conscience qu'il n'avait pas le cœur de s'autoglorifier.

— Parce qu'il s'agit de ma fille, avoua-t-il enfin, constatant à regret que cet aveu ne l'avait en rien soulagé. Je l'ai sacrifiée au nom de la foi catholique.

Il rit de lui-même, sans y mettre non plus beaucoup de cœur, puis ajouta en haussant les épaules :

— Je ne sais pas pourquoi je vous raconte cela… Peu importe à présent !

Puis il regagna son fauteuil et s'y laissa choir.

— Est-ce à cause d'elle que vous ruminez ici tout seul, soûl à ne plus pouvoir tenir votre coupe ?

Jacques regarda le jeune homme d'un œil discret. Au milieu de tant d'hypocrisie, la franchise de ce garçon avait quelque chose de rafraîchissant.

— Soit vous ne manquez pas de courage, soit vous êtes complètement fou ! fit remarquer le roi.

— Les deux, Sire ! répliqua Colin. Je suis très courageux, précisa-t-il en s'asseyant sur la chaise de Connor sans y être invité, mais je me suis laissé dire que vous ne manquez pas de courage vous-même.

— Et d'où tenez-vous cela ? De votre père ?

— Non. D'une personne très chère à mes yeux qui m'a dit que vous avez consenti à de nombreux sacrifices au nom de la foi catholique, allant même jusqu'à renoncer à votre titre de lord grand-amiral. Vous en repentez-vous parce que cela a coûté la vie de votre fille ? Seriez-vous prêt, désormais, à abjurer votre foi où à exiger d'autrui qu'il abjure la sienne ?

— Non, jamais ! Ma foi est tout ce qui me reste.

L'adolescent esquissa un sourire qui accentua sa ressemblance avec son père, puis il se leva et gagna la porte. Avant de sortir, il s'arrêta et se tourna vers le souverain une dernière fois.

— Abraham aussi a sacrifié son enfant au nom de sa foi.

Jacques Stuart acquiesça, puis se replongea dans la triste contemplation du feu.

— Cependant, Dieu n'a point permis qu'Isaac meure.

— C'est vrai…, confirma Colin, avant de sortir.

Chapitre 27

Davina fixait le plafond du regard en contemplant la lumière déclinante des bougies moribondes. Le couple qu'elle formait désormais avec Robert MacGregor n'avait pas quitté la chambre depuis trois jours, à l'exception de quelques incursions jusqu'aux commodités. Des serviteurs s'occupaient de leur préparer leur bain à quelques pas du lit, tandis qu'Alice était préposée aux repas, qu'elle apportait sur un plateau, au grand désespoir de la jeune mariée qui craignait de prendre de l'embonpoint. La bonne se gardait en général de poser les yeux sur les amants, à l'exception du jour où elle jeta un coup d'œil élogieux au Highlander, dont le corps nu était ceint d'une simple couverture à la taille. Par chance, le maître des lieux n'avait pas d'érection, ce qui était exceptionnel.

Davina rougit en songeant au nombre de fois qu'ils avaient fait l'amour de jour comme de nuit. Durant les premières quarante-huit heures, le corps de la jeune femme, peu habitué, avait nécessité certaines précautions qui requéraient lenteur et volupté de la part de Robert. Mais ce matin-là… *Bon sang!* Ce matin-là, elle avait pris l'initiative de leurs ébats, tandis que son époux s'alanguissait encore dans les bras de Morphée.

Robert n'avait fait aucune objection et avait émergé tout sourires des brumes du sommeil. Il l'avait embrassée avec fougue et voracité tout en prenant ses fesses dans ses mains pendant qu'elle le chevauchait. Soudain, Davina s'était découvert un penchant pour l'équitation ! D'autant que sa monture semblait retirer autant de plaisir qu'elle de leur folle cavalcade. Enfin, l'étalon avait succombé sous les assauts de sa cavalière, tandis que celle-ci l'encourageait de sa propre jouissance.

Plus tard, il l'avait saillie comme une petite pouliche docile, puis ils s'étaient endormis dans les bras l'un de l'autre. Au réveil, ils avaient dévoré un copieux petit déjeuner, puis avaient fait de nouveau l'amour avant de tomber de sommeil, épuisés.

Lorsque Davina rouvrit les yeux, elle avait perdu la notion du temps. Son estomac criait famine, et, si délicieux que soit l'amour que lui faisait Robert, elle en avait assez de vivre entre quatre murs.

— Rob ? héla-t-elle en lui donnant une petite bourrade dans les côtes. Rob, j'ai faim ! insista-t-elle en le secouant pour de bon.

— Alice ne va pas tarder, dit-il à moitié endormi sans ouvrir les yeux.

— Non. Je crois qu'il fait encore nuit. Je descends aux cuisines et je reviens…

— Non ! s'exclama-t-il en la retenant par la taille avant de la hisser jusqu'à lui sans le moindre effort. Reste !

Elle obéit, en attendant qu'il recommence à ronfler. Puis elle se dégagea en faisant bien attention de ne pas le réveiller et se glissa hors du lit.

Dieu, que ces dalles sont froides ! protesta-t-elle en silence. *Où sont mes pantoufles ? Bon sang, on n'y voit goutte ici !*

Soudain, son estomac se mit à gargouiller, et elle s'empressa de gagner la porte, avec pour tout vêtement l'épaisse tunique du Highlander sur ses épaules.

Tant pis pour mes pantoufles !

Elle jeta un coup d'œil dans le couloir obscur et silencieux, puis attendit pendant quelques instants au cas où Alice déboucherait dans l'escalier avec un plateau de mets succulents.

Étaient-ils tous endormis ? Dans sa tenue, elle ne pouvait que l'espérer. Elle s'engagea enfin dans le corridor. Il lui faudrait d'abord traverser la grande salle des banquets avant de se rendre à l'office. Cependant, Davina n'en était pas à son coup d'essai, car il lui était souvent arrivé de chaparder dans le garde-manger du monastère au beau milieu de la nuit. Enjamber les dormeurs qui ronflaient dans la salle des banquets ne présentait, par conséquent, aucune difficulté en soi.

Son estomac protesta de nouveau, et l'écho de ses gargouillements résonna dans le couloir désert. Elle descendit l'escalier à tâtons en surveillant sa droite et sa gauche. Par chance, les grands candélabres situés au rez-de-chaussée diffusaient assez de lumière.

Sortant de l'ombre, elle s'arrêta brusquement en apercevant deux hommes qui approchaient en riant à gorge déployée.

Ils ne m'ont pas vue! pensa-t-elle en faisant demi-tour pour s'esquiver.

— Davina! héla l'un d'eux.

La jeune femme s'immobilisa.

Will!

Elle soupira de soulagement et fit volte-face dans l'intention de lui expliquer pourquoi elle se trouvait, pieds nus, en cet endroit à une heure indue, mais le jeune homme la déshabilla instantanément du regard, non sans perdre quelque peu ses moyens. Puis il la regarda enfin droit dans les yeux, et Davina décela en lui une expression douloureuse qui lui donnait un air plus vulnérable qu'à l'accoutumée. D'une certaine manière, elle éprouva encore plus de gêne que lorsqu'il la gratifiait de ses sourires sulfureux.

Le compagnon de Will fit un pas en avant puis s'arrêta net lorsque le cousin de Robert le menaça de sa dague sous la gorge.

— John, ordonna Will sans quitter Davina des yeux, va chercher un plaid pour la femme de Rob. Tout de suite!

Will rengaina son arme et profita de la lumière des bougies pour dévorer des yeux la jeune femme à son aise, tandis que son comparse filait en direction de la salle des banquets sans demander son reste.

— Bonsoir, belle dame ! Je commençais à m'inquiéter pour vous.

Davina rougit, et Will esquissa un de ces rictus dont il avait le secret.

— Je suis content de voir que vous êtes en pleine forme, poursuivit-il. Où Rob a-t-il donc la tête, de vous laisser ainsi errer dans le château à cette heure !

— Il dort, répondit Davina, non sans quelque embarras, en croisant les bras. J'avais faim, alors je suis descendue aux cuisines. Je ne m'imaginais pas être en danger.

— Dans cette tenue ? s'enquit-il en la déshabillant une dernière fois du regard avant de détourner les yeux à contrecœur. Vous êtes ici chez vous désormais, et nous sommes devenus parents. Mais n'attendez pas de tous les hommes du clan qu'ils se comportent en frères.

Sur ces entrefaites, John revint avec un long plaid tout troué qu'il remit à Will avant de se voir immédiatement congédié par celui-ci.

— Mettez cela ! suggéra le jeune homme en jetant le vêtement à Davina. Retournez dans votre chambre et demandez à votre mari d'aller vous chercher quelque chose à manger.

— Oui, c'est plus prudent, convint Davina.

Puis ils se retournèrent de concert, tandis que Robert descendait l'escalier en serrant la couverture qui lui servait de pagne.

— Tu aurais dû me réveiller, dit-il en s'adressant à Davina lorsqu'il fut à sa hauteur.

— J'ai essayé, répliqua-t-elle en passant le plaid autour de ses épaules.

Il la gratifia d'un sourire contrit puis lança un regard noir à Will qui le toisait avec un air de commisération.

— Allez, ouste ! lança-t-il à son cousin.

Puis, embrassant Davina sur le sommet du crâne, il ajouta :

— Je vais aller te chercher quelque chose à manger.

— Prends des fruits, et du pain, et du miel, si tu en trouves ! suggéra la jeune femme avec reconnaissance, tandis que Robert l'invitait à retourner dans leur chambre.

— Bonne nuit, Will, héla-t-elle par-dessus son épaule en s'amusant du clin d'œil lubrique que lui fit le meilleur ami de son mari. Et merci pour le plaid !

Sans doute Will était-il un prédateur, mais il était aussi inoffensif avec elle qu'un jeune chien qui vient de naître.

— Bon, as-tu bientôt fini de reluquer ma femme ? s'enquit le Highlander.

Will cligna des yeux, afin de chasser la divine apparition qui lui troublait l'esprit, et esquissa son éternel rictus impudent.

— Oui, jusqu'à demain, ou jusqu'à la prochaine fois où tu la laisseras de nouveau déambuler à moitié nue.

Robert lui jeta un regard scandalisé puis partit d'un grand rire lorsque Will lui tapa sur l'épaule.

Ils étaient plus que de simples cousins : ils étaient amis depuis l'enfance, et Robert avait une confiance absolue en William MacGregor.

— Viens boire un verre avec moi, suggéra ce dernier en ouvrant la marche. Ta femme ne t'en voudra pas si tu tardes un peu. J'ai découvert la cachette où mon père garde le whisky d'Angus.

Dans la pénombre, ses yeux luisaient de malice.

— Il n'en reste pas beaucoup, ajouta-t-il, et si nous nous avisions de finir la bouteille il y aurait sûrement du grabuge quand Angus rentrera.

Robert jeta en coup d'œil en arrière en direction de l'escalier et se couvrit les épaules avec son plaid sans parvenir à se débarrasser du frisson qui lui parcourait l'échine.

Dans quinze jours, père sera là ! songea-t-il.

— C'est ici ! chuchota Will en conduisant son comparse dans une petite réserve contiguë au cellier.

Robert attendit pendant que son cousin furetait dans des caisses poussiéreuses et des étagères encombrées de toutes sortes de débris, allant des bouts de chandelles aux sceaux en bois trop vieux et trop fissurés pour être encore de quelque utilité, en passant par les vieilles cisailles de tonte rouillées.

— Ah, ah, nous y voilà ! s'écria Will en faisant volte-face, une poignée de bougies dans une main et deux coupes dans l'autre. Fais-nous un peu de place sur cette table, si tu veux bien.

Robert fit aussitôt place nette en balayant le plateau de la table avec l'avant-bras.

— Gardes-tu toujours un œil sur Asher ? s'enquit-il, tandis que son ami allumait les bougies et soufflait la poussière accumulée sur les coupes.

— Oui, répondit Will en passant la tête à l'intérieur d'une alcôve fermée par un rideau dissimulé derrière des caisses.

Il fouilla à l'intérieur et, esquissant un sourire, ajouta enfin :

— Il rôde dans le château, les yeux baissés, à longueur de journée.

Puis il se redressa, une bouteille fermée par un bouchon à la main, et se tourna vers son cousin en souriant de toutes ses dents.

— Je ne crois pas que le capitaine essaiera de s'enfuir, poursuivit-il, mais, au cas où, je le fais enfermer durant la nuit.

— Parfait ! s'exclama Robert, même s'il ne savait toujours pas s'il avait bien agi en laissant la vie sauve à Edward. Mets-le au travail dès demain. Il faut qu'il gagne sa croûte, s'il veut rester avec nous.

— Entendu, je lui ferai nettoyer les écuries. Il ne devrait pas se sentir dépaysé au milieu du crottin de cheval !

— Will ?

— Oui ? s'enquit le jeune homme en levant la tête, sans toutefois cesser de tirer sur le bouchon.

— Comment vais-je expliquer sa présence à mon père ?

Will s'esclaffa et jeta le bouchon par-dessus son épaule.

— Eh bien, tu pourras toujours lui dire que ce renégat de soldat anglais n'est rien, en comparaison de la fille du roi qui dort dans ton lit !

Robert grommela des jurons inaudibles et se passa la main sur le menton pendant que Will servait à boire.

— J'ai réussi à nous faire un ennemi du roi que mon père soutient au point de traverser tout le pays pour aller le féliciter !

Compatissant, Will lui tendit une coupe en lui tapotant l'épaule.

— C'est ton père, après tout. Au moins, tu peux être sûr qu'il ne te tuera pas. Allez, trinquons ! suggéra-t-il en levant son verre. Buvons à ton bonheur, aussi bref soit-il…

Robert lui jeta un regard sévère qui l'amusa, puis ils avalèrent leur whisky.

— Ah ! C'est du feu ! s'exclama le Highlander en frémissant de tout son corps, tandis que le liquide lui brûlait la trachée. Comment font-ils pour boire ce tord-boyaux ?

Pour toute réponse, Will s'accrocha au rebord de la table et ferma les yeux.

— J'aimerais bien le savoir ! s'exclama-t-il en vidant le reste de la bouteille sur le sol de terre battue. Quoi ? maugréa-t-il face au regard incrédule de Robert. C'est du poison ! Si l'on ne s'en débarrasse pas maintenant, ce whisky finira par tuer l'un des nôtres.

— Tu as raison, s'esclaffa MacGregor. Ton père, par exemple, quand Angus découvrira que son whisky a disparu !

— Aucun risque ! répliqua Will en remettant la bouteille à sa place. Mon père ne se laissera pas intimider par ce vieil acariâtre.

Sur ces bonnes paroles, il souffla les bougies et suivit Robert hors de la réserve.

Robert MacGregor ouvrit la porte de la chambre en grand. Davina s'était rendormie.

La fille du roi ! se répéta-t-il à l'envi. Il avait pris beaucoup de risques pour cette jeune femme, mais il doutait que le chef de clan, de retour de Londres, comprenne ce qui l'avait poussé à agir comme il l'avait fait. Quoi qu'il en soit, le Highlander s'en fichait. Il traversa la chambre à pas de loup et posa le plateau au pied du lit. Où aurait-il pu emmener Davina, sinon auprès des siens ? À Camlochlin, les lois anglaises n'avaient plus cours. N'était-ce point là son meilleur argument ? Il rejoignit la jeune femme sous les couvertures et contempla son visage endormi. Comment aurait-il pu éviter de tomber amoureux ? Autant demander à un affamé de ne pas toucher aux mets délicieux qu'on lui présente un jour de banquet ! Il posa un baiser sur la tempe de sa jeune épouse et esquissa un sourire lorsqu'elle changea de position et que les fils d'or et d'argent de ses cheveux retombèrent sur la peau laiteuse de ses pommettes. Il les écarta d'un geste tendre. Davina esquissa à son tour un sourire langoureux qui conféra à sa bouche un éclat de rose.

Je m'opposerai au roi d'Angleterre, pensa-t-il, *et renoncerai à mon droit d'aînesse, s'il le faut !*

Robert se pencha au-dessus de Davina et se laissa bercer par la chaleur de son souffle. Lorsqu'elle ouvrit enfin les yeux, le Highlander eut l'impression de se laisser précipiter malgré lui dans un abîme, où seul comptait son amour pour la jeune femme.

— J'ai rêvé de toi, susurra-t-elle en effleurant le visage de son mari. Tu portais notre enfant dans les bras.

— Ah oui ? bredouilla Robert en partageant sa vision. Te ressemblait-elle ?

Davina écarquilla les yeux.

— Comment sais-tu que c'était une fille ?

— C'est une fille que je voudrais. Une fille aussi jolie et courageuse que sa mère.

Pour toute réponse, Davina se pendit à son cou et l'embrassa avec reconnaissance. Mais l'estomac de la jeune femme, qui ne l'entendait pas de cette oreille, recommença à gargouiller, et les deux époux rirent aux éclats.

Enfin, Robert se redressa en entraînant Davina à sa suite.

— J'ai apporté des victuailles. Approche-toi, je vais te donner la becquée.

Il étendit ses longues jambes sous le corps de sa belle, qui se retrouva ainsi assise à califourchon sur lui, les jambes autour de la taille du guerrier. Ce dernier trempa un morceau de pain d'avoine dans un peu de miel et le lui présenta. Elle mordit dans cette friandise en fermant les yeux puis soupira de bonheur.

— Tu me fais le même effet que le miel, confia-t-il d'une voix gutturale qui trahissait son désir de lui faire l'amour.

Ensuite, il lui donna des quartiers de pomme, mais il dut s'obliger à détourner le regard lorsque Davina lui lécha les doigts. Ayant également chapardé quelques baies, il les plaça une à une entre ses lèvres avant de les lui offrir, scellant chaque fois leur consommation par un baiser. Soudain, un peu de miel coula sur le menton de la jeune femme qui s'esclaffa de sa propre maladresse, et son rire enchanta son époux, qui s'empressa de lécher le précieux nectar. L'excitation de Robert était à présent à son comble, et Davina en ressentait la pression sous ses hanches. Bientôt, la nourriture cessa d'être un prétexte à leur sensualité, et cédant à un autre genre d'appétit ils s'arrachèrent leurs vêtements.

Le Highlander fit directement asseoir sa princesse sur son sexe en érection. Davina l'accueillit comme une fleur accueille l'insecte qui la visite. Elle renversa la tête en arrière et s'accrocha aux mains de son mari dans le désordre de ses cheveux. Robert glissa les doigts hors de ses boucles et l'incita doucement à se cambrer avant de faire rouler sa langue sur ses tétons, tandis que Davina gémissait à en perdre la tête.

Grâce au mouvement de balancier qu'elle avait adopté, il lui sembla accéder d'emblée au septième ciel. Robert posa ses grandes mains de guerrier sur sa croupe et l'assista dans ses à-coups tout en faisant tournoyer ses hanches, si bien qu'il parvint rapidement à son tour au seuil de la jouissance. Mais, avant de jouir, il voulait donner à son épouse tout le plaisir dont il était capable. Par conséquent, il se retint.

Pressentant l'imminence du dénouement, Davina se blottit dans le cou du Highlander, et celui-ci la serra contre lui avec une passion folle. Enfin, les muscles de la jeune femme se contractèrent, et la rose fut inondée de rosée, au point que le bourdon qui la butinait faillit se noyer de bonheur. Pris soudain d'une frénésie incontrôlable, Robert accéléra la cadence jusqu'à ce que la jeune femme se cambre et jouisse en criant son nom. Ainsi l'heureux homme fut-il de nouveau l'acteur et le témoin fasciné de l'extase amoureuse de sa femme. Mais déjà une lame de fond l'emportait à son tour dans un ravissement extatique, dont la beauté fébrile le laissa échoué aux rives de la conscience.

Allongés l'un à côté de l'autre dans la quiétude qui succède à l'amour, ils échangèrent un regard qui n'appartenait qu'à eux et qui reflétait leur pensée :

Tu es à moi comme je suis à toi.

Chapitre 28

Debout dans la glaciale baie de Camas Fhionnairigh, Davina avait de l'eau jusqu'aux chevilles et riait aux éclats.

— Lequel d'entre vous a-t-il osé ? s'enquit Finn en s'efforçant de paraître sévère, en vain car la marmaille qui s'ébattait alentour était trop occupée à se moquer de lui pour s'effrayer.

Le jeune garçon rejeta sa tignasse trempée en arrière et braqua son regard scrutateur sur le jeune Hamish MacGregor.

— Ham, sauve-toi ! cria Davina, tandis que Finn se précipitait sur le garçonnet. Venez, les enfants, allons secourir notre camarade ! ajouta-t-elle en soulevant ses jupes pour mieux courir dans l'eau et lancer ainsi sa joyeuse armée à la poursuite de l'ennemi.

Lorsque la petite Marybeth MacDonell ramassa un tout petit caillou et s'en servit de projectile contre Finn, Davina applaudit des deux mains, car cette diversion permit au grand frère de Marybeth de se glisser tout près de Finn et de lui faire un croche-pied.

Profitant que l'ennemi était à terre, la petite troupe victorieuse l'encercla et l'arrosa d'eau glacée.

— Finn, tu me déçois ! s'exclama Will d'un ton faussement outré. Faut-il donc que je remporte toutes les batailles à ta place ?

Poussant un soupir désabusé, il parcourut l'assemblée du regard et ajouta :

— Madame, mes chers enfants, préparez-vous à la plus cuisante défaite !

Davina fut sa première victime : il la plaqua très affectueusement dans une vague. Puis il prit le pauvre Hamish en chasse.

La jeune femme se savait aimée de tous les jeunes hommes de Camlochlin, y compris de Will, lequel l'avait réprimandée une semaine auparavant, tandis qu'elle se rendait aux cuisines à cause d'un petit creux. Et elle les aimait en retour, ainsi que Maggie, et Jamie, et même Brodie qui maugréait contre elle, comme il le faisait contre tout un chacun. Oui, elle était tombée amoureuse de cet endroit et de l'enchantement qu'était pour elle le rire des enfants de Camlochlin, sans oublier les sommets couverts de brume de l'île de Skye.

Davina pataugeait dans les vagues peu profondes en essorant sa natte, riant et grelottant de froid, lorsque Finn la dépassa en trombe – sans doute courait-il prêter main-forte à Will, à moins qu'il n'ait rallié le camp des enfants. Elle tourna la tête du côté des collines et esquissa un sourire en apercevant celui qui avait su ravir son cœur. Robert MacGregor redescendait vers les pâturages à la tête d'un troupeau de moutons laineux. Il était accompagné de Jamie et de Brodie, qui servaient de rabatteurs. Le Highlander ne ménageait pas sa peine et travaillait dur quotidiennement afin de veiller à la bonne marche des affaires de son clan, au rendement de ses terres et à la bonne santé du bétail. Dans ces travaux, il était souvent secondé par Jamie, mais également par Will, lorsque ce dernier n'avait rien de plus passionnant à faire.

Néanmoins, Will n'était pas le fils aîné du chef. La tâche consistant à s'assurer que les membres du clan ne manquent point de nourriture, ni d'un toit sur la tête, ni de feu durant les froides nuits d'hiver, incombait au seul Robert en l'absence de son père. Par ailleurs, le jeune homme s'en acquittait avec un dévouement qui remplissait Davina d'admiration et de confiance en l'avenir. Elle regrettait, cependant, que son époux ne prenne pas suffisamment le temps de goûter aux fruits de son labeur, plutôt que de toujours suer sang et eau. La jeune femme savait qu'elle devrait se montrer patiente pour lui en faire admettre la nécessité, mais elle avait le temps. De même, elle ne s'offusquait pas de le voir disparaître pendant de longues heures pour se consacrer aux travaux agricoles, car, au retour, il ne manquait pas d'entrain dans leurs ébats. Le désir du Highlander, aiguisé et affermi par une longue journée d'effort, semblait encore plus grand qu'au premier jour.

Davina leva spontanément la main pour lui faire signe, mais se ravisa en songeant qu'à cette distance il ne la verrait pas. Elle jeta un regard circulaire et se laissa gagner par un sentiment de satisfaction.

Elle se sentait chez elle dans ce pays de beauté et de liberté. Tout ce qu'elle avait vécu avant son arrivée à Camlochlin lui semblait un rêve lointain qui s'estompait un peu plus chaque jour.

— Vous avez une mine réjouie!

Elle s'arrêta net.

Edward!

Ce dernier semblait toujours inquiet des familiarités de Will et de Finn.

— Je vous en prie, ne me tournez pas le dos.

Davina fit signe qu'il pouvait poursuivre.

— Je me suis maudit moi-même pendant quatre années. Je me suis maudit à cause de ce que je vous avais fait, et encore plus parce que je n'ai pas eu le courage de vous l'avouer.

Davina comprit au regard du capitaine qu'il était sincère. Elle comprit également pourquoi il avait vécu en sa compagnie avec une telle peur du lendemain. En outre, il ne l'avait pas livrée à ses ennemis lorsque ceux-ci avaient déferlé sur Saint-Christopher. Mais il s'était battu avec courage contre toute une armée et avait supplié un étranger de la sauver.

— Je vous pardonne, Edward.

Torturé par la culpabilité, ce dernier bredouilla quelques mots, puis esquissa un vague sourire.

— MacGregor a raison. Je ne mérite pas votre pardon. Je l'ai haï à cause de l'attirance qui était palpable entre vous. Mais votre bonheur de ces derniers temps m'a aidé à envisager la situation de manière moins égoïste.

— Dinna a déjà obtenu votre grâce une fois, Asher, intervint Will en se plantant à côté de la jeune femme. Et elle espère l'obtenir une deuxième fois de son mari.

— Vous n'êtes pas autorisé à vous adresser à Davina, capitaine, rappela Finn en surgissant à main gauche.

La jeune femme rassura les trois hommes d'un simple sourire, en claquant des dents. Robert était encore trop loin pour apercevoir distinctement le petit attroupement. Davina prit la décision de toucher deux mots au Highlander au sujet du pardon qu'elle avait accordé à Edward.

— Si nous ne nous pardonnons pas les uns les autres, qui nous pardonnera ? Nous faisons tous des erreurs que nous regrettons ensuite. Personne n'est parfait !

Puis, s'adressant plus particulièrement à Will d'un ton espiègle, elle ajouta :

— Quoi que vous en pensiez le soir avant de vous endormir !

Finn s'esclaffa de concert avec Caitlin MacKinnon qui, le rouge aux joues, s'était jointe à eux en se déhanchant dans un tourbillon de cheveux noirs.

— Vous voici enfin, capitaine Asher ! Je vous cherchais.

Edward esquissa un sourire gêné puis se détourna de Davina qui le considérait d'un air amusé.

— Vous vous êtes montré si bon, hier, en m'aidant à porter tous ces gros sacs d'avoine ! roucoula Caitlin en prenant Asher par le bras d'un geste alerte. J'espérais pouvoir compter sur vos bras musclés aujourd'hui encore.

— Naturellement, accepta Edward en rougissant à son tour.

Le pauvre ! songea Davina en les regardant s'éloigner bras dessus, bras dessous.

C'était la première fois en quatre ans qu'une femme jouait avec le feu de manière aussi éhontée avec le capitaine.

— Je crois qu'elle a un faible pour lui, fit remarquer la princesse sans prêter attention au petit sourire en coin de Will et de Finn. Pensez-vous que Tristan verra cela d'un mauvais œil ?

Pour toute réponse, les deux vauriens partirent d'un grand rire qui ne laissait planer aucun doute sur la réponse.

Robert encouragea le dernier mouton de la file d'une tape sur l'arrière-train avant de scruter de nouveau le rivage. Était-ce bien Will qui donnait la chasse à son épouse au bord de l'eau ? Était-ce bien Davina qui poursuivait à son tour son cousin en relevant ses jupes jusqu'au-dessus du genou ?

Nom d'un… Il ne paie rien pour attendre ce gredin !

Quant à Finn, quelle mouche l'avait-elle piqué pour qu'il se mette à courir ainsi dans les vagues comme un gamin de cinq ans, tandis que l'on avait besoin de lui pour tondre les moutons ?

— Elle s'est vite adaptée !

— Hein ? Quoi ?

— Ta femme, reprit Jamie en désignant la plage avec son bâton, elle semble se plaire ici.

Robert hocha la tête, puis plongea son regard en bas dans la vallée.

C'est le moins que l'on puisse dire ! pensa-t-il.

D'ailleurs, Davina ne lui disait-elle pas tous les soirs combien elle était heureuse ? Se montrerait-il assez ingrat pour se plaindre de l'affection que son épouse portait à sa terre et aux siens ? N'était-ce pas ce qu'il avait toujours recherché, attendu ?

Sans doute, mais je préférerais qu'elle s'ennuie un peu plus sans moi ! s'avoua-t-il égoïstement.

— Il a fallu presque une année à Claire pour s'habituer à la vie de Camlochlin. Mais elle ne s'y est vraiment faite qu'après la naissance de Connor.

— Avant de s'installer ici, Claire menait une vie très différente de celle de Davina, fit remarquer Robert en tapotant un autre derrière laineux. Les seules aventures que ma femme a connues durant son enfance, elle les a vécues dans les livres.

Plissant les yeux, MacGregor surveilla deux grosses brebis qui s'écartaient du troupeau pour escalader de nouveau le flanc de la colline.

— Avec qui parle-t-elle ? s'enquit-il soudain.

Sans son uniforme et vêtu du traditionnel plaid, le capitaine Asher était en effet méconnaissable.

Ce coquin lui tournait le dos, mais Robert détecta immédiatement une présence étrangère, car sa silhouette ne lui était point familière. Il serra les dents et fit un pas en avant.

— Will et Finn veillent sur elle, mon garçon, rappela Jamie, tandis que le Highlander posait la main sur sa claymore. Elle ne court aucun risque à s'entretenir avec le capitaine.

— Ne t'avais-je pas dit de l'expédier dans l'autre monde tant qu'il était encore temps ? intercéda Brodie d'une voix traînante. (Il mâchonna le brin de bruyère qu'il tenait entre les dents.) C'est trop tard à présent !

Oui, il mérite une mort bien lente ! songea Robert en s'ouvrant un passage à travers le troupeau. Qu'Asher soit encore en vie grâce à lui l'ulcérait déjà passablement. Mais voici que cette canaille passait les bornes en faisant la conversation à Davina !

— Là, Robert, regarde ! lança Jamie. Ton Anglais s'en va au bras de Caitlin, pendant que ta tendre et douce rentre saine et sauve au château. Mais ce n'est pas une raison pour courir te réfugier dans ses jupons. Nous ne serons pas trop de trois pour rentrer les moutons.

Il me parle de moutons alors que j'ai un renard dans le poulailler !

Le Highlander se trouvait à mi-chemin de la forteresse lorsque, soudain, une flèche enflammée fendit l'air, suivie d'un cri en provenance des remparts.

Malgré la distance qui l'empêcha d'identifier l'appel, le message que constituait la flèche était clair : des cavaliers approchaient.

Il ne peut s'agir de Gilles…, pensa-t-il. *Il est encore trop tôt !*

Continuant au pas de course, il scruta les collines qui glissaient en pente douce vers Camlochlin.

— Personne ! s'exclama-t-il à voix haute en songeant tout à coup aux falaises.

— Le chef est de retour ! cria de nouveau la sentinelle perchée sur les fortifications.

Cette fois, les oreilles du Highlander ne le trahirent point.

Mon père ! songea-t-il en s'arrêtant net. *Il est en avance !*

Chapitre 29

Robert suivit son père du regard tandis que celui-ci gravissait la pointe de Camlochlin sous un ciel maussade et pluvieux. Sans doute pour la première fois depuis longtemps, il se sentit tout penaud et éprouva une sensation de gêne à l'idée de toujours craindre son père à vingt-sept ans. Il ne redoutait pas sa colère mais craignait de le décevoir.

— Pourquoi rentre-t-il si tôt ? s'enquit Jamie, à bout de souffle, en arrivant à sa hauteur.

— Je me fiche de savoir pourquoi, renchérit Brodie en crachant son brin de bruyère. Tout ce que je vois, c'est qu'il est rentré !

Zut ! Zut ! Zut !

— Quelle redoutable allure ! fit remarquer Maggie en surgissant à la gauche du Highlander. Il a dû leur flanquer une de ces frousses, aux Anglais !

Robert déglutit en se demandant comment il s'y prendrait pour annoncer à Callum MacGregor – gardien de Camlochlin et protecteur des siens plus par passion que par devoir (au point d'en devenir déroutant) – qu'il s'était marié, aux risques et périls de son clan, avec ni plus ni moins que la fille du roi ?

Malgré tout, Robert ne regrettait pas sa décision. *Si c'était à refaire*, pensa-t-il, *je ne changerais rien à ma conduite !*

Kate MacGregor le salua d'un geste de la main, ce qui eut pour effet de calmer quelque peu son inquiétude. Le Highlander aimait sa mère et se faisait une joie de la retrouver. Camlochlin était vide sans elle.

— Contente de te revoir, Callum ! salua Maggie en s'avançant vers son frère. Avez-vous fait bon voyage ?

Robert profita de ce court répit pour s'armer de courage.

— Meilleur que certains, à ce que l'on m'a dit, répondit Callum en descendant de cheval pour embrasser sa sœur.

Il retira ses gants puis, s'adressant au Highlander sur un ton formel, demanda :

— Quoi de nouveau en mon absence ?

— Je suis sûre que Robert a quantité de nouvelles à t'apprendre, mon trésor, commença Kate, tout sourires, en prenant son fils par le bras, mais fêtons d'abord nos retrouvailles, ne crois-tu pas ?

Sans attendre la réponse, elle fit brusquement demi-tour et entraîna Robert en direction du château.

— Angus lui a raconté des bribes de votre aventure, glissa Kate à l'oreille de son fils. Ton père a immédiatement insisté pour rentrer sur-le-champ, mais Angus l'a prévenu que son départ précipité risquait de mettre la puce à l'oreille des ennemis de la demoiselle.

— Je me suis laissé dire que nous avons une invitée de marque ! fit remarquer Tristan d'un air amusé en rattrapant le Highlander, désormais flanqué de sa mère et de son fripon de frère. Mais pourquoi n'est-elle pas avec toi ?

— Fallait-il vraiment que vous rameniez ce bandit à la maison, maman ? s'enquit Robert auprès de sa mère en parlant bien fort pour que son frère entende, avant de lui jeter un regard noir, tandis qu'il accélérait le pas pour être le premier à entrer dans le château.

— Robert, es-tu certain qu'il s'agit de la fille du roi Jacques ?

— Oui, mère, cela ne fait aucun doute ! J'en conclus que tu as parlé à Colin ? supposa le Highlander en jetant un coup d'œil par-dessus son épaule. (Il constata que seuls Angus et Callum les suivaient.) À propos, où est-il ?

— Colin est resté en Angleterre chez Graham et Claire, ainsi que Mairi. C'est Connor qui nous a appris la nouvelle.

— Où donc est notre hôte, fils ? s'enquit Callum, tandis qu'ils pénétraient dans le hall.

— Je suppose qu'elle se sèche !

— Que veux-tu dire ? demanda Kate avec étonnement.

— Oh, elle s'est baignée dans le lac avec Will et Finn !

Callum n'en crut pas ses oreilles et dévisagea Robert en se demandant s'il avait bien entendu. Mais, comme ce dernier ne pipait mot, il se tourna vers sa femme en soupirant d'exaspération.

— Tu nous raconteras tout cela plus tard, avec le reste, suggéra le chef de clan en serrant amicalement l'épaule de Robert. Viens, nous l'attendrons dans la salle des banquets. Je mangerais volontiers quelque chose de chaud ! ajouta-t-il en se frottant le ventre, non sans lorgner du côté des cuisines. Sais-tu au moins s'ils m'ont gardé du bœuf à l'office ?

Robert se décrispa. Peut-être qu'après tout son père ne l'écorcherait point vif ! Du moins, pas tant qu'il ignorerait que la fille du roi était devenue sa belle-fille en son absence.

Davina frictionnait ses lourdes mèches devant l'âtre dans l'espoir de les sécher.

Peine perdue ! pensa-t-elle.

L'appel de la sentinelle annonçant le retour du chef de clan était parvenu jusqu'à ses oreilles. Plutôt que de perdre un temps fou à se précipiter à la fenêtre pour assister à son arrivée, elle s'était empressée d'enlever ses habits détrempés pour enfiler une tenue chaude, présentable… et sèche.

Plus vite, plus vite ! se tança-t-elle. *Mon Dieu, que vont-ils penser si je les fais attendre ? Et ces maudits cheveux qui ne sèchent pas !*

Se résignant finalement à faire son apparition avec les cheveux mouillés, elle se redressa et, dans la plus grande agitation, rejeta ses mèches rebelles en arrière.

Elle les attacha en chignon à la verticale de son crâne juste avant de quitter sa chambre en courant.

N'aurait-elle pas dû se douter que les parents de Robert rentreraient plus tôt que prévu ? Sans doute Colin avait-il vendu la mèche.

— Ah non, plus de mèches ! Cela suffit ! maugréa-t-elle à voix haute.

Bon sang, de quoi ai-je l'air ? Si au moins j'avais eu le temps de me préparer !

Au même moment, elle entra en collision avec quelque chose de résistant et de confortable à la fois. C'était le torse d'un beau et valeureux guerrier. Mû par un réflexe inné, ce dernier la prit dans ses bras afin de l'empêcher de tomber.

— Oh, je vous demande pardon ! s'excusa Davina en posant les yeux sur le bel inconnu. Je ne regardais pas où j'all…

Éblouie par l'éclat du sourire qui, soudain, déversa sur elle sa lumière bienveillante, Davina n'acheva pas sa phrase et oublia même le but de sa précipitation.

— Je suppose que vous êtes lady Davina ? dit l'étranger en lui prenant les mains, non sans effleurer ses longs bras graciles. Je comprends à présent pourquoi Colin avait un petit air niais quand il parlait de vous.

Tristan !

Davina aurait pu le reconnaître grâce à sa ressemblance avec Colin (il suffisait de songer à son visage taillé à la serpe ou à la fossette au menton que les trois frères avaient en commun), mais le charme naturel du jeune homme et l'odeur de soufre et d'interdit qui émanait de sa personne, et que parvenaient mal à dissimuler ses prunelles noisette, suffirent. Fascinée par le sortilège de ses lèvres irrésistibles, Davina éprouva de la compassion pour Caitlin MacKinnon, voire pour Brigid MacPherson et toutes les autres femmes de Camlochlin.

— Quant à vous, vous ne pouvez être que Tristan !

— Oh, je vois que ma réputation m'a précédé…, répliqua ce dernier avec un certain réalisme qui ne fit qu'ajouter à son pouvoir de séduction.

Il avait de grands cils épais de la même teinte que ses cheveux, et seule la légère courbure de son nez, par ailleurs volontaire, le sauvait de cette chimère qu'est la perfection.

Se penchant un peu plus près, il glissa à l'oreille de Davina sur le ton de la conspiration :

— Elle est seulement vraie pour moitié.

— Ce sera donc au sujet de celle-ci que l'on m'aura mise en garde, rétorqua la jeune femme en lui rendant son sourire, non sans goûter l'extrême élégance de ses manières de séducteur, lesquelles commençaient cependant à ne plus lui faire beaucoup d'effet à mesure que le temps passait.

Hum ! Rien de comparable avec Robert…, songea-t-elle.

— Robert ! Son père ! s'exclama-t-elle à brûle-pourpoint, tandis que la raison de sa présence dans ce couloir lui revenait subitement.

Elle se dégagea aussitôt.

— Mon Dieu, je suis en retard ! Je devrais déjà être en train d'accueillir vos parents !

— Je suis certain qu'ils ne regretteront pas d'avoir attendu ! Venez, je vais vous aider à les retrouver. (La jeune femme hésita.) Soyez assurée, ajouta-t-il aussitôt, que je ne souhaite pas même pour moitié provoquer la colère de mon frère.

— Ne dites pas de bêtises ! s'exclama Davina en lui prenant le bras. Robert s'arrêterait de frapper avant qu'il soit trop tard !

— Je pensais à Colin, précisa-t-il en faisant semblant de trembler sous son plaid. Sous ses airs effacés, il ne me passe rien. C'est un vrai despote ! Je ne comprends vraiment pas pourquoi…

Davina s'esclaffa et entraîna le séducteur à la recherche de ses beaux-parents. Les manières cavalières du jeune homme n'étaient pas pour lui déplaire, Robert et Colin se montrant d'ordinaire plus réservés.

Restait à espérer que leur père soit aussi débonnaire que Tristan.

— Ne vous souciez pas trop de faire bonne impression à Callum, poursuivit ce dernier en dévalant l'escalier à la suite de la jeune femme. C'est vous, la princesse royale ! Qu'importe ce que les gens pensent de vous !

Davina s'arrêta sans prévenir, et Tristan continua sur sa lancée.

— Ainsi, vous savez ? s'exclama-t-elle. Sont-ils tous au courant ?

— Bien sûr ! Pourquoi croyez-vous que nous avons précipité notre retour ?

— Votre père est-il très en colère contre Robert de m'avoir amenée ici ? s'enquit Davina en se mordillant la lèvre inférieure.

Tout sourires, Tristan contempla les traits fins de son visage.

— Il comprendra tout quand il vous verra.

Davina n'en crut rien et, s'armant de courage, elle reprit sa course folle dans l'escalier.

— J'ai vraiment hâte de faire la connaissance de Claire, l'épouse de Graham. Dites-moi, est-elle d'un abord facile ? N'est-elle pas ma cousine, après tout ? Je…

— Elle n'est pas ici, l'interrompit Tristan. Elle est restée en Angleterre avec ma sœur et Colin.

Davina s'arrêta de nouveau.

— Colin est resté en Angleterre ?

— Oui.

— Auprès du roi ?

— Auprès du roi !

— Voilà qui est des plus curieux ! fit-elle remarquer en s'efforçant d'en deviner les raisons.

Colin avait-il trouvé dans le roi un souverain digne de sa louange ? Ou bien était-il resté en observateur ?

Il faut que je sache quel genre d'homme est mon père ! décida-t-elle enfin.

La légende qui circulait parmi les sœurs de Saint-Christopher au sujet de Jacques Stuart était soudain devenue insuffisante. Mais, si ce dernier avait plu à Colin, c'était plutôt bon signe.

— Dois-je en conclure que Colin a de l'estime pour lui ?

— Je ne saurais dire. En revanche, votre père ne lui cache pas son affection. Il nous a invités à le rejoindre dans la loge royale le soir où mon frère est arrivé.

Hum ! Cela cache sans doute quelque chose ! songea Davina avec scepticisme.

De fait, Colin n'était pas le jeune homme le plus liant que l'Écosse ait connu.

— Et à vous, Tristan, comment vous est-il apparu ?

— Qui ça ? Le roi ?

— Qui d'autre ? s'impatienta la jeune femme, tandis qu'ils arrivaient dans la grande salle des banquets.

Tristan haussa les épaules.

— Il m'a semblé un peu trop silencieux et réservé. Pas vraiment le genre d'homme auquel je m'attendais !

Davina s'apprêtait à demander à Tristan à quoi, exactement, il s'était attendu, lorsque celui-ci ouvrit en grand les portes de la salle.

Instantanément, la jeune femme arrêta son regard sur la table seigneuriale, où elle reconnut d'abord Robert – son roc et son soutien –, qui la rassura par le simple fait de poser sur elle ses yeux emplis de tendresse. Puis elle avisa le guerrier qui faisait face au Highlander et se mit à trembler. Plus grand et doté d'une mine plus sévère que tous les autres hommes attablés, le chef de clan avait l'air vraiment redoutable. Il semblait né pour semer la terreur chez ses ennemis grâce au tranchant de son glaive. Même à cette distance, il émanait de ses yeux d'un bleu éclatant un magnétisme singulier.

— Père, héla Tristan en enjoignant Davina de s'approcher, tandis que son père se dressait sur ses jambes. J'ai le grand plaisir de vous présenter lady Davina Stuart.

Remarquant que Tristan donnait le bras à la princesse, Callum MacGregor foudroya celui-ci du regard. Nul n'était autorisé à toucher une princesse du sang, et surtout pas son coquin de fils !

Sans se laisser intimider, le séducteur esquissa un sourire impénitent. Ensuite, seulement, il lâcha tranquillement le bras de la jeune femme.

— À présent, vous ne pouvez plus douter des raisons qui ont poussé Robert à l'amener ici, n'est-ce pas, père ? s'enquit-il dans un murmure avant d'aller s'asseoir, non sans jeter un dernier coup d'œil à Davina.

L'allusion de Tristan fit son chemin dans l'esprit de Callum, puis ce dernier considéra Robert avec inquiétude. Davina aurait juré l'entendre implorer le ciel, priant pour que son fils aîné n'ait pas posé la main sur la fille du roi, voire pire !

Cependant, le chef de clan ne laissa à personne la possibilité d'intervenir.

— Madame, commença-t-il en s'agenouillant, tandis que tous, autour de la table, l'imitaient, votre présence nous honore...

— Oh non, je vous en prie, relevez-vous ! supplia Davina en faisant mine de l'y aider. Je suis votre servante. Ne vous prosternez pas devant moi.

Callum MacGregor leva la tête, et la jeune femme s'en voulut d'avoir encore les larmes aux yeux ; puis il se redressa complètement et lui sourit. Son sourire avait le même éclat chaleureux que celui de Robert.

— Camlochlin n'a jamais accueilli plus gracieuse invitée ! s'exclama une dame à la beauté sans pareille, à la droite de Callum.

Elle avait de grands yeux noirs comme l'onyx, cernés de longs cils de même couleur. Ses cheveux, qui semblaient arrachés à la nuit, retombaient comme un miroir ondulant sur ses épaules et dans son dos.

— Je suis Kate, la mère de Robert, se présenta-t-elle en se levant pour venir serrer les deux mains de sa belle-fille.

Sans nul doute, c'était d'elle que son fils tenait son impérieuse ardeur.

— Mon Dieu, vous ressemblez beaucoup plus à Claire qu'au roi ! J'espère que notre fils a rendu votre séjour ici agréable ? s'enquit l'épouse du chef en lui tapotant la main avant de signifier à Robert son approbation.

— Oh oui, madame, je vous remercie ! Tout le monde s'est montré très prévenant.

— Nous sommes ravis de vous recevoir. N'est-ce pas, chéri ?

— Extrêmement ! assura Callum avec considérablement moins d'enthousiasme. Robert nous a touché deux mots au sujet des cavaliers qui ont attaqué Courloch…

— Bon, cela peut attendre la fin du repas, l'interrompit Kate en invitant Davina à s'asseoir.

Ils n'ont pas l'air de vouloir me manger toute crue, après tout ! songea cette dernière en contournant la tablée, afin de rejoindre Robert. En effet, le chef de clan était beaucoup moins effrayant que ne le lui avaient dépeint Will et les autres. Quant à Kate MacGregor, c'était certainement l'être le plus charmant au monde, à l'exception de Tristan, bien sûr. Peut-être ses beaux-parents recevraient-ils la nouvelle de son mariage avec Robert avec plus d'indulgence qu'elle ne l'avait craint au premier abord ?

Passant à proximité de Finn et de Jamie, elle leur fit signe de la main et se pencha pour embrasser Maggie, qui se leva et effleura la joue de la princesse d'un geste affectueux. Toutefois, le regard interloqué que Callum adressa ensuite à son épouse n'échappa point à Davina. Et tous ses espoirs furent anéantis lorsqu'elle s'assit à sa place habituelle à côté de Robert. Était-ce le tendre sourire de son époux ou sa propre émotion, qu'elle ne sut contenir, qui chassa toute trace de bonne humeur sur le beau visage de Callum MacGregor ? L'espace d'un instant, Davina frémit à l'idée que tout ce qui lui était cher lui soit de nouveau enlevé, car elle savait que si cela devait arriver elle n'y survivrait pas.

Chapitre 30

— Madame…

— Je vous en prie, mon seigneur, appelez-moi Davina.

— Davina, rectifia Callum MacGregor avec un hochement imperceptible de la tête, je disais justement à Robert que vous aviez un ennemi en moins.

— Ah oui ? s'enquit la princesse, reconnaissante de pouvoir changer de sujet de préoccupation.

Le Highlander et elle-même ne s'étaient-ils pas leurrés en imaginant que leurs pères respectifs approuveraient leur amour, et surtout leur mariage ? Quoi qu'il en soit, les dés étaient jetés, et elle ne laisserait personne lui ravir une nouvelle fois son bonheur.

— Quand le roi a découvert qui était responsable du massacre de Saint-Christopher, poursuivit le chef de clan d'un air stoïque et grave, qui n'était pas sans rappeler celui de son fils aîné, il a tout de suite compris ce que tramait Argyll. Convaincu que les Campbell s'allieraient à lui en cas de soulèvement, le comte est revenu en Écosse pour lever une armée. Lorsque nous avons quitté la cour, votre père s'apprêtait à le faire arrêter. Argyll n'arrivera jamais vivant en Angleterre.

Davina ne sut si elle devait s'en réjouir. N'était-ce pas un péché d'applaudir la mort d'autrui ? En revanche, il n'était pas interdit de se féliciter de voir tomber un ennemi du roi. Encore un bienfait de Robert ! Si ce dernier avait accompagné son père à la cérémonie du couronnement, non seulement Davina aurait perdu la vie, mais le roi n'aurait jamais pu éventer le complot d'Argyll à temps.

— Quant à Monmouth et à Gilles, avec toute une armée sur les talons, ils ne seront pas difficiles à trouver, glissa le Highlander à l'oreille de son épouse.

Cette dernière croisa son regard et s'égaya de l'espoir qu'il ne manquait jamais de faire naître en elle.

— Le roi te doit une fière chandelle, fit-elle remarquer en le regardant dans les yeux.

Elle brûlait d'envie de caresser son doux visage, d'effleurer ses lèvres voluptueuses.

— Le roi, reprit Callum d'un ton glacial à faire refroidir la soupe qu'Agnes venait juste de poser devant Davina, me suis-je laissé dire par mon fils Colin, ne se console pas du décès présumé de sa fille.

Davina se figea, perdant soudain tout intérêt pour la nourriture.

Pourquoi se fait-il le chantre de telles affirmations ? se demanda-t-elle. *Mon père… inconsolable… de ma mort ? Non ! C'est impossible ! C'est sûrement un mensonge pour m'amadouer.*

— De quel droit le roi pleure-t-il une fille qu'il a abandonnée à la naissance ? s'emporta Robert, ce qui lui valut un regard noir de son propre père.

— Prétendrais-tu connaître le droit des rois à présent ? Ou celui d'un père ?

— Quel père ? s'esclaffa le Highlander, d'un rire qui sonnait faux. Il ne la connaît même pas ! À moins qu'il ne porte le deuil de sa deuxième fille, celle qu'il a lâchement mariée à un protestant qui brigue aujourd'hui son trône !

Davina aurait pu aisément prendre la défense du souverain en expliquant à Robert pourquoi il avait permis que Mary épouse Guillaume d'Orange, mais elle s'en abstint.

— Robert, commença le chef de clan avec un brin d'irritation dans la voix, à l'instant même où le tonnerre se mettait à gronder et faisait trembler les murs, je me demande ce qui a pu te passer par la tête pour...

Tristan qui jusque-là n'avait pas caché son ennui sembla soudain intéressé par la conversation, si du moins l'on pouvait en juger à son petit sourire satisfait.

— Callum, l'interrompit Kate en posant la main sur le bras de son mari, tu ennuies notre invitée. Regarde, elle n'a pas encore touché à son potage.

— Oui, intervint Maggie, il existe quantité de sujets passionnants qui se peuvent aborder à table. Dis-moi, Kate, le fait que Mairi soit restée en Angleterre est-il en lien avec Connor ?

— Nous l'espérons bien ! répondit Kate. C'est pourquoi nous l'avons autorisée à demeurer chez Claire lorsqu'elle nous en a fait la demande.

— Rassurez-moi, père, vous n'avez pas dit au roi que sa fille était vivante ? s'enquit Robert.

Kate poussa un soupir résigné et se replongea dans son assiette.

— Parce que tu crois que j'ai envie de voir l'armée d'Angleterre à nos portes ? répliqua Callum d'un ton sec.

— Je n'avais pas d'autre choix que de l'amener ici.

— Naturellement, convint la mère du Highlander. Ton père le sait bien.

À ces mots, Callum jeta à son épouse un de ces regards courroucés dont il avait le secret, mais cette dernière n'en tint aucun compte, ce qui ne manqua pas de susciter l'admiration de Davina.

— Je ne remets pas en cause ta décision, fort courageuse au demeurant, de mettre Davina à l'abri, expliqua le chef de clan en s'adressant directement à son fils. Mais nous devons à présent décider de la marche à suivre.

— C'est déjà tout décidé, répliqua Robert avec assurance, éveillant de nouveau la curiosité de Tristan, mais je crains que ma décision ne vous déplaise.

Visiblement, Callum dut fournir un gros effort pour ne pas prononcer des paroles qu'il était certain de regretter plus tard. Il inspira profondément, puis se contenta de concéder ce qui s'imposait à la vue de tous.

— Sans doute aimes-tu Davina, mais quoi que tu en penses il est des lois auxquelles même les MacGregor doivent se soumettre.

— Même si elles sont contraires à notre conscience ? insista Robert en regardant avec détermination son père dans les yeux. Père, n'avez-vous pas vous-même enfreint la loi lorsque celle-ci prescrivait de taire votre propre nom sous peine de mort ? Ou lorsque vous avez épousé une Campbell ?

— Certes, fils, cependant…

— Il a transgressé la loi ! résuma Kate en posant sa cuillère avant de s'essuyer la commissure des lèvres avec sa serviette. D'ailleurs, personne ne te demande de prendre une décision que tu ne pourrais point faire suivre d'effet. Il est évident que la princesse court un grave danger et que, pour l'instant, l'endroit le plus sûr pour elle est Camlochlin. Est-ce bien cela, mon cher époux ?

Un éclair de fureur résignée traversa le regard de Callum MacGregor. Ce dernier perdait du terrain. Étrangement, ce fut Robert qui lui sauva la mise en l'empêchant de s'emporter pour de bon.

— Davina sera toujours et partout en danger, sauf à Camlochlin, fit remarquer le Highlander.

Bien décidé à ne pas se laisser damer le pion une seconde fois, Callum s'apprêtait à leur dire le fond de sa pensée, mais Kate fut plus rapide.

— Mais le roi ne permettra jamais que…

— Katie ! tonna le chef de clan, imposant le silence à la tablée. Si tu continues à m'interrompre dès que j'ouvre la bouche, ton fils et moi poursuivrons cette conversation en tête à tête dans mes appartements.

— Pardonne-moi, mon cher époux, s'excusa Kate, non sans quelque réticence, en se détournant de celui qui l'avait offensée.

Callum attendit longuement que Kate daigne de nouveau poser les yeux sur lui. Lorsqu'il devint évident qu'elle n'en ferait rien, il marmonna quelque chose dans sa barbe en prenant la main de son épouse. Davina comprit en cet instant que nul n'aimait sa femme plus que le Diable MacGregor.

Ce geste attentionné suffit à lui attirer de nouveau les grâces de Kate qui mêla ses doigts à ceux de son mari.

C'était l'exemple même du bonheur auquel aspirait Davina. Celle-ci s'imagina, à vingt ans de distance, assise à cette même table à côté de son mari qui l'aimait plus que son amour-propre, méprisait les multiples attraits du monde, mais succombait au moindre regard de sa belle. Seul Robert comptait à ses yeux. Le temps où l'on décidait pour elle était révolu.

Sachant pertinemment ce qu'elle faisait, Davina prit la main de Robert, imitant en cela la mère du Highlander. Cette intimité n'échappa point à Callum, mais Davina soutint son regard sans broncher.

— Mon seigneur, avec votre permission j'aimerais rester ici. J'aime votre fils, et rien ne pourra nous séparer. Je suis donc résolue à transgresser toute loi, qu'elle soit royale ou paternelle, visant à me séparer de lui.

Le chef de clan ne répondit pas, et le silence sembla s'étirer indéfiniment. Kate retenait son souffle, ainsi que l'ensemble des convives.

— Père, commença enfin Robert en rassurant Davina à l'avance d'une pression de la main, nous sommes mariés.

Kate ferma les yeux, tandis que Callum se levait d'un bond avant d'interroger Maggie et Jamie du regard.

— Est-ce la vérité ?

Maggie acquiesça, et le chef de clan tapa violemment du poing sur la table.

— Il risque le gibet pour cet affront !

— Sauf, intercéda aussitôt Maggie, si le roi ignore où est Davina et à quoi elle ressemble.

Puis elle l'informa, point par point, du plan élaboré par Robert : Davina ne serait autre qu'Elaine, une jeune novice recueillie par le clan.

Mais, au vu de l'air de plus en plus consterné de Callum, Davina dut elle-même convenir que l'idée était saugrenue et ne marcherait pas.

Le chef de clan n'eut d'autre choix qu'acquiescer.

— Tu ne te rends pas compte de ce que tu as fait ! s'exclama-t-il entre ses dents en jetant un regard furieux à Robert. Ou plutôt je crains que si, et que vous ne soyez tous deux trop aveuglés par l'amour pour vous inquiéter des conséquences ! Quoi qu'il en soit, permettez-moi de vous dire une bonne chose : votre mariage n'a aucune valeur pour le roi. Il le fera annuler et ensuite il forcera Davina à retourner en Angleterre. Quant à toi, mon fils, il te fera pendre haut et court pour viol sur la personne d'une princesse royale. À moins qu'il ne se montre clément et ne te fasse jeter dans quelque cul-de-basse-fosse! Je... (Il s'interrompit, tandis que Davina se couvrait le visage pour pleurer.) Pardonnez-moi, mademoiselle, si mes paroles vous brisent le cœur, reprit-il en baissant le ton, mais elles vous seront salutaires, à tous les deux!

Considérant son fils comme s'il le voyait pour la première fois, il ajouta:

— Rob, j'ai peine à croire que tu n'aies pas réfléchi davantage à la question. Où avais-tu donc la tête? Aucun mariage ne pourra jamais vous assurer de rester ensemble. Le roi viendra tôt ou tard la chercher, et quand cela se produira je te conseille de ne point te vanter de cette union clandestine. Comprends-tu ce que je te dis?

Puis, s'adressant enfin à Davina:

— Et vous, comprenez-vous que cette folie va coûter la vie à mon fils?

Davina hocha la tête. Callum avait raison. Ils l'avaient toujours su mais avaient fait comme si de rien n'était, comme si le monde ne pouvait les atteindre.

Le rêve est fini! songea la princesse en se tournant vers son sauveur et sa seule famille, vers celui qu'elle avait tant attendu et qui l'aimait pour elle-même.

Il est temps de revenir sur terre!

Robert se dressa lentement sur ses jambes.

— Et si elle portait mon enfant, père? s'enquit-il d'un ton ferme et tranchant comme une épée, qui alla droit au cœur de Davina. Que lui dirions-nous?

Nous avons entendu votre opinion. C'est maintenant à mon tour de vous exposer la mienne. Je ferai tout ce qui s'imposera le moment venu, mais je ne renierai jamais mon épouse. Avec ou sans le soutien des miens, je ne laisserai pas le roi d'Angleterre m'enlever Davina.

Le Highlander prit la main de la princesse et fit mine de l'emmener à l'écart, mais Callum l'arrêta.

— Je te connais suffisamment pour savoir quand ta décision est irrévocable, reconnut le chef de clan en esquissant un sourire empreint de tristesse. Nous trouverons une solution et, le moment venu, comme tu dis, ton clan sera à tes côtés.

— Ton père est extrêmement dévoué à sa famille, fit remarquer Davina à voix basse, tandis qu'ils montaient dans leur chambre. Tu lui ressembles sur bien des points.

Ces paroles servaient à dissimuler une grave décision que la princesse gardait secrète, car elle savait que le Highlander ferait tout pour l'en dissuader sous le prétexte qu'elle n'avait rien à craindre. Grâce à lui, elle avait déjà résolu en grande partie le problème de la peur, mais tout était différent à présent. Sa vie n'était plus en danger, mais celle de Robert l'était. Cette fois, c'était à son tour de le sauver.

— Nous ne devons plus dormir ensemble, annonça-t-elle.

Robert partit d'un grand rire sans joie.

— Et pourquoi donc ? Tu es ma femme, et rien ni personne ne peut changer ça.

— Mais qu'arrivera-t-il si…

— Tout ira bien, Davina, l'interrompit-il. Il se peut très bien que ton père ne montre jamais le bout de son nez. Rien ne dit qu'il en ait besoin. Selon Angus, la reine est très éprise du roi. Il est à parier qu'il choisira le fils qu'elle lui donnera pour lui succéder.

— Tu oublies qu'il est ravagé parce qu'il me croit morte, Rob, rappela la jeune femme en s'étonnant de ses propres paroles. D'ailleurs, je me demande bien pourquoi…

Sans s'en apercevoir, ils avaient atteint le palier où se trouvaient leurs appartements. Robert prit la main de Davina et la conduisit le long du corridor.

— Peut-être n'a-t-il que ce qu'il mérite ? suggéra-t-il.

— Il m'a confiée aux religieuses pour me protéger, en vue du destin qui serait sans doute un jour le mien.

Robert s'arrêta, obligeant simultanément la princesse à en faire autant.

— Oui, un destin dont tu ne veux pas !

— Qu'a-t-il de si différent du tien ? s'enquit-elle.

— Un monde les sépare, Davina ! protesta-t-il. Nos destins n'ont rien de comparable. J'ai été élevé pour accomplir le mien. Que sais-tu de l'art de gouverner un royaume ?

— Pourquoi cries-tu ?

— Et toi, pourquoi envisages-tu désormais d'accéder aux désirs de ton père ? répliqua-t-il avant de se masser la nuque pour se calmer un peu.

Il a peur de me perdre ! comprit soudain Davina en apercevant la lueur d'inquiétude dans le regard du Highlander. Elle n'eut pas à se forcer pour compatir. Son tour était venu de le réconforter, ainsi qu'il l'avait fait de nombreuses fois lorsqu'elle avait été la proie du doute.

— Rob, murmura-t-elle en faisant un pas en avant, je ne veux pas d'autre vie que celle que nous vivons ensemble.

Le Highlander fit volte-face, la prit dans ses bras et la porta jusque dans leur chambre en l'embrassant avec tant de ferveur qu'elle en eut les larmes aux yeux.

Une fois à l'intérieur, il referma la porte avec le pied, et ils dirent provisoirement adieu au monde.

Chapitre 31

De gros nuages poussés par le vent obstruaient les derniers rayons du soleil. Le tonnerre grondait comme si Thor traversait le firmament avec son char lancé au galop. Emporté par son courroux, le dieu lançait sur l'altière montagne de violents éclairs qui déchiraient le crépuscule. Toutefois, l'éminence rocheuse tenait bon et semblait aussi insensible que réfractaire à l'offensive. La nature alentour attendait, immobile, l'issue du combat. Celle-ci ne se fit pas attendre, et bientôt de gigantesques trombes d'eau glacée s'abattirent sans crier gare sur les corps mal préparés des soldats.

L'amiral Gilles maudit les Highlands. Tapi sous les branchages clairsemés qu'il avait rassemblés quelques instants plus tôt, il maudit les Stuarts et toute leur descendance, sans pour autant trouver de parade contre la pluie battante.

Acclimaté au gros temps, il n'était pas habitué au froid humide qui glace les os, laisse le corps complètement transi et fait regretter le confort d'un lit douillet.

— L'aube va-t-elle encore tarder ? s'enquit Hendrick en claquant des dents lorsque la pluie cessa enfin.

— Comment le saurais-je ? répondit Maarten, également découragé par le peu d'efficacité de son abri de fortune.

Gilles scruta le ciel. Quelques étoiles perçaient à travers l'ombre brumeuse. Le mitan de la nuit était déjà loin, et l'aurore ne tarderait pas à poindre.

Enfin une bonne nouvelle dans cet endroit de malheur! songea l'amiral.

Les jours s'allongeaient et, avec eux, les heures qu'il pouvait consacrer à la battue.

Néanmoins, il n'allait pas pouvoir battre la campagne indéfiniment, car, en l'absence de gibier, ses hommes se mutineraient tôt ou tard. Son seul recours serait alors de les liquider lui-même. De toute façon, toute cette affaire se résumait en un affrontement entre lui et les MacGregor.

À cent contre un! pensa-t-il.

On s'acheminait vers les beaux jours, et le délai qui lui avait été imposé arrivait à expiration.

Malgré la pluie omniprésente, ils avaient fait un bon bout de chemin, même si l'humidité rendait la manœuvre malaisée et périlleuse sur les flancs moussus des coteaux. Par chance, chaque village s'enorgueillissait de sa taverne, et chaque tavernier, sans exception, connaissait au moins par ouï-dire les MacGregor. D'interrogatoire en interrogatoire, l'amiral et ses hommes avaient cheminé toujours plus au nord. Davina était restée introuvable chez les MacGregor de Stronachlacher, mais un quidam très obligeant rencontré à Breadalbane avait eu l'amabilité d'indiquer à Gilles un clan MacGregor qui vivait sur l'une des îles du nord-ouest. Coupés des autres habitants, ces derniers vivaient cachés dans les brumes épaisses de l'estuaire, où ils faisaient rarement parler d'eux.

Son intuition suggéra à Gilles que Davina était chez eux.

Mais où, exactement ? Sur quelle île ? Personne ne le savait. De toute manière, ils ne l'auraient pas dit.

L'amiral détestait les Highlanders encore plus que leur terre.

Soudain, son attention fut attirée par un bruit inhabituel.

Des oiseaux ! Et en plus ils gazouillent ! pensa-t-il

L'aurore à la crinière de nacre faisait enfin son apparition.

— Hendrick ! ordonna-t-il en quittant sa retraite, non sans battre son chapeau détrempé contre sa cuisse. Trouve quelque chose à manger. Des noix, des baies ! Peu importe ! Maarten, rassemble les troupes et… (Il s'interrompit soudain en tendant l'oreille vers le sud.) Quel est ce bruit ?

— C'est encore le tonnerre !

— Non…, répliqua-t-il en redoublant d'attention avant de rappeler Hendrick d'un signe de la main. Occupe-toi des chevaux et dis aux hommes de se mettre à l'abri.

— On dirait un petit détachement qui approche, murmura Hendrick quelques instants plus tard, tandis que les trois mercenaires surveillaient l'étroit goulet depuis un raidillon couvert de boue. Je parierais sur une vingtaine de cavaliers, peut-être trente mais pas plus, ajouta-t-il au bout d'un moment.

— Sans doute des covenantaires ! suggéra Maarten.

Le bruit de sabots se rapprocha, faisant vibrer le sol et taire les oiseaux. Gilles retint son souffle tandis que les guerriers entraient dans son champ de vision. Ils ne portaient pas l'uniforme militaire, même si leur nombre et leurs rangs serrés semblaient indiquer qu'il s'agissait bien de soldats. Ce pouvait être une section aux ordres d'un quelconque seigneur de guerre des Lowlands. Cependant, cela n'expliquait pas ce qu'ils faisaient dans les Highlands ! Ils progressaient à faible allure, mais non sans détermination. Lorsqu'ils passèrent devant eux, Gilles remarqua un adolescent bien trop jeune pour appartenir au service. En outre, il portait l'affreuse tenue des Highlanders. Quoi qu'il en soit, ce fut le cavalier qui chevauchait juste à côté de lui, et dont le visage était en partie caché sous la capuche de sa houppelande, qui retint l'attention du glacial amiral Gilles.

— Soldats, commença-t-il en esquissant un sourire sans quitter Jacques d'York des yeux, le gibier est à nous !

— Où ? s'enquit Hendrick en fermant presque les yeux pour mieux scruter les militaires.

— Là ! s'exclama Gilles en tirant Hendrick par l'oreille afin de lui indiquer la bonne direction. L'homme que tu vois là-bas est son père.

— Le roi ?

— Oui, le roi ! confirma l'amiral en adressant une grimace de mépris à la troupe qui s'éloignait.

Il dut reconnaître que voyager incognito était très habile de la part de Jacques, même si cela n'était pas sans risques.

— Pourquoi n'en profitons-nous pas pour lui régler son compte ?

— Parce que, triple buse, Jacques bénéficie encore de nombreux soutiens. Si nous le tuions avant d'occire les deux prétendants déclarés à sa succession, les soupçons se tourneraient immédiatement vers le prince d'Orange, et son accession au trône serait compromise. Mon maître voit plus grand. Il a un plan pour rallier des soutiens encore plus importants à sa cause.

— Un roi hollandais, par exemple ? suggéra Hendrick tout sourires.

— Oui, pourvu que nous menions cette opération à bien, répliqua Gilles d'un ton enjoué en tapotant la joue de son second.

Ce dernier n'avait pas plus de cervelle qu'une huître, mais il tirait au pistolet comme personne. En outre, il n'avait aucun scrupule à trucider des femmes et des enfants, lorsque cela se révélait nécessaire, bien entendu.

— Le Highlander qui se tenait à la droite de Jacques Stuart lui a manifestement dévoilé que sa fille est en vie, ainsi que l'endroit où elle se cache. Il ne nous reste plus qu'à les suivre.

— Et après ? s'enquit Maarten, tandis que Gilles se redressait et enfourchait son cheval. Comment ferons-nous pour la tuer sans nous faire écorcher vifs par les MacGregor et les soldats du roi ?

— Commençons par la trouver, Maarten, répliqua l'amiral avec un rictus, en remettant son chapeau sur sa tête. (Il ajusta son couvre-chef bien en bas sur son front.) Nous déciderons de la manière de la tuer ensuite.

L'heure de nos retrouvailles a-t-elle enfin sonné ? Mais acceptera-t-elle mon affection ? se demanda Jacques Stuart. *Le ciel me pardonne ! Le ciel me pardonne !*

Dieu seul n'était-il pas en mesure de comprendre le chagrin d'un roi ? Non, car Colin MacGregor avait eu pitié de lui. Par quel miracle ce garçon à peine sorti de l'enfance parvenait-il à faire preuve d'une telle compassion, tandis que des hommes mûrs et mille fois plus instruits que lui auraient trouvé incongru le chagrin du monarque ?

— Il faut que je vous avoue quelque chose, lui avait confié le jeune MacGregor quatre jours après le départ de son père. Mais avant vous devez jurer sur votre royaume et sur votre foi que vous vous montrerez toujours bienveillant avec les miens. Je veux que vous juriez que vous ne leur causerez jamais d'ennuis ni de déshonneur.

Le roi s'était peu à peu attaché à Colin. C'était un garçon tranquille et agréable, pour qui le souverain avait plaisir à évoquer ses campagnes de France et d'Espagne, ainsi que son opinion au sujet des covenantaires. Leurs conversations avaient été un soutien pour Jacques, lorsque celui-ci était au plus noir de son deuil. Le souverain s'était même surpris à rire, tandis qu'il regardait Colin s'entraîner dans la lice en compagnie de Connor Grant et de quelques-unes des plus fines lames du royaume. Le jeune homme n'avait pas seulement l'esprit vif, sa main était également très rapide. Il aurait fait un excellent soldat de Sa Majesté, si seulement celle-ci avait pu l'en convaincre.

— J'en fais solennellement le serment ! avait promis le roi sans discuter, car il avait déjà plus confiance en Colin qu'en tout autre alors présent dans la salle des banquets.

L'histoire que lui raconta le jeune MacGregor lui prouva d'ailleurs que celui-ci avait une égale confiance en son roi.

— Votre fille est en vie.

Ces paroles s'étaient gravées à tout jamais dans la mémoire de Jacques Stuart, même s'il ne devait plus se souvenir de sa propre réponse.

— Comment cela ? Où est-elle ? Avec qui ? avait-il tout simplement demandé.

Se pouvait-il que Davina lui ait été rendue comme Isaac à Abraham ?

Colin n'avait rien caché à son souverain. Le roi avait ri. Le roi avait pleuré, puis ri de nouveau.

Le frère de Colin, Robert MacGregor, avait secouru sa fille au tout dernier moment. Elle avait même évoqué le roi son père à plusieurs reprises, sans colère ni rancune, mais avec admiration.

Oui, avec admiration !

Hélas, je ne suis pas digne de sa clémence ! avait-il songé.

Certes, les sœurs l'avaient bien traitée, mais Colin ne lui avait-il pas dit que Davina avait parfois le regard mélancolique, presque hagard, et empreint d'une telle douceur que tous en avaient été bouleversés. Cette seule pensée avait suffi à générer un nouveau flot de larmes royales.

— Où ? Dites-moi où votre frère l'a emmenée, avait demandé le monarque, tandis que le jeune Highlander semblait vouloir se taire.

— Au début, nous ne savions pas qui elle était, mais Robert a pensé que ses ennemis étaient peut-être aussi les vôtres. Il a simplement voulu la mettre en sûreté. Comme nous tous.

— Où, mon garçon ?

— Robert l'a emmenée chez nous.

Ils s'étaient mis aussitôt en route. Ils chevauchaient à présent vers cette région isolée et gardée par la brume de l'île de Skye, qu'était Camlochlin. Le roi avait promis à son jeune ami d'oublier l'existence de cet endroit dès l'instant où il l'aurait quitté. Il s'était également laissé persuader de s'y rendre incognito sous sa protection et celle de sa garde rapprochée. De fait, Jacques Stuart aurait sans doute trouvé Camlochlin par ses propres moyens. Mais les MacGregor, n'attendant point sa visite, auraient pu l'attaquer sans s'apercevoir qu'il s'agissait de leur souverain. C'est pourquoi ce dernier avait accepté la proposition de Colin et avait quitté l'Angleterre à la faveur de la nuit sans dire à personne, pas même à son épouse, où il se rendait, de crainte qu'elle ne le trahisse par mégarde. À la demande du Highlander, il n'avait pas non plus prévenu le capitaine Grant. Y songeant de nouveau, il se tourna vers son jeune ami :

— Je dois admettre que mon capitaine m'a déçu en me taisant le sauvetage de Davina.

— Le capitaine a abandonné les siens pour vous servir, Sire, lui rappela Colin en scrutant d'un air songeur le ciel chargé de nuages noirs. Il a même brisé le cœur de ma sœur. Je ne le lui pardonnerai jamais !

Le roi esquissa un sourire.

En voilà un jeune homme plein de gravité ! pensa-t-il.

— C'est mon frère qui lui a demandé de ne pas vous le dire tant qu'il n'avait pas l'assurance que Whitehall n'abritait pas de traîtres. Si l'information avait circulé pendant qu'il l'emmenait à Camlochlin, ces derniers n'auraient pas tardé à la retrouver.

— Néanmoins, vous m'avez vendu la mèche !

Colin hocha la tête mais garda le silence. À l'évidence, l'adolescent doutait d'avoir bien agi. Appréhendait-il la colère de son père, quand celui-ci verrait le roi émerger des brumes de Camlochlin ?

À moins qu'il ne s'agisse d'autre chose ? Ou de quelqu'un d'autre ?

— Votre frère s'est donné beaucoup de mal pour assurer la sécurité de ma fille, fit remarquer Stuart abruptement, en admirant le paysage alentour. Dans la mesure où il ignorait son identité, j'en conclus qu'il ne l'aura pas sauvée par fidélité à la couronne...

Colin resta muet. Le monarque lui glissa un regard de biais.

— Est-ce à dire qu'il l'aime ?

— Nous l'aimons tous, marmonna Colin entre ses dents en évitant le regard du roi, son ami.

— Je vois..., dit enfin ce dernier, le cœur presque aussi endeuillé que lorsqu'il croyait que sa fille était morte.

Les promesses que le jeune homme lui avait arrachées prenaient tout leur sens à présent. Robert MacGregor était donc amoureux de Davina ! Et le roi Jacques n'était pas sans savoir, ainsi que tous ses prédécesseurs, à quel point les Highlanders pouvaient se montrer possessifs !

Bon sang ! pensa-t-il. *Que n'ai-je emmené une plus nombreuse garnison !*

Chapitre 32

Malgré le sourire anxieux de Callum MacGregor, Davina se réjouissait du retour du chef de clan. Robert se trouvait ainsi déchargé de certaines tâches, et sa jeune épouse en profitait pour lui enseigner l'art de la détente, ce qui permettait à la jeune femme d'oublier quelque peu le roi son père.

Malheureusement, le Highlander était mauvais élève.

Certes, il savait nager, mais refusait catégoriquement de l'accompagner à la baignade. Il ne frissonnait même pas lorsqu'elle l'aspergeait d'eau glacée ! Mais il ne riait pas non plus ! Un jour que les porcelets de Maggie s'étaient enfuis de leur enclos, Robert se contenta d'assister au spectacle en croisant les bras, tandis que Davina, Finn et le jeune Hamish les pourchassaient en décrivant des cercles avant de s'effondrer tous ensemble en riant aux éclats. Quant à la danse, le Highlander s'y adonna courageusement lors de la fête qui suivit la naissance du petit Alasdair MacDonnell, mais, ayant écrasé les pieds de Davina avant de l'envoyer valser dans les bras de Tristan, il décida d'y renoncer pour le bien de tous et retourna s'asseoir. À son tour, il essaya d'enseigner à son épouse les rudiments des échecs, mais, voyant que celle-ci bâillait à s'en décrocher la mâchoire, il y renonça également.

Enfin Davina, curieuse de savoir quel genre d'exercice le Highlander pratiquait à l'entraînement, faillit se faire éborgner dans la salle d'armes où elle était venue admirer son mari. Elle avait déjà vu des hommes manier l'épée à Saint-Christopher, mais jamais avec une telle force brute. Au combat, Robert se révélait brutal et impitoyable, même si son partenaire répondait au nom de Will. MacGregor parait tel un bœuf agile et brandissait son énorme claymore dans un seul but : hacher menu l'adversaire. Seul son père parvenait à l'essouffler quelque peu.

En ayant assez vu, Davina s'était esquivée à l'insu de Finn, afin d'aller cueillir des fleurs.

À la suite des abondantes averses de printemps, les collines étaient recouvertes d'un tapis coloré. Au-dessus des sommets, le soleil rivalisait avec les nuages pour la maîtrise du ciel et donnait aux herbes hautes un aspect vert mordoré.

Fascinée par le paysage, Davina manqua de trébucher sur Tristan qui, yeux clos, mains calées sous ses cheveux en bataille et jambes croisées, se reposait dans la bruyère mauve et les jonquilles sauvages. Il ressemblait à un prince charmant qui se serait aventuré par hasard sur le territoire des fées avant de succomber au sortilège du sommeil, afin que quelque reine gourgandine puisse faire de lui ce que bon lui semblait. Au vrai, tout semblait indiquer qu'il serait consentant ! Davina fronça les sourcils et le considéra, un poing sur la hanche, sans lâcher son bouquet. Depuis le retour du jeune séducteur, celui-ci ne s'était pas relevé les manches une seule fois. En y songeant, Davina se rappela qu'il ne s'était même guère montré. Une chose était sûre : il ne passait pas ses journées – et a fortiori ses nuits – avec Caitlin, laquelle accordait désormais ses charmes à Edward. De ce point de vue, tout était donc pour le mieux. Si ce n'est que ce « séduisant vaurien », ainsi que de nombreuses jeunes femmes de Camlochlin se plaisaient à l'appeler, ne courait aucun jupon, du moins à la connaissance de Davina.

— Tristan, êtes-vous malade ?

Il esquissa un sourire, mais ne se donna point la peine d'ouvrir les yeux, et encore moins de se redresser.

— Grandirais-je dans votre estime si je l'étais ?

— Bien sûr que non ! s'indigna la jeune femme. Pourquoi ?

— Cela me fournirait un excellent prétexte pour ne rien faire d'autre, répliqua-t-il en haussant les épaules.

— Eh bien, puisque vous abordez le sujet, hasarda-t-elle, j'ai entendu votre père rappeler qu'un tas de bois attendait le tranchant de la hache.

— Rob s'en occupera !

— Ainsi que du reste ? s'enquit-elle, légèrement piquée au vif.

— C'est son devoir en tant qu'aîné, répliqua Tristan dans un bâillement.

Davina fut soudain prise d'une forte envie de le frapper avec son bouquet. Certes, cela ne risquait pas de lui mettre du plomb dans la cervelle, mais peut-être daignerait-il enfin ouvrir les yeux et lui faire la grâce de son attention.

— Je vois ! s'exclama-t-elle à mi-voix en optant pour les bonnes manières plutôt que la violence. Quant à votre devoir, en tant que cadet de Robert, c'est de coucher…

Davina n'acheva pas sa douce réprimande, car Tristan, ouvrant enfin les yeux, la défia du regard en s'appuyant sur les coudes. La jeune femme n'était pas certaine de vouloir relever le défi. Le séducteur attendit donc la suite avec un petit air narquois qui se transforma rapidement en un sourire bête. Il n'était pas sans savoir ce que Davina s'apprêtait à lui reprocher. Ne le lui avait-on pas déjà répété des centaines de fois ? D'ailleurs, sa réponse n'était-elle pas déjà toute prête ? Si ce n'est que, ce jour-là, l'accusation le toucha plus qu'à l'ordinaire.

— Je vous demande pardon, s'excusa la princesse d'un ton contrit en baissant les yeux sur son bouquet. Rien ne m'autorise à vous parler ainsi.

Tristan la fixa du regard sans rien dire, jusqu'à ce qu'elle détourne enfin les yeux et s'apprête à redescendre au château.

— Estimez-vous heureuse de ne pas avoir connu votre père.

Davina se figea et fit volte-face. Tristan s'était redressé et contemplait à présent la forteresse bâtie par Callum.

— Comment pouvez-vous dire une chose pareille ? Votre père est…

— Têtu et sans merci, et éternellement insatisfait de ceux qui ne lui ressemblent pas.

Tristan s'arracha à sa contemplation inquiète et chassa les pensées qui l'avaient fait naître. Puis, avec un rictus amer, il tenta de congédier sa belle-sœur.

— Laissez-moi à présent, j'ai un rêve à terminer !

Tandis que le jeune homme faisait mine de se rallonger, Davina s'agenouilla devant lui et étala son bouquet à ses pieds.

Grand Dieu, quel sourire charmeur ! Il lui suffit de claquer des doigts, et les belles tombent comme des mouches ! Et pourtant il n'est pas heureux, même s'il fait tout pour le cacher derrière des apparences badines.

Tristan avait raison quand il affirmait ne point ressembler à son père. D'ailleurs, il ne ressemblait pas non plus à Robert ni même à Colin. Il était le vilain petit canard, le fils prodigue qui gâchait sa jeunesse en rêvassant dans la bruyère ou en couchant avec les filles des chefs des autres clans.

— Rien n'est irrémédiable, fit savoir Davina.

— Certes ! Je peux encore me couler dans le moule d'arrogance, d'orgueil et de vindicte des MacGregor. Non, madame, enchaîna-t-il avec un sourire à faire succomber la plus fidèle des épouses, je préfère continuer à goûter les délices de l'amour.

— Vous ne pensez pas ce que vous dites. Je le vois dans vos yeux.

— Détrompez-vous, je le pense, vous pouvez me croire ! s'esclaffa Tristan avant de retrouver son sérieux, non sans admirer la beauté de Davina. Et je me console en songeant que c'est également le cas de Robert.

La jeune femme le foudroya du regard, et Tristan sembla s'en réjouir.

— Vous devriez avoir honte de vous consoler à l'idée que Robert ait pu décevoir votre père en m'épousant.

— Madame, argua-t-il un ton plus bas, mon père a sans doute été contrarié, mais il n'est point déçu par le comportement de Rob. Il n'est pas aveugle et il ne hait pas votre famille comme il hait… (Il s'interrompit, juste à temps pour dévier la conversation.) Tous vous ont reçue en sœur ici, et il ne saurait leur en vouloir !

— Qui donc votre père hait-il ? s'enquit Davina en revenant au sujet principal. Est-ce Caitlin ? Je sais que Maggie ne l'apprécie guère, mais…

Cette fois, Tristan partit d'un grand rire de gorge.

— Caitlin est assurément un joli brin de fille, mais elle demande ce que je ne peux pas lui donner. Peut-être votre capitaine Asher est-il l'homme qui lui faut…

— Ce n'est pas mon capitaine !

— Oh, c'est ce que je me suis laissé dire, en effet. Veuillez me pardonner, s'excusa-t-il avec sincérité.

— Qui alors ? insista la jeune femme.

Tristan ramassa une jonquille qui traînait à ses pieds et l'examina longuement.

— Je préfère les fleurs sauvages aux fleurs domestiques.

Davina le dévisagea en se demandant ce qu'il pouvait bien vouloir dire.

Enfin, plantant son regard dans celui de la princesse, il ajouta :

— Son nom est Isobel. Isobel Fergusson. Je l'ai revue à la cérémonie du couronnement. Je tiens ceci de son frère, expliqua-t-il en lui montrant son nez cassé depuis l'enfance.

Fergusson…, Fergusson…, se répéta Davina. *Où ai-je entendu ce nom ?*

— Davina ! héla Finn de sa voix enjouée en arrivant au sommet de la colline. Vous avez manqué un beau spectacle ! Robert a failli sectionner le doigt de notre chef !

La jeune femme remercia le ciel de s'être absentée, puis elle se tourna pour saluer son cousin. Tristan en profita pour lui faire signe de garder leur conversation secrète.

— J'ai presque mutilé mon père rien que pour t'impressionner, et tu n'étais même pas présente ! fit semblant de s'indigner Robert avec un grand sourire, tandis qu'il gravissait les derniers yards qui le séparaient de son épouse.

Soudain, le paysage sembla terne à Davina, en comparaison de la beauté de son mari. Aussi, lorsqu'il s'assit à côté d'elle, ne put-elle s'empêcher de le dévorer du regard. Son éternelle mèche rebelle était trempée de sueur à cause de l'effort intense qu'il avait dû fournir à l'entraînement, et son visage légèrement congestionné rehaussait le vif éclat de ses yeux.

Retrouvant son sérieux, le Highlander jeta un coup d'œil à Tristan.

— Que fais-tu ici, tout seul avec ma femme ?

— J'essaie de la convaincre de quitter Camlochlin avec moi, mais, comme elle est tombée amoureuse de Will, elle refuse de me suivre !

— C'est donc qu'elle ne manque pas de discernement…

Davina s'apprêtait à demander à son époux de ne point se montrer cruel, car elle savait désormais à quel point Tristan se sentait inadapté à la vie du clan, lorsqu'elle aperçut une étincelle d'espièglerie traverser son regard, et aussitôt Tristan décocha une repartie à la hauteur de la saillie de son frère.

— En effet, surtout depuis qu'elle a dormi dans ton lit !

Au lieu de lui répondre, Robert se tourna vers Davina.

— À présent, tu comprends pourquoi Colin le déteste !

— À propos de Colin, intervint Finn en s'allongeant sur le dos à côté de Tristan, pourquoi a-t-il insisté pour rester en Angleterre ?

— Je ne sais pas, répondit Tristan en effeuillant une jonquille, dont il disposa les pétales dans les cheveux de Finn à l'insu de ce dernier. L'attrait de l'uniforme royal peut-être ? Sa hantise des espions covenantaires ? Comment savoir ce qui a pu se passer dans sa petite tête ?

Finn fit mine de se redresser, et Tristan retira brusquement sa main. Mais le jeune garçon se contenta de changer de position et de s'enfoncer encore plus confortablement dans la bruyère. Tout sourires, Tristan déposa un autre pétale jaune sur le sommet du crâne de l'adolescent.

— C'est comment ? s'enquit ce dernier d'une voix sommeilleuse.

— Quoi ? demanda Tristan en complétant son chef-d'œuvre par un brin de bruyère.

— L'Angleterre.

— Une contrée sinistre et pas très bien entretenue. Mais Whitehall est un vraiment beau et grand palais !

— Allez, raconte ! insista Finn.

Davina écouta avec attention la description du palais de son père. Était-il possible qu'un bâtiment puisse abriter un millier de pièces ? Malgré ces images somptueuses, la jeune femme se réjouit d'être simplement assise au milieu des fleurs, main dans la main avec son mari. Néanmoins, tout cela était fort impressionnant, et elle se laissa de nouveau captiver par cette riche évocation. On pouvait voir à Whitehall un parc presque aussi grand que Camlochlin, où étaient alignées des statues. Le palais possédait même son propre théâtre ! Et même des courts de tennis !

Qu'est-ce donc que ce tennis ? se demanda la princesse.

— Les femmes y sont aussi magnifiques que chez nous, fit savoir Tristan en posant ses yeux mordorés et pleins de sous-entendus sur Davina. Mais vous, belle dame, les surpasseriez toutes !

La princesse rougit, tandis que Robert serrait sa main avec force avant de se lever d'un bond et de l'entraîner à sa suite.

— À plus tard, les garçons !

Davina n'eut guère le temps de leur dire au revoir, car ils dévalaient déjà la colline. Perdant appui en s'efforçant de le suivre, elle se braqua enfin dans le but de l'obliger à s'arrêter.

— Que se passe-t-il ?

— Rien ! répliqua le Highlander en tirant Davina par le bras.

Elle tira dans l'autre sens, puis, comme Robert ne faisait toujours pas mine de s'arrêter, elle lui donna une tape sur la main.

— Es-tu en colère parce que Tristan est à l'aise avec moi ? Si c'est le cas, alors permets-moi de te dire que tu réagis comme un parfait idiot.

S'arrêtant enfin, il considéra d'abord sa propre main puis son épouse.

— Femme, commença-t-il, tu sais très bien que je n'apprécie pas ce genre d'enfantillage.

Davina se retint de rire. Robert n'avait-il pas fait la tête à cause d'Edward pendant tout le trajet qui les avait amenés à Camlochlin ?

— Naturellement. Je te demande pardon, s'excusa-t-elle pour lui faire plaisir. Cependant, j'aimerais bien savoir pourquoi tu nous as obligés à partir avec une telle précipitation ? C'était intéressant, ce que Tristan disait de… Oh, ça y est, j'ai compris ! Simple curiosité, tu sais ?

Robert choisit ses mots avec soin avant de répondre.

— Davina, je doute qu'aucun jardin soit aussi beau que le paysage qui nous entoure. Oh, et puis zut ! Si c'est un court de tennis que tu veux, je t'en construirai un !

— En as-tu déjà vu ? s'enquit la princesse soudain tout sourires.

— Non, mais je… euh…

Elle fit un pas en avant et posa l'index sur la bouche du Highlander.

— Je n'ai pas besoin de tout ce faste. Mon luxe, c'est de vivre avec toi, Robert MacGregor.

Ce dernier esquissa un sourire charmeur qui fit chavirer la jeune femme, puis il prit son visage dans ses mains et l'embrassa. Elle se laissa faire en gémissant de bonheur.

Mon Dieu, qu'il embrasse bien ! songea-t-elle en frémissant d'excitation.

Elle aurait tant aimé pouvoir faire l'amour avec lui dans la bruyère, mais la voix de Tristan, qui résonna soudain, brisa ce rêve.

— La pluie arrive, les tourtereaux ! lança ce dernier.

— Viens ! Dépêchons-nous de rentrer, susurra Davina, tandis que Robert mettait fin à leur baiser pour mieux recommencer malgré l'orage imminent.

— Attrape-moi, si tu peux ! gloussa-t-elle d'un ton de défi en commençant à dévaler la pente à reculons. Et je serai toute à toi jusqu'à la fin de l'averse !

Elle poussa un petit cri aigu lorsque son époux, qui ne se le faisait jamais dire deux fois, se lança à sa poursuite. Se retournant brusquement, elle se mit à courir le plus vite qu'elle put en riant. Lorsqu'elle arriva devant les portes du château, celles-ci s'ouvrirent en grand, livrant passage à Callum MacGregor. Davina s'arrêta net, évitant ainsi de justesse la collision avec le chef de clan ; Robert se tenait quelques pas en arrière. Son père les considéra tour à tour.

Un long moment de silence s'ensuivit, puis Callum fit un pas de côté en invitant la princesse à entrer d'un geste de sa main bandée.

— Il va pleuvoir, expliqua Robert en passant devant son père à la suite de Davina.

— Oui, on dirait bien, répondit le chef de clan, alors que déjà les deux époux se donnaient la chasse dans l'escalier en laissant derrière eux un sillage de bonne humeur.

Callum MacGregor laissa échapper un petit gloussement de joie.

Chapitre 33

Robert rattrapa Davina juste avant qu'elle arrive devant la porte de leur chambre. Il l'agrippa par la taille et la retourna face à lui avant de partir d'un grand rire triomphal qui mit la jeune femme sur des charbons ardents.

— Le ciel est chargé, mon amour ; l'averse sera longue et drue !

— J'espère qu'elle ne s'arrêtera jamais ! déclara-t-elle en haletant sous les yeux attendris de son mari.

Pour toute réponse, il l'embrassa avec fougue tout en poussant la porte du pied avant de la porter jusqu'au lit douillet où ils se laissèrent tomber ensemble. Essoufflés par la course et le désir qui les étreignait avec la même obstination que la pluie qui battait contre les carreaux, ils s'arrachèrent leurs vêtements en savourant la nudité que chacun livrait ainsi au regard de l'autre. Ils étaient nus et fous d'amour.

Davina effleura le contour des muscles de Robert, puis posa la joue contre ses pectoraux. En douces représailles, le Highlander prit son téton dans sa bouche, et la jeune femme se cambra sous la puissance du feu qui la consumait.

Relevant la tête, il posa sur elle ses yeux animés d'une flamme obscure.

— J'ai envie de toi depuis que nous avons quitté cette chambre ce matin !

Davina gloussa en s'étonnant de sa propre friponnerie.

— Est-ce la raison pour laquelle tu n'as pas voulu jouer avec moi aujourd'hui ?

— Voici comment j'ai envie de jouer avec toi, ma tendre épouse…, insinua-t-il d'une voix grave comme le tonnerre qui grondait au-dehors, en lui dévorant le cou.

Davina enserra Robert à l'intérieur de ses jambes et se tortilla à dessein sous lui en savourant l'effet que cela produisait sur sa virilité. Elle était bien décidée à faire fondre de plaisir cet homme grave et inflexible, à le dépouiller de sa réserve et de sa retenue afin de l'emmener jusqu'aux rives de la jouissance.

— Comme tu es fort et viril ! s'exclama-t-elle d'une voix langoureuse de sirène en mal de naufragés.

Robert gémit à en perdre la tête, et Davina faillit en pleurer de joie.

Puisse chaque jour passé à Camlochlin être aussi radieux qu'un sourire de Robert !

Davina connaissait le Highlander comme personne, pour la simple raison qu'il était entièrement lui-même avec elle.

— Je t'aime, je t'aime, je t'aime, susurra-t-elle en prenant son visage dans ses mains pour mieux l'embrasser.

Soudain, leur baiser prit fin, puis Robert entra en elle et plongea son regard dans le sien. Davina se cambra aussitôt, venant ainsi à sa rencontre. Au comble du ravissement, le Highlander esquissa un sourire lascif, ferma les yeux et se mordit les lèvres. La jeune femme était au bord de l'extase et accompagnait toujours les mouvements de son amant. C'est alors qu'il se retira avant de revenir brusquement à la charge en l'embrassant simultanément sur les seins. Davina n'était plus qu'une dune balayée par le vent du désert, et ses résistances, patiemment érodées par le mouvement de balancier de Robert, cédèrent peu à peu pour leur plus grand bonheur mutuel.

Tandis que des vagues de plaisir inondaient ses combes et ses vallées, la jeune femme s'agrippa au visage du vent et lui ouvrit ses détroits les plus secrets.

— Tu es une friponne ! la tança-t-il en l'embrassant. Si tu continues, nous serons bientôt rendus au port…

— Parle pour toi !

— Oui, justem…

Davina jouit sans lui laisser le temps de terminer sa phrase. Robert se retira, rentra en elle et recommença encore et encore, jusqu'à ce qu'elle parvienne au paroxysme de la jouissance.

Ne se maîtrisant plus, il jouit à son tour, couvrant les cris de Davina de ses gémissements. Puis il s'effondra sur le lit et prit la princesse dans ses bras. Elle s'y blottit, ferma les yeux et remercia le ciel pour la énième fois d'avoir fait entrer Robert MacGregor dans sa vie.

— Rob ?

— Hum ?

— Tu es en train de faire de moi une dévergondée !

— C'est une très bonne chose ! glissa le Highlander à l'oreille de sa belle, excitée derechef par la chaleur de son souffle.

C'est bien ce que je dis ! pensa Davina avec espièglerie.

— Crois-tu que tes parents m'apprécient ? s'enquit-elle en se lovant contre lui.

— Bien sûr, ma chérie, murmura Robert d'un ton amusé.

— C'est merveilleux, soupira-t-elle en entremêlant ses doigts aux siens. C'est important, qu'ils m'apprécient.

Malgré le danger que Davina représentait pour le clan MacGregor, elle savait qu'ils l'estimaient. Kate se montrait aimable avec elle et avait tout fait pour qu'elle se sente à son aise au château. Quant à Callum, il veillait à ne pas aborder la question de son père en sa présence, et elle lui en était reconnaissante. Chaque jour qui passait emportait Davina un peu plus loin de Whitehall et de la colère du roi ; elle était désormais certaine que son père, qui n'était jamais venu la voir au couvent, ne viendrait pas davantage la chercher à Camlochlin.

— Rob, qui sont les Fergusson ?

Le Highlander changea de position.

— Pourquoi cette question maintenant ?

Davina se raidit et chercha un prétexte qui ne mettrait pas Tristan en cause.

— Quelqu'un a mentionné leur nom aujourd'hui. Il ne m'est pas étranger, mais je ne parviens pas à…

— Davina, ne prononce jamais ce nom en présence de ma famille, surtout de ma mère !

— Mais pourquoi ? Qui sont ces gens ?

— Les assassins de mon oncle maternel ! Rappelle-toi, je t'en ai parlé lorsque nous étions dans l'église de Courlochcraig.

Mais bien sûr ! Suis-je bête !

Tristan avait-il perdu la tête ? Davina nota dans un coin de son esprit d'en toucher deux mots au jeune séducteur.

— Qui t'en a parlé ?

— Hein ? Quoi ? demanda Davina en priant pour que Dieu lui pardonne le mensonge qu'elle s'apprêtait à dire.

— Je veux savoir qui ! insista Robert, tandis que la jeune femme tardait à répondre.

— Oh, je ne m'en souviens pas, mentit-elle en se tournant face à la fenêtre. Tiens, il pleut toujours !

Le Highlander comprit immédiatement l'allusion et esquissa un sourire charmeur qui fit oublier à Davina la raison de sa diversion.

Il la hissa sur lui et écarta les cheveux qui masquaient son visage.

— Tu es une vraie petite boîte à secrets, mon bel amour ! fit-il remarquer.

Puis, dévoilant enfin son jeu, il ajouta :

— Mais je sais comment te faire parler !

À ces mots, il effleura ses hanches et commença à la chatouiller jusqu'à ce qu'elle se recroqueville au-dessus de lui. Il la fit alors passer sous son ventre et l'embrassa tandis qu'elle riait aux éclats.

Aux premières heures du jour, le lendemain matin, Davina s'assit dans l'alcôve de la fenêtre de leur chambre et regarda dormir Robert. La tresse du Highlander était défaite, et son visage était entouré de boucles noires qui donnaient à sa physionomie anguleuse un caractère plus doux. Un bras replié sur le front et l'autre reposant mollement sur sa hanche nue, il ronflait doucement. La couverture descendait juste assez bas pour inciter la jeune femme à chevaucher la bête qui sommeillait en lui.

Elle esquissa un petit sourire indécis puis se tourna vers l'arc-en-ciel qui courait au-dessus de l'horizon. Le désir qu'elle éprouvait pour son bien-aimé n'était pas une chose honteuse à ses yeux. Elle en remerciait même plutôt le ciel, car elle croyait en un Dieu d'amour et de compassion. Jamais ce dernier n'aurait mis Robert sur sa route si aimer avait constitué un péché. Et même si le Highlander avait encore beaucoup à apprendre en matière de détente en plein air, elle avait toute la vie pour l'initier aux joies du repos.

— Pleut-il toujours ? s'enquit-il en ouvrant enfin les yeux.

— Oui, répondit-elle. (Elle se détourna de la fenêtre pour rejoindre son époux.) Mais il y a un magnifique arc-en-ciel !

Puis elle grimpa dans le lit et l'embrassa, tandis qu'il souriait au jour naissant.

— Et si nous passions dessous avec ton étalon ? Cela me manque de monter à cheval avec toi ! proposa-t-elle.

— Nous pourrions aller à Torrin cet après-midi, suggéra-t-il en lui effleurant le bas du dos.

— Non ! Je veux passer sous l'arc-en-ciel ! grommela-t-elle en le repoussant, avant de traverser la pièce à la recherche de sa tunique et de son grand kilt. Si tu ne m'accompagnes pas, prévint-elle lorsqu'il devint évident qu'il souhaitait rester couché, je demanderai à Will. À moins que je ne demande à Tristan ?

Aussitôt, Robert rejeta la couverture sur ses pieds en proférant un juron que Davina se promit de ne jamais répéter.

J'ai gagné ! gloussa-t-elle dans sa barbe en se penchant en avant pour enfiler sa chemise.

Ils rentrèrent au château peu après le petit déjeuner. Quelques dizaines de convives s'attardaient encore autour de la table de la salle des banquets lorsque Robert et Davina entrèrent. Finn se leva pour les saluer.

— Vous avez raté du bon gibier et de savoureux petits pains !

Prenant soudain conscience de sa bévue, le jeune garçon prit un air penaud et rectifia :

— Sans oublier une délicieuse salade aromatique sur son lit de gâteau d'avoine !

— Mince ! s'exclama Davina en faisant la moue avant de lorgner en direction des cuisines. J'ai une faim de loup ! Je vais voir s'il reste deux parts pour Rob et moi.

Finn lui emboîta le pas comme un chiot empressé pendant que Robert se joignait à l'assistance.

— Agréable promenade ? s'enquit Will depuis l'autre extrémité de la table en haussant malicieusement les sourcils.

— Oui ! grommela le Highlander pour toute réponse.

— Peut-on savoir où vous êtes allés ? demanda Tristan tout sourires en buvant à petites gorgées.

— Nulle part. Nous avons juste galopé un peu.

— Galopé un peu ? répéta Angus avant de roter.

Brodie lança un regard dégoûté à son corpulent cousin avant de se tourner vers Robert.

— Et nulle part ? Quand je vous disais qu'il est ramolli du bulbe !

— Et doux comme des fesses de bébé ! renchérit Angus de toute sa hauteur en secouant la tête de dépit. (Il passa devant Robert pour quitter la salle.) Hier, ajouta-t-il, c'était Finn qui se promenait avec des fleurs dans les cheveux, et aujourd'hui c'est toi qui chevauches sous les arcs-en-ciel ! Qui sera le prochain ? Robbie, courant derrière les papillons au milieu des herbages ?

— C'est Davina qui vous l'a dit, et vous l'avez répété ! s'emporta Robert en jetant un regard noir à Will, puis à Tristan.

Le Highlander savait s'avouer vaincu, mais de là à se laisser comparer à des fesses de bébé il y avait un monde !

— Elle l'a dit à Finn juste avant votre départ, trahit Will en faisant de son mieux pour ne point paraître satisfait. Et Finn nous l'a dit.

— Et alors ? s'enquit Robert en arrachant des mains de son frère la coupe d'hydromel que celui-ci lui tendait. Cela a fait plaisir à ma femme et, pour tout vous dire, à moi aussi ! Si l'un d'entre vous considère que cela fait de moi une mauviette, je suis prêt à l'en convaincre du contraire sur le pré !

Tous secouèrent la tête comme un seul homme et remirent le nez dans leurs coupes, tandis que Robert les défiait du regard. C'est à ce moment-là que Davina refit son entrée, les bras chargés de nourriture et flanquée de Finn.

Elle avait encore les joues rouges à cause du vent qui lui avait fouetté le visage durant la chevauchée. Robert ne regrettait pas d'avoir accédé à son désir et se fichait comme d'une guigne de ce que pensaient les autres. Ceux-ci n'avaient pas eu le privilège de l'entendre s'esclaffer de joie à en perdre haleine, tandis qu'elle partait à l'assaut de l'arc-en-ciel à travers la verdure. Ils ne pouvaient pas se douter à quel point il était délicieux de la tenir blottie dans ses bras, tandis que leur monture parcourait leurs terres au grand galop. Davina aimait la vie, et Robert partageait cet amour avec elle. Le Highlander comprenait mieux, à présent, pourquoi elle se plaisait tant à pourchasser des porcelets et à barboter dans l'eau du lac. Quel mal y avait-il à prendre un peu de bon temps durant la journée ?

Robert accueillit Davina avec son plus beau sourire, puis il jeta un regard assassin à Tristan lorsque celui-ci ricana.

— La cuisinière m'a gentiment laissée choisir les meilleurs morceaux pour toi. Quant aux petits pains bannock, ils sont encore chauds, mon chéri, annonça Davina en lui tendant sa planche de viande avec bonne humeur, tandis que Robert savourait sa victoire sur Tristan en affichant un petit air satisfait.

Je me laisse peut-être attendrir, mais au moins je me régale !

— Où est notre père ? s'enquit-il enfin en coupant sa viande.

— Dans ses appartements, répondit Will. Il s'est retiré avec mère, Jamie et Maggie. Je crois qu'ils...

Will fut soudain interrompu par un rugissement tonitruant qui mit un coup d'arrêt à toutes les conversations et dessoûla sur-le-champ ceux qui avaient abusé de l'hydromel.

— Foutre Dieu ! Qui a bu mon whisky ?

Brodie se leva d'un bond et considéra l'entrée avec des yeux ronds. Quelqu'un s'approcha d'un pas lourd.

Angus !

Davina attendit, de concert avec les autres convives, sans oser avaler sa bouchée, de crainte que le bruit de mastication n'attire sur elle les foudres du géant.

— Brodie ! tonna derechef Angus. Espèce de vieille baderne, fils de traînée, qu'as-tu fait de ma bouteille ?

À cet instant, Davina surprit Robert et Will échangeant un sourire complice.

Qu'ont-ils fait, ces deux sacripants ?

C'est alors qu'Angus entra en trombe et posa ses yeux pleins de rage sur Brodie en serrant les poings.

— Tu as bu tout mon whisky ! Il va t'en cuire !

— Je ne l'ai pas touché, ton fichu whisky ! Tu l'auras sans doute…

Un violent uppercut à la mâchoire l'arrêta net. Ensuite, tout se passa très vite, et Davina ne parvint à reconstituer les faits qu'après coup, si l'on peut dire. Brodie s'affala dans les bras de Will, puis se releva aussitôt, juste à temps pour éviter un crochet du droit que lui destinait Patrick, le fils dont Angus avouait redouter la force. De son côté, Will n'était pas du genre à rester tranquillement assis tandis que deux brutes épaisses rouaient son père de coups. Il envoya donc valser ledit Patrick contre le mur de deux directs au visage. Robert en profita pour inviter Davina à se lever, à prendre leurs planches à découper et à s'éclipser tranquillement avec lui jusqu'à une table à l'écart. Ils venaient de tourner le dos au pugilat lorsqu'une chaise vola au-dessus de leurs places vacantes. Finn l'aurait reçue sur la tête si Robert ne l'avait pas extirpé de son siège in extremis.

— Rob, fais quelque chose ! supplia Davina en faisant signe à Finn et à Tristan de les rejoindre.

— Tu ne voudrais tout de même pas que je gâche leur plaisir ?

— Leur plaisir ? répéta Davina d'un ton incrédule en dévisageant son mari.

— Tu as bien entendu ! assura-t-il en continuant de manger comme si de rien n'était. Ils aiment se bagarrer. C'est surtout un bienfait pour Brodie. Il se montrera bien plus agréable pendant les jours qui viennent.

— Ils sont fous, ces Highlanders !

— Ils sont fous, ces MacGregor, rectifia Tristan en s'asseyant à la droite de la jeune femme. Vous vous y ferez très vite.

— Mais ils ont failli tuer le pauvre Finn ! protesta-t-elle en caressant les épaules de l'adolescent.

— Aucun risque, ma chérie ! assura Robert avant de prendre un air renfrogné en s'apercevant qu'il avait oublié sa coupe d'hydromel.

— Will saigne ! remarqua Davina tristement en se tassant sur sa chaise. Oh, Rob ! Seamus MacDonald vient juste de frapper Will par-derrière. Will, attention ! cria-t-elle en bondissant sur ses jambes.

Puis, se tournant de nouveau vers le Highlander, dont elle n'avait cessé de tirer le plaid en regardant la mêlée, elle ajouta :

— Robert MacGregor, fais quelque chose. C'est ton meilleur ami !

Davina ne pouvait se douter que Will aurait été déshonoré si Robert avait fait mine de le défendre contre des adversaires qui étaient trop soûls pour lui causer le moindre mal. Quoi qu'il en soit, la suite des événements trancha la question une fois pour toutes : une sentinelle postée sur les remparts annonça l'arrivée de cavaliers.

Chapitre 34

Callum, suivi de près par Robert, descendit jusqu'aux portes du château. Les visiteurs étaient rares à Camlochlin, et la plupart d'entre eux venaient en général des environs. Mais on redoutait toujours une visite impromptue du père de Davina ou de l'amiral Gilles.

— Finn, ordonna Robert, tandis que l'adolescent accourait à sa hauteur, emmène Davina auprès de ma mère !

— Elle est dans la chapelle.

Le Highlander n'eut pas le temps de répondre. Déjà, son père ouvrait les portes et sortait.

— Dans quelle direction ? cria ce dernier en s'adressant aux gardes.

— Les collines, mon seigneur. Environ une trentaine de cavaliers. Ils sont encore trop loin pour qu'on puisse les identifier.

Un profond découragement s'empara de Robert. À moins que Gilles n'ait recruté d'autres hommes en cours de route, il ne pouvait s'agir que du roi.

— Des oriflammes ?

— Je n'en vois point.

— Chargez les canons ! gronda Callum en se tournant brusquement vers les guerriers qui l'observaient depuis l'entrée. Que tous se tiennent prêts ! Préparez-vous au pire !

Robert chercha le regard de Will et, sans qu'il soit nécessaire d'échanger un seul mot, son ami au visage tuméfié hocha la tête et s'en fut à la chapelle.

— Mon oncle, commença ensuite le Highlander en s'adressant à Jamie, trouvez Asher et amenez-le ici. Si l'amiral Gilles est parmi nos visiteurs, le capitaine le reconnaîtra.

— Et si c'est le roi, Asher pourra lui révéler l'identité de ta femme ! rappela Brodie d'un ton maussade.

— Il signerait sa condamnation à mort, grommela Robert en attrapant au vol la lourde claymore qu'Angus lui lançait.

— Mon seigneur ! cria un garde depuis le chemin de ronde. Un Highlander est à leur tête ! On dirait Colin...

Robert crut défaillir.

Colin ! Non, c'est impossible ! On l'aura sûrement contraint à parler, pensa MacGregor.

D'un autre côté, Robert avait la conviction que son jeune frère ne trahirait jamais les siens, car Colin n'obéissait qu'à lui-même et aurait préféré mourir sous la torture plutôt que de conduire leurs ennemis à Camlochlin. Par conséquent, il avait sûrement pris la décision de son propre chef.

Callum scruta les collines d'un air funeste. Sans doute était-il parvenu à la même conclusion que Robert.

— S'il a conduit les soldats du roi jusqu'à nous…, commença ce dernier avant que son père l'interrompe.

— Nous ne savons pas encore qui l'accompagne ni si c'est vraiment lui, fit remarquer Callum avec autorité.

Ils attendirent, l'arme au poing, tandis qu'à l'arrière les guerriers du château s'activaient en s'exhortant les uns les autres. Les roues des lourds canons grincèrent sur les fortifications, où les archers attendaient le signal pour décocher leurs traits mortels.

— C'est effectivement Colin ! s'exclama soudain Callum en faisant signe à ses hommes de baisser leurs arcs.

Cédant – une fois n'est pas coutume – à l'affolement, Robert se demanda ce qui avait bien pu passer par la tête de son frère.

Dans l'hypothèse où ce dernier aurait révélé au roi que sa fille se cachait à Camlochlin, avait-il également l'intention de désigner Davina comme telle ?

Ils ne me l'enlèveront pas ! décida le Highlander en lançant un coup d'œil excédé vers la porte de la chapelle.

— C'est le roi ! cria Asher.

Aussitôt, tous les regards se tournèrent vers le capitaine, tandis qu'il passait les portes du château en compagnie de Jamie.

— Il voyage sans son oriflamme, mais il ne peut dissimuler son allure régalienne.

— Il dit vrai, confirma Callum en s'adressant à ses hommes, sans quitter des yeux le bataillon qui se trouvait désormais à une petite centaine de pas.

L'homme de tête était bien son fils.

Soudain, le cavalier qui chevauchait à côté de Colin rejeta sa chape en arrière, révélant un visage blême. C'était en effet le roi. Il balaya les remparts du regard ainsi que le comité d'accueil qui se tenait en contrebas.

— Fin de l'alerte ! rugit Callum, tandis que la troupe royale continuait d'approcher.

Il se tourna vers son fils aîné.

— Par pitié, Robert, souviens-toi de notre accord : ne lui dis pas que tu l'as épousée !

Asher mit un genou en terre devant son souverain. Puis Callum en fit autant, mais ses yeux jetaient des éclairs lorsqu'il les posa sur son benjamin, qui justement sautait de cheval.

— Père, je..., commença Colin.

Mais le chef de clan l'arrêta d'un geste de la main, tandis que les guerriers qui se tenaient derrière lui suivaient son exemple en s'agenouillant.

Lorsque ce fut au tour de Robert de témoigner son respect au roi, Jacques Stuart se tourna vers Colin et demanda :

— C'est votre frère, je suppose ?

Colin acquiesça puis essuya le regard assassin de son aîné.

— Je n'en ai parlé qu'au roi, Rob. Lui seul est au courant.

Le Highlander serra le manche de sa claymore. Colin pouvait se féliciter d'être du même sang que lui, car sinon...

— Où est-elle ? s'enquit Stuart.

Robert ne dissimula pas son animosité envers ce personnage qu'il haïssait, d'abord parce qu'il avait abandonné Davina, faisant d'elle une orpheline, ensuite parce qu'il ne s'était jamais préoccupé de son sort.

Cependant une lueur d'espoir se fit jour.

Elaine!

Davina n'était-elle pas devenue Elaine entre-temps?

— Elle n'est pas ici, répondit Robert en faisant comprendre à Colin qu'il serait bien avisé de se taire. Un imprévu…

Mais le roi ne l'écoutait déjà plus. Il semblait fasciné par un point situé derrière le Highlander.

Ce dernier comprit à l'expression du souverain que l'objet de sa fascination n'était autre que Davina elle-même.

— Ma fille…, dit le roi d'une voix à peine audible, comme s'il n'en croyait pas ses yeux. (Au bord des larmes, il descendit lentement de cheval.) Tu es toujours aussi belle que lors de notre dernière rencontre.

Flatteur! songea Robert.

Lorsque ce dernier se retourna enfin, Davina pleurait. Instinctivement, il lui tendit la main afin de la réconforter, mais elle tomba à genoux et se prosterna.

— Relève-toi, Davina, ordonna le roi en faisant mine de l'aider à se redresser.

Contre toute attente, la jeune femme ne s'enfuit point et le laissa même poser les mains sur ses épaules.

Robert ne voyait plus qu'elle. Il était pétrifié. Le souffle coupé, il assista aux retrouvailles de Davina et de son père. Tout son être se révoltait contre l'affection que le souverain portait à la jeune femme, et il aurait voulu l'arracher de ses griffes. Le roi prit le visage de sa fille dans ses mains, et celle-ci ferma les yeux, comme si elle avait attendu cet instant durant toute sa vie. Certains croient ce qu'ils voient. Davina croyait ce qu'elle pouvait toucher.

Le Highlander comprit soudain qu'il risquait réellement de perdre sa belle, à présent qu'elle avait obtenu ce qu'elle avait toujours souhaité : son père. Il fit un pas en avant, mais Callum l'arrêta en le retenant par le bras.

— Tu n'as pas idée à quel point je regrette de t'avoir éloignée de moi, avoua Jacques Stuart à voix basse.

Ces paroles déchirèrent le cœur de Robert.

Si tout autre père que lui avait fait cette déclaration à Davina, le Highlander aurait été heureux pour elle, car il savait à quel point elle en avait besoin, mais le roi avait le pouvoir de l'emmener loin de Camlochlin. D'ailleurs, les larmes que versait la jeune femme en cet instant ne signifiaient-elles pas qu'elle avait décidé de quitter son époux ?

Mais déjà la princesse posait sur Robert des yeux où se lisait tout son amour, et les doutes de ce dernier se dissipèrent en un éclair.

Le roi Jacques suivit le regard de sa fille et jaugea le Highlander en fronçant les sourcils.

— Vous êtes Robert MacGregor, n'est-ce pas ? commença-t-il, laissant ainsi entendre que Colin n'avait pas eu sa langue dans sa poche. Celui qui a sauvé la vie à ma fille.

Robert se tourna vers Davina et se souvint de cette journée prodigieuse et de toutes celles qui avaient suivi. Il était rapidement tombé amoureux du sourire effacé de la jeune femme, de son rire enjoué et de ses yeux magnifiques qui ne le quittaient pas, de crainte qu'il ne l'abandonne au détour d'un chemin. Non, jamais il ne la quitterait ! Mais Davina avait un cœur d'ange et pardonnait si facilement ! Mais n'était-ce pas également pour cette raison qu'il l'aimait ? De même qu'elle avait pardonné Asher, elle pardonnerait son père.

— Ma dette envers vous est bien trop grande pour que je puisse m'en acquitter un jour, poursuivit le roi en pressant la main de Davina. J'étais mort, et vous m'avez rendu la vie.

Est-ce une raison pour m'enlever la mienne ? se demanda le Highlander en silence, car il lui aurait été impossible de prononcer ces paroles à voix haute. Vivre sans Davina n'était tout simplement pas concevable.

— MacGregor, reprit Stuart en s'adressant cette fois à Callum, et si vous nous faisiez la grâce d'un bon feu en votre logis ? Vous et moi avons beaucoup à nous dire.

Le chef de clan serra les dents et jeta un coup d'œil discret à son aîné avant d'acquiescer et de donner l'ordre que l'on s'occupe du roi et de ses hommes.

— Capitaine Asher ! salua le monarque en donnant à Edward une tape sur l'épaule avant d'emboîter le pas à Callum. Le jeune MacGregor m'a également fait l'éloge de votre bravoure. Je saurai me montrer reconnaissant envers vous aussi.

Robert les regarda s'engouffrer à l'intérieur, aveuglé par la colère. Il n'en voulait pas à Asher. Les éloges que celui-ci avait reçus ne signifiaient rien à ses yeux. Le capitaine était un lâche, et tous deux le savaient fort bien. Peu importait donc que le roi le croit valeureux. C'était contre Colin qu'il était furieux, et lorsque ce dernier fit mine de passer la porte Robert lui bloqua le passage.

Ils se regardèrent sans rien dire jusqu'à ce que les derniers visiteurs soient entrés.

— Mon frère, je…

— Colin ! l'interrompit Robert d'un ton cinglant. À compter de ce jour, je ne suis plus ton frère !

Le jeune homme recula d'un pas, comme s'il venait de recevoir un coup en plein cœur, et ouvrit de grands yeux incrédules.

— Comment peux-tu dire une chose pareille ? Je n'ai fait que lui servir d'éclaireur, ainsi que père nous l'a appris. Je ne…

— Que t'a-t-il offert en échange ? demanda Robert d'un ton calme, trop calme.

Tout autre que Colin aurait battu en retraite, sachant que, chez le Highlander, le calme précédait toujours la tempête.

— Quoi ? s'indigna l'adolescent avec amertume.

Robert se rua sur lui comme un taureau et le saisit par le col avant de le plaquer d'une main contre le mur et de le désarmer de l'autre.

— Tu as parlé ! Tu as parlé, Colin. Je répète ma question : que t'a-t-il donné en échange ?

Colin foudroya son frère du regard.

— Je devrais te passer par le fil de mon épée pour oser m'accuser de trahison, mon frère ! s'exclama-t-il en insistant sur le mot « frère ».

Robert leva le poing, mais l'adolescent ne broncha pas.

— Laisse-le s'expliquer, Rob, suggéra soudain Tristan en retenant le bras du Highlander.

Ce dernier se dégagea et s'éloigna, car il refusait d'entendre ce que Colin avait à dire pour sa propre défense.

— Pourquoi l'as-tu conduit jusqu'ici ? s'enquit Tristan.

— Parce que, si notre père, ou l'un d'entre nous, avait cru sa propre fille morte alors qu'elle ne l'était pas, nous aurions été contents qu'on nous l'apprenne. Je savais que Davina souffrait de n'avoir jamais connu son père. Il le savait aussi, ajouta-t-il en pointant Robert du doigt. Elle lui en a assez souvent parlé. N'est-ce pas, Rob ? Au début, je n'avais aucune intention de dire quoi que ce soit au roi…

— Dans ce cas, pourquoi n'as-tu pas tenu ta langue ? hurla le Highlander en faisant volte-face.

— Parce qu'il souffrait autant qu'elle, répliqua Colin sur le même ton. Elle est sa fille, Rob. Et il l'aime !

Robert, dont la colère était retombée, s'approcha de son frère et le regarda posément, droit dans les yeux.

— Moi aussi, Colin ! se contenta-t-il de répondre avant de s'engouffrer, seul, à l'intérieur du château.

— Comme si je ne le savais pas ! pensa Colin à voix haute en regardant son frère disparaître dans l'obscurité. Nul ne l'ignore ! Mais…

— Pendant que tu étais à Londres, il l'a épousée, lui annonça Tristan à voix basse, tandis qu'ils entraient à leur tour.

Colin s'arrêta brusquement.

— Oh non ! s'exclama-t-il en se passant la main dans les cheveux. Il savait qu'elle était la fille du roi. Et il l'a fait quand même !

— Il lui en faut davantage pour l'arrêter.

— Maudit imbécile !

Tristan lui lança un regard de reproche par-dessus son épaule.

— J'aurais dû le laisser te frapper ! regretta-t-il en secouant la tête.

Davina était installée dans le salon privé des parents de Robert. Deux escortes du roi son père montaient la garde derrière son fauteuil et celui du souverain.

Suis-je en train de rêver ? se demanda-t-elle en se pinçant pour se réveiller.

S'apercevant de son trouble, Jacques Stuart lui tapota la main en esquissant un sourire attendri avant de s'adresser à Callum.

— Votre demeure est très impressionnante, MacGregor. Vous avez été bien avisé en la bâtissant à cet endroit. L'emplacement la rend impossible à approcher sans être vu.

— La situation l'imposait en ce temps-là, rappela Callum en remplissant trois coupes d'hydromel avant d'offrir la première à sa femme.

— Oui, c'était l'époque de la loi contre l'organisation clanique de la société écossaise, confirma le roi en acceptant d'être servi en deuxième. Vous étiez alors un rebelle et un hors-la-loi !

Davina buvait chaque parole prononcée par son père et reconnaissait dans le ton de sa voix son propre enthousiasme, tandis qu'il lui communiquait sa chaleur de sa grosse main calleuse et crevassée. Elle aurait voulu l'examiner sous tous les angles. Tant de fois, durant ses interminables rêveries, elle avait imaginé son visage. Elle trouvait tout simplement inouï qu'il soit assis à côté d'elle.

— Et oui, il faut parfois savoir se mettre en danger, répliqua le chef de clan en tendant une coupe à Davina.

Cette dernière la prit d'une main tremblante, en regrettant qu'il ne s'agisse que d'un léger alcool de miel. À présent que son père l'avait retrouvée, la princesse doutait qu'il accepte de repartir sans elle.

Que le ciel nous en préserve ! pria-t-elle en silence.

Pourquoi avait-il attendu si longtemps ? Qu'était-elle censée faire ? La réponse s'imposa subitement d'elle-même à son esprit.

Non, pensa-t-elle, *c'est impossible ! Je ne pourrai jamais quitter Robert et les siens !*

Tant de personnes avaient perdu la vie à cause d'elle à Saint-Christopher. Elle ne permettrait pas que les habitants de Camlochlin subissent le même sort.

Où est Robert ? s'inquiéta-t-elle en regardant vers la porte, car elle savait que le Highlander ne consentirait jamais à son départ forcé. Cependant, l'accepterait-il si elle décidait de le quitter volontairement ?

— Tu trembles, ma chérie, observa le roi en se penchant vers sa fille. Je sais que tu ne m'attendais pas, mais…

— Je vais bien, ne vous inquiétez pas, assura-t-elle en essuyant promptement ses larmes. C'est l'émotion, c'est tout.

Le roi lui répondit par son plus beau sourire, et Davina contempla chaque ride et chaque patte-d'oie qui ornait son beau visage avenant. Pendant toutes ces années, elle s'était demandé à quoi il ressemblait. Elle le croyait blond, comme elle, mais ses cheveux étaient entièrement grisonnants à présent. Quant à ses yeux bleu nuit, ils brillaient d'un éclat rendu morne par les années de lutte sur tous les champs de bataille et dans les allées du pouvoir. Il avait le long nez droit et la bouche effilée de sa dynastie. On pressentait qu'il n'avait pas souvent eu l'occasion de se réjouir, du moins jusqu'à ses retrouvailles avec Davina.

— Moi aussi, je suis ému.

Disait-il vrai ? Elle eut envie de le croire. Mais un roi pouvait-il se laisser émouvoir par ses enfants ? Il avait également fait allusion à une occasion durant laquelle il avait pu l'observer. *Quand ?* se demanda-t-elle. Était-il venu à Saint-Christopher quand elle était petite ? Dans ce cas, pourquoi ne l'avait-on pas autorisée à le voir ? Elle brûlait de lui poser la question, mais elle se ravisa et lui sourit simplement.

Il ne m'a jamais oubliée. Là est l'essentiel, songea-t-elle.

À cet instant, tandis que Davina éprouvait un sentiment inédit de complétude, Robert poussa la porte du salon et entra dans un courant d'air qui fit vaciller les flammes du foyer, pendant qu'un froid hivernal s'abattait sur l'assemblée. Sa mère se leva d'un bond, alla l'accueillir et rompit immédiatement la glace.

Elle lui dit deux mots d'une voix étouffée ; mais ces paroles, qu'il fut le seul à entendre, ne firent rien pour le rassurer, et il continua de fixer Davina avec un mélange de colère et de désespoir dans le regard.

Il se tut et s'abstint de s'asseoir ou de se servir à boire, se contentant de rester planté dos à la porte, tel un obstacle infranchissable.

Livide, Davina eut envie de se jeter dans ses bras pour lui dire qu'elle l'aimait, que rien au monde ne pouvait les séparer, mais qu'elle ne voulait pas qu'il meure pour elle. Pour son plus grand étonnement, ce ne fut pas Stuart qui la retint, mais le père de Robert qui l'en dissuada en lui rappelant d'un froncement de sourcils que Stuart ne devait pas savoir qu'ils étaient mariés. La vie du Highlander en dépendait. Que cela lui plaise ou non, elle était la fille aînée du roi qui, pour la première fois de leur histoire, gouvernait les trois royaumes, et ce dernier n'avait certainement pas enfermé sa descendance dans un couvent parce qu'il la destinait à une vie de roturière.

— Votre Majesté, commença Callum, en posant son regard patibulaire sur le monarque, vous connaissez mon fils Robert, je crois ?

— Nous avons fait brièvement connaissance, en effet, répondit Jacques Stuart en considérant avec méfiance le rictus menaçant du Highlander. Dites-moi, MacGregor, tous vos fils ont-ils en commun de se défier de la noblesse ?

— Hélas non ! répliqua le chef de clan avec un réel regret dans la voix. Vous avez rencontré mon fils Tristan en Angleterre, en avez-vous le souvenir ?

Le roi gloussa dans sa barbe sans prendre ombrage de l'offense.

— Quand on connaissait l'aristocratie anglaise et écossaise, on ne peut que se réjouir de l'éducation que vous avez donnée à ces deux-là.

— J'ai fait de mon mieux, convint Callum. Ce ne doit pas être agréable de savoir que votre propre neveu complote contre vous.

Le roi acquiesça puis leva sa coupe.

— D'ici peu, Monmouth sera arrêté, et Argyll également.

Robert émit un grognement d'impatience qui attira l'attention de Davina. Seul contre tous, il toisait l'assistance de toute sa hauteur en croisant et en décroisant les bras, mais sans jamais desserrer les dents. Soudain, la princesse eut l'impression que la pièce était devenue trop petite pour eux tous. Parmi les trois guerriers présents, seul le Highlander l'impressionnait vraiment. Pareil aux montagnes qui entouraient son pays, il se montrait inflexible et résistait à la tempête qui se déchaînait autour de lui. Il avait protégé Davina à un moment où il aurait pu choisir de passer son chemin. Il avait fait serment de la protéger et ne s'en était pas dédit. Lorsqu'elle était dans ses bras, elle se sentait aimée et invulnérable. Sans lui, son cœur se dessécherait.

Le Highlander ne tint pas compte du coup d'œil de mise en garde que lui lança son père.

— Et l'amiral Gilles ? interrogea-t-il. Vos hommes sont-ils également à ses trousses ?

Le roi le considéra sans l'ombre d'un reproche mais plutôt avec un regain d'intérêt.

— Nous le trouverons.

— Avant qu'il retrouve Davina ? s'enquit Robert d'un air de défi.

— Il ne viendra jamais la chercher à Camlochlin, Sire, soutint Callum afin d'empêcher son fils de s'attirer des ennuis. Dans le cas contraire, ainsi que vous avez pu le vérifier par vous-même, nous le verrons arriver de loin !

— Me suggérez-vous d'abandonner Davina ici ? s'étonna le roi.

Puis, semblant envisager cette éventualité, il scruta de nouveau le visage de Robert.

— Je vous suis infiniment reconnaissant d'avoir sauvé la vie à ma fille, mais je crains de ne pouvoir vous satisfaire.

À ces mots, Robert se précipita sur le roi, mais les deux soldats qui étaient de faction derrière Davina brandirent leur glaive.

— Arrête ! s'écria Callum, de concert avec Davina et Kate, avant de s'interposer entre son aîné et le monarque.

Assieds-toi, Robert, à moins que tu n'aies envie que ta mère perde son fils et son mari le même jour ?

Le chef de clan avait prononcé ces mots sans réfléchir et sous le coup de l'émotion, mais d'un ton calme et digne.

— Majesté, enchaîna-t-il en se tournant vers le roi, ne prenez pas de décision trop hâtivement. Mon fils a à cœur la sécurité de votre fille. Il…

— Et la réciproque est vraie, me semble-t-il, l'interrompit le monarque en se dressant sur ses jambes pour mieux scruter le regard des jeunes gens en présence. Je m'y attendais. Néanmoins, Davina reste l'héritière du trône. Son avenir est déjà tout tracé.

— Certainement pas par moi !

Tous les regards se tournèrent vers Davina, tandis que celle-ci se levait lentement pour faire face à son père en se jurant de ne pas trembler, de ne pas bafouiller et de ne pas pleurer. Du moins pour l'instant ! Elle était prête à tout pour mettre un terme à la querelle, empêcher son père de l'enlever à sa nouvelle vie et éviter à Robert de déclencher une guerre qu'il était sûr de perdre.

— Être votre fille m'a déjà trop coûté. Je me plais ici, père. J'aime les personnes qui m'entourent. Je vous en supplie, ne me privez pas aussi de ce bonheur.

— Davina, commença le roi en posant un regard attendri sur la jeune femme, je te donne ma parole d'honneur que tu ne manqueras plus de rien. Je n'aurais jamais dû te confier à des nonnes. Pas un jour n'est passé sans que je le regrette. Mais, si Dieu t'a épargnée, c'est qu'il a de grands desseins pour toi. Et, un jour, tu devras t'y conformer.

— Je connais mon devoir, mais il me déplaît, allégua Davina entre deux sanglots. Je ne désire rien de ce que votre cour peut m'offrir. Sans doute que si, à l'instar de mes sœurs, j'y avais grandi, penserais-je autrement. Mais ce n'est pas le cas.

— Je saurai te faire changer d'avis, promit le roi avec douceur avant d'adopter un ton plus péremptoire lorsque Davina fit « non » de la tête. Et lui, s'exclama-t-il, ne me dis pas que tu l'aimes aussi ?

Davina jeta un coup d'œil furtif au Highlander et se souvint de ce que celui-ci avait dit à son propre père : « Je ne renierai jamais mon épouse. » Puis, considérant le chef de clan, la réponse de ce dernier lui revint en mémoire : « Nous trouverons une solution, avait répondu Callum, et, le moment venu, ton clan sera à tes côtés. »

Robert chercha le regard de Davina par-dessus l'épaule du roi, et la jeune femme se dit qu'elle se souviendrait jusqu'à son dernier souffle de la tristesse insondable de son époux. Si leurs pères respectifs n'avaient pas été là pour s'interposer entre eux, la jeune femme se serait aussitôt jetée dans ses bras.

— Rassemblez les hommes ! ordonna le roi en s'adressant à ses gardes. (Il saisit Davina par la main.) Nous partons !

Chapitre 35

Robert laissa enfin éclater la colère qui bouillait en lui, mais cet accès le laissa presque sans force. Pris dans une sorte de cauchemar dont il ne parvenait pas à s'éveiller, il regarda, impuissant, le roi conduire Davina jusqu'à la porte. La jeune femme se retourna et essaya de se dégager en lançant un ultime regard à son époux.

Soudain, Robert sortit de sa torpeur et sauta sur le roi en poussant un cri qui ameuta toute la garnison, Anglais et Écossais confondus.

Callum essaya de le retenir, et les deux hommes faillirent perdre l'équilibre. Au moment où il retrouvait son aplomb, le Highlander croisa le regard épouvanté de Colin, puis considéra les deux lames étincelantes qui le menaçaient à la gorge.

— Ordonnez à vos hommes de baisser leurs armes ! hurla Colin. Vous m'avez donné votre parole.

Sans prêter attention à ce qui se disait, Robert écarta les épées avec ses bras, mais déjà Davina prenait la parole, et il s'arrêta net.

— Je t'en prie, Robert, par pitié, je ne veux pas que tu meures.

— Mais vivre sans toi est encore pire que la mort ! lança-t-il avec l'énergie du désespoir par-dessus la barrière d'acier qui les séparait.

— MacGregor ! prévint Stuart dans un grognement féroce. Je pourrais vous faire trancher la tête pour votre effronterie.

— Mon Père, je vous en prie, empêchez cela ! supplia Davina de toute son âme.

— Ma fille, répliqua le roi, qui croyait qu'elle s'adressait à lui, et non au Père qui est au ciel, je comprends que tu te sentes redevable envers ce guerrier qui t'a…

— Non, non, vous ne comprenez pas ! l'interrompit-elle en pleurant. Je vous en conjure, ne lui faites pas de mal. Je vous ai pardonné de m'avoir abandonnée, mais je ne vous pardonnerai jamais si vous le tuez.

Face à tant de détermination, le visage sévère du monarque se décomposa et parut, l'espace d'un instant, celui d'un homme souffrant. Jacques Stuart prit le visage de Davina dans sa main et laissa échapper un gémissement plein de larmes lorsque celle-ci se détourna.

— Accorde-moi une année, une toute petite année, pour découvrir la fille qui me manque depuis plus de vingt-quatre ans, afin que je puisse te donner tout ce qui t'a manqué, et si au terme de ce délai je n'ai toujours pas réussi à te rendre heureuse, alors nous envisagerons un autre genre de vie pour toi.

La princesse hocha la tête, et Robert fit un pas en avant, si bien que deux filets de sang se mirent à couler de sa gorge à l'endroit où portait la pointe des épées.

— Davina, s'exclama-t-il, n'accepte pas ! Tu es ma…

— Robert ! s'écria Davina en l'interrompant d'un geste mal assuré avant qu'il compromette leur avenir à jamais. Ma décision est prise, et tu dois me laisser partir.

— Non ! protesta Robert en jetant un regard noir aux gardes qui le tenaient en respect.

Il brûlait d'envie de leur fracasser le crâne, de marcher sur leurs corps et d'occire toute personne qui oserait se dresser sur son chemin. Mais c'était sans compter avec Jamie, ses frères et son père, qui s'interposèrent pour l'en empêcher.

— Je vous accorde ma grâce, pour cette fois, Robert MacGregor, déclara le roi en faisant signe à ses gardes de baisser leur glaive. Nous sommes quittes à présent. Mais, si vous cherchez à la revoir avant un an, je n'aurai d'autre choix que de vous faire exécuter.

— Je t'en prie, fais ce qu'il te dit, mon chéri, articula Davina en silence, tandis que Jacques Stuart se hâtait de sortir.

— Si elle agit ainsi, c'est parce qu'elle t'aime, fils, glissa Callum d'une voix sourde en serrant son fils dans ses bras. Elle te veut vivant !

— Rob, pardonne-moi, supplia Colin. Je ferai…

Mais l'adolescent n'eut pas le temps d'achever sa phrase, car déjà le Highlander leur échappait.

Ils se précipitèrent comme un seul homme vers la porte afin de l'empêcher de poursuivre Davina. Angus fit claquer l'huis avant de pivoter sur ses talons et de bloquer la sortie. Mais Robert n'essaya même pas de forcer le passage.

Il l'a emmenée! songea-t-il. *Non, elle a choisi de le suivre! Mes craintes étaient donc fondées!*

En l'espace de quelques minutes, sa vie s'était écroulée. Tournant le dos aux guerriers qui le dévisageaient avec inquiétude, il marcha jusqu'à une chaise et s'y laissa tomber sans dire un mot.

Il demeura indifférent lorsque la porte s'ouvrit puis claqua de nouveau. Peu lui importait qui venait d'entrer, du moment que Davina l'avait abandonné. Le monde avait perdu toute espèce d'intérêt pour lui.

Néanmoins, lorsque Maggie entra quelques instants plus tard et lui apprit que Colin était parti à la poursuite du roi en promettant de redresser la situation, Robert bondit hors du salon en compagnie de son père, bien décidé à protéger son petit frère.

— Vous m'avez menti! s'exclama Colin en arrêtant sa monture pantelante en travers de la route, non loin des pentes du mont Bla Bheinn.

Poussant son cheval au maximum de ses capacités, il avait rapidement rattrapé le roi et ses hommes, car ceux-ci n'étaient point familiers des versants abrupts et boueux de la citadelle de pierre. Le jeune homme était furieux et attendait des réponses, dût-il chevaucher jusqu'en Angleterre pour les obtenir!

Colin remarqua que les soldats entamaient une manœuvre d'encerclement afin de protéger leur souverain, mais il ne s'en soucia point. S'ils cherchaient la bagarre, il avait de quoi les satisfaire ! Mais avant il dirait à Stuart le fond de sa pensée.

— Vous m'aviez donné votre parole !

Le roi fit signe à ses hommes de battre en retraite.

— Et je l'ai tenue. Votre famille est saine et sauve.

— Sauve ? s'emporta Colin, tandis que ses yeux jetaient des éclairs à celui qu'il avait pris en amitié et à qui il avait accordé son respect. Vous vous seriez montré plus clément en arrachant le cœur de mon frère de vos propres mains !

Juchée sur un hongre à robe tachetée à quelques pas de là, Davina gémit doucement. Colin croisa son regard rougi par les larmes et détourna les yeux. N'était-il pas évident qu'elle aimait Robert depuis le début ? N'en avait-elle pas montré tous les signes ?

Mon Dieu, qu'ai-je fait ! songea l'adolescent.

— Le cœur de votre frère n'est pas du ressort de mon autorité, Colin.

— Détrompez-vous ! objecta ce dernier. N'est-ce point vous qui faites la loi ? Rien ne vous oblige à emmener Davina. Quelle importance qu'une aristocrate soit amoureuse d'un roturier ?

Le roi esquissa un sourire peiné.

— Vous êtes jeune et avez encore beaucoup à apprendre, déclara-t-il.

— En amour ? s'enquit Colin. Oui, sans doute, acquiesça-t-il. Je vous ai conduit jusqu'ici par pure sottise en pensant que vous aimiez votre fille. Mais quel genre de père passe outre les larmes de son enfant ? Ne comprenez-vous pas qu'elle l'aime ? Bien sûr que non, car vous ne la connaissez pas, et tant que la loi prendra le pas sur vos sentiments, vous passerez à côté d'elle sans la voir.

— Vous prenez un peu trop vos aises avec moi, Colin MacGregor, et c'est en partie ma faute ! Je…, s'exclama le roi avant de s'interrompre.

Le jeune homme ne l'écoutait déjà plus. Un cavalier se glissa lentement à la droite de Colin. Lorsque ce dernier reconnut le nouveau venu, sa fureur atteignit son paroxysme.

— Nom d'un chien, que fait-il ici, celui-là ?

— Le capitaine Asher est au service de la couronne avec…

— Il serait d'une plus grande utilité s'il se balançait au bout d'une corde. Vous arrachez votre fille des bras de celui qui est prêt à donner sa vie pour elle et vous dorlotez le traître qui a renseigné Gilles au sujet de l'endroit où elle se trouvait.

— Que me chantez-vous là ? s'emporta Stuart avant de se tourner vers Asher. Ce qu'il dit est-il vrai, capitaine ?

— Oui, Sire, répondit Colin à la place d'Asher. Il l'a reconnu devant votre fille. C'est un fait notoire à Camlochlin.

— Je vous ferai écorcher vif ! tonna le roi en s'adressant au capitaine.

— Père, non ! cria Davina en éperonnant sa monture afin de se ranger à côté d'Edward.

— Silence ! ordonna le roi sans même poser les yeux sur sa fille.

Soudain, les oiseaux du ciel se turent de concert. Au cœur de cet effrayant silence, on entendit un bruit de sabots au loin. Tous, à l'exception de Colin et d'Asher qui ne quittèrent point Davina des yeux, tournèrent leurs regards vers une colonne de guerriers des Highlands.

Soudain, Colin fut aveuglé par un violent éclat lumineux en provenance d'une crête rocheuse à main droite. Le jeune homme se rembrunit sans parvenir à identifier la cause de l'éclair ni à comprendre pourquoi Asher accourait auprès de la princesse.

Un coup de feu retentit à l'instant où le capitaine bondissait sur Davina et roulait à terre avec elle.

Il s'ensuivit un vent de panique, et les soldats se mirent à crier des directives en courant se mettre à couvert. Davina essaya de se dégager en hurlant sous le poids mort qui l'empêchait de respirer. C'était une attaque en règle, et elle en était la cible.

Tirant non sans mal sa claymore de son fourreau, Colin s'apprêtait à la secourir lorsque Robert le précéda en sautant de son étalon et écarta le corps du capitaine.

— Emmène-la derrière la colline, Will ! ordonna MacGregor, tandis qu'un petit groupe de guerriers qui s'étaient jusque-là tenus en embuscade sortaient à découvert.

Certains d'entre eux, qui étaient armés de pistolets, firent rapidement un sort à quatre soldats du roi.

Colin haïssait les armes à feu, mais il haïssait encore plus ceux qui les utilisaient afin d'assassiner les jeunes filles assez charitables pour prier pour le salut de leurs âmes une fois qu'ils les avaient expédiées dans l'autre monde.

Grâce à la première détonation, Colin avait repéré l'endroit d'où le tireur embusqué avait fait feu – *le lâche!*–, et il l'avait suivi du regard lorsque l'homme avait abandonné sa cachette pour rejoindre ses camarades qui se battaient au corps à corps en contrebas. C'est donc très froidement et sans le moindre scrupule que Colin mit pied à terre et fonça droit sur lui en faisant tournoyer son épée comme s'il s'agissait d'une brindille. L'ennemi, voyant le danger arriver, se dépêcha de recharger son arme, mais il s'embrouilla à cause de la précipitation, tandis que Colin approchait à toute allure.

— Pour ta gouverne, prévint l'adolescent avant de fondre sur lui, sache que je n'ai rien contre le fait d'occire un homme désarmé.

Renonçant à son pistolet désormais inutile, le mercenaire leva la tête et ferma les yeux. Une fraction de seconde plus tard, la claymore de Colin le décapitait.

Au suivant! songea le jeune foudre de guerre en se tournant, tout sourires, vers un autre tireur. Il avait le visage éclaboussé de sang.

Robert regarda Will et Davina se fondre dans l'ombre du mont Bla Bheinn. Lorsqu'il eut acquis la certitude que sa jeune épouse était à l'abri, il dégaina sa longue épée, fit volte-face et entra en lice. Regardant à terre par inadvertance, il vit Asher ouvrir les yeux. Mortellement blessé, le capitaine n'en avait plus pour longtemps à vivre. Cependant, la terreur qui se lisait sur son visage avait une autre cause.

Bravant les balles qui fusaient de toutes parts, Robert traîna le corps du capitaine jusqu'à un petit dévers et s'accroupit à côté de lui. Malgré la trahison dont il s'était rendu coupable, Edward Asher aimait Davina et avait donné sa vie pour elle. En conséquence, Robert lui était amplement redevable.

— Elle est saine et sauve, capitaine, l'informa-t-il. Vous lui avez sauvé la vie, une fois de plus !

Pour la première fois depuis qu'ils se connaissaient, Edward lui sourit avec franchise, tandis qu'un filet de sang ruisselait à la commissure de ses lèvres.

— Gilles..., commença-t-il dans un râle.

— Oui, je sais, assura Robert d'un ton grave. Je vous promets qu'il périra par l'épée que vous voyez là, mais vous devez d'abord me dire à quoi il ressemble.

— Cheveux noirs..., regard glacial..., balbutia Edward en rendant son dernier souffle.

C'est fini ! songea le Highlander en se dressant sur ses jambes, bien déterminé à régler son compte à l'amiral et à occire autant de mercenaires que possible au passage.

— En ordre serré ! ordonna un officier au comble de l'excitation. Ramenez le roi au château !

Robert se retourna et aperçut sept soldats anglais qui entouraient Stuart en vue de l'évacuer du champ de bataille.

— Non ! cria-t-il en couvrant les voix alentour. Le terrain est trop à découvert. Vous vous ferez tous tuer avant de pouvoir vous mettre à l'abri.

Il fit un pas en avant, obligeant le contingent – qui était pourtant à cheval – à reculer.

— Refugiez-vous derrière la montagne ! ordonna-t-il en regardant le souverain droit dans les yeux. Vous y serez plus en sécurité. Leurs balles ne vous y atteindront pas.

Le roi fit signe qu'il était d'accord.

— Attendez là-bas pendant que nous les mettons hors d'état de nuire, poursuivit le Highlander.

— Dans ce cas, faites vite ! s'exclama Stuart en inclinant la tête pour regarder par-dessus l'épaule du guerrier. Car votre frère s'est déjà attelé à la besogne, tout seul !

Robert fit demi-tour et constata, non sans admiration, que Colin taillait dans les rangs des mercenaires avant d'en ressortir sans une égratignure. *Eh ! Mais c'est qu'il se bat comme un beau diable !* songea le Highlander avec une pointe d'orgueil.

— Emmenez-le ! lança-t-il en se retournant brusquement face aux gardes royaux. Et attendez mon signal !

Depuis sa retraite imprenable à l'abri de l'un des nombreux coteaux rocailleux qui parsemaient le vaste paysage, le roi Jacques observa Robert MacGregor avec un mélange de stupéfaction et d'incrédulité. En l'espace d'un instant, il avait vu le Highlander passer de la tactique militaire à la plus grande sauvagerie guerrière. Après être remonté en selle, il s'était aussitôt jeté dans la mêlée, tailladant et tranchant à l'envi avec la rapidité de l'éclair et la précision de l'aigle. Non seulement il faisait invariablement mouche, mais il enchaînait chaque coup de sorte à changer d'adversaire sans perdre l'avantage. Le roi regretta de ne point compter cet homme et son frère dans les rangs de son armée.

Mais, plus que tout, le père qu'il était désirait faire le bonheur de sa fille. Il jeta un coup d'œil au mont Bla Bheinn, où il savait que cette dernière s'était réfugiée.

Encore une heureuse initiative de ce Highlander tombé du ciel! pensa-t-il.

Mais il n'était pas non plus sans savoir que nul autre que Gilles, ce renégat, n'avait fomenté l'attaque.

Le supplice de la roue sera trop bon pour lui! songea le monarque. *Mais où diable se cache-t-il?*

Robert comprit bientôt que la victoire penchait de leur côté. Même sans le secours de leurs alliés anglais, les MacGregor l'auraient emporté. Le gros des mercenaires flamands jonchait le sol. Une majorité d'entre eux devaient leur trépas à la claymore du Highlander. Seuls les Anglais avaient riposté en ouvrant le feu. Déjà, le roi s'en retournait au château. Au terme de la bataille, Gilles ne s'était toujours pas manifesté, et aucune des victimes dans le camp ennemi ne correspondait à la description faite par Asher. Le regard des assaillants avait été rempli d'épouvante, non d'une froideur hivernale.

Où te caches-tu assassin ? se demanda Robert.

Était-il parmi les morts ? *Ce serait dommage !* pensa-t-il en faisant faire demi-tour à son cheval afin de s'occuper d'un autre adversaire.

— Attendez ! cria ce dernier, tandis que le Highlander s'apprêtait à le pourfendre. J'ai quelque chose à vous dire, avant que vous m'expédiiez en enfer.

— J'espère que cela tient en peu de mots, conseilla Robert en faisant le tour du malheureux, prêt à abattre sa claymore sur son crâne.

— Mon nom est Maarten Hendrickson. Je suis le capitaine de l'amiral. Rendez-vous de toute urgence au château. Le roi et sa fille sont en danger.

Robert jeta un coup d'œil en direction des troupes royales qui traversaient la combe menant à Camlochlin. Conformément à son plan, Davina ne les accompagnait pas. De fait, Will ne lui aurait pas fait courir ce risque tant que la bataille faisait rage.

— Gilles s'est glissé parmi eux, l'informa le capitaine Hendrickson, pour le plus grand soulagement du Highlander. Il a revêtu un uniforme anglais pris sur un cadavre et s'est joint à l'arrière des troupes royales quand celles-ci se…

Maarten n'acheva jamais sa phrase. Il glissa lentement de cheval jusqu'à terre. Du sang et de fines volutes de fumée blanche s'échappaient d'un trou dans sa poitrine. Une balle l'avait atteint en plein cœur, brisant au passage le tympan de Robert. Ce dernier se retourna, tandis que le corps du mercenaire touchait le sol avec un bruit mat. Sur un coteau voisin, le jeune Colin chassait un nuage de poudre de ses yeux. L'adolescent sourit à son frère à travers la brume et souffla dans le canon de son pistolet avant de remiser l'arme dans sa ceinture. Lorsqu'il releva la tête, le Highlander avait disparu.

Chapitre 36

— Votre fille est coriace, Majesté !

Juché sur son étalon, le roi écouta ces paroles sans broncher. Ses sept compagnons dormaient de leur dernier sommeil dans l'herbe du vallon. Le premier était tombé à l'approche du château. Ensuite, les événements s'étaient précipités, et les six soldats restants avaient été pourfendus par l'un des leurs, dont l'épée ensanglantée les avait pris au dépourvu. Mais le rire diabolique du meurtrier avait trahi son auteur : il n'était pas au service de la couronne. Et le roi avait été presque admiratif face à cette ruse et à cet acharnement.

— Vous et cette canaille de MacGregor avez anéanti les plans que j'avais soigneusement mis en œuvre.

Le roi Jacques chercha de l'aide autour de lui. Hélas, le reste de ses hommes se trouvaient à une trop grande distance, où ils mettaient un point final victorieux à la bataille avec le secours des Highlanders. Il porta donc la main à son épée, mais l'amiral se contenta de ricaner en le menaçant directement.

— Gilles, commença Jacques Stuart avec dégoût, tandis que la pointe de l'épée ennemie s'enfonçait légèrement dans sa poitrine, je vous ferai mourir à petit feu !

— Voyez-vous cela ? s'esclaffa de nouveau l'amiral en sautant à terre avant d'ordonner au souverain de l'imiter. M'est avis que c'est votre propre mort que vous décrivez là ! s'exclama-t-il en poussant le roi au bas d'un tertre en surplomb d'un pâturage où paissaient des moutons. Je commencerai par vous trancher la gorge, afin de libérer le trône pour le seul roi légitime. Mon maître avait prévu une autre fin pour vous, mais, voyez-vous, on ne fait pas toujours ce que l'on veut ! Bien sûr, je pourrais abréger vos souffrances d'une balle dans la tête, mais, dussé-je y risquer ma propre vie, je veux pouvoir savourer votre agonie. Quant à votre fille, si ce n'est pas moi qui la tue, un autre viendra et s'en chargera une fois que vous ne serez plus un obstacle. Tant qu'elle vivra, elle ne connaîtra pas un seul jour de répit !

— Son protecteur ne le permettra pas ! déclara tranquillement le roi en esquissant un sourire triomphal.

— Qui vivra verra ! Enfin, vous ne verrez rien du tout, puisque vous serez mort, mais moi, je verrai ! ironisa Gilles en faisant glisser sa lame avec une sorte de sensualité malsaine sur la gorge du roi.

Tout en veillant à ne pas faire couler le sang royal, il jouait avec les nerfs du monarque, savourait les derniers instants de celui qu'il considérait comme un tyran.

— À présent que je connais les traits de votre fille, poursuivit-il, en touchant presque le visage de James avec le sien, si bien que ce dernier put humer son haleine fétide, j'ai encore plus envie de l'entendre hurler sous mes assauts avant d'en finir avec elle.

Le roi Jacques ferma les yeux afin de chasser la vision d'enfer qui hantait son esprit.

— Vous n'aurez jamais l'occasion de poser vos sales pattes sur elle, répliqua-t-il en espérant que l'avenir ne le démentirait pas.

Mon Dieu, pria Stuart en silence, *protégez mon enfant des griffes de ce démon !*

Lorsqu'il rouvrit les yeux, Gilles avait reculé d'un pas. L'attention du roi fut attirée par quelque chose qui bougeait sur le flanc de la colline. Quelqu'un approchait en silence, contre le vent. Jacques Stuart retint son souffle en découvrant qu'il s'agissait de Robert MacGregor.

Impressionnant dans un salon, ce dernier était tout bonnement terrifiant lorsqu'il rampait, épée en main et bien décidé à en finir avec son ennemi. L'espace d'un instant, le roi se demanda si ce guerrier, qui était manifestement amoureux de sa fille, entendait régler son compte à Gilles ou au père de sa belle…

L'amiral suivit le regard du monarque, mais il n'eut pas le temps de se retourner pour affronter son adversaire. Déjà, la claymore du Highlander s'abattait sur le poignet du mercenaire et le sectionnait.

Une gerbe de sang éclaboussa le plastron du roi qui contempla avec épouvante, mais non sans un certain plaisir, la main tranchée de son ennemi gisant à terre et tenant toujours fermement son épée.

— Voilà pour vous être introduit sur mes terres ! grommela MacGregor, tandis que Gilles regardait, bouche bée, son moignon sanguinolent. Et ceci pour avoir attenté à la vie de mon épouse ! s'exclama-t-il ensuite en passant l'amiral par le fil de son glaive sans autre forme de procès.

Le roi Jacques assista pantois à la mort de l'amiral sous la fureur du Highlander.

A-t-il bien dit « mon épouse » ?

Mais le père de Davina n'eut point le loisir de s'appesantir sur ce qu'il avait entendu ou cru entendre, car déjà le redoutable justicier retirait sa claymore d'un coup sec et faisait un pas vers lui.

— Êtes-vous blessé ? s'enquit Robert.

Le roi fit « non » de la tête.

— Je… Euh, qu'avez-vous dit à Gilles ? demanda Stuart avant de regretter aussitôt cette question, sans doute prématurée, lorsque le Highlander lui jeta un regard où se lisait, entre autres, une haine implacable dont il venait d'apprécier les effets sur l'amiral.

— Vous avez bien entendu. Davina est ma femme, et je ne vous laisserai pas l'enlever.

En cet instant, une certitude se forma dans l'esprit du roi : MacGregor avait décidé de l'occire.

Mais un long moment passa sans que ce dernier se décide. Au lieu de cela, Robert se lança dans un plaidoyer digne de la plus grande pitié.

— N'avez-vous jamais aimé une femme plus que votre propre vie ? Une femme pour qui vous auriez été prêt à renoncer à tout ?

Le roi cligna des yeux, tandis qu'il était envahi par un chagrin tel qu'il n'en avait plus ressenti de pareil depuis la nuit où sa première femme était morte. Même le décès supposé de sa fille ne l'avait pas rendu aussi triste que la mort d'Anne.

— Oui, je dois avouer que j'ai aimé une femme d'un amour semblable. J'ai également renoncé provisoirement à la couronne en l'épousant et en adoptant sa foi.

MacGregor ne s'était pas attendu à une telle confession. Aussi se contenta-t-il de le dévisager avec étonnement pendant un long moment.

— Dans ce cas, répliqua-t-il enfin, vous ne pouvez ignorer le sérieux de mes intentions. Ma femme ne retournera pas en Angleterre avec vous.

— Mon garçon, commença le roi, nous parlerons de cela plus tard, mais... Attention ! Derrière vous ! s'écria-t-il soudain en écartant fermement le Highlander par l'épaule.

Peter Gilles se tenait immobile, son bras mutilé appuyé contre son abdomen sanguinolent. De son bras valide il s'apprêtait à embrocher Robert. Heureusement, une flèche vint lui percer la carotide et l'arrêta dans son élan. Il s'effondra par terre et se vida de son sang dans la bruyère. Le roi Jacques leva les yeux vers les flancs du mont Bla Bheinn qui servaient de décor à la plus belle vision qu'il ait jamais vu : sa fille se tenait debout, l'arc à la main, tandis que ses longues tresses blondes flottaient dans le vent.

Elle laissa tomber son arme à terre et courut rejoindre les deux êtres qu'elle aimait le plus au monde.

— Rob ! lança-t-elle, sa voix portant loin à travers la lande.

Puis, sous les yeux du roi son père, elle se jeta dans les bras du Highlander, inonda son visage de baisers et de larmes, puis s'assura enfin qu'il n'était pas blessé.

— Et vous, père ? s'enquit-elle ensuite en se tournant vers Stuart. Êtes-vous sain et sauf?

Le roi hocha la tête. Il n'avait que des meurtrissures à l'âme. Mais de quel droit exigerait-il de sa fille qu'elle le fasse passer avant ce guerrier ? En tant que père, il n'avait jamais été présent, et les années les avaient irrémédiablement éloignés. Certes, Davina avait accepté de quitter MacGregor, mais tout indiquait qu'elle l'aimait passionnément. Il décida qu'il lui avait causé assez de tort.

Soudain, une nuée de Highlanders à cheval surgit de toutes parts en brandissant leurs épées ensanglantées.

Mon Dieu ! Qui s'y frotte s'y pique ! pensa le roi en ne sachant plus où passer.

Il est vrai qu'au milieu des féroces Écossais ses propres soldats avaient piètre allure avec leur mine exsangue et blafarde.

— Que s'est-il passé ? s'enquit Callum en sautant de cheval. Est-ce le fameux Gilles ?

Robert lui raconta le déroulement des événements. Ensuite, le chef de clan s'assura que nul n'était blessé et ramena tout ce petit monde au château.

Chapitre 37

Confortablement assis dans la grande salle des banquets de Camlochlin le roi Jacques buvait à petites gorgées une redoutable concoction que les MacGregor désignaient du nom charmant de « meilleur poison des Highlands ». Cependant, il fallait bien en convenir : ce breuvage était excellent, bien qu'un tantinet apparenté au tord-boyaux. Une fois les morts enterrés, tous trinquèrent afin de célébrer la victoire, ainsi qu'en l'honneur des treize soldats de l'armée royale tombés au combat. Un certain Finn promit d'ailleurs de leur rendre hommage dans une chanson.

Seule Davina manquait à l'appel, car elle s'était absentée en compagnie de Maggie et de Katie. Selon Finn (encore lui), cette dernière aimait la princesse comme sa propre fille. L'épouse du chef de clan n'avait-elle pas, d'ailleurs, promis à Stuart une empoignade dont il se souviendrait longtemps – tout roi qu'il était ! – s'il s'avisait d'envoyer chercher sa fille avant la fin des solennités ?

Jacques se laissa donc bercer par la liesse générale et se souvint de la lointaine époque où il guerroyait sur les champs de bataille de France et de Navarre aux côtés de guerriers qui, depuis lors, étaient devenus comme des frères pour lui.

Il constatait le même esprit de camaraderie et de considération chez les Highlanders. Ces gens savaient que, quoi qu'il arrive, ils se battraient comme un seul homme pour protéger leurs terres. Non par simple devoir mais par amour pour le pays qui les avait vus naître. Semblable loyalisme se rencontrait rarement en Angleterre, et Stuart dut reconnaître qu'à la place de Davina il aurait sans doute aussi souhaité rester. Il avait vu comment les MacGregor se battaient et savait désormais que Colin n'avait pas menti lorsqu'il lui avait dit que sa fille ne serait nulle part plus en sécurité qu'à Camlochlin. Par conséquent, serait-il assez fou pour arracher Davina à cet endroit et l'emmener en un lieu où les sourires dissimulaient les pires intentions de nuire et où chacun était un régicide en puissance ? De plus, serait-il sage de sa part, tandis qu'il ne régnait que depuis peu, de révéler au monde son secret le plus précieux ? D'un autre côté, il désirait ardemment connaître sa fille, entendre la chronique de sa vie au couvent, rire et s'émouvoir avec elle. Pour cela, il aurait fallu la ramener une bonne fois pour toutes au pays, mais il savait que Davina avait tout à y perdre, en plus de sa sécurité et de sa foi.

Ce « tout » s'appelait Robert MacGregor !

Le roi examina ce dernier avec attention. Assis de l'autre côté de l'immense table, Robert contemplait le fond de sa coupe avec l'air de quelqu'un qui vient d'apprendre l'amputation de ses deux jambes. Indiscutablement, ce guerrier aimait sa fille et était prêt à tuer et à donner sa vie pour elle. Nul doute qu'en cette matière ses deux autres gendres ne lui arrivaient pas à la cheville. Dans l'abnégation du Highlander, il reconnaissait son propre dévouement à l'égard d'Anne Hyde, son irremplaçable amour. Qu'aurait justement pensé cette dernière de tout cela ? Ensemble, ils avaient abandonné Davina pour son propre bien et afin d'assurer la continuité d'une monarchie catholique. Mais leur fille aînée était-elle la seule à pouvoir lui succéder ? Elle n'avait pas reçu l'éducation qui prépare une future reine à gouverner. Ne voyait-on pas au premier coup d'œil qu'il lui manquait l'indispensable ambition du pouvoir ? En revanche, sa deuxième fille en avait pour deux ! Et puis son épouse Mary était encore jeune et entreprenante dans l'intimité… Avec un peu de chance, elle pourrait lui donner un héritier mâle…

— Sire, vous et vos hommes êtes ici chez vous pour le temps qu'il vous plaira.

Stuart se tourna vers Callum et lui sourit.

— Malgré mon grand désir de rester, je crains que mon devoir ne m'appelle en Angleterre. Nous sommes partis sans aviser quiconque, et je tremble en imaginant ce que mes beaux-fils trament en mon absence.

Callum hocha la tête et posa un regard mélancolique sur Robert.

— Vous avez enseigné à vos fils à se battre avec bravoure, MacGregor. Ils sont meilleurs guerriers que certains de mes capitaines. J'aimerais vous poser une question, mais, d'abord, je voudrais demander à Robert de m'éclairer sur un point.

Callum acquiesça en silence et se tourna vers son aîné de concert avec le roi.

— Lorsque vous avez arrêté mes hommes, tandis qu'ils me ramenaient au château, n'avez-vous pas songé que ma mort vous libérerait ? Hormis Gilles, qui n'est plus une menace, nul autre que vous ne savait que Davina vit ici. Par conséquent, pourquoi m'avoir sauvé la vie ?

Robert le regarda longuement avec l'air d'un enfant à qui l'on vient de poser une colle. Par ce test, Stuart espérait que le Highlander reconnaîtrait son allégeance à la couronne. La question qu'il tenait en réserve pour Callum dépendait de la réponse de Robert.

— Je n'ai rien fait qu'il ne soit dans ma nature de faire, répondit enfin ce dernier.

Ce garçon est un bienfaiteur-né ! songea le roi. Même si ce n'était pas l'explication attendue, on ne pouvait la prendre en défaut. Stuart vida sa coupe afin de se donner le temps de réfléchir à la meilleure manière de formuler sa deuxième question. Même s'il n'avait besoin de l'autorisation de personne pour enrôler quiconque dans son armée, il désirait conserver l'amitié des MacGregor. Quel souverain aurait en effet été assez fou pour s'en faire des ennemis ?

— Je me suis attaché à Colin, commença-t-il en s'adressant cette fois au chef de clan. Il ne manque pas de courage ni d'une audacieuse franchise, et c'est un foudre de guerre quand il tient une épée à la main. Il est déjà très versé dans les affaires du royaume et déteste les covenantaires autant que moi. Quant à Robert, que je connais depuis peu, il m'a considérablement impressionné aujourd'hui. J'aimerais ramener vos fils avec moi en Angleterre, afin qu'ils rejoignent mes rangs. Je sais que Colin est votre benjamin, mais avec un peu de...

— L'Angleterre ne présente aucun intérêt pour moi, l'interrompit Robert sans plus de cérémonie. Ma place est ici, et je n'en bougerai pas !

— Mon garçon, poursuivit le roi d'un ton suppliant, vous et Davina pourriez...

— Passer notre temps à nous demander qui lui plantera une dague dans le dos ? acheva le Highlander. Est-ce donc le genre de vie dont vous rêvez pour elle ? Bon sang, elle mérite mieux ! Je peux la rendre heureuse, mais point à votre cour. Dieu lui-même ne saurait l'y protéger de tous ses innombrables ennemis !

Jacques Stuart se renversa sur son siège et se rendit à l'évidence. Il régnait depuis moins d'un mois, et déjà ses ennemis avaient ourdi un attentat contre lui. Combien de temps Davina resterait-elle en vie après la mort de son père, si la prochaine tentative réussissait ?

— Elle est mon enfant, marmonna le roi dans sa barbe.

— Et elle porte certainement le mien dans son ventre !

Tous les Highlanders réunis pour le repas grincèrent des dents. Quant à leur chef, il semblait au bord de l'évanouissement. Le roi, à la fois stupéfait par le courage de Robert et abasourdi par tant d'insolence, fit mine de se lever de table.

— Êtes-vous conscient de ce qu'il pourrait vous en coûter ?

— Oui, Sire, répondit Robert en faisant signe à son père de ne point prendre sa défense. Mais quel genre de père serais-je si je ne faisais pas tout pour protéger mon bébé ? Je ne suis pas différent de vous sous ce rapport.

Stuart se laissa tomber sur sa chaise et ferma les yeux. Toutes les décisions qu'il avait été amené à prendre au sujet de Davina lui revenaient en plein cœur. Il était même allé contre l'avis de son frère, qui alors était roi, pour assurer sa sécurité.

— Vous pouvez compter sur moi !

Tous, y compris le roi, se tournèrent comme un seul homme vers Colin.

— Pas question, mon fils, s'empressa d'objecter le chef de clan. Ta place est ici, auprès des tiens.

— Sauf votre respect, père, je n'ai pas envie de passer ma vie à combattre les MacPherson pour quelques têtes de bétail. Robert vous succédera un jour. Je n'ai aucun avenir ici. Je veux me battre pour une cause en laquelle je crois.

— J'aurais besoin d'un homme de sa trempe et de son intelligence pour veiller sur mon héritier, intercéda le roi, si toutefois le ciel m'en donne un.

— Voici que tu fais tienne la cause de l'Angleterre, à présent ? s'enquit Callum d'un ton ironique.

— J'ai confiance en son souverain, répliqua Colin en désignant Stuart du regard avant d'esquisser un sourire espiègle. Je vous suivrai, Majesté, enchaîna-t-il en retrouvant son sérieux, mais, en échange, je vous demande d'accorder votre grâce à mon frère.

Stuart considéra tour à tour Colin et Robert avec détachement.

— Je vous accorderais volontiers n'importe quoi d'autre, jeune homme, commença-t-il en laissant volontairement planer le doute, car j'ai déjà pardonné celui dont ma fille a fait l'élu de son cœur. Quant à l'avenir de cette dernière, elle est mieux placée pour en décider.

À sa grande surprise, Stuart remarqua que le Highlander faisait triste figure. Doutait-il que Davina choisisse de rester avec lui ? Était-il aveugle au point de ne pas voir qu'elle l'aimait ?

— Allez la chercher, Robert, si vous le voulez bien. Je gage que votre mère et votre tante ne m'en voudront pas de les interrompre pour vous accorder sa main.

Robert se leva et considéra l'escalier du regard comme on le fait d'une citadelle avant de donner l'assaut final. Tandis qu'il quittait la salle des banquets, le roi le suivit des yeux en se disant que quelle que soit la décision de sa fille Robert MacGregor ne renoncerait jamais à elle sans se battre comme un beau diable.

— Colin, lança Callum, reportant malgré lui l'attention du souverain sur la question de l'enrôlement, as-tu bien réfléchi ?

Il avait dans la voix toute l'inquiétude d'un père pour son jeune fils.

— Oui, père. Et puis il faut bien que quelqu'un s'occupe de maintenir les protestants à l'écart. Mieux vaut que ce soit moi plutôt que Mairi !

Callum n'avait pas le cœur à rire, il était même encore plus pâle que d'habitude.

— Dois-je en conclure que votre fille est aussi fidèle à l'Écosse que vos fils ? s'enquit le roi plaisamment.

— Encore plus ! répondit MacGregor.

Le roi gloussa, non sans envier secrètement à ce grand chef sa famille soudée. Néanmoins, il put également apprécier sa propre bonne fortune, lorsque sa merveilleuse fille parut en haut de l'escalier au bras de Robert. Bien sûr, il vouait une immense affection à ses cadettes, Mary et Anne, mais celles-ci s'étaient endurcies au contact de la vie de cour et de leurs maris qu'elles n'aimaient que parce qu'ils leur avaient été imposés. Au contraire, Davina n'était que grâce et délicatesse. Elle s'avança vers son père tel un cygne glissant sur l'eau. Rien chez elle n'évoquait la suffisance de ses sœurs. Au contraire, elle avait le menton volontaire mais ignorait toute vanité. Elle lui rappela soudain sa première épouse. Anne se moquait de devenir reine. Tout ce qu'elle désirait, c'était partager la vie de son cher Jacques, et elle s'en était acquittée de la plus joyeuse manière. Si elle avait vécu, elle aurait certainement souhaité une vie analogue pour son aînée.

Le couple fit face au roi, et Davina posa sur son père des yeux pleins de défiance, tandis que celui-ci se dressait sur ses jambes. Toutefois, elle se garda de tout commentaire et s'en remit intérieurement à son mari.

Stuart mit les mains derrière son dos afin de ne point céder à la tentation d'enlacer la jeune femme, en remerciant le ciel qu'elle soit en vie.

— J'apprends que tu as convolé en épousailles sans mon consentement ni même sans m'en avertir, ma fille.

— Vous n'étiez point là pour me l'accorder, Sire, répliqua-t-elle d'un ton neutre.

— En effet, je n'étais point là ! Manquement grave auquel j'ai bien l'intention de remédier.

Davina parut soudain soulagée, et son père s'en réjouit.

Tout n'est pas perdu ! pensa-t-elle.

— Manifestement, il ne t'a pas forcée à l'épouser !

Cette fois, Davina leva les yeux vers le Highlander et esquissa un franc sourire.

— J'étais aux anges !

— Puisqu'il en est ainsi, je t'autorise à demeurer ici avec ton époux si telle est ta volonté, déclara Stuart en haussant le ton afin d'intéresser de nouveau les deux tourtereaux à la conversation.

— Si telle est ma volonté ? répéta Davina avec émotion. Oh oui, telle est bien ma volonté, père !

Jacques Stuart ne bouda point son bonheur : il pouvait enfin accéder au désir de sa fille ! Ce qu'il ne savait pas, c'est que, dans le cœur de la jeune femme, il venait d'accéder au firmament des papas.

— Dans ce cas, j'ai la joie de t'accorder ma bénédiction. Mais ce n'est qu'un début !

Les guerriers présents trinquèrent à leur santé, et l'un d'entre eux poussa l'audace jusqu'à donner au roi une bourrade sur l'épaule. Par chance, Stuart n'avait d'yeux et d'oreilles que pour sa fille. Mais c'est seulement lorsque cette dernière se blottit dans ses bras qu'il se sentit tout à fait pardonné.

— Nous avons beaucoup à apprendre l'un de l'autre, mon enfant, lui glissa-t-il à voix basse. Je viendrai te voir souvent.

— Ce serait merveilleux, père. Vraiment merveilleux !

Robert enleva sa tunique et se coula sous les couvertures. Une partie de son visage était dans la lumière, l'autre dans l'ombre. Quelques mèches ondulées barraient son front voluptueux, et ses yeux brillaient d'un éclat sensuel. Davina l'attira aussitôt contre elle.

— Quand as-tu su que tu m'aimais ? s'enquit-elle entre deux baisers tendres. Je n'en remercierai jamais assez le ciel.

— La première fois que je t'ai vue, répondit Robert en lui mordillant la lèvre supérieure. Tu avais tout perdu, et j'ai eu envie de te le redonner.

— Pari gagné ! Tu me l'as même redonné au centuple ! renchérit-elle, les yeux fermés, en esquissant un sourire, tandis qu'il se présentait, ferme et ardent, à la porte de son paradis intime.

— Je n'ai jamais douté d'y parvenir, avoua-t-il en entrant en elle.

Que c'est bon ! songea Davina.

— Dois-je en conclure que rien ne te résiste ?

— Oublierais-tu que je suis un MacGregor ? gémit le Highlander sans cesser de l'embrasser, tandis qu'une onde de plaisir obligeait Davina à se cambrer. Nous réussissons presque en tout !

— Ah oui ? s'enquit la jeune femme d'un air provocant avant de le renverser sur le dos.

À califourchon sur son époux, elle contempla son large torse, son ventre plat et musclé, et esquissa un petit sourire coquin avant de le chevaucher pour de bon.

— Dans ce cas, tu as de la chance, car je suis une MacGregor moi aussi, à présent.

— Oui, tu es toute à moi !

— Et tu es tout à moi !

Certains habitants de l'île de Skye ont prétendu jusqu'à ce jour que les murs de Camlochlin résonnent encore de leurs rires.

EN AVANT-PREMIÈRE

Découvrez les nouvelles aventures
de nos Highlanders dans le deuxième tome
des **Héritiers des Highlands** avec :

Le Charmeur
(version non corrigée)

Bientôt disponible chez Milady Romance

Traduit de l'anglais (États-Unis)
par Lise Capitan

Prologue

Le fils prodigue

Fort Campbell
Glen Orchy, Écosse
1675

— Nous savons tous que Tristan aurait remporté la compétition sans ce contretemps. Personne ne court plus vite que lui.

Robert Campbell, onzième comte d'Argyll, se tourna vers son neveu, assis à ses côtés, puis lui adressa un sourire et un clin d'œil.

En face d'eux, dans le salon particulier du comte, était installé Callum MacGregor qui grogna en guise d'acquiescement.

— Oui, c'est pour ça que ce bâtard de Fergusson lui a fait un croche-pied et a provoqué une bagarre. C'est lui qui devrait avoir le nez cassé, pas mon fils.

— Mais j'ai réussi à lui décrocher une bonne droite dans les dents, papa, se défendit Tristan. En plus, ça me fait même plus mal, ajouta-t-il en désignant du doigt son nez blessé.

Cela faisait toujours un mal de chien, mais les MacGregor n'étaient pas du genre à pleurnicher pour quelques os brisés.

— C'est l'honneur d'Alex Fergusson qui en a pris un sacré coup, précisa le garçon.

— Bien dit, décréta son oncle en lui tapotant l'épaule. Du sang de chevalier coule dans tes veines, et tu vas devenir un homme d'honneur.

Tristan se gonfla de fierté.

— J'aime bien la façon dont l'arête de ton nez est légèrement brisée maintenant, fit remarquer Kate MacGregor avant de poser sa broderie pour adresser son sourire le plus aimant à son fils. À présent, tu ressembles encore plus à ton oncle. N'est-ce pas, Anne ?

La magnifique épouse de Robert leva les yeux de son ouvrage et acquiesça.

— Il est toujours aussi beau. Même avec un œil au beurre noir.

Tristan rougit et donna un coup d'épaule à sa sœur quand celle-ci s'esclaffa.

— Je crois qu'il va devoir encore se casser le nez plusieurs fois avant d'avoir le même que moi, déclara Robert Campbell en prenant le petit poing de son neveu pour la recouvrir de la sienne.

— Souviens-toi, la parade est aussi importante que la vitesse de ton coup de poing.

Sirotant sa bière au coin du feu, Graham Grant, l'ami le plus proche des MacGregor et des Campbell d'Argyll, donna un coup de botte dans la cheville du chef MacGregor.

— Callum, tu ne laisses quand même pas Robbie apprendre à ton fils l'art du combat à main nue j'espère !

— Rien que de douter de ma compétence prouve que tu es un bien piètre professeur, Graham, répliqua Robert d'un ton doucereux.

— J'admets que tes compétences se sont grandement améliorées grâce à mon enseignement au fil des ans, rétorqua Graham sur un ton enjoué. Mais si j'avais moi-même entraîné Tristan, le jeune Alex Fergusson aurait quelques dents en moins à l'heure où nous parlons, et peut-être même un ou deux doigts.

Robert esquissa un sourire et posa les yeux sur Tristan pendant que les guerriers qui l'entouraient tombaient tous d'accord sur le fait que ce pénible Fergusson se trouverait un jour empalé sur une de leurs lames – de préférence celle de Tristan.

— Souviens-toi aussi qu'il y a plusieurs moments dans la vie d'un homme où les choix qu'il fait décident de sa destinée, ajouta-t-il en se penchant pour que seul Tristan puisse l'entendre.

Le garçon acquiesça. Il comprenait que même si du sang de guerrier coulait dans ses veines, il n'était pas toujours nécessaire de causer un maximum de dégâts à l'adversaire – le fait est que père n'était pas toujours d'accord avec cette vision des choses, ce qui poussait parfois Tristan à souhaiter que le comte soit son père à la place du chef. Il songea au choix qu'il avait fait, celui de combattre Alex après s'être relevé de sa chute. Il ne s'était pas attendu à ce que les poings de son adversaire soient si rapides que cela. Tout ce dont il se souvenait, c'était qu'après avoir été frappé par Alex, il avait senti le goût du sang se répandre dans sa bouche et entendu son père et celui d'Alex se crier dessus. Après cela, sa mère ne l'avait laissé participer à aucune autre épreuve des jeux – alors qu'il savait qu'il aurait pu en remporter au moins trois. Il avait changé sa destinée, certes, mais n'était rentré avec rien de plus qu'un nez ensanglanté.

Le fracas soudain qui retentit à la porte fit bondir sur leurs pieds les hommes réunis dans le salon particulier. Les cris provenant de l'extérieur les poussèrent à poser la main sur la garde de leurs épées.

— MacGregor ! rugissait quelqu'un dehors. Viens m'affronter, si tu en as le courage ! Tu ne vas pas m'insulter moi et ma famille et t'en tirer comme ça !

Tristan entendit tout juste son père ordonner aux femmes et aux enfants de monter à l'étage. Blêmissant, il observa Graham et son oncle s'avancer vers la porte. Le père d'Alex Fergusson se tenait dehors. Était-il venu tuer le père de Tristan pour une simple bagarre d'enfant ?

— Tristan, file ! intima son père, mais le garçon était paralysé.

Il pouvait à peine respirer. C'était sa faute. Les hommes allaient se battre ; son père mourrait peut-être à cause de lui. Il tendit la main, comme s'il voulait arrêter son père alors qu'il s'avançait vers la porte.

— T'en vas pas, avait envie de crier le garçon, mais l'imploration ne sortit de sa bouche que sous la forme d'un murmure.

Il n'avait que quatorze ans. Personne ne l'écouterait.

— Montre-toi, Fergusson ! cria Callum, en bousculant son beau-frère et meilleur ami pour ouvrir en grand la lourde porte. Montre-toi et je vais t'expliquer une fois de plus que tu ne vaux pas mieux qu'un porcelet !

D'autres cris s'ensuivirent, mais la mère de Tristan tira sur son bras pour le détourner du spectacle. Tandis qu'elle le conduisit à une chambre à l'étage, il regarda par-dessus son épaule juste à temps pour voir Graham et son oncle quitter le fort à la suite de son père.

— Je devrais aller avec eux, affirma le frère aîné de Tristan qui tenta de pousser leur mère pour passer, mais elle bloqua la porte de son corps et leva une main pour l'arrêter.

— Ton père va se débrouiller, Rob. Assieds-toi avec tes frères, s'il te plaît, mon fils.

Oh, Dieu, faites qu'il se débrouille, implora Tristan. Il fut gagné par la nausée et quelque peu étourdi à mesure que plusieurs vagues de crainte l'envahirent l'une après l'autre. Sa sœur pleurait sur les genoux de lady Anne. Au son de ses sanglots, Tristan eut envie de quitter la pièce en courant, de se ruer à l'extérieur. Le père d'Alex rentrerait-il chez lui s'il lui présentait ses excuses ? Il serait prêt à tout… vraiment tout pour que cette douleur étreignant sa tête, ses viscères et son cœur disparaisse. S'il arrivait quoi que ce soit à son père...

Un funeste rugissement transperça ses idées noires et accentua le silence qui régnait dans la pièce. L'épouse de Graham blêmit et tira son épée.

— Je descends, décréta-t-elle.

Sans attendre l'approbation des autres, elle ouvrit la porte et dévala l'escalier. Les cris qu'elle poussa un instant plus tard plongèrent le fort dans la terreur, jusqu'au plus profond des cœurs de ceux qui étaient restés à l'intérieur.

Tristan ne fut pas le premier à quitter la pièce. Toutefois quand il sortit, il regretta de n'y être pas resté et de n'avoir pas verrouillé la porte à double tour, pour ne jamais en ressortir. Il avait craint pour la vie de son père. Il ne lui avait pas traversé l'esprit que quelqu'un d'autre pourrait mourir. Et jamais, ô grand jamais lui.

— Ils vont payer ça de leur vie ! entendit-il son père s'exclamer à pleins poumons. Ils vont tous y passer.

Tristan descendit l'escalier si lentement qu'il avait l'impression de flotter au-dessus du sol. Tout lui semblait... irréel. Ce devait l'être. Ce ne pouvait pas être le corps affaibli de son oncle qui était étendu par terre, près des mains tremblantes de son père, une flèche saillant de sa poitrine. Robert Campbell ne pouvait être mort. Il était trop fort, trop courageux et vaillant pour avoir été frappé au cœur de la nuit, à cause du choix d'un enfant qui avait voulu se battre. Sous un choc trop grand pour se mettre à pleurer, empli d'un désespoir et d'une culpabilité l'empêchant de rien faire d'autre que de demeurer immobile en ce terrible instant, il observa sa mère et Anne tomber à genoux, leurs plaintes horrifiées résonnant dans tout Fort Campbell.

L'homme qu'il avait aimé plus que personne au monde avait été blessé au cœur et avait expiré en quelques minutes. Cet instant altéra le cours de nombreuses vies, en particulier celles de Tristan et de la jeune femme qui un jour panserait ses blessures.

Chapitre premier

Angleterre, 1685

— Espèce d'imbécile arrogant ! s'écria Isobel Fergusson en poussant les lourdes portes en bois pour pénétrer dans les vastes jardins privés du palais de Whitehall, laissant échapper un chapelet de jurons venimeux entre ses lèvres.

Onze ans après la mort de sa mère, et dix ans après que son père eut laissé derrière lui sept enfants orphelins, la lourde charge de prendre soin de sa famille en était devenue trop pour elle. Son frère Alex allait tous les faire tuer. Oh, pourquoi diable étaient-ils venus en Angleterre ? Et damnation, s'ils devaient assister au couronnement du duc d'York, c'est Patrick, son frère aîné et l'héritier de feu son père, le chef des Fergusson, qui aurait dû se trouver ici avec elle, et non pas Alex. Ils n'étaient censés rester qu'une quinzaine ou deux, mais quand le futur roi proposa à tous ses invités de prolonger leur séjour à Whitehall d'un mois, Alex accepta. Elle donna un coup de pied dans un caillou sur son chemin et jura de plus belle. Comment avait-elle pu élever un garnement aussi imprudent et maladroit ?

Isobel n'était pas indifférente au charme des épais matelas à plumes de Whitehall, ni à ses grandes galeries voûtées où résonnaient même les plus imperceptibles murmures prononcés par les élégants lords et ladies, poudrés au point de ressembler à des statues vivantes. Tout cela était assez… inhabituel, et captivant d'une façon des plus étranges. Mais Alex avait accepté l'invitation en sachant que les MacGregor de Skye se trouveraient là aussi ! Oh, comment avait-il pu faire ça ? Avait-il oublié la haine que se vouaient leurs clans respectifs ? Ou le cortège de morts subi par les chefs Fergusson après une féroce expédition vengeresse, il y a dix ans de cela ?

— Mon Dieu, implora-t-elle en s'arrêtant devant un grand cadran solaire au centre du jardin. Donnez-moi la force, et remettez mon imbécile de frère dans le droit chemin avant qu'il ne déclenche une autre guerre !

Sur sa droite, un mouvement attira son attention vers une rangée de grandes statues de bronze luisant au soleil. Quand l'une d'entre elles se mut, Isobel tressaillit et recula, heurtant sa hanche contre le cadran solaire.

— Gare à vous, mademoiselle.

Ce n'était pas une statue, mais un homme – pourtant son visage aurait très bien pu être gravé par le même artiste qui avait sculpté les chefs-d'œuvre éparpillés dans tout le jardin. Isobel l'observa de pied en cap tandis qu'il s'éloignait d'une silhouette dorée aux airs d'archange, les ailes à tout jamais figées en plein vol, comme s'il atterrissait tout juste sur son piédestal.

Le jeune homme portait les atours des Anglais, mais il ne présentait pas la même finesse que ces derniers… et ne portait pas la perruque. Ses cheveux tombaient librement sur ses épaules dans de chaleureuses teintes châtain parsemées de mèches dorées par le soleil, quasiment la même couleur que celle qui illuminait son regard. Il portait une chemise en lin couleur crème amplement nouée autour de ses hanches étroites. Son jabot s'ouvrait sur sa gorge, lui conférant un air plus voyou que noble. Il était grand et svelte, ses longues jambes musclées revêtues d'un pantalon ajusté et de mornes bottes noires. C'est d'un pas léger, mais décidé qu'il s'avança vers elle.

— Je ne voulais pas vous effrayer.

La musicalité de sa voix trahissait ses origines écossaises, peut-être était-ce même un Highlander.

— Je pensais que vous étiez ma sœur, mais Dieu soit loué, ce n'est pas le cas.

Son sourire était sans malice aucune, si ce n'est qu'il faisait saillir une malicieuse fossette sur une de ses joues, et cela lui conférait une mine aussi chaleureuse et avenante que le corps de rêve qu'il présentait. Mais la façon dont la couleur de ses yeux passait du brun à un doré éclatant, comme ceux d'un faucon ayant repéré sa proie, indiquait qu'il y avait en lui quelque chose de bien plus sauvage derrière ce charme désinvolte.

L'espace d'un instant qui échappa totalement à son contrôle, Isobel fut incapable de bouger tandis qu'elle prenait toute la mesure de son port altier. En dehors d'un léger défaut sur l'arête, son nez avait une forme classique, surplombant une bouche vouée à dépouiller toutes les femmes de leur réserve, et même de leur raison.

Elle fit un pas pour contourner le cadran solaire, gardant instinctivement ses distances avec cette puissance virile qui affaiblissait son esprit logique et lui coupait le souffle.

Damnation, il fallait qu'elle dise quelque chose avant qu'il pense d'elle ce qui était précisément la vérité – ce que toute autre femme normalement constituée devenait à la vue de ce jeune homme : une idiote titubante. D'un mouvement du menton indiquant qu'elle n'était pas du genre à se laisser berner par les don juan, elle repoussa sa tresse aux teintes auburn par-dessus son épaule et lança :

— Votre sœur pense aussi que vous êtes un imbécile arrogant ?

— Oh oui, répliqua-t-il dans un sourire empreint de la plus pure innocence, mais aussi doté d'un intense pouvoir de séduction. Elle pense cela, et bien pire encore.

Comme pour prouver qu'il disait vrai, un mouvement derrière la statue attira l'attention d'Isobel. Elle tourna la tête à temps pour entrapercevoir un éclat de jupons couleur saphir et une femme aux boucles blondes filer en direction du palais.

— Laissez-moi deviner, murmura Isobel en regardant dans le dos du jeune homme pour observer le départ de la jeune femme. Votre sœur doit avoir bien raison.

— Assurément, concéda-t-il sans se soucier de lancer un regard derrière lui.

Son intonation se fit plus grave quand il sourit.

— Mais je ne suis pas une cause complètement perdue.

Au lieu de rentrer dans ce débat avec un tel libertin, à un moment où elle ferait mieux de penser à une manière de convaincre Alex de partir avec elle et Cameron, Isobel haussa un sourcil dubitatif en direction du jeune homme et tourna les talons.

— Aussi difficile que cela puisse paraître, monsieur, je vais devoir vous croire sur parole. Bonne journée.

Son souffle se fit haletant un instant plus tard, quand l'étranger apparut à son côté et se pencha à son oreille.

— Ou vous pourriez passer l'après-midi avec moi et découvrir cela par vous-même.

Sa proximité emplissait l'air qui entourait Isobel de chaleur et de la senteur familière des bruyères. C'était sans nul doute un Highlander, peut-être bien du clan Gordon ou Donaldson, bien qu'il ne portât nul plaid. Elle songea à lui demander son nom, mais se ravisa. Il pourrait considérer cet intérêt comme une acceptation de son invitation. Elle ne pouvait permettre à sa raison de se laisser embrouiller par un après-midi entier passé en galante compagnie alors que la sécurité de toute sa famille était en jeu.

Achevé d'imprimer en mai 2014
Par CPI Brodard & Taupin - La Flèche (France)
N° d'impression : 3004616
Dépôt légal : juin 2014
Imprimé en France
81121222-1